을(乙)의 노래

19세기 말 활약한 어느 의병 선봉장의 이야기

은의 노래

전 영 학 장 편 소 설

생각정거장

의병 행군 지도

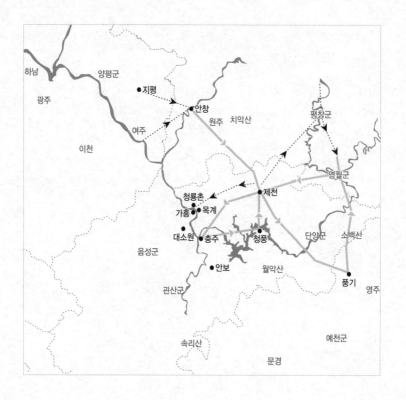

주요 사건

- **임오군란(1882년), 을미사변(1895):** 임오군란 시 왕비가 시해됐다는 낭설은 왕비가 어린 시절 잠시 살았던 여주 땅 민이식의 생애에 적지 않은 영향을 준다. 민이식은 왕비와 동갑이며 종씨인데 어린 시절 한두 번의 우연한 만남이 그에겐 일생을 붙잡고 가야 하는 숙명 같은 연줄이 되었다. 더욱이 을미사변으로 왕비가 시해된 후 민이식이 의병에 투신하여 오로지 왜군 타도에 목숨을 거는 계기도 된다.

- **갑신정변(1884년):** 광주유수 박영효가 왕의 밀지로 비밀리 양성한 '광주산성군'이 해체와 이속(移屬)의 우여곡절 끝에 갑신정변 시 경우궁을 지키는 사영(四營)의 일원이 되어 청나라 군사와 전투를 벌이게 된다.

- **갑오 동학혁명(1894), 을미개혁(1895):** 동학혁명을 혁파한 일제가 갑오경장을 통해, 화맥 준수를 오로지 생의 목표로 삼는 유림을 자극시키고, 을미개혁에서 단발령을 강제로 시행하자 유림이 궐기하는 계기가 된다.

주요등장인물

- **김백선**: 가난한 평민으로 태어났지만 우람한 덩치에 완력과 덕성을 갖추어 그의 고향 마을에 예로부터 전해오는 '난세 영웅의 현신'이 아닌가 하고 백성들에게 주목받는다.
- **서석지**: 백정의 아들로 태어났으나 세습 신분의 탈을 벗기 위해 가출, 절에서 기거하며 글을 익히고 정략을 깨쳐 의거를 치밀하게 준비하고 실행에 옮긴다.
- **민이식**: 몰락한 향반으로 일찍이 신문물을 접하기도 하지만 쓰러져 가는 국운 앞에서도 사리사욕과 당파 이익에 눈이 먼 고관들의 행태에 절망하여 김백선의 참모를 자청, 의거에 뛰어든다.
- **안승우**: 정통 주자학의 계승자로 조선말 들이닥친 외세를 야만의 악행으로 규정하고 오로지 소중화로서의 화맥을 보전하기 위해 신명을 바친다. 화맥에 거스른다면 그 누구도, 비록 임금일지라도 그에게는 타도의 대상일 뿐이다.
- **이춘영**: 안승우와 동문수학한 가난한 향반으로서, 조선을 침탈한 왜군의 만행에 분개하여 고향 여주에서 의병을 일으킨 후 그 핵심 장수로서 활약하다가 충주성 점령 후 안보참 왜병을 쳐부수러 나갔다가 전사한다.
- **유인석**: 안승우 등 당시 화맥파의 도통을 이은 스승. 평생 도학만 접한 그가 의병대장에 추대되어서는 청렴 고결한 지도자상을 보이지만 때로는 우유부단하다는 비난도 듣는다.

- **신이백**: 충주지역 동학난의 주동자. 비록 동학난이 평정되어 세력이 쇠잔해졌으나 그 사상의 종지를 실현하는 것을 자기 삶의 목적에 두고 동학의 재기를 위해 마침 궐기한 의병에 숨어들어 암약하다가 처형된다.
- **차미**: 어렸을 적부터 남의 집 하녀로 성장했는데 예절이 바르고 영리해 주인집에서도 딸처럼 아꼈다. 하지만 시집가서는 남편이 임금을 지키는 싸움에서 전사하고 오히려 역도로 몰리는 이해할 수 없는 난국에 처하여 울분하다가 우연히 동학도인이 되어 동도의 기치에 신명을 바치기로 한다. 어려운 상황에서 신이백을 만나 재혼하지만 그마저 처형되자 절망한다.
- **몽봉이**: 제천에 사는 소작인의 아내. 의병이 제천을 본거지로 진퇴를 거듭하는 과정에서 신분 상승을 도모하다가 결국 자결하고 마는 비운의 여인.
- **김규식**: 전 병조참판, 충주부관찰사. 박영효의 휘하로서 개화사상에 충실한 지방 고위 관리. 충주성을 함락시킨 의병에 체포되지만 의병의 몽매함을 꾸짖으며 의연히 처형된다.
- **김익진**: 제천군수. 의병이 제천을 본거지로 삼고 여러 차례 진퇴를 거듭하며 공방하는 와중에, 목숨을 부지하기 위해 자취를 감춘다.
- **권숙**: 단양군수. 화맥파가 우러르는 거두 권상하의 후손으로, 자기를 치죄하기 위해 관아에 들이닥친 의병에 맞서 꼿꼿하게 그 부당성을 지적하다가 처형당한다.

이 이야기는 일제의 침탈이 노골화 되던 1895년(을미년) 가을부터 1896년(병신년) 봄까지 남한강 중류 지역에서 봉기한 초기 의병(호좌창의군)의 애환을 그렸다. 우리 사회의 반상 계급에 '을'이 있었지만, 국제적으로는 우리 임금과 백성 모두가 을이었다.

1

붉은 해가 동동걸음 치는 서녘 하늘에는 오늘도 축축하고 써늘한 공기가 격지격지 뭉쳐 있는 게 보였다. 초가을 생량머리판 들녘에서는 말이 없어졌다. 벼 베는 농군들도 허리를 굽힌 채 말없이 벼그루에 낫날을 걸었다가는 무심코 잡아당기곤 할 뿐이었다. 천둥지기 구메농사일망정 그래도 이맘때면 기구하나마 풍년가 매기는 소리가 들렸었는데 말이다.

민이식은 팔짱을 풀고 해가 떨어지는 서산 쪽으로 고개를 돌렸다. 거망빛이 감도는 두터운 구름 속에서 하늘 가득 선혈을 토해 놓은 해가 무심하게도 달깍 산마루 뒤로 자취를 감추고 말았다. 동시에 축축하고도 써늘한 그 공기가 뭉기뭉기 땅으로 내려오면서, 허리를 편 농부들이 낫자루를 놓고 바지게를 걸머맸다. 그들이 돌아오는, 땅거미가 내려앉는 길 위로 당까마귀들이 소리 없이 어디론가 날아가는 게 보였다.

이 희한하게도 음습한 가을 공기에 민이식은 자꾸 가슴이 섬뜩해지는 걸 느꼈다. 올봄 호열자가 온 고을을 휩쓸었을 때는 선량한 생민의 목숨인데 그래도 하늘이 지켜주겠거니 했다. 작년 불가뭄이 이아쳐 꼬창모를 지를 때도 하늘은 어떻든 먹을 것을 내어 그 밑에 사는 숨튼 것들을 지켜주신다는 믿음이 무던했었다. 그런데 이 가을, 하늘에서 내려오는 저 스산하고도 수살스런 조화는 도대체 무어란 말인가.

그런데 저 조화가 자신에게만 신내림처럼, 거부할 수 없는 힘으로 다가오는 것은 아닌지, 부지불식 가슴이 짓눌리곤 하는 심사를 이식은 추스르기 어려웠다. 명망 있는 호족 민문(閔門)으로서 중전마마의 감화를 평생 간직하고 살아야 하는 운명 같은 연줄에 붙잡혀 있음을 부인할 순 없었다. 하지만 비록 중전마마와 한 피붙이일지언정 가까운 떨거지가 그는 아니었다. 남보다 글구멍이 트여 글속이 깊지도 않았다. 더구나 벼슬길의 곁불이나마 도모할 만한 비위도 영 없는 그였다.

날이 어둑어둑해지면서, 중치막 차림에 날탕건 바람으로 싸리울 속을 바장이던 민이식은 가슴골을 파고드는 냉기를 비로소 느꼈다. 방 안으로 들어가 고쿨불을 켤까 하는데 마침 사립문 앞을 지나던 남정네 하나가 알은체를 하며 고개를 돌렸다. 서서방일 것이다. 작년 여름 배동바지에 이 마을에 나타난 그는, 생김새와는 딴판인 싹싹한 언행으로 토농들과 쉽게 가까워지더니, 마을 뒤 구렁에 웅크리고 있는 이식을 보자 한 치의 낯가림도 없이 친근하게 말을 붙여 왔다. 말을 열고 닫는 품이 필시 여느 농사꾼은 아닐 듯 여겨져 요모조모 그를 눈여겨보던 차였는데, 도지논이나 말전주 없이 붙어먹으려면 동네 사람들에게 너나 없는 인심을 얻어얄 거 아니냐며 생원 나으리의 보살핌을 학망한다며 문자까지 썼다. 그러한 그의 눈빛에서 야릇한 낯익음이 느껴져 왠지 서름하지 않게 되면서 종종 얼굴을 마주하고 이야기끈을 풀었다. 그는 평소 말이 없다가도 괜한 말머리를 하나 잡았다 싶으면 끈덕지게 말 줄을 붙잡고 늘어지기를 좋아했다.

"나으리, 어느 새 날이 저물었어요."

그가 지나가는 투로 수인사를 걸어왔다.

"나리는 무슨, 봄에 피는 개나리도 아니고⋯."

"또 그 우스갯소리십니다. 오늘은 절더러 왜 동서방 요즘 어떤가, 하진 않으시고요?"

그는 지게작대기 아퀴를 두 손으로 짚고 서서 듬성듬성 털이 성긴 턱을 이식 쪽으로 돌렸다.

"자네 오늘 고단치도 않나보이. 왼종일 낫질로 허리가 마냥 땅길 텐데 말야."

"아이구 나리 비록 갈빗대가 휘더라도 볏가리가 동동산 만했으면 좋겠어요."

"올해 낟알이 영 시원찮은가보이."

"도지 물고 나면 겨울이나 버틸는지⋯."

"거- 참."

이식은 마른 침을 삼키면서 그를 찬찬히 넘겨보았다. 땅거미 속이지만 그의 얼굴로는 낙심천만한 땟구정물이 번져 있을 것이었다. 그의 꼭한 성정으로 미뤄 지주에게 도지를 탕감 받으려고 이물스레 언구럭을 부리는 게 아닐 것이었다. 이식은 하는 수 없이 슬쩍 화제를 바꿨다.

"설마하니 하늘이 민초들을 그냥 주려 죽이기야 하시겠는가."

"저두 그 믿음 하나로 꼭두새벽 일어나 들로 나갑지요. 나리처럼 어디 글구멍을 열고 하늘을 볼 수도 없고."

체념쪼가 되어 혼잣말로 중얼거리는 서서방의 목성이 자신의 가슴 깊은 곳을 때리는 걸 이식은 느꼈다. 물론 백여 리 너머 서울 물정에 나름 비상한 속종이 있기는 했다. 그렇지만 그는,

"내 주제에 무슨 신통한 게 있겠나. 내가 하늘을 본다고 자꾸 말하지 말게."

하면서 몸을 돌려세웠다. 그러나 서서방이 오늘 또 아예 바지게를 내려놓고 작대기를 괴면서 한 발짝 다가섰다.

"나리, 정말 도대체 어떻게 돼 돌아가는 판인지요? 우리 같은 꺼먹눈들도 살아 붙은 목숨인데, 그냥 구부렁구부렁 땅이나 파먹고 있기에는 너무도 수상합니다."

서서방이 하소연했다. 요즘 그의 음색에 잡힌 응어리가 점차 커가는 걸 느껴오던 이식이었다. 보건대 서서방은 하루하루 살이를 마냥 불안해했다. 그렇다고 어디 가서 후련하게 위로받을 곳도, 의지할 데도 없을 것이었다. 그건 정도의 차이는 있을지 모르나 이식도 마찬가

지였다. 조금만 제 주변을 돌아보면, 그리고 주변에 쏟아지는 저 음습한 공기의 정체가 무엇인가를 의심해 본다면 당연한 불안감이요, 어수선함일 것이다.

"여보게 설사 그렇기로서니 함부로 동동산을 입에 담지 말게."

서서방을 진정시킬 요량으로, 이식은 그의 귓가로 입을 가져가며 나직이 말했다. 비록 울안에 잦아드는 것이었지만 왠지 모를 힘이 그 속엔 배어 있었다. 서서방이 입을 다물고 뒤에 이어질 말을 가만히 기다렸다. 짤막한 순간의 기다림은 둘의 대화를 이어주는 하나의 끈이기도 했다.

"내가, 풍수를 믿는 사람두 아니고, 또 그깟 동동산 얘기가 이 세태에 무슨 구실을 하랴 싶기도 하고, 해서 자네 같은 농군들에게 불섶이나 지울까 적잖이 걱정돼서 하는 말이라네."

"아닙니다. 나리 말씀 속엔 우리가 알지 못하는 결이 서 있습니다. 나리는 지금 제게 거짓말을 하고 계신 듯합니다."

"아닐세."

"정녕 뭔가가 있습니다."

"이제 그만 가게. 내일 다시 우리 보통 낮으로 봄세."

이식이 두벅두벅 봉당 쪽으로 걸어가서는 문고릴 잡고 잠시 능을 두었다. 그래도 등 뒤에서는 아무런 기척도 나지 않았다. 이식이, 왜 아직 그 자리에 장승처럼 서 있느냐고 책이라고 하듯 벌컥 방문짝을 열고서야, 서서방은 지게를 걸머메고 발길을 돌렸다.

문틈을 비집고 들어오는 바람결에 고쿨불이 팔랑팔랑 춤을 췄다.

일본 공사(公使) 이노우에가 제 나라로 물러가더니 한 달 만에 발뒤축에 불이라도 붙은 듯 다시 끼들어온 건 뭔가. 일찌감치 조선 강역에서 청(淸)의 멱을 따 놨으니 황풍(黃風)이 두려울 일도 아닌데 말이다. 그럼 이제 러시아가 솔솔 피워 올리는 북풍(北風)이 심상찮다는 판단일까. 그런데 다시 왔던 이노우에가 어느 결엔가 제 나라로 숨어들고 상판조차 험상궂은 미우라란 자가 공사 패찰을 달고 나타나서는 이노우에와는 질적으로 다른, 되통스런 언행을 노골적으로 드러내는 건 뭔가. 제 거류민들끼리 친목을 도모한다는 명분으로 수시로 모여 술을 퍼먹고 왜장치면서 칼날 부딪치는 소리를 즐기는 건 뭔가. 아니, 우리 임금이 사는 대궐 앞에서 저들이 이렇게 방약무도하게 놀아나는 판에도 구린 입 한번 떼지 못하는 우리 조정의 승판제장들은 또 어떻게 생겨먹은 작자들이란 말인가. 그 신료라는 자들의 노른자위는 분명 민문일 터, 밤마다 왕비 지척에서 터뜨리는 왜병의 대포소리에 분합문이 울고 황촉불이 흔들려 까만 밤을 밝힌다는 마마의 고충을 어느 누가 귀 기울여 주는가.

민이식은 방구들이 꺼져라 장탄식을 했다. 그 서슬에 아랫목에 구들귀신처럼 누워 있던 내자가 비로소 게슴츠레 눈을 뜨고는 뭐라고 입술을 이기적 거렸다. 이식은 비로소 늘 저렇게 아랫목에는 병든 내자가 있다는 것을 떠올리고 아내 곁으로 한 무릎 다가앉았다. 이식이 관심을 주자 아내는,

"여보, 나라 걱정 그만하구, 내 집 쌀뒷박이나 좀 걱정하시우."

앵무새와도 같이 지껄였다.

"알았네. 임자가 회복돼야 나도 힘이 나지."

"민문이니 양반이니 헛뚜껑만 쓰고 앉아, 매타령에 밥이 나오나 죽이 나오나 이 꼬라진데 힘이 나면 뭘 어쩌겠소"

"그래도, 이 나라 왕비마마 겨레붙인데 함부로 기롱하지 마오."

"하긴 나도 얼마 못가 민가네 귀신이 될 터인데, 민가네를 헐어서 나중에 어떻게 말갈망을 하겠오. 다만 내가 죽어 땅보탬이 될 때까진 나를 너무 홀대하지나 마시오."

"알았네. 조강지처를 그 누가 업수이 여긴단 말이오. 걱정 말고 어서 한숨 푹 잠이나 자시게."

이식이 뚜껑이불을 다독거리자 내자는 시르죽은 눈꺼풀을 내리감고 잠을 청했다. 이식도 망건을 풀고, 고쿨불을 훅 불어 껐다. 구렁속 깊은 곳으로부터 왜바람이 나뭇잎을 나부끼면서 몰려 왔다가는 돌아가곤 했다. 그 소리를 따라 먼 깊은 산 속으로부터 희미한 접동새 우는 소리가 마치 일여덟 살 유년의 기억처럼 들려왔다.

뽀얀 베필을 깔아놓은 것 같은 달구짓길을 따라가면 물줄기 굽이치는 시퍼런 강이 나왔다. 햇살을 받아 고기비늘처럼 반짝이는 강물을 거룻배로 건너면 눈앞 고개턱을 돌아 강물이 가뭇없이 뻗은 쪽으로 온통 오색 등이 나부끼는 벽절이 보였다. 한창 물이 올라 윤기를 번들거리는 나뭇잎 사이사이로 흰구름 떠가는 하늘에 스님의 청아한 독경소리도 함께 흘러갔다.

이식은 초파일이 되자 은근히 벽절을 생각하게 되었다. 백차일처럼 모인 김지이지 사이에서 부처님께 비손하는 것도 싫지 않았지만, 그 댕기머리가 또 오지 않을까 하는 바람이 더 컸다. 댕기머리는 한 동갑이었다. 그리고 더욱 놀라운 것은 같은 일가붙이였다. 연등에 써놓은 이름을 서로 훔쳐보고 그걸 알고 나서는 댕기머리가 얼굴에 수줍음을 담기는 했지만, 처음 보는 머슴애한테 사이를 일부러 띄우려고 마음 쓰지 않았다. 서당에서 배운 문자의 뜻으로 떠듬떠듬 봐서는, 아버지가 이미 돌아가셨는지 그 애의 연등에는 그런 소원도 적혀 있었다.

초파일 예불을 마치고 장옷을 차린 그 댕기머리가 어느 골짝으로 사라지는지 한참이나 지켜봤지만 사람들 행렬이 길어 놓치고 말았다. 그래서 어머니께 댕기머리를 물었다. 어머니는, 그 아씨는 대대로 벼슬살이를 해온 본데 있는 집 외동딸이고, 비록 아버지가 돌아가셨으나 유여한 유산이 있으며, 우리 민문을 이끌어갈 대들보로 여겨지는 높은 집이라고, 아는 깜냥대로 대답해 주었다. 그렇다면 나와 굳이 따져서 촌수가 어떻고, 항렬은 어떠냐니까, 그것까지 따지기는 조상으로부터 멀리 떨어져 나왔으나, 한 할아버지 밑에서 갈라졌으니 한 가문이라고 말해 줬다.

집에 와서도, 동그스름한 얼굴에 총기 어린 그 애의 눈빛이 이상하게 자꾸 어른거렸지만 어린 나이에도 한 집안, 명망 있는 호족의 후예라는 자긍심으로, 애욕이라기보다는 뭐라 표현할 수 없는 끈끈한 친밀감이 몽글몽글 자라는 걸 느낄 수 있었다.

16

그리고 일 년이 훌쩍 지나가 다시 사월 초파일이 된 것이다. 괜히 가슴이 콩당거리면서 어서 강물 북벽 벽절에 닿고 싶은 마음으로 몸이 달아올랐다. 신새벽에 집을 떠나 배개나루를 건너자 벽절이 눈에 들어왔다. 이식은 종종걸음을 치며 주변 사람들의 행렬을 훑고 지나갔다. 곳곳에 우마차가 매여 있고, 빈대떡 부치는 차일이 쳐져 있어선지, 아니면 장옷으로 얼굴을 가리고 있어선지 댕기머리는 쉽게 눈에 띄지 않았다. 이미 불전 앞에 와 있을지도 모르겠다는 생각이 다소 위안이 되었으나 한편 올해는 어쩐지 나타나지 않을 것만 같아 가슴이 답답하기도 했다. 대웅전 앞에서도 댕기머리는 찾을 수 없었다. 이식은 작년에 둘이 우연히 마주쳤던 그 자리로 가 멍하니 불당에서 흘러나오는 독경소리를 들었다. 하지만 허전하기만 했다. 이식은 절 마당을 빼곡히 채우다시피 한 연등을 하나하나 뒤져 나가면서 작년에 봤던 그 글짜를 찾아보기도 했다. 허사였다.

해가 중천을 넘자 목탁소리도 독경소리도 시들해졌다. 아무리 찾아도 댕기머리도 연등도 찾을 수 없었던 것이다. 아느작거리는 나뭇가지 사이로 강기슭 자갈밭에 차일을 친 천렵꾼들이 장구 장단에 맞춰 흥겹게 어깻죽지를 들썩이는 게 보였다. 저곳에라도 있지 않을까. 아니 귀한 집 아씨가 저런 데 섞여있을 리가 없지. 올핸 안 온 게 분명해. 이식은 마음을 돌려먹었다. 일면식일 뿐인 일가붙이를 내가 왜 이토록 애타게 찾았을까. 문득 뜻 모를 자괴심을 털어내듯 대웅전 섬돌로 다가가 허리 굽혀 부처님께 절을 하고 돌아섰다. 그런데 그 순간 댕기머리의 빨간 댕기 끈이 팔락하고 흔들리는 게 보였다. 그 애

17

도 이식을 발견하고 있었는지 곰살갑게 웃고 있었다. 이식은 자신도 모르게 한 발 다가가 거리낌 없이 물었다.

"언제 왔니?"

그러나 댕기머리는 말없이 빙긋 웃고 말았다.

"난, 네가 안 오는 줄 알았다."

그래도 웃기만 했다.

"난 민, 이식이야. 너도 민씨잖아. 우린 일가야. 그러니까 생판 남처럼 외면하지 않아도 돼. 안 그래?"

이식이 나름대로 열의를 다해 묻자 댕기머리가 겨우,

"나도 알아."

했다. 그리고 또 입을 다물었다. 이식은 이 참에 너와 내가 동갑내기지만 생일이 누가 빠른지, 아니면 항렬이 누가 높은지 그리고 네 이름이 도대체 뭔지 알아두고 싶었다. 그건 아마 지난 일 년 간 이식이 안쫑잡고 있던 기대감의 전부일 것이었다. 하지만 댕기머리는 말없이 미소만 머금어 보일 뿐 그렇게 녹녹한 애가 아니었다. 이식이 심중에 뼈물린 안타까움을 거둬들이며,

"나는 아침에 왔어. 이제 가야지. 울 어머니가 저기 마당 밖까지 나가 계시네. 너 내년에 또 올거지?"

하고는 댕기머리를 한번 뒤돌아보고 절 마당을 벗어났다.

그러고는 그 댕기머리 작은아씨를 더 이상 만나지 못했다. 벽절에 다시 오질 않았는지, 왔어도 매년 시간이 어긋났던 건지 모를 일이다. 아니면 지체 있는 집안 규수로 자라나면서 문 밖 출입을 절제하

였는지 혹은 홀어머니를 모시고 외로이 산다고 했으니 어디론가 친척붙이를 찾아 이주를 했는지 모를 일이었다. 이런 궁금증이 해가 갈수록 이식의 머릿속에서 선연하게 똬리를 틀게 되었지만 이식은 그것이 동성동본에게 갖는 혈육의 정 이상이 아니기를 스스로 애써 다독일 뿐이었다.

열다섯이 되어 총각 태가 오른 이식이 때때로 책상을 물리고, 들에 나가 쇠꼴도 베고 들일 뒷수새도 할 나이가 되었을 때 이식은 기절초풍할 소식을 듣게 되었다. 여주 관아골 민족(閔族) 화수회에 다녀온 아버지가 몹시 들떠서 전해준 말이었다. 그 댕기머리 규수가 왕비로 간택되었다는 것이다. 그 때 비로소 이식은 그 아가씨 이름이 자영이라는 것과, 자기의 예상대로 자기와 동갑내기이며, 그의 작고하신 아버지가 생전에 영주 군수, 사도사 첨정이라는 벼슬을 지낸 민치록이고, 아버지가 돌아가신 후 얼마 안 되어 홀어머니와 함께 서울로 이사를 갔고, 민치록은 자신의 부친과는 아주 먼 촌수이지만 굳이 따지자면 항렬이 같다는 것을 알 수 있게 되었다.

이식은 한 동안 정신이 멍해져 뭐라고 말문을 열 수 없을 지경이었다. 그 나이에 세자비도 아닌 지존의 정비로 낙점된다는 것이 어디 사람이 할 일이겠는가. 더구나. 비록 지체 있는 가문이라고는 하나 아버지도 없이 큰 아가씨가 하루아침에 구중궁궐의 안주인이 되는 것은 진정 사람이 하는 일이 아니었다. 그러면서 이식은 벽절에서 두 번 보았던 그 몇 해 전의 기억 속에, 그녀가 잇빛 입술을 벌려 자기에게 건넨 단 한 마디 말 '나도 알아'가 저 높은 하늘로부터 메아리쳐 쏟아지는 걸 느꼈다. 그 때, 아버지가 다가와서 이식의 손을 잡으며 말했다.

"이제 왕비마마가 우리 가문에서 났으니, 가문의 영광이요, 여주 땅의 홍복이다. 그 아버지 민치록 영감이 생전에 닦아 놓은 선업이 크셨던가 보다. 그리고 대원이 대감의 처남 되시는 분이 민치록 영감의 양자로 들어간 민승호 나리시니, 왕비의 앞날이 육지처럼 탄탄하실 거라고 화수회에서는 좋아들 하셨다."

비록 벼슬길엔 못 나갔지만 부지런히 농사짓기를 본업으로 삼고, 삼동 이웃에 양반 끄나풀이라는 손가락질 받기를 싫어하는 아버지였다. 그래서 존경스러웠고, 자랑스럽기도 했다. 비록 남 앞에 몸을 세워 이름을 날리진 못하더라도 불전에 서서 인생사 한 닮음을 되새김해 볼 때 그 인금이 어떻게 매겨질지는 그 때 가봐야 알 일 아닌가.

이식은 자영에게 품어 왔던 그 이상한 미련이 뭉게구름처럼 치어 올랐던 회억 하나만으로도 평생을 살아가는 고귀한 등받이가 되리라고 생각했다. 다시 책상머리에 앉아 책을 꺼내 들었다. 사서를 독파하고 삼경으로 들어갔는데, 그 이치를 쉽사리 꿰차지 못하는 날이 많았다. 문재가 워낙 없는가 보다고 자탄한 적도 없지 않았다. 그러자면 지체 있는 양반 가문에 태어났으나 글속이 깊지 못해 평생 농군으로 살아가는 아버지가, 때때로 자식에게 짠해 하는 기색이 도무지 아버지 일만 같지 않았다. 스무 살이 되어, 민 씨 성을 받고난 남아로서의 의무라도 이행하듯 과거를 보았다. 보기 좋게 초시에서 낙방했다. 무엇보다 아버지에게 몸 둘 바 모르게 송구했지만 이식은 가만히 생각하는 것이 따로 있었다. 아버지에게는 감히 낱낱이 실상을 고백하지 못했지만, 그는 강물을 따라 서울을 왕래하는 뱃군들에게서 얻어들은 게 있었다. 그리고 그들이 심심파적으로 떠들어 대는 그 얘기의 진상이 궁금해지기 시작했던 것이다. 짬만 나면 배개나루로 나가 뱃군들 얘기에 귀를 기울이다보니 무언가가 머릿속을 비집고 터를 잡았다. 그것은 놀랍게도 지금껏 쌓아오고 누려왔던 세상 모든 물정이 허물어진 뒤에, 새로운 이치와 풍물이 자리 잡을 수밖에 없다고 단정할 수 있는 것들이었다. 그것은 자기가 지금껏 신명을 다하여 신봉해 마지않던 공맹의 소멸됨이요, 그를 따르던 유생들이 길을 잃고 난밭으로 물러나게 됨이요, 새로운 천지가 이 산하에 창조됨을 의미했다. 그 사상은 이미 중국 땅에서 연기를 말아 올렸고 머지않아 요원의 불길처럼 번질 것이며, 조선도 그 불길을 피할 수 없으리라고 했다. 오경석이라는 역관이 가져온 책에 그런 것이 다 쓰여 있고, 그가 가져온 서양 문물들, 자명종, 망원경, 돋보기 같은 신기한 기기들이 그것을 입증하고도 남는다는 것이었다. 그런데도 한학에 몰입되어 있는 선비들은 그것들이 하나의 요망한 사술일 뿐, 천지를 경영하는 이치야 어디 변함이 있으랴며 극구 배척한다고 했다. 해서 이식은 더욱 구미가 당겼는지 모른다. 그는 오경석이 가져왔다는 이른 바 《신서 (新書)》가 어떻게 생겨 먹은 것 인가나 좀 보고 싶었다. 그런데 그것을 알기 위해선 자기를 금쪽 같이 귀애해 주는 아버지의 뜻을 저버려야 한다는 고뇌가 있었다.

아버지와 신문물 사이에서 굽도 젖도 할 수 없기를 두어 해, 벼슬

길에 나가기를 단념한 줄 알아챈 아버지가, 장가를 들여 실농군으로 키우기로 마음을 돌려 먹은 걸 알고는 아버지 뜻에 순응하는 척 각시를 맞이한 몇 달 뒤, 이식은 홀연히 집을 나섰다. 그리고 서울과 제물포를 오가며 신문물을 따르는 무리들 틈에 끼어들었다.

세월이 흘러갔지만 덧없이 가지는 않았다. 신문물을 눈앞에 놓고 조정의 높은 나리들은 뜻이 갈리고 패가 나뉘어 하루가 멀다고 충돌이었다. 어떤 이는 그것이 나라를 중흥시킬 선약(仙藥) 같은 거라 했지만 다른 축에서는 목숨을 태워버리는 비상(砒霜)처럼 여겼다. 그러다 적개심이 골수에 차면 상대방을 죽이기도 했다. 어지럽고 답답했다. 진작 저 벼슬 높은 사람들처럼 목숨 걸고 공맹을 읽어 환로에 나가지 못한 무력감이 일기도 했다.

그러던 중 임오년에 구식 군졸들이 들고 일어났다. 그 소요의 진티는 민문의 총아 민영익에게 있었다. 자신보다도 아홉 살이나 적은 앳된 종씨였지만, 그는 나라를 쥐락펴락하는 자리에 올라 있었다. 흥선군은 소요를 진압하기 위해 청나라 군대를 불러들였다. 그리고 왕비가 그 북새통에 목숨을 잃었다고 발표했다. 이식은 아연실색하고 말았다. 왕비가 시해되다니. 그렇다면 왕비는 누군가의 치밀한 모략에 의해 비명도 지르지 못하고 숨을 거뒀을 것이다. 개화파 인물들이 주변머리 없이 설쳐대는 바람에 영명하고 아리따운 중전마마가 희생된 것 아닌가.

이식은 궁궐을 향해 사배 호곡하고 서울을 떠났다. 찾아 갈 곳이라고는 여주 고향땅 뿐이었다. 팔 년 만에 찾아온 고향집은 몰라보게

쇠락해 있었다. 정처 없는 곳으로 연기처럼 아들놈이 사라진 뒤, 아버지는 말이 없어지는 대신 앓는 소리를 입에 달았다. 다만 아내가 그 긴 나날들 시부모 밑에 붙어 딸처럼 오순도순 살아주고 있어서 그나마 연명하고 있는 듯 보였다.

고향에 돌아오긴 했지만 이식은 때때로 가슴을 훑어 내리는 뜨거운 불기운 때문에 좀처럼 안정을 찾지 못했다. 글 읽는 것은 물론 연로한 아버지 농사일도 거들기 싫어졌다. 개화물을 먹더니 사람만 버렸다고 아버지는 종종 탄식했다. 그래도 말없이 자기 등 뒤에 붙어 앉아 다소곳이 말동무를 해주는 아내가 그지없이 고마웠지만, 심화를 꺼주기에는 부족한, 한낱 여느 여인네일 뿐인 게 답답했다.

사실 이식은 개화에 송두리째 미쳐버린 건 아니었다. 나이 어린 민영익이 나라를 좌지우지하는 것이 모름지기 얌심 나는 것도 아니었다. 밑바닥에 엎드린 무지렁이건, 지체 있는 양반이건 사람이 살아가는 일상만큼 중요한 게 없다는 평범한 진리를 그는 터득한 것이다. 사람들이 호의호식하며 잘 살고 나서야 개화든 척화든 화두에 올릴 일이었다. 이것은 비단 개인에게 국한된 것이 아니었다. 나라와 나라 사이에서도 호혜롭고 평등한 질서가 있어야만 그 나라에 몸 붙여 사는 백성들이 안락해 지는 것이다. 따지고 보면 백성 개개인은 나라의 근본이니 지위 고하 없이 그 삶이 어찌 중하지 않겠는가. 그런 까닭으로 적개심에 불타는 논객들은 야수처럼 위험할 뿐이고, 야수의 습성대로 처신하는 그들이 중전마마도 시해할 수 있었을 것이다.

석 달 만에, 죽었다던 왕비가 나타나 궁궐에 들었다고 했다. 그래서 소요는 마무리되었지만 이식은 이 도깨비 활극 같은 사단이 종언을 고했다고는 생각지 않았다. 장안 거리를 누비는 내로라하는 감투쟁이들의 눈에 서린 살기와 독기를 그는 똑똑히 보았던 것이다. 그래서 비루한 일상이지만 끌탕이 자꾸 일었다. 누런 낯빛으로 온 종일 지질러 앉았다가 심화가 솟구치면 강물에 적시기라도 할 듯 강나루로 나갔다. 모반상을 잡아놓고 배를 대는 뱃군들에게 술사발을 안겨주며 서울 소식을 채근했다. 이럴 때면 그의 얼굴에선 생기가 돌았다. 서울 마포에서 돛을 매면 충주, 단양까지 물살을 거슬러 올라야 하는 그들에게 여주 배개나루 민생원은 꽤 낯익은 한량이면서 호한으로 알려지기 시작했다. 여주 민문이면 지금 조선 팔도에서 울이 세기로 이름 있는 호족인데 그가 베푸는 호의를 보면 필시 무슨 야심을 가진 기인 아닌가 여길 정도였다.

죽이 끓는지 밥이 끓는지 모르는 바깥사람 대신 아내가 논밭에 매달리기도 서어한데, 아버지가 시름시름 앓기 시작하고는, 강물도 쓰면 줄어든다고, 이식 부자는 논밭전지를 건사할 수 없이 되었다. 궁색한 살림이나마 거머쥐려고 안간힘을 쓰던 아버지가 눈을 감고, 어머니마저 돌림병으로 세상을 뜨자, 이식은 잠시 제 앞가림 생각으로 정신을 차린 적도 있었으나 곧 머릿속이 산란해 지며, 사사로운 재물은 뜬것에 불과한데 그것에 목을 매서는 장부가 아니라는 생각이 되살아났다. 그래서 가사를 정리하여 깊은 구렁으로 단칸 초집을 얽고 들어앉았던 것이다. 이렇게 지낸 것이 어느덧 햇수로 십 년, 밤마다 뜨락 앞을 내닫는 바람소리와 이름 모를 밤벌레들의 시름겨운 소리,

그리고 힘겨루기 하는 산짐승들의 투그리는 소리에 익숙해지기는 생각처럼 쉽지 않았다. 여전히 이식의 머릿속에는 칼바람 부는 궁궐 주변의 살벌한 눈초리들이 번득이는가 하면 헛주검까지 내몰렸던 중전마마의 어릴 적 해맑은 웃음이 틈입하곤 했다. 스스로를 이기지 못할 지경이 되면 안사람의 손을 뿌리치고 삼십 리 밖 배개나루로 나가 서울서 내려오는 뱃사공들에게 귀를 맡겼다.

그러던 어느 가을 역관 숭록대부 오경석의 묘를 양근 땅으로 이장했다는 말을 우연히 듣게 되었다. 살아서 중국을 열 세 번이나 다녀왔고 주변 나라들의 이해 관계를 날카롭게 꿰뚫어 조선의 국보(國步)를 설파한 그답게, 또한 조선의 신흥 갑부답게 이장 행렬이 십 리에 미치고, 수려하고 양지바른 산자락의 봉분이 왕릉에 비견할 만하다고들 했다. 그리고 해마다 그 기일이 되면 수십 명의 추종자들이 은밀히 묘역을 참배하는데 자기들 짬짜미 밖 사람들은 출입을 허용하지 않는 관행을 정했다고도 했다. 하지만 이식은 행장을 차리고 제례가 열리는 그의 묘소를 찾아 나섰다. 구렁에 웅크리고 앉아서는 속에 불이 날 지경이었던 것이다.

과연 수십 명이나 되는 참배객들은 모두 눈에 총이 선 자들이었는데, 잡다한 외인을 엄히 경계하는 눈씨가 섬뜩할 정도여서, 괜스리 다리품만 팔았다는 생각을 겨우 끼트리며, 제법 큰 고개를 하나 넘어 지평 땅에 이르렀다. 가을 짧은 해도 척 기운 터에, 어느새 호롱불을 내건 바지런한 주막이 있어서, 넘어진 김에 쉬어 간다고, 포렴을 젖히고 찾아들었다. 벌겋게 취한 사내들이 목청을 높이며 와자하니 떠들고 있는 사이를 질러 주모가 권하는 봉당에 올랐다. 그리고 곁두리 상에 술 한 탁배기와 도토리묵 한 모를 받아놓고 갓을 벗어 무릎 옆에 놓았다.

"갓까지 벗는 걸 보니 나우 한 잔 하실 요량이우?"

목이나 한 사발 축이고 떠날 사람으로 보았던 나이 들어보이는 주모가 흘깃 쳐다보며 물었다.

"그야 술맛이 달면 밤인들 못 새우겠오?"

"어디서 오셨우?"

주모는 이 남정네가 한다하는 한량일시 분명한데 생판 처음 보는 얼굴이라 궁금해서 물었다.

"멀지 않시다."

"서울요? 오늘 오대감인가 오역관인가 하는 사람 제사를 보러 오셨구라?"

"그렇기는 하지만 서울은 아니라우."

"서울이 아니라니까 말이지만, 여기서는 서울까투리들을 별로 안 좋아 한다우."

"그건 먼 소리요?"

"내가 뭘 알겠소만. 남정네들이 그런 얘길 자주 합디다."

주모가 마른 행주로 이식이 앉은 들마루를 썩썩 훔치고는 부엌으로 들어갔다. 그런데 둘의 대화를 흘깃흘깃 넘겨보던 마루 위의 한 사내가 헛기침을 하며 몸을 틀었다.

"그게 바로 개화니 척화니 눈깔을 뒤집어쓰고 싸우는 서울 양반놈들 탓이 아니겠우. 나라는 거덜이 나는 판인데 제 놈들만 호의호식하면서 더 큰 떡 물겠다고 저 발광들 아니요. 제 패거리 힘이 부친다 싶으면 때놈이고 왜놈이고 다 끌어대는 오색잡놈들 아니냔 말요."

사내는 꽤 취해 있었지만 정신줄을 놓칠 정도는 아니었다. 이식이 고개를 끄덕여 주자 그가 다시 내뱉었다.

"저 오역관인가 하는 사람도 벼슬이 얼마나 높고 임금의 신임이 얼마나 두터웠는지는 모르겠으나, 개항을 하자, 신문물을 받아들이자고 주장하면서 수하 패거리들을 만들어 나라를 조롱한 사람 아니요. 안 그렇소?"

그는 초면 예의 같은 건 안중에 없다는 듯 무릎걸음으로 썩 다가오더니 마치 다그치듯 물었다. 여전히 이식이 별 대꾸 없이 뭉긋이 웃어 보이기만 하자,

"그렇겠지. 오경석 제사에 낄 정도면 개화떨거지겠지."
하며 이식의 얼굴을 살피고는 이게 아니다 싶은지, 어따, 내가 말이 좀 심했시다, 하면서 냉정을 찾으려는 기색으로 돌아와서는 좌우를 둘러보았다. 그 얼굴빛이 호롱불에 어리는 순간 이식은 이 자가 필시 범연한 사내는 아니구나 하는 생각이 스쳤다. 그래서 서둘러 말을 붙였다.

"나도 개화 몽두리는 아니라오."

이식의 말이 떨어지자 사내가 어쩐 일인지 더욱 몸을 사리는 태로 물었다.

"그럼 '화'를 입에 올리는 분이시오?"

"화라니요?"

"처음 듣는 소리요? 글께나 읽은 사람은 다 아는 그걸 모른단 말이오?"

"소중화, 그걸 이르는구료?"

"맞시다. 우리 지평 사람들은 화서학파 때문에 얻어들은 게 많아 대충 화맥을 알지요. 화맥을 확실히 움켜잡아야 나라도 보전하고 임금도 건사한다는 이치는, 요순 이래 당송명을 거쳐 승통된 하늘의 명이오."

사내는 할 말이 더 있다는 듯 침을 굴꺽 삼키고 이식의 반응을 세심히 떠보았다.

"나도 공맹을 읽긴 한 사람이오. 하지만."

하고 입을 닫아버리자 뒷말이 궁금하다는 듯 사내는 빤히 이식을 쳐다보았다. 그러면서 알 듯 말 듯한 웃음을 내보이더니 불카한 자신의 얼굴과 턱을 쓱 문지르고 나서,

"말은 바른 말이지만, 그게 어디 말만큼 쉬운 일이겠오?"

하고 고개를 가로저으며 야지랑스레 입술을 틀었다.

"나도 지금 그 생각을 했오. 그렇게 쉽고 명료하다면야 왜 이 세상이 이렇게 어지럽겠나 말요."

이식도 제법 적극적인 어투로 상대를 찔러 보았다.

"그럼 선비님은 무슨 비책이라도 갖고 계시오?"

사내가 이제는 눈동자를 고정시키고 진지하게 물었다.

"그런 게 있다면야 내가 이런 몰골로 여주골 깊은 산속에서 붓방

아나 찧고 있겠오?"

"여주에서 오셨구랴. 나도 여주하고는 꽤나 연이 깊은 놈이라우. 이 참에 이것도 인연인데 우리 통성명이나 하십시다. 아무리 허쑬한 주막에서 오다가다 만났다지만 우리 서로 통하는 데가 있을 듯 싶소이다. 나는 민가 용호라고 하오."

그는 서털구털 수인사를 청해 왔다.

"그러시군요. 실은 나도 여흥 민문이올시다. 비록 몰골은 비루하지만, 그래도 우리 문중에 관해서는 자긍심이 있는 놈이올시다."

"이 근방에서야 민문하면 누구나 고개를 끄덕이는 갑족 아닌가요? 지금 조정의 실권을 틀어쥐고 있는 양반들이 다 우리 문중이니까."

그는 이식보다 한 술 더 의기양양해 졌다. 그러면서 다시 말을 쏟아냈다.

"허나 나는 옳지 않은 건 옳지 않다고 직설을 뱉는 성미라오. 몇 해 전에 폭사한 민승호를 보잔 말요. 비록 양오라버니이긴 하지만 중전 마마의 지친에다가 대원군의 친처남인데, 그런, 하늘의 새도 떨어뜨릴 양반이 폭탄을 맞아 죽었오. 헌데 어떤 시러베 잡놈이 그 따위 짓을 했는지 통 모르겠다는 거 아니요. 하긴 멀쩡하게 살아 있는 중전 마마까지 죽었다고 헛장사를 지내는 난리 범버꾸들이니 뭐가 옳은지 그른지, 민문이 정말 갑족인지 아닌지, 그건 장차 두고 봐얄 일이요. 민영익만 해도 그래요. 폭사한 민승호의 양자로 들어가 대가리 피도 안 마른 게 정삼품 이조 참의에다가 신식군대 교련소 당상까지, 태조 이성계 이래 최연소 고관직에 올랐다고 떠들썩하더니, 우정국 낙성식인가 하던 날 그 역시 칼을 맞아 귀때기가 찢어졌다는 거 아니요. 그 생부 민태호는 그 자리에서 즉사하고. 이게 어디 명문거족의 몰골이라 할 수 있겠오? 난 사실이지 한 핏줄이라고 해도 멋도 모르고 설쳐대는 민영익은 꼴불견이었오."

그는 목이 타는지 벌컥벌컥 술사발을 들이켰다.

"그것도 난 동감이오."

"그렇소? 거참 반가외다. 어쩐지 나와 통하는 구석이 퍽 많으신 선비 같으시외다."

"그런데 다만!"

이식이 민용호의 말끝을 자르며 입안에 각을 세웠다.

"다만?"

용호가 이식을 빤히 바라보며 뒷말을 재촉했다.

"난 중전마마의 광영을 위한 일이라면 무슨 일이건 마다하지 않을 작정이오."

"허긴 중전마마도 우리 민문의 어엿한 따님 아니신가요. 그러니 풍파를 탈 수밖에 없겠지요."

용호가 이기죽거리는 투로 지껄이는 바람에 이식은 정신이 번쩍 들었다. 마침 입으로 가져가던 술잔을 내려놓고 송곳 같은 눈씨로 용호를 꿰뚫어 보면서 일침을 놓았다.

"중전마마를 가벼이 칭하지 마시오."

이식의 목성에 결이 서 있음을 느꼈는지 용호는 얼굴빛을 매실매실하게 고치며 말했다.

"나도 민가네 열 남자보담 중전이 낫다고 생각은 해 왔소이다. 내가 왜 왕비마마를 쉽히 여기겠오. 돌아가는 꼴이 하 답답해 복장이 터질 지경이니 그렇게 말이 나왔소이다. 보아하니 나보다는 몇 살이라도 연장으로 보이니. 한 족보에 들지 않은 종씨라면 우리 편하게 형아우하십시다. 의향이 어떠시오?"

'홑으로 볼 자가 아니로구나. 도대체 정체가 뭐란 말인가' 이식은 용호라는 사내를 내심 경계하면서 불편한 심사를 지우지 못했다. 용호가 다시 말을 이었다.

"그래도 제가 딱눈은 아닐 겁니다. 저는 갑인생 범띠올시다. 금수의 왕 호랑입죠. 근데 선비님은 저보단 위로 먹겠지요?"

사내가 '호랑이'에 힘을 주는 바람에 역겹기는 했으나 이 참 더 물러섰다가는 되려 자기에게 '호형'을 해 보랄지도 모른다는 생각이 들어 비꼬는 투로 대꾸했다.

"세상에 호랑이보다 위로 먹는 띠가 어디 있겠오?"

"하 참, 농담도 잘 하셔. 오수부동이라고, 쥐는 고양이가, 고양이는 개가, 개는 범이, 범은 코끼리가, 코끼리는 쥐가 무서워 꼼짝 달싹을 못한다는 말도 있지 않으오."

"암튼 나는 그 오수에 들지 않으오."

"그것 참 천만 다행이올시다. 오수에 들지 않는다면 나와 짝수 터울은 아닐테고, 징검다리 건너뛰듯 닭, 돼지, 소 띠가 홀 수 터울인데 한 살 차이 나는 소띠라기보담은 더 노성해 보이시니 혹 돼지 띠가 아니시오?"

사내가 주워 섬기는 띠풀이가 유치해 보이면서도, 이런 헤아림에 퍽 능숙하다는 생각을 갖지 않을 수 없었다. 그것은 저 사내가 부단히 어떤 사람들을 접촉해 나가는 과정일 수 있고 또 만만한 자를 규합하는 시도라고도 짐작할 수 있었다. 이식은 그 자가 이윽고 자기 나이 띠를 지목하고 나오는 데에도 방관만 할 수 없었다.

"그렇긴 하오."

"것 보시오. 내가 결코 딱눈이 아니란 걸 선비님도 인정해 주시는 군요. 이제 제가 호형을 해도 받아 주셔야 되오."

사내가 새삼 옷깃을 여미며 정색이 되어 청했다. 이식은 서둘러,

"그게 어려운 일은 아니나, 우리 좀더 알아보고 호형호제를 하든 아재비조카를 하든 합시다. 항렬을 따지다 보면 나이 적은 할아비도 있는 법 아니오."

"그렇기 때문에 제가 서둘러 호형을 하겠다는 겁니다. 형 아우는 나이를 거슬러 있을 수 없고, 비록 피로 맺지 않더라도 대개는 낫살이 엇비금하여 생각이 통할 수 있으니 어찌 족보에 적힌 항렬로 콩켸팥켸 만들어 일을 그르치겠습니까?"

"일을 그르치다뇨?"

이식이 깜짝 놀라 물었다. 사내는 급히 입을 벌려 웃음 도막을 분질러 냈다.

"핫하, 그건 제 딴에 경영하는 조그마한 가업을 하나 두고 한 말이니 맘에 담아 두진 마시우 형님."

"자꾸 형님이라 부르니 퍽 거북하오. 허나 이미 날이 저물고 여주

까지 갈 길이 머니 난 그만 봉놋방으로 들어갈 셈이오."

이식이 자리를 파하려고 하자 용호는 아직도 할 얘기가 남아 있다
는 투의 아쉬운 빛이 역력했지만 어쩔 수 없다고 단념했는지 따라서
자리를 털고 일어섰다. 그러면서 어금니에 힘을 주며 낮게 속삭였다.

"여주에서는 민문이 호족일지 모르나 이곳 지평은 아니올시다. 상
안하맹이라고 윗골은 안씨가 아랫골은 맹씨가 주도권을 잡고 있지
요. 그리구 이왕 지평 땅엘 오셨으니 날이 밝으면 모루나라는 마을에
있는 동동산을 꼭 한번 가 보십시오. 범상치 않을 터이니."

그 순간 그의 눈빛엔 지금까지의 너스레와는 판이하게도 상대의
가슴을 찌르는 눈씨가 있었다. 이식은 서둘러 그의 곁을 떠나 아직도
몇몇 멍석에 주질러 앉아 잔주를 늘어놓는 술꾼들을 비껴 행낭채 봉
놋방으로 들었다. 이미 봇짐을 풀어 방구석에 포개놓은 나그네 서넛
이, 눈은 감지 않았지만 아랫묵을 차지하고 길게 누워 있었다. 이식
은 횃대에 갓끈과 중치막을 걸치고 그들 옆에 자리를 잡고 잠을 청하
려고 눈을 감았다. 그런데 온 종일 다리품을 팔아 몸이 노곤한데도
이상하게 잠이 오지 않았다. 민용호라는 사내의 마구발방이 자꾸 귓
가를 맴도는 게 이상했다. 물론 집에서도 쉽게 잠덧에 떨어지는 체질
은 아니었다. 세상사 돌아가는 오만가지 것들이 머릿속을 횡행하다
보면 새벽닭이 잦출 때도 있었다. 그러나 그것과는 사정이 딴판으로
이 불면은 텅 빈 머릿속을 민용호의 언거번거하는 사살이 콕콕 찔러
대는 느낌이었다. 이식은 이리저리 한 동안을 뒤척이다 자신도 모르
게 입을 열었다.

"손께서는 동동산을 보셨수?"

스스로 입술을 비집고 나온 것 같은 난데없는 이 말을 요행 귀에 담았는지 손 하나가,

"뭐유? 동동산이라 했슈?"

하면서 받았다. 어투가 충청도 사람이었다.

"그렇소. 그게 그렇게 볼 만하오?"

"볼 만하기는 뭐. 그저 조그만 회리봉이지유. 옛날에는 하도 외져서 사람이 사는 줄도 몰랐대서 모루니라던가. 하여튼 그 벽지 사람들은 그걸 끔찍이 생각하는 사람도 많다고 들었슈."

그는 팔베개를 한 채 미동도 없이 시적시적 대꾸하고 다시 잠잠해졌다.

"이왕에 말을 붙였으니 한 가지만 더 물어 봅시다. 상안하맹이라고 하던데 그게 뉘를 지칭하는지 혹 아오?"

이식이 이번에는 고개를 삐뜸하게 들고는, 말대답한 쪽을 넘겨보며 물었다.

"예? 그럼?"

그 쪽의 반응은 아주 신속하고도 적극적으로 나왔다. 그가 윗몸을 일으켜 세웠던 것이다. 이식도 따라 팔굽으로 상체를 일으켜 앉으면서 물었다.

"왜 그리 놀라시오?"

"그럼 선비님도 강음례에 참석하는 길이시오?"

"그건 아니올시다만,"

"하긴 상안을 모르니 우리 동문이 아니시구료. 하맹은 고을 사람들이 우스갯소리로 지어붙인 건지 모르지만 상안은 우리 퇴앙 안종응 선생을 지칭하는 거라우."

"도가 높은 분인가 보구려."

"순암 안정복의 후손으로 우리 화맥을 평생 일심으로 다잡아 오신 도념 높은 어른이시지우."

길손은 그렇게 대답하고는 이식에게 관심이 없어졌다는 빛으로 도로 눕고 말았다.

이튿날 이식은 이른 조반을 먹고 이십여 리를 걸어 모루니를 찾아 갔다. 여주로 향하는 길로 치면 에움길이었지만 여기까지 온 김에 동동산을 외면할 수는 없었다.

말대로 나즈막하니 봉긋한 야산이었다. 초가가 옹기종기한 들녘 끄트머리에 꼭 밥사발을 엎어놓은 모양으로 외떨어진 봉우리였다. 그리고 봉우리를 좌우로 둘러싸고 있는 산줄기가 어찌 보면 거대한 용의 형상이요, 달리 보면 꿈틀거리는 지네였다. 마침 알지게를 지고 논둑을 걸어오는 노인장이 있어 물어봤다. 노인은 걸음을 멈추지도 않은 채 대답을 중얼거리며 가던 길을 갔는데 이식은 노인의 뒤를 따르며 귀를 기울였다.

"어떤 풍수는 저 봉우릴 여의주라고 하고 어떤 이는 지네 밥이라고 할 만큼 얄궂은 산이라오. 그래선지 우린 여름 내내 저 봉우리만한 볏가리가 들녘을 채웠으면 하다가도 빈 쭉지만 흩날리는 흉년이 들면 봉우리에 올라가 장차 닥칠 절곡을 슬퍼하며 목 놓아 우는 풍습이 있다우. 동동걸음을 치면서 말이요. 그래서 언제부턴가 저 지네 밥이 동동산이라고 불렸다지우."

노인장은 어디서 왔는지도 모르는 뜨내기 손에게 그쯤 말해 줬으면 도리는 다했다는 투로 가던 길을 마저 가버렸다.

가을걷이가 끝난 허허벌판 끝자락의 여의주에 늦가을 아침 햇살이 소리 없이 비껴들고 있었다. 올 가을 저 봉우리에서 또 동동걸음이 쳐질까. 노인장의 말투로 봐서는 썩 평온한 분위기로는 보이지 않았다. 그래서 민용호가 어제 그토록 결연한 얼굴로 동동산을 언급했던가.

이식의 머릿속을 꿈길처럼 헤집는 지난 세월의 잔상들이었지만 어쩐 일인지 그것들은 해가 갈수록 잊혀지기는 커녕 새로이 각색되고 윤색되어 점점 또렷해지고, 때로는 자신이 마치 구경꾼이라도 된 것처럼 흥미로워 지기도 했다. 나이가 먹을수록 육신은 노쇠해지지만 기억은 더 발랄해지는 것이 어쩌면 영혼을 그만큼 살찌우려는 조물주의 조화가 아닐까 싶었다.

초저녁부터 잔소리를 달고 있던 내자가 잠덫에 빠져들고, 문 밖을 갈래던 짐승들도 제 굴을 찾아들 시각, 긴 밤 망각의 늪을 이제야 헤집고 나왔다는 듯 갈고리달빛이 은은히 쪽창을 간지르는 낌새에 오늘 밤도 이식은 쉽게 단잠을 붙들 수 없었다.

2

유생 안종응은 먹물이 잔뜩 묻은 붓끝을 벼루에 앉혀놓고 나서 헛기침을 한번 했다. 도무지 글귀가 잡히질 않았다. 머리에 서릿발이 다붓한 환갑 나이에, 정신이 흐려진 때문만은 아니었다. 오히려 이 나이 먹도록 살아온 것이 어쩌면 송구하고 비굴하다는 생각을 종종 갖게 되는 요즈음이었다. 고개를 들어 주위를 보면 모든 것이 비정상이고, 그 비루한 뽄새는 날이 갈수록 추악해져만 갔다. 그렇다고, 세월만 탓하고 앉아있을 뿐 이 참담한 경황을 우뚝 나서서 어찌 해볼 수 없음이 마냥 한탄스러웠다. 종응은 바깥 공기라도 마실 요량으로 방문을 열고 툇마루로 나왔다. 삼년 째나 손을 보지 못한 안채 지붕, 빗물에 골이 진 썩은 이엉 틈에 그래도 한 아름이나 되는 둥근 박이 주렁주렁 열려 있는 게 보였다. 자연은 변함없이 달을 주고 해를 보내 우주만물이 운용되는 도리를 다 하건만, 그 아래 사는 인간들이 배은망덕하게도 이물스레 생청을 쓰니, 피차 이렇게 조화를 이루지 못하는 것 아닌가. 이 부조화는 곧 인간이 차마 배겨나지 못할 앙얼로 되갚음 될 게 분명할 터, 만약 정신을 바짝 차리지 못하고 허둥대다간 세상에 해와 달이 빛을 잃고 말 일 아닌가. 종응은 생각만 해도 소름이 돋았지만 겨우 안채에 대고, 내자를 불러볼 뿐이었다. 그러잖아도 요즘 얼굴이 수척해진 바깥양반을 은근히 걱정하던 내자가 기다렸다는 듯 문고리를 밀었다.

"더 두었다간 박덩이가 쉐버리겠는 걸."

종응이 말을 붙이자 내자는 세상 살다 이상한 소리도 다 듣겠다는 듯 대꾸했다.

"박이요?"

"그렇다니까. 지붕에 있는 박 말이요."

"세상에, 영감이 박을 다 걱정하다니요?"

내자가 문지방을 넘어 마루로 나오면서 의아해 하는 얼굴로 재차 물었다.

"지붕에서 얼어터지게 할 순 없잖소."

그러면서 종응은 안마당을 휘이 둘러보더니 장독대 옆에 있는 곁채 곳간으로 걸어갔다. 내자는, 저 양반이 정말 사다리를 꺼내와 지붕엘 오르려나 싶어 종종걸음을 쳐 다가왔다.

"알았시다. 내가 쇠징이를 부르든 누굴 데려오든 해서 박을 거둘 테니 들어가 좌정하시구려."

내자가 종응의 옷소매를 잡았다.

"쇠징이는 근래 코빼기도 안 보인다더니 어디 가서 불러올꼬? 암튼 내가 이 나이에 설마 지붕엘 올라가겠소? 괜한 걱정 말고 임자나 어떻게 메지를 져 보구려."

종응은 내자의 손을 밀어내고 곁채 골판문 앞에 이르러 괴춤에 고이 간직한 열쇠로 자물통을 땄다. 전에는 볏섬이 가득 쟁여진 곳간이었지만 지금은 휑뎅그레 찬바람이 묻어났다. 종응은 무언가를 지목하여 확인이라도 할 듯 성큼 곳간 안으로 들어섰다. 한쪽 벽 간살창으로 파고드는 햇살 덕에 곧 엉기정기 놓여 있는 물체들이 동공에 들어왔다. 종응은 그 물건들을 일일이 점검하며 한 발 한 발 앞으로 나아갔다. 도투마리 잘라 넉가래 만드는 것도 아닌데, 꽤 정교한 기술이 필요한 굴레미 열두 족이 나란히 벽을 기대고 있는 곳 앞에서 그는 한 동안 그것을 응시하고 나서 다시 발걸음을 옮겼다. 평상처럼 만든 작업대 위엔 톱, 끌, 자귀, 마치 같은 연장들이 나란히 누워 있었다. 종응은 그것들에도 세심히 눈길을 주고는 바닥에 놓인 기다마한 목둣개비들을 집어 올려 평상으로 옮겨 놓았다. 지금은 형편이 안 되어 잠시 중단하고는 있지만 시급히 다시 손을 대야할 작업이라고 생각하는데 대문이 삐그덕 열리더니 누군가 안마당으로 성큼성큼 들어서는 기척이 들렸다.

"쇤놈 쇠징입니다. 지붕에 올러가 박을 내릴깝쇼?"

녀석의 칼칼하고도 새된 음성이 떼르르 안마당을 굴렀다. 종응이 곳간을 나와 쇠징이 앞으로 가자,

"마님, 그간 강녕하셨습니까?"

하고 넙죽 절을 했다.

"요즘 뜸하더니, 그래 너도 무탈하게 지냈느냐?"

"예."

"그거 반가운 소식이구나. 앞으론 들고 나는 일을 분명히 해야 한다. 사다리하고 바지랑대는 헛간에 있다."

"저도 압니다요."

쇠징이가 머리를 조아렸지만 그러나 뭔가 착잡한 얼굴인 채 헛간으로 사라졌다.

벌써 이십 여 년 전이다. 쇠징이 녀석이 태어나던 해이니까. 쇠징 아비 쇠술은 종웅의 집 머슴이었다. 키가 지게작대기 만할 적에 어디선가 업둥이로 들어와 꼴을 베며 잔뼈가 굵었는데, 열여섯 되던 해, 아랫마을 뉘 집 부엌데기 언년이를 건드려 딜컥 아이를 배고 말았다. 종웅은 할 수 없이 두 사람을 혼인시키면서 마을 오래 끝에 다 쓰러져갈망정 토집을 한 채 마련해 주고 드난머슴으로 살게 했다.

그 해, 하냥 이글거리던 봄가물 탓에 모내기도 하는 둥 마는 둥 곡경을 치르고 나자 느닷없이 싹쓸바람이 몰고 온 붉덩물이 온 마을을 덮치고 말았다. 그 바람에 집집마다 세간은 물론 들판의 비리비리하던 곡식나부랭이가 모두 거덜이 나고 말았다. 그래서 소출 한 톨 없는 논이 허다한 판인데 입에 거미줄을 칠 수는 없는 노릇이어서 그야말로 초근목피로 연명하는 나날들이 생지옥이나 다를 바 없었다.

그래도 마을에선 상답으로 치는 종웅의 논밭뙈기에선 얼마간의 소출이 있었고, 싹쓸바람 뒤 그루갈이도 이악스레 해낸 덕에 배곯는 곡경은 면하고 있던 초겨울 깊은 밤이었다. 종응의 다섯 살 박이 아들 승우가 문득 오줌이 마려워 잠을 깨게 되었다. 그는 옆에 곤히 잠든 할머니를 깨우기 송구하여, 무섭기는 했으나 홀로 방문을 열고 마루로 나와서는 마루 구석 어딘가에 놓여있을 요강을 찾았다. 그런데 오늘따라 요강이 보이지 않았다. 할 수 없이 봉당으로 내려서서 아래춤을 까내리고 오줌을 누려는데 우물 옆 쌀광 쪽에서 사람의 그림자가 얼씬하는 게 보였다. 승우는 오줌을 참고 추녀 밑 달그림자 속으로 몸을 감추고는 댕가리지게 쌀광 쪽을 응시했다. 시커먼 사내는 쌀광 문을 소리 없이 따고 들어가더니 잠시 뒤 어깨 위에 쌀자루를 얹고 나와서는, 이미 문을 열어두었던 듯 총총히 대문 밖으로 사라졌다. 삽시간에 일어난 일이었다.

승우는 시커먼 사내가 골목길 달그림자 속으로 사라지는 것을 확인하고는 봉당 끝으로 나와 참았던 오줌줄기를 내깔겼다. 그리고 아무 일도 없었다는 듯 방으로 들어와 할머니 옆에 누웠다. 그러나 잠이 오진 않았다. 그 시커먼 사내는 바깥채에서 드난 머슴으로 있는 쇠술이었다. 잘록한 팔다리며, 풀어진 머리칼, 무거운 어깻짐을 얹었으나 씰룩씰룩 걷는 걸음새까지 영락없이 그였던 것이다. 드난살이를 한다지만 머슴이 오밤중에 쌀광에서 쌀을 훔쳐낸 것이다.

다음날 아침 승우는 할머니 앞에 단정히 무릎을 꿇고 앉아 자깝스레 입을 열었다.

"할머니께서 우리 집 쌀광을 다루시니 할머니껜 말씀드리지 않을 수 없습니다. 도둑을 맞은 것은 심히 언짢은 일이나, 도둑질한 사람 못지않게 도둑맞은 집도 집안 단속이 안 된 잘못이 있습니다."

"별안간 그게 무슨 소리냐? 네 말이 그른 것은 아니다만, 남의 재물을 훔치는 것은 비열한 짓이다. 굶어 죽을지언정 그런 지정머리를 가져서는 결코 사람대접을 받을 수 없는 거 아니겠느냐."

"그러나 우리 집 쌀광이, 우리 집 머슴한테 털렸다는 소문이 퍼지면, 필시 세인들은 우리 집의 엉성한 짜임새를 얕볼 게 뻔합니다."

"우리 집 머슴 누가, 쌀광에서 뭘 훔쳐갔다는 말이냐?"

"그러합니다. 쥔집의 곡식을 지켜줘야 할 머슴이 오히려 곡식을 훔쳐 갔습니다. 하오나 이 소문이 퍼지기라고 하면 우리 집의 주밀하지 못함이 알려지는 꼴이라, 안팎의 도둑들을 더 불러들일 우려가 있으니 할머니와 저 단둘만 알고 있으되, 저한테 따로 청이 있습니다."

"그게 뭐냐?"

"바깥채에 드난머슴으로 있는 쇠술이에게 쌀을 한 자루 하사해 주십시오."

"그건 왜? 쇠술이가 네게 그 도둑을 염탐해 줬다는 말이냐?"

할머니 눈이 등잔만 해졌다.

"올 한 해 가뭄과 바람을 무릅쓰고 우리 집 농사를 정심껏 보살피느라 애썼다고 칭찬만 하시면 됩니다."

"네 맘속에 따로 쟁여둔 생각이 있구나. 할머니와 손자 사이에 못할 말이 어디 있겠느냐. 어디 시원하게 털어놔 봐라."

"먼저 제 말대로 하겠다고 약조를 해 주십시오."

"그러마. 쇠술이한테 쌀을 꼭 내리마."

"실은 쇠술이가 그 도둑입니다."

"뭐? 네가 어떻게 그걸 단언한단 말이냐?"

"제가 두 눈으로 봤습니다."

"어떻게 봤는지 소상히 말해 보거라."

할머니가 승우 무릎을 바싹 끌어들이고는 진지한 얼굴로 물었다. 승우는 어젯밤 소피를 보러 나갔다가 우연히 목도한 장면을 여실히 설명했다. 그리고,

"그렇게 하면 우리 집 곡간을 다시는 넘보지 않을 것입니다."

했다.

할머니는 그 날 저녁 승우를 옆에 앉혀 놓고 조용히 쇠술을 불렀다.

그러잖아도 온종일 제발이 저려 심장이 콩닥거리던 쇠술은, 안주인 앞으로 나아가서는 이마를 땅에 박았다.

"죽을 죄를 졌습니다."

"무슨 죄를 졌기에?"

안주인은 오히려 온화한 얼굴이었다. 쇠술이 도대체 또 다른 파잡힐 일이 뭐가 있는겐가 난감해 하고 있는데 안주인이 다시 말했다.

"다들 이 겨울, 산 입에 거미줄 치게 생겼다고 난린데 그래도 우리 집은 지난 여름 네 손덕에 이만큼 소출을 보았으니 그게 가상해서 내가 쌀을 좀 주려고 불렀다."

"이미 세경으로 다 받았는데 뭘 또 주신다는 겁니까요?"

"봄에 색시 데려오느라고 목돈이 들었다는 얘기 들어 알고 있다.
세경 가지고 모자랐을 테고, 이번에 주는 쌀은 상으로 거저 주는 것
이다. 하지만 남한테 떠벌리지는 말고, 여기 있는 이 아이와 우리 셋
만 알고 있자꾸나."

"마님 보살펴 주시는 은혜를 어떻게 갚아얄지요. 제가 일순간 눈
에 헛거미가 잡혔었나 봅니다. 크신 도량으로 비밀에 부쳐주신다면
몸이 부서지도록 일로써 갚아드리겠습니다."

하면서 쇠술은 목멘 소리를 냈다.

"저기 있는 쌀자루를 어풀 남 눈에 띄지 않게 둘러메고 가게."

할머니가 가리키는 쌀자루를 흠칫 쳐다보고는 정녕 그럴 수는 없
다고 잠시 버텼으나 이게 여기 앉은 손자의 뜻이라는 얘기를 듣고서
야 어찌돼 돌아가는 영문인지 짐작을 하고, 저 똘방똘방한 꼬마쥔까
지 어찌됐건 내막을 알고 있다는 것이 부끄러워, 얼른 자리를 뜨고
싶은 생각이었다. 쇠술은 쌀자루를 걸머메고 안채를 벗어났다. 자기
집으로 돌아오면서 오만 가지 생각이 다 들었다. 늙은 안주인이야 머
슴살이하는 배고픈 인충들의 고초를 이해하여 그런 말을 할 수 있다
고 하더라도 다섯 살 박이가 얼마나 영악스러우면 그런 생각까지 할
수 있을까. 셋만 알고 지내자고 했으나 이제부터 도둑놈이란 낙인을
받고 한 평생을 어떻게 살아가야 하나. 차라리 이 판에 야반도주라도
하여 생판 모르는 곳에 가 사는 게 낫지 않을까.

그러나 집에 이르러, 불도 없는 캄캄한 방에서 삐져나오는 젖먹이
의 울음소리가 귓부리를 스치는 순간 퍼뜩 새 정신이 들었다. 우선

입에 풀칠이라도 하고 살아야 할 일이었다. 손가락질을 받건 누구와 쌈질을 붙건 안식구와 저 핏덩이를 굶겨 죽이지 말아야 할 일이었다.

쇠술은 방 안으로 성큼 들어서서 쌀자루를 털썩 내려놓았다. 어둠 속에서 그게 뭐냐는 듯 언년이가 쳐다봤으나 한참 말이 없다가,

"쥔집에서 상으로 줬지."

하고는 벌렁 자리에 누웠다. 목구멍이 포도청이다. 사흘 굶어 도둑질 않을 놈 있느냐. 양반떨거지건 상것 씨종이건 창새기가 뱃거죽에 달라붙고 목구멍에서 꼴깍거리는 소리가 나면 눈깔에 띄는 게 어디 있으랴. 다행히 셋만 알고 넘어가자고 했으니, 게다가 가당치도 않으나 입막음으로 상까지 내렸으니 이것이 쥔집의 진심이라면 당장은 나도 모른 체하고 붙어 있을 수밖에 없지 않겠느냐고 마음을 뒤집어 먹었다.

다음 날부터 쇠술은 꼭두새벽 쥔집으로 달려가 손톱이 닳도록 일만 했다. 배미산 기슭의 화라지 땔감도 전에 없이 두 번씩 베어 나르고, 쇠여물을 쓸고 나서는 외양간 두엄을 치고, 밤에는 자청하여 멍석을 짜고 새끼도 꼬았다. 매일 집으로 나오던 것도 이틀에 한번 꼴로 줄었다.

그렇게 그 해 겨울을 났다. 찬바람이 꺾이고 들판에 따스한 기운이 아른거리는 봄이 되자 여기저기 사람이 굶어 죽었다는 흉흉한 얘기가 떠돌았다. 그런데 그 어느 날인가, 안종응의 쌀광이 누구에겐가 깜쪽같이 또 털리고 말았다. 이번에는 쌀광 문 자물쇠가 열려 있는데다 대문도 뻥그시 젖혀 있는 정황이어서 식전 댓바람에 이미 도난 사

실을 종응이 직접 목도하고 말았다. 종응은 머슴과 내통 없이는 일어날 수 없는 변고라고 단정하고 의심의 단서를 머슴들에게 두었다. 쇠술이 말고도 머슴이 둘이나 더 있었는데, 쇠술이 입장에선 난처하기 이를 데 없는 상황이 벌어진 것이었다. 아무리 결백하다고 주장해 본들 도둑질도 해 본 놈이 또 하는 것 아니냐고 쥔집에서는 우선 생각할 것이었다. 그렇다고 다른 두 머슴을 의심하기는 죽기보다 싫었고, 설사 그들의 소행이라고 해도, 오죽하면 쥔집의 곡식에 손을 댔을까 싶어 동정심도 일었다. 그러나 가만히 쇠죽만 끓이고 웅크려 있기에는 스스로 너무 부자연스러웠다.

쇠술은 자청하여 노마님을 찾아가 무릎을 꿇었다.

"저는 지난 몇 달 간 그 때 은공을 갚기 위해 몸이 부서져라 일만 했습니다만 이번에 또 이런 불상사가 나고 나니 몸둘 바를 모르겠습니다."

"그 때는 그 때 일이고, 이번에는 누군가가 대놓고 일을 저질렀으니 이미 쏟아진 물인 걸 어쩌겠느냐. 범인을 잡아 벌을 주는 게 당연하겠지."

"주인마님이 저한테 베푸신 은혜에 감복하여, 어려운 일이지만, 제가 용심껏 범인을 찾아내 보겠습니다."

"그렇게 해 준다면 금방 범인이 지목되겠지. 고마울 따름일세. 허나 이번 일은 바깥 어른이 이미 알게 되었으니 사랑에 나가서 고변하게나."

하고 못마땅한 안색으로 안주인은 말했다. 그녀의 의심이 닿는 곳에 자기도 끼어 있음을 직감한 쇠술은 가시덤불에 앉은 것처럼 따갑고 불편하여 어풀 자리에서 일어나려고 하는데, 할머니 옆에 동그마니 앉았던 승우가,

"우리 집에 충성할 생각은·말아. 도둑에게 충성을 받으면 그 역시 도괴라 할 수밖에 더 있겠어?"

하고 야족거렸다. 앙칼 없는 양반 새끼 없고 할퀴잖는 괭이 새끼 없다더니, 몽치로 뒤통수를 맞은 기분이 되어 황급히 밖으로 물러나온 쇠술은, 제 결백을 내보이려고 배 고픈 도둑 하나 잡아줘 봤자, 풋보리밭에 한번 들었던 마소는 언제고 그 말을 듣는 법인데, 한번 찍힌 낙인이 저 양반 쌍통들한테 벗어지기는 영 글렀다고 체념하고 쑹덩쑹덩 괴나리 봇짐을 쌌다. 마침 아들 쇠징이놈이 마마를 앓아 눈을 까뒤집어 쓰고 숨넘어가는 소리를 해대곤 했지만, 잔주럽이 심하여 앓다가 잘못된다고 한들 인명은 재천이라는 생각뿐이었다.

쇠술이 그날 밤 불덩이 같은 걸 붙안고 마을을 떠나는 기척이 보여도 쥔집에서는 눈도 깜짝하지 않았다. 도리어 잡아다가 벌은 주지 않을테니 어서 소리소문 없이 사라져 주기를 바란다는 눈치였다. 쇠술은 밤 새 걸으면서 어디 드샐 만한 곳이 있나 찾았으나, 서낭당이 높이 치어다보이는 낯모르는 마을 앞에서 아침 햇살을 맞았다. 젖먹이의 숨넘어가는 울음소리가 거슬렸던지 지나던 행인이 한둘 고개를 돌려 바라봤지만 애 얼굴에 발갛게 열꽃이 핀 걸 보고는 실큼하여 자리를 피했다. 애는 울기에도 지쳤는지 씨룩씨룩 지렁이 우는 소리를 내고는 잠시 숨을 몰아쉬다가 다시 울곤 했다. 아기 울음소리가 인가

에 미치지 못할 만한 뜸에 이르자 웬 작은 헛간 같은 것이 눈에 띄었는데 얼핏 보아도 그건 상여집이었다. 쇠술은 언년이 손목을 끌고 그곳 처마 밑으로 가 자리를 잡아 앉혔다.

"여기서 좀 쉬고 있으라구. 내 가서 먹을 걸 좀 얻어 올테니."

쇠술은 거의 발을 놀릴 기력조차 없었으나 죽어가는 어린것과 마누라를 생각하면 한 시가 급한 상황이었다. 그는 가까이 눈 앞에 서 있는 동네 초입 어느 사립문을 열고 들어섰다.

"밥 한 술만 줍쇼. 처자가 굶어 죽게 생겼습니다."

하고 목성을 긁어냈다. 잠시 뒤 헛간인 듯 싶은 곳에서 오무래미할망구가 고랑진 얼굴을 내밀었다.

"우리도 다 입에 거미줄을 치고 있다우. 지금 뒷마실에 초상이 났으니 그리로나 가 보시우."

하고 흐리멍덩한 눈을 내리감았다. 쇠술은 뒷동네로 주린 허리를 감아쥔 채 있는 힘을 다해 걸었다. 그러면서 새삼, 허기가 깊어지는 것만큼 박차고 나온 쥐집이 그리워지는 걸 어찌할 수 없었다. 꾹 참고 눌러 있었더라면 이 모진 허기는 당하지 않았을 것이었다. 생각해보니 허기를 몰고 온 것은 자신의 알량한 자존심이었다. 그래서 사람들은 배알을 팽개치고 상전에 붙어 머슴살이를 하는지도 몰랐다.

초상집에서는 어느덧 출상을 앞두고 발인제를 올리고 있었다. 빌어먹으러 나타난 쇠술에게, 주제에 그래도 발이 길어 이 밥술이나마 차지하는 거라고 너스레를 떠는 상두꾼에게 밥 한 주걱을 얻어먹고 나니 눈알이 튀어 나올 듯 생기가 돌았다. 내친 김에 서울 간다고, 쪽

박에 밥덩이 하나를 비대발괄 얻어 담고는 쏜살같이 상여집에 이르자, 언년이가 애를 품속에 싸고 새록새록 졸고 있었다. 보니 앉은자리 옆에 웬 떡쪼가리 말라붙은 바가지가 놓여 있었다.

"상여를 매러 온 사람들이 주고 갔시오. 삼신할미가 보낸 마마떡이라 치고 한 입 베어 먹고 이건 당신 거 남긴 거지우. 그리구 저 산모롱이를 돌아가면 무슨 사당이 하나 있다는데 그곳 재지기가 얼마 전 죽어서 지금은 빈집이라던데….."

언년이가 부슥부슥한 얼굴이지만 그래도 총이 나는 눈으로 중얼거렸다.

"그렇담 가봅세."

쇠술은 언년이를 일으켜 세웠다. 젖을 좀 빨고 나니 이제 만개한 열꽃이 가려워 죽겠다고 아이는 용을 쓰고 또 울었지만 쇠술은 걸음을 재촉했다.

그런데, 그 잿마을에서 재지기 노릇을 십여 년 잘 하고 있던 쇠술이 어느 해 늦봄 홀연히 종적을 감추고 말았다. 하마나하마나 기다려도 도대체 어딜 가서 뭘 하는지 영 알 수 없게 되자 마을의 꼬장꼬장한 웃어른 몇몇이 애시당초 근본이 어딘지도 모르는 난밭 사람을 재지기로 쓴 게 잘못됐다는 둥 말이 나돌기 시작했다.

쇠술은 반년이 지나 들녘에 추수를 다 끝냈는데도 종적이 없었다. 깊은 산에 들어갔다가 필시 눈큰놈에게 화를 입었을 거란 얘기가 나돌았다. 마을에서 재지기를 다시 택정하자는 말이 나오자 언년이는,

쇠징이가 비록 나이가 어리고 얼굴에 손티는 있지만 잔눈치가 밝아, 아쉬운 대로 아버지 대신을 해낼 수 있다고 하소연하여 겨우 재집에 붙어 있게 되었을 무렵, 또 다른 해괴한 소문이 마을에 왜자했다. 쇠술이 오대산 깊은 산막으로 들어가 화적패에 들었고, 그걸 본 사람도 있다는 것이었다. 마을 사람들은 곧바로 관가에 이 사실을 고변하고 두 모자를 내쳐 버렸다. 언년이가 아들을 앉혀놓고 눈물을 훔치며 말했다.

"너도 이제 여나문 살이 됐으니 네 갈 길을 네가 정해야 할 때가 왔다. 마을 여느 코흘리개조차 나이 대접은 커녕 사람 대접도 안 하는 동네 종질 재지기가 뭐 그리 대수로울 게 있을까보냐. 나는 네 아버지 풍문을 믿지 않는다. 네 아버지는 남의 물건을 함부로 강탈할 심악한 사람이 아니란 걸 나는 안다. 그런데 이제 이 마을에서 별 수 없이 쫓겨나게 생겼으니 우리가 의지할 곳은 뭐니뭐니해도 지평골 안 선비댁 뿐이다. 네가 어릴 적에, 아버지가 스스로 분을 못 이겨 그 집을 박차고 나온 것일 뿐, 으깍이 나서 그 어른이 우리를 내친 건 아니었으니 아마도 우리를 보면 다시 받아주실 것이다."

"그 댁도 많이 변했을 텐데요. 쥔어른이 살아 계시긴 할까요?"

"돌아 가셨다는 소문은 못 들었다. 가자꾸나."

모자는 그 동안 강산이 한번 바뀔 만큼 살아왔지만 항상 객지처럼 느껴졌던 잿마을을 떠나 지평 상동으로 돌아왔다. 쌀광을 주장하던 할머니는 그 사이 돌아가셨고, 그 일을 며느리가 계승했으며, 조쌀하니 늙은 안종응이 한발 물러나 화문도(華門徒)들을 뒤대고 있는 어깨

너머에, 촉망 받는 젊은 선비로 성장한 안승우의 얼굴이 보였다. 모자는 재지기로 알뜰하게 모은 쇠푼으로 종응의 이웃에 오두막을 마련하고 대를 이은 드난머슴살이를 하고 있는 것이었다.

그런데, 십여 년 전과 확연히 달라진 게 있다면 안종응의 가세가 북어껍질 오그라들 듯 줄었다는 점이다. 쌀광이나 곡간을 지키고 말고 할 것도 없이, 이름 있는 이 양반집에 쌀독이 때때로 바닥을 드러내 보이기도 했던 것이다. 하지만 종응은 전혀 괘념하는 기색이 없었다. 오히려 나라는 점점 구더기한테 파 먹히는 판인데 무슨 염치로 내 쌀독만 챙기겠느냐고 부인을 질타했다. 한 해 두 해, 여기저기 논마지기도 밭떼기도 팔아 치웠다. 그 돈이 어디로 가는지 종응 부자는 입을 다물었지만 그의 사랑채에 부단히 드나드는 도포 입은 화문의 수효는 나날이 늘어 갔다.

"마님, 박을 다 내렸습니다."

쇠징이가 마당 어귀에서 일렀다.

"수고했다. 그곳에 놔뒀다가 내일이고 언제고 박을 타보자꾸나. 강남 갔던 제비가 물어온 박씨는 아니다만…."

종응은 노상 댁대령하던 쇠징이를 향해 껄껄 웃어 보였다. 그러나 쇠징이는 뭔가 시르죽은 표정으로 종응 앞을 미적거리더니 겨우 입을 열었다.

"마님, 앞으로는 제가 댁엘 드나들 수 없을 거 같습니다."

"그게 무슨 소리냐?"

"집을 좀 떠나 살기로 했습니다."

"네 어미를 두고? 아비라도 찾으러 간다는 얘기냐?"

"그런 게 아니옵고…."

"그럼 이제 머슴살이가 싫어졌다는 게로구나. 어디 가서 먹고 살 구실은 만들어 놨느냐?"

"예. 하오나 나리 은덕을 모르는 건 아닙니다요."

"내 은덕이랄 게 뭐 있겠느냐? 네가 그렇게 마음을 먹었다면 내 부득부득 말릴 일은 아닌가 싶다. 암튼 아무데서고 야무지게 살거라."

"명심하겠습니다. 내내 안녕히 계십시오."

쇠징이가 종응에게 큰절을 하고는 돌아섰다. 종응은 다시 곳간으로 들어갔다. 잠시 뒤에 오기로 한 춘영을 기다리기 위해서였다. 아버지가 일찍 돌아가신 그 아이는 아들 승우와 한 방에서 함께 글을 읽은 죽마고우면서, 지금은 화도의 총아로 우뚝 선 젊은이였다. 그들에게 글귀를 터주던 지난 날은 언제고 보람 있는 회억이었다.

어려서부터 승우는 한눈 팔지 않고 글을 읽었다. 처음에는 아버지의 뜻을 거역하지 못해서였지만 점차 글속을 파고 느끼는 재미를 깨치기 시작했다. 아버지를 일찍 여읜 그 친구 춘영도 승우와 붙어지내며 글을 파고들었다. 종응은 때때로 둘을 불러놓고 도문답을 즐겼다.

"글 읽기란 모름지기 지며리 해야 한다. 그래 방책에서 금을 캤느냐?"

종응는 종종 책 속에 보물이 있다고 우스갯소릴 하곤 했다.

"아직 부족하옵니다."

언제나 그들의 대답은 정해져 있었다.

"하기야 글 읽기의 끝날이 언제 있을꼬. 하지만 너희들 주견이 궁금하구나."

"감히 우리가 어찌 아버님의 말 상대가 되겠습니까?"

"아니지. 말이란 뜻이 같으면 상대가 되는 법이야. 고하노소가 어디 있단 말이냐."

종응은 갑자기 눈을 반짝이며 둘을 찬찬히 뜯어 봤다. 그리고 무슨 다짐이라도 받듯 입을 열었다.

"이(理)란 뭐드냐?"

"우주 만물을 지배하는 원립니다."

"그렇지."

종응이 고개를 끄덕이고 이번에는 춘영에게 물었다.

"눈에 보이느냐?"

"안 보입니다."

"귀에 들리느냐?"

"안 들립니다."

"손으로 만져지느냐?"

"안 만져집니다."

"냄새나 맛이 있느냐?"

"없습니다."

"그럼 어떻게 그게 있는 줄 아느냐?"

"기(氣)가 있기 때문입니다."

"그럼 기란 무엇이냐?"

"형체와 바탕이 있어서 엄연히 만져지고 보이고 들리고 냄새와 맛이 있는 것입니다."

"그렇지. 그렇다면 우리의 '마음'이란 이일까, 기일까?"

종응은 스스로 빠져들 듯 긴장된 표정으로 이번에는 아들의 대답을 기다렸다.

꽤 침묵이 흐른 후 승우가 대답했다.

"화서선사께선 이라 하셨습니다."

"너희들도 그리 보느냐?"

"그러합니다."

"옳거니. 지금 한창 화문에선 마음이 이냐, 기냐를 놓고 설왕설래, 갈등하고 있는 판이라고 너희도 들었을 것이다. 마음이 기라고 보는 측은 그것이 비록 보이지는 않으나 뚜렷이 느껴지는 것이니 내 육체의 또 다른 한 부분일 뿐, 우주 만물을 지배하는 원리는 아니라면서 만약 마음이 정말 이라면 인간을 왜소하게 폄하하는 소치라 더욱 부당하다고 주장하고, 마음이 이라는 측은, 만약 마음이 기라 하면 변화가 무쌍하여 중심 잡기에 종이 없으니 절대 불변의 '이'에 마음을 두어야 오히려 죽음을 무릅쓸 명분도 확고히 서지 않느냐고 주장하면서 그것이 어찌 인간에게 모욕이냐고 항변한다."

"하오면 아버님은 어느 심설에 동조하시는지요?"

"나는 응당 존이(尊理)를 존중한다."

"그건 화서선사와 도통(道統) 중암 선생의 논설 아닙니까?"

"그렇다. 우리 화도의 책을 적잖이 섭렵했구나."

"화서선사는 동부승지 벼슬까지 사양하시고 윗고을 양근 벽계에 와서 위정척사(衛正斥邪)를 부르짖으셨고, 선사의 도통을 이은 중암 김평묵 선생은 사위와 직계 문하까지 도륙 당하면서 척사를 주창하고 계시잖습니까."

"그렇다. 그러니 '마음이 곧 기'라는 성재 유중교 선비를 우리가 옹호할 필요가 있겠느냐?"

"명심하겠습니다."

아버지와의 도문답은 언제나 새롭고 숙연한 각성의 계기를 마련해 주는 신선한 바람과도 같은 시간이었다.

그런데 안종응의 사랑채에, 한창 심설 논쟁에 불을 붙이고 있는 유중교의 측근 주용규가 유중교의 봉서, '심즉기설보조론'을 휴대하고 찾아왔다. 이미 그 논설에 관해 익히 알고 있던 종응은 일고의 가치도 없다는 뜻을 밝히고 문도들을 통합시켜도 모자랄 판에 이 무슨 쓸모없는 망발이냐고 힐난했다. 그러잖아도 문도들이 갈갈이 찢어져, 옳으니 그르니 살벌하게 분쟁하는 모습에 적잖이 상심한 주용규는 안종응 선비를 새삼 우러러 보게 된다면서 자기가 기호(畿湖) 일대를 두루 다니던 길에 목격했다는 장면을 전했다.

'영세불망만사지'라는 주문을 외며 접소(接所)라는 것을 세워 놓고 자기들끼리 모이고 헤치는 일을 능숙히 하는 사람들이 있었는데, 억울하게 참형 당한 자기네 스승 '수운'이라는 자를 신원해야 한다고 그들은 주장한다는 것이었다. 그리고 그들은 스스로를 동도라고 칭하면서 사람이 곧 하늘이라는 교지를 신봉하고, 후천개벽을 필히 성사시켜 태평성대를 누리고자 맹신하는 자들이라는 것이었다.

이런 가당찮은 얘기를 듣고 안종응은, 화맥이 위기에 처하니 별 희한한 사귀가 다 발흥한다며, 한 순간 꿈처럼 지나갈 허상을 놓고 심려하지 말라고 용규를 눙쳐주기는 했지만 다음날 아버지는 작심하고 설악산을 다녀오겠다고 나섰다. 유중교의 도처를 찾아 지금 심설 논쟁을 발기할 때가 아님을 설파해야겠다는 것이었다. 승우가 아버지의 행장을 붙들고 말했다.

"거긴 너무 멀고 험한 길이옵니다. 정히 그러시다면 제가 가서 아버님의 뜻을 전하겠습니다. 허락해 주십시오."

"네가 그렇게 할 수 있겠느냐?"

"화문을 위해서 그리고 우리 가문을 위해 못할 일이 어디 있겠습니까."

그리고 서둘러 승우가 길을 떠났다. 빨리 잡아도 왕복 한 파수는 능히 걸릴 길이었다. 더구나 험준한 산길에는 화적떼가 들끓는다는 말도 있으니 어쩌다 잘못될 수도 있는 길이었다. 그런데 승우는 사흘 만에 돌아왔다. 유중교가 심설논쟁을 취하했으며, 지금 춘천에 나와 수제자 유인석과 함께 잠시 머물고 있는데 곧 제천 땅 장담에 도촌을 세우고 그곳에서 새로이 위정척사의 기치를 높일 것이니, 문도들은 심려를 끊고 도맥 중흥을 위해 일신해 달라는 서신을 팔도에 하달했다는 것이었다.

"그러면 그렇지. 이제 집안 꼴이 됐구나. 위정척사란 사람을 사람답게 살리자는 취지인즉 성현의 도가 아무리 눈부신들 배고프고 억울한 백성들에게 '심설보조론' 따위가 무슨 소용이랴."

종응이 내심 안도하면서 기쁜 빛을 얼굴 가득 띠고 서책을 눈에 담았다. 이런 아버지를 아들이 고무했다.

"아버님, 유중교선비도 도량이 크신 분이옵니다. 자기의 모든 명예와 신조를 내려놓고 결자해지하는 기품이 예사롭지 않으십니다."

"아무렴 우리 도맥이 저 효종대왕 시 송자어르신으로부터 수암 권상하, 택당 이 식, 김창흡, 이우신, 화서 이항로, 그리고 지금의 도통 중암 김평묵 선생까지 절절히 충신이요, 대쪽 선비요, 의절의 문인이요, 청빈의 사표로 이어져 온 분들 아니겠느냐! 이제 우리 도맥이 바야흐로 거듭나는 기운에 들었으니 속히 위정척사가 실현되는 날 화맥이 흥륭하고 나라가 번성하며 백성은 순후해 질 것이다. 이것이 바로 우리 도의 종지가 아니겠느냐."

종응은 끝내 목울대를 떨고 말았다.

가을이 깊어갈 무렵 유중교의 이사 행렬이 춘천 가정리를 떠나 양근 땅 벽계를 거쳐 다음날 점심 때쯤 지평에 이르렀다. 안종응이 여러 문도들을 이끌고 지경에서 기다리다가 그들을 맞이해 들였다. 종응은 굳이 일행을 자기집으로 초치하여 하룻밤 유하시기를 간청했다. 종응의 집에는 심설보조논쟁을 거둔 도량 있는 선비요 화맥의 거두인 유중교를 뵙고자 인근 유생들이 수십 명 몰려와 북적대고 있었다.

종응의 집은 상동촌 돌실뜸 한켠 키 큰 은행나무가 치솟은 초가집이었다. 지금은 전보다 쇠락했지만 그래도 안채와 행랑채가 번듯하게 구색을 갖추고 외양간에선 암소가 송아지를 데불고 슬근슬근 양을 두르고 있었다.

"우암께서 포의가 되어 천하를 주유하실 때가 연상됩니다."

중교는 안팎 마당에 모여든 도포에 갓 쓴 유생들의 모습을 보고 문득 이백 년 전 송시열에게 황송한 심사를 추스리지 못했다. 종응이 중교의 말을 이었다.

"선생께서 심설 논쟁을 거두시자 문도들이 다들 신바람이 났습니다."

"하지만 요즘은 뭔가 답답해요."

중교가 한숨을 섞으며 담뱃대를 집어 물었다. 종응이 내심 그를 우러러보며 말했다.

"웬 별말씀을요. 저는 성재존사께서 능히 그 일을 감당하실 걸로 믿고 있습니다."

"제가요?"

반문하면서도 중교는 가슴이 무거웠다. 모든 건 장담에서 이룰 일이다. 화서가 벽계에서 대통을 이었듯이.

중교와 종응은 해가 이울도록 덕담을 나눴다. 나이는 종응이 두서넛 위였으나 도맥으로 말하자면 중교가 통서에 닿아 있었기 때문에 이 참에 종응도 중교를 빌어 지평 땅 유생의 좌장임을 확인받고 싶은 내심도 없질 않았다.

"장담이란 곳이 도맥을 위해 하늘이 내려 준 성지라면서요?"

종응이 물었다.

"난 아직 가보질 않았습니다. 듣건데 그런 면이 있다고 합니다."

"이왕에 장담을 우리 도맥의 염락으로 삼고 성지로 손색이 없도록 가꾸면 장차 이 나라의 보석이 될 것입니다. 그러면 위정척사의 대의도 이룰 테고요."

"위정척사. 참 올바른 지적이십니다. 그럴려면 사람이 필요하지요. 그것도 용맹고결한 젊은이들이…."

"그러문요. 해서 말씀이온데, 저 문밖 유생들 중엔 위정척사를 내세운 존사님의 뜻에 부종키 위해 달려온 열혈 청년들이 있습니다."

"그래요?"

"자식을 내세우기가 송구합니다만 제 자식놈 승우와 그 동배들 여나문이 행여 스승님을 뵙고자 한달음에 달려와 기다리고 있습니다."

"우리가 괜한 사설이 길었군요. 장차 우리 화문의 기둥들인데. 어서 들라 이르십시오."

종응이 밖에 대고 승우를 부르자 의관을 정제하고 기다리던 승우가 나타나 두 손을 모으고 봉당 밑에서 큰절을 올렸다.

"스승님께 인사 여쭈올 네 동배들을 불러오너라."

"모두 모여 있습니다."

승우가 행낭채 밖에 대고 손짓을 하자 성정이 끌끌하고 이목구비가 억실억실한 도포자락들이 주욱 봉당 아래로 나와 도열했다.

"한 사람씩 나쬬아 성명 아뢰옵고 절을 올려라."

종응이 분부하자 맨 오른쪽의 승우부터 정중히 절하고 또렷하게 성명을 고해 올렸다. 중교도 그 젊은이 눈매 하나 참 맑다, 하고 생각하면서 물었다.

"자넨 우암 송시열 어른을 어떻게 생각하나?"

"이 땅에 화의 맥을 올곧게 계승시킨 위대한 성현이십니다. 만주 오랑캐가 명나라를 쳐 없애고, 화맥을 끊어 버린 후 조선은 비록 치우친 작은 나라이긴 하나 지상에서 오직 한 곳 화맥을 전수하는 곳이 되고, 천하에서 당당한 그리고 유일한 소중화가 되었습니다."

"그래서?"

"천하 만고에 도의 굽힘과 폄, 처음과 끝에는 매번 이에 대처할 만한 성현이 나타나 그 때를 바르게 해 왔지요. 예를 들어 올리자면 하우는 짐승을 다스렸고, 주공은 오랑캐도둑을 응징했고, 공자는 춘추를 지었고, 맹자는 양묵을 물리쳤고, 주자는 송나라가 남쪽으로 옮겨 간 후에 대의를 세운 것과 같은 것입니다. 마찬가지로 송우암은 명이 망하는 개벽 후 최대 변란기에 나타나 명·청에서는 아무도 가까이 못하는 대의를 잡으셨습니다. 이게 바로 하늘의 부르심이요, 만고 성현의 이끄심이라고 생각되옵니다."

"과연 안문의 보밸세. 아니 우리 화문의 재목이야. 그래서 공자는 백성이 살아온 이래 유일한 대성이요, 주자는 공자를 이은 분이며, 송우암은 주자를 이은 어른이시지. 우리가 그 어른을 송자라 이름하여 기리는 이유가 여기 있지 않나!"

중교는 흡족했다.

다음 차례는 이춘영이었다. 다른 사람보다 키가 우뚝 커 보이는 춘영이 우렁우렁한 목소리로 성명을 아뢰자,

"택당의 후손이 되는가?"

하고 중교가 물었다. 택당이라면 화도의 거두 이 식을 말하는 것이었다.

"그러하옵니다. 마음 같아선 바로 스승님을 따라가고 싶사오나 노모님이 홀로 계셔 행치 못함이 안타깝습니다."

"실로 택당의 후예답다. 자넨 만동묘 철폐를 어떻게 생각하는가?"

"대원군이 집권하자마자 팔도의 서원을 모두 철폐한다고 나선 처사는 일면 수긍할 점도 없진 않습니다만 만동묘만은 오랑캐가 넘보는 이 마당에 되려 성지로 가꾸어야 할 것이었습니다."

"일단의 저항은 있었지. 동부승지로 벼슬에 나간 화서선사께서 만동묘 재건을 상소하다가 관직을 삭탈 당하셨지. 하늘이 다행히 송자의 통서를 이은 화서선사를 이 땅에 주셔서 도가 소멸되지 않게 보살핀 거라네. 인간이 있는 한 도는 결코 소멸할 수 없음이 하늘의 이치 아닌가. 그 분의 학통을 지켜 이 난세에 화맥을 보전해야 하리."

중교는 돌아가신 화서 이항로를 떠올리며 문득 그 은혜에 말문이 막혔다.

그 어른의 문하에 들어간 지도 거금 사십 오년 전 일이다. 괴나리봇짐을 짊어지고 아버지 손에 이끌려 양근 땅 벽계 큰 바위 옹두라지

61

를 의지한, 맑은 영이 돌아 눈이 부시던 항로의 집을 찾아가던 생각
이 떠오르면 은근히 눈가가 젖어 온다. 그만큼 늙었다는 애긴가. 앞
에 섰는 저 듬직한 젊은이들이 있어 그래도 우리 도맥은 흥륭할 것이
다. 비록 지금은 난세를 만났다고 하지만.

중교가 뜻밖에 숙연해 지자 춘영이 옷매무새를 고치고 그의 하문
을 기다렸다.

"장하다. 내 지평 땅에 사람 있음을 알았지만 이토록 엄연할 줄은
미쳐 몰랐구나."

"위정척사가 아니 되옵고는 효도 부지하기 어렵습니다."

"네 말뜻이 척사에 대한 강개함이 커 그렇거니 이해하련다."

"송구하옵니다."

"집에 돌아가 우선은 노모 봉양에 심혈을 기울이거라."

"거리를 나돌아 다니는 왜놈들의 그림자만 봐도 구역질을 느낍니
다. 저도 염락의 땅 장담으로 데려가 주십시오."

"내가 이미 네 갈 길을 일렀다."

춘영이 그제서야 고개를 숙였다.

"이게 다 안공의 후덕입니다."

중교가 어색한 틈을 메우려는 듯 종응을 치하하고 나자, 맹일호가
절을 하고 성명을 아뢰었다. 감역 맹영재의 아들이라고 종응이 귀띔
했다. 벼슬에 나간 자의 아들이 중교에게 와 절하고 무릎을 꿇기는
흔한 일이 아니었다. 더욱이 일호에게는 어딘가 모르게 궁도령의 태
가 배어 있었다.

"그대도 화맥을 존수하려 하는가?"

"비록 소인의 아버님은 벼슬길에 나갔지만 존사님의 고명을 늘 흠모하셨습니다. 눌러 봐 주시기를 간청합니다."

"흠모라니? 수사가 너무 과한 것 같다."

"사실이옵니다. 우리 향리는 벽계와 멀지 않아 예로부터 왕성한 도맥이 뿌리 내린 곳이 아니겠습니까? 더구나 이 땅의 관료로서 어찌 화맥을 무시할 수 있겠습니까?"

일호가 다소 서운한 표정을 짓자 중교가 낯빛을 바꾸어,

"초면에 내가 너무 노심했나 보구나. 괘념치 말고 젊은 힘을 한데 모아 척사에 앞장 서거라."

일호는 중교가 자신을 구실아치의 아들이라고 마뜩찮게 여기는 데에 적지 않은 실망을 느꼈다. 화서선사가 동부승지를 사임한 뒤 화문에서는 높고 낮은 모든 벼슬을 죄악시 해온 것이 사실이었다. 벼슬아치란 상하 종속 관계가 엄연하여 부정한 상관에 의해 하급자의 청정한 기상이 더럽혀지는 속성이 있었다. 화맥을 보위코자 하는 화문의 입장에서 보면 오랑캐의 위력 앞에 무릎 꿇은 정승판서부터 이단이요 죄인이었다. 그런 판에 그 밑에 들어가 나라의 녹을 먹는다는 건 용인할 수 없는 패악이었다.

다음 날 새벽 달구리 때부터 종응의 내자를 위시한 이웃 아녀자들, 언년이 등 부엌데기들이 울력으로 동자에 매달린 덕에 유중교 일행은 이른 조반을 먹고 제천을 향해 길을 떠났다. 의관을 정제한 승우가 아직 새댁 티를 벗지 않은 안사람 맹온재에게 작별인사를

하고 의젓하게 그 대열 복판으로 들어섰다. 안창, 원주, 신림을 거쳐 제천까지, 짐바리를 실은 우마차 대열을 온전하게 모느라 서행을 하더라도 사흘이면 당도할 길이었다. 다만 지평에서처럼 곳곳의 화맥에 닿아 있는 열혈 유생들이 굳이 유숙하기를 청한다면 더 지체될지도 몰랐다.

그 때 승우와 함께 대열을 좇지 못한 춘영은 제천 장담을 꿈에서나 그려보다가 몇 달 전부터는 스승 안종응의 지시를 받아 그의 곳간에서 은밀히 굴레미를 만들기에 여념이 없는 나날을 보내고 있었다. 곳간 밖에서 인기척이 나더니 춘영이 들어왔다. 그는 익숙하게 연장을 찾아 들고 평상에 걸터앉았다.

"이젠 제법 공쟁이 냄새가 나는구나."

"글만 읽어서는 어떻게 저 놈들을 무찌를 수 있겠습니까."

"옳거니. 자네가 실로 헌거로운 젊은일세. 학문도 깊고 분별력도 있는데다 지금 이렇게 공쟁이 노릇도 마다하지 않으니 말야. 옛날 같으면 벌써 문과든 무과든 급제를 하여 반열에 들었을 텐데 시대가 타락하여 환로가 변질된 게 아쉬울 뿐이다."

"그건 이미 화서선사께서 설파하신 사단이 아닌지요? 해서 그 하교를 받은 중암, 성재, 의암 모두 환로를 배척하고 심신을 오로지 수행하고 계시지 않습니까?"

"옳거니. 어두운 시대에 처하여 선비란 그 길을 따라 밟는 게 아니라, 길 밖으로 나가 새 길을 밝혀야 하는 것이지."

"가슴에 깊이 새기겠습니다. 그리고, 동갑내기 벗이긴 하지만 저는 승우를 형님처럼 생각해 왔습니다. 저보다 넓고 깊은 뜻을 가지고 있으니까요. 저는 그저 승우를 따르기만 하면 된다고 여기고 있습니다. 승우는 장담에서 깊은 명상으로 우리 도맥의 얼을 닦고 있으니까요."

"그런데 얼핏 전해 들은 얘기로는 지금 그곳 도촌이 그다지 평온하질 않은가 보다."

"하긴 도통을 이은 유인석 선생이 내간상을 당해 춘천에 가 계시다니까요."

"그보담, 지난 해 동비 난리를 겪은 관가에서 자꾸 헤살을 놓는가 보이."

"우리 화문이 어디 동비들하고 상종이나 했나요?"

"그렇지만 관가에선 도촌에 드나드는 무리들이 혹 작당질이나 하지 않을까 경계하는 거겠지."

"동비들이 목숨을 두려워 않고 악착같이 덤벼든다는 말은 들었습니다. 이곳 지평에도 그 무리들이 곳곳에 박혀 있다고 합니다. 아뢰기 송구하오나 차미라는 아낙도 그 끄나풀이라고 합니다."

"나도 대충 들었다. 차미가 그렇게 모진 애가 아닌데 말야…."

종응이 평상에 앉아 담뱃대에 불을 붙이더니 지그시 눈을 감고 천천히 한 모금을 빨아 들였다.

차미는 어렸을 적부터 안종응네 집 동자아치로 컸다. 안존한 성품에 참한 얼굴로 나름 양반가의 예의범절도 듣는 대로 익힐 줄 알아 비록 천한 아이지만 쥔집 마님께 귀여움을 받았다. 더구나 행낭채에 거하는 머슴들한테도 늘 싹싹하고 정분 있게 대하여 그야말로 딸냄이가 없는 이 집에 한 송이 꽃처럼 보일 때도 있었다. 차미가 혼기가 차면서 안방마님이 곳곳에 혼처를 물색하자 모루니라는 마을에 사는 김중선이라는 사내가 나타났다. 차미보다는 네 살 위였고, 위에 백선이라는 장가든 형이 하나 있었다. 마님이 사람을 보내어 중선에 대해 이것저것 알아보니 비록 가난하지만 심지도 굳고 막돼먹지 않은 성품이라는 평이 들어 왔다. 마님은 차미를 중선에게 시집보내면서 여기를 친정처럼 여기고 자주 드나들라고 당부했다. 그러나 차미는 시집을 간 뒤 첫 이듬해 한두 번인가 찾아오더니 발을 끊었다. 벌써 십여 년 전 일이다.

그런 차미가 감옥에서 파랗게 약이 오른 눈과, 새디샌 목성으로 시르죽은 감옥의 탁한 공기를 죽을힘을 다해 흔들어 대고 있는 것이었다. 옥중 죄수들이 모두 허기와 겁에 질려 눈동자가 까묵까묵 죽어갈 때였다. 차미가 벌떡 일어나 외쳤다.

"이 보오, 옥사장나리!"

순간적으로 감옥 안에 새 바람이 이는 듯했다. 차미의 목소리가 어찌나 날카로웠던지, 눈을 시르감고 있던 노인들이 멀거니 소리 나는 쪽을 바라보기도 했다.

"우릴 어쩔 셈이요? 우리 죄를 읽어 요절을 낼테면 여러 고생시키지 말고 당장 처형을 하시요. 아니면 당신네 섬기는 사또 얼굴이나 보여 주시오."

차미는 살똥스럽게 뇌까렸다.

"아가리 닥치지 못해!"

옥졸이 다가가 차미에게 말채찍을 흔들며 윽박질렀다.

"그 따위 매가 무섭겠소? 사또가 뭣 하는 놈이요?"

차미가 다시 쇳소리를 냈다.

"저 우라질 년이…!"

그 옥졸이 이번에는 야나치게 잔채질을 하는 시늉까지 해 보였다.
그러자 옆에 있던 한 노파가 일어나 차미를 주저앉히며 말했다.

"이봐 차미, 그만하라구. 설마하니 우릴 죽이기야 하겠어? 괜히 긁
어 부스럼 만들지 말고, 가만히 눈치나 보자구."

"아닙지요. 우리 모두를 안 죽일진 몰라도 한둘은 죽이겠지요. 내
가 달게 죽을 테요."

"저 년이 실성을 했나?"

"그래 실성했소. 그런 그녀들은 지금 정신이 온전히 박혔다는 거
요?"

"저 년이 단단히 동비탈을 썼군그래. 못 들은 척 하자구."

한 옥졸이 다가와 채찍을 거머쥐고 있는 동료를 끌어내가며 중얼
거렸다.

차미의 남편 중선은, 첫날밤 꿈같은 사랑의 밀어가 아직 귓가에 생
생한 어느 날 광주산성으로 들어갔다. 얼굴도 모르던 남녀가 중매로

만나 몸을 섞고 신접살림을 한다는 게 얼마나 꿈 같은지 미쳐 느껴볼 겨를도 없이 중선은 사내들에게 바람처럼 묻어간 것이었다. 아니 곰곰 생각하면 중선이 오히려 인근 다른 사람들을 이끌어 갔다고 하는 게 옳을지 몰랐다. 그만큼 중선은 차미의 애틋한 마음일랑 접어두고 그 길을 택했다. 그러면서 떠나기 전 며칠을 그는 차미에게 뜨거운 입김으로 다짐을 주고 또 주었다.

"이건 내 사사로운 문제를 넘어 임금님과 관계되는 일이네. 우리가 비록 천하고 연약한 민초에 불과하지만 때가 급해 나라에서 부르는데, 내가 따로 홀로 경작할 전답뙈기가 있는 것도 아니고 끼니를 때우기도 급급한 판에 이 나라의 관군이 되는 길을 마다하기 어렵다네. 사람은 매 한가지, 한번 왔다 가는 건데, 잘 만하면 꿩 먹고 알 먹는 게 아니겠나 싶으네."

"대체 그 노역이란 게 뭘 하는 건지 알기는 아시오?"

"그야 뻔하지 않겠나. 광주유수 대감의 특별 분부라니까 성을 개축하든지 아니면 용문산으로 나가 범을 잡든지."

"범을 잡아요?"

"이번에 산포수들도 많이 부른다더군."

"글쎄요이. 저는 정말 모르겠어요."

"길어야 삼 년이네. 그리고 그 사이 말미는 왜 없겠어? 그러니 나를 웃는 낯으로 보내 주게."

했다.

그것이 마지막 작별이었다.

그렇게 산성으로 들어간 남편 중선이 이듬 해 늦가을 날벼락도 유분수지 죽어서 돌아왔다. 그것도 서울, 서울에서도 임금 사는 궁궐 안에서였다.

정황을 아는 사람들은 말했다.

광주유수로 부임한 박영효 대감은 남한산성이 위치한 은밀하면서도 비상한 여건을 활용하여 군왕 직할 군대 양성을 도모했다. 목표 인원은 팔백 명이었고, 별기군 못지않은 신식 훈련으로 조련할 계획이었다. 임오년 군란을 당하고 나서 맨손의 제왕이 얼마나 허접한 것인가를 뼈저리게 느낀 임금의 밀명에 의해서였다.

처음에는 담력과 체력이 있는 장정들을 끌어 모으기 위해, 용문산 일대에 출몰하는 호랑이를 포획하여 민가의 호환을 없애려는 유수의 계책이라는 소문을 냈다. 그리고 만약 호랑이를 포획한다면 호피는 물론 별도의 상까지 내리겠다는 방을 붙였다. 오대산, 용문산, 치악산 등지에서 짐승의 자귀를 좇던 포수들이 잔뜩 구미를 돋우고 모여들었다. 그러나 팔백이라는 수효에는 어림도 없을 뿐 아니라 나이가 많아 병정으로서는 허튼 포수들도 많았다. 다시금 포호뿐 아니라 성곽 중수도 겸할 것이며 노임을 주는 것은 물론 자질이 뛰어난 자는 장차 별기군 같은 신식 군대에 편입시킨다고도 소문을 냈다. 그래서 겨우 육백 명 정도를 취합했다. 마침 농철인데다 아무리 관가에서 하는 일이라지만 너무 뜬금없는 일이라 무슨 계략이 있지 않을까 하는 의구심 때문이었다. 그런데 그들은 그야말로 오합지졸이었다. 일자무식에, 술주정뱅이에, 노름판에서 손톱이 여문 사람도 있었다. 고르고 골라 오백 명을 주저앉혔다. 그들에게 우선 배불리 먹이면서 밤마다 눈큰놈을 포획한다는 구실로 산마루를 내닫거나 노루막이에 매복을 시켰다. 포호를 빙자한 여실한 군사 훈련이었다. 며칠이 가도 호적이 보일 리 없자, 눈치 빠른 포수들은 이게 필시 무슨 계략을 숨긴 엄펑소니라면서 반발하고 나섰다. 아무리 눈큰놈이 득실거린다고 해도 이 여름철에 인가 근처를 어슬렁거릴 일이 없다는 것을 그들은 알고 있었던 것이다. 반발하는 무리들을 유수는 모두 산성 밖으로 내쳐버렸다. 이제 남은 자는 사백 여 명. 유수나리가 무슨 복안으로 우리를 이 산성에 모아놓고 이런 얼토당토 않는 야행을 시키는가 하며 호기심으로 따르는 무리를 비롯해, 어차피 성 밖으로 나가봐야 딱히 할 일도 없고 배나 고픈 판에 그냥 주질러 앉아 굿이나 보고 떡이나 먹자는 축들이었다. 유수는 그들을 한 주먹 안에 그러모아 비로소 정신 조련을 시켰다. 중국과 일본을 비롯한 주변 정세는 물론 지구 반대편의 서양 문물을 입이 닳도록 설명했다. 민주주의도 가르치고 인권이란 게 뭔지도 이야기했다. 우리나라 현실을 직시하고, 우리의 살 길은 개화밖에 없음을 강조했다. 오합지졸이 차츰 정돈되어 갔다. 질서가 무엇인지, 왜 필요한지 깨닫게 되었고 신사도가 사람 사는 세상을 어떻게 밝히는지도 알게 되었다. 동시에 우리 문물이 얼마나 미개하고, 미개한 만큼 열강 제국에 얼마나 비참하게 능욕 당하는지를 숙연히 인식하게 했다. 나날이 기강이 서 갔고 기상이 높아갔다. 두어 달이 지나자 제법 군사다운 풍모가 보였다. 유수 박영효는 비로소 임금께 광주군의 길바로 조련된 실상을 아뢰었다. 만의 하나 임금의 신변에 저번 같은 사단이 벌어진다면 광주산성군은 득달같이 달려가 임금을 위해 기꺼이 목숨을 바치게끔 양성시키겠다는 다짐도 했다.

그러나 그 해 늦가을, 광주군의 실체를 눈치 챈 조정에서 들고 일어났다. 그 군대는 위험하기 짝이 없는, 자칫 박영효의 사욕에 악용될 소지가 다분한 군대라는 것이었다. 임금이 내가 밀지를 내려 만든 군대라고 달래 보았지만 어림도 없었다. 더구나 청군장(淸軍將) 위안스카이의 항의는 능히 임금을 압도했다. 평소 황제의 명을 받고 온 자기는 조선왕을 능가한다고 공언하는 자였다. 그들은 박영효에게 역모의 정이 내재해 있을지 모른다는 죄명을 씌워 하루 아침에 유수직을 파직시키고 사가에 구금해 버렸다. 광주군은 낙동강 오리알 신세가 되고 말았다. 겨울바람이 점차 드세지는 판에 군량미가 바닥나고 너펄너펄 해진 피복 속으로 맨살이 드러나도 누구 하나 돌아봐 주는 사람이 없었다. 밤마다 탈영자가 속출했다. 그래도 지난 다섯 달 동안 세상 돌아가는 판세와 이치에 눈이 뜨인 이백 여 군사는 설마하니 이 군대가 이 나라 사직을 보전키 위한 군대이고 임금을 보위하기 위한 군대인데 이냥 이대로 허무하게 사라지지는 않을 것이라는 믿음과, 또 그렇게 사라져서는 정녕코 이 나라의 장래가 암울할 것이라는 우국지정을 갖고 허기와 추위를 참으며 뭔가 어떤 조치가 떨어지기를 기다리고 있었다.

한 달 후, 산성을 매몰시키다시피 덜퍽지게 퍼부은 눈구덩이를 헤치고 신임 유수가 나타났다. 그는 이백 여 군사를 불러놓고 너희는 모두 서울의 사영(四營)에 배속됐다는 왕명을 발표했다. 그들은 곧바로 서울로 이송되었다. 그 중에 중선이도 들어 있었다.

말이 조선군 사영이고, 영장이 조선 대감들이지 사영 군사는 임오군란을 평정한 청군의 하수인이요 훈련용 총검받이에 불과했다. 중선이 배속된 전영(前營)이 유독 더 심했다. 전영은 청군 교관 왕득공의 사병이나 다름없었다. 그런데 어쩐 일인지 광주군이 배속되면서 사영에서는 크고 작은 마찰이 심심찮게 벌어졌다. 광주에서 밤마다 조련 받은 정신 무장의 골수가 쉽사리 청군 하수꾼으로의 전락을 용인하지 않았다. 엄연한 독립국의 군대가 이 땅에서 왜 당신들의 연습용 총검받이가 되어야 하느냔 자각이었다. 왕득공은 노골적으로 광주군 출신들을 백안시하면서 혹독하게 자기들의 군율을 적용했다. 그러자 웬만한 일로도 감옥에 수감되는 자는 부지기수고 매를 맞다가 피를 토하는 군사도 생겨났다. 하지만 이상한 일이었다. 그럴수록 광주군은 서로의 눈짓입짓으로 자기들만의 기질을 살렸고 삼삼오오 모이기라도 할 때면 개화에 머리 감은 자로서 대장부답게 살아가자는 결의를 다졌다.

그 해 깊은 가을 밤, 사영 군사는 경우궁으로 들어가 국왕을 지키라는 긴급 명령을 하달받았다. 우정국 낙성식에서 벌어진 변고로 말미암아 임금의 거둥이 몹시 위태로워 졌다는 것이었다. 어디에선가 허둥지둥 쫓겨오듯 나타나는 지존의 모습을 멀리서나마 난생 처음 그 때 중선은 바라보았다. 난리통이지만 가슴이 벅차오르면서 뜨거운 충정이 등줄기를 타고 내리는 걸 느꼈다. 다음 날 해가 뜨고 그 해가 중천으로 올라설 즈음 궁궐 밖으로부터 심상치 않은 동요가 감지

되더니 급기야 총성이 울렸다. 청나라 군사였다. 임금은 사색이 되어 안절부절 못하는 모습이 역력했다. 그들은 임금을 겁박하여 어제 난리를 일으킨 주모자들을 인도하라고 요구하고 있었다. 경우에 따라서는 임금도 그들을 비호했으니 일말의 책임을 져야 한다는 공갈도 섞었다. 임금이 화답을 미뭇거리자 그들은 방자하게도 궁궐 문을 부수고 들어왔다. 그런데 어쩐 일인가, 그들의 진입을 목도한 사영 군사들이 슬금슬금 꽁무니를 빼기 시작했다. 이를 본 청군은 거오한 낯에 경멸 어린 눈빛을 내리깔고 성큼성큼 임금 쪽으로 다가왔다. 그때였다. 정원 모서리로부터 총성이 울더니 앞장섰던 청졸 하나가 고꾸라졌다. 그것이 신호인 듯 궁궐 담벼락 쪽에서 총성이 쏟아졌다. 놀란 청군이 혼비백산하여 뒤로 물러섰다. 그 기미에 총을 쏜 일단의 조선 군사들이 궁궐 난간 섬돌 앞에 기민하게 도열했다. 궁궐 밖으로 물러났던 청군이 잠시 뒤 일전을 각오하고 다시 나타났다. 무려 일천오백이었다. 그들은 엎드려 총 자세로 도열한 조선 군사를 향해 무차별 사격을 가해 왔다. 곧이어 포탄도 날아들었다. 경우궁 지붕 기왓장이 무너져 내렸다. 하지만 조선 군사의 대응 사격도 만만치 않았다. 애초부터 작전 행태가 그렇게 허수이 볼 만한 군사들은 아니었던 것이다.

쌍방이 총격전을 벌인 지 한 식경쯤 지났을까. 조선군을 완전 제압한 왕득공이 팔소매에 바람을 일으키며 성큼성큼 임금 면전으로 다가와서는 무서운 눈으로 노려봤다. 임금이 그의 노기등등한 눈을 피하고 말았다. 그리고 뒤에 있는 내시에게 떨리는 목소리로 물었다.

"아까 그 군사들이 어디 소속이냐?"

"전영 군사들인데, 끝까지 대항한 자들은 모두 광주군 출신이라고 합니다."

내시가 나직이 귓속말로 아뢰었다.

"아, 너희뿐이었구나!"

탄식쪼로 중얼거리는 임금의 눈가에 이슬이 맺히는 게 보였다.

끝까지 항전하던 광주군 출신들이 그 자리에서 전멸했다는 것이 다음 날 밝혀졌다. 왕득공은 살기가 등등하여 그 시신을 궁궐 뒷산에 내다버리고 연고자들이 나타나 찾아가기를 기다렸다. 중선의 형 백선과 차미가 시신을 찾으러 서울로 올라간 것은 그가 죽은 지 대엿새 후였다. 형체를 겨우 알아볼 만한 동생 시신을 수습하여 고향으로 내려오니, 지체 없이 체포하라는 사또의 영이 떨어졌다. 사또는 백선에게 힐문했다.

"네 아우가 역도가 됐으니 네가 응당 벌을 받아야 하겠다."

"역도라니요?"

"조정에서 그런 영이 하달되었다."

"아니 사또나리, 내 임금을 지키다 죽은 내 아우가 왜 역도란 말입니까?"

백선이 울화가 치밀어 언성을 높였다.

"이 몰상식한 무지렁이 좀 봐라. 조정에서 역도라 했으니 그렇게 알고 순순히 벌을 받든가 정 원통하면 조정에 가서 따지든가."

"따지겠소. 난 억울해서 그냥 있지 못하오. 조정 어디에 가서 따진 답니까?"

"이 놈이 완연 간뎅이가 부었구나. 오늘 가막소에 들어가 곰곰 생각해 보거라."

사또는 하옥을 명했다. 옥으로 끌려가는 시아주버니의 버둥대는 사지를 바라보는 차미의 가슴에 차디찬 원한의 서리가 맺혀 들었다. 그는 차마 울지도 못했다.

돌실뜸 마님을 생각하기도 했지만 청상과부 몰골로 옛 상전 집에 들어갈 비위가 없었다. 그렇다고 혈육 하나 없이 남의 집 귀신으로 눌러 앉을 염치도 없어, 은결든 가슴으로 저자에 나와 종살이를 하던 그녀에게 어느 날인가 문득 '사람이 바로 하늘이지' 하는 소리가 들렸다. 순간 까닭도 없이 가슴이 찌르해 지면서 눈물이 왈칵 솟는 바람에 그 말의 임자를 찾아 돌아보니 좁은데 갓을 쓴, 가무잡잡한 중년 사내 하나가 제 옆엣사람과 말을 주고받는 게 보였다. 그들의 수작이 끝나기를 기다렸다가 차미는 그 사내에게 연득없이 다가갔다.

"선비님, 사람이 어떻게 하늘이 된답디요?"

차미가 애처로운 목소리로 물었다.

"어?"

술심부름하는 여자가 뜬금없이 묻는 바람에 사내는 처음 얼떨떨했으나, 곧 눈앞의 처자가 동도의 복음에 감화됐음을 알아차렸다.

"그 말이 그렇게도 이상허냐?"

"하늘은 만물을 내고 다스리는 높은 분인데, 어떻게 사람과 견줄 수 있단 말인가요?"

"허지만, 사람이 없다면 하늘이 무슨 소용이겠느냐?"

"예?"

차미는 깜짝 놀랐다. 그리고 애처로움에 잠겨 있던 두 눈이 반짝이기 시작했다.

"선비님, 그렇군요! 사람이 없는 세상에 하늘이 무슨 소용이겠어요. 그러니 사람이 하늘처럼 귀한 거로군요!"

"대번에 말귀를 알아듣는구나. 그런데 처자는 어디 사는 누구 딸인가?"

"집도 절도 혈육도 없는 년입니다. 세상 천지에 저 혼자만 버려져 들개처럼 떠다니는 줄 알았더니, 이제 깨닫고 보니 저도 사람이었군요."

"여기를 떠나선 갈 곳이 없는 처자로구나?"

사내가 잠시 차미를 뜯어보고 나서 물었다.

"없습니다."

"그럼 날 따라올테냐? 접주님을 모시는 일이다."

"접주가 뭔지는 모르지만, 여부가 있겠습니까. 절 데려가 주십시오,"

"따라오너라."

차미는 그 길로 사내를 따라 크고 작은 재를 두 개 넘어, 여주 땅어름의 어느 외진 산속 오막집으로 들어갔다. 집에는 인기척이 없었다.

"낮엔 이렇게 빈 집이다만, 해가 지면 사람이 찾아오는 곳이다. 너는 이 집을 지키면서 오가는 사람들 낯을 익히고, 그네들의 통문이나 도와주면 되는 것이다. 네가 쓸 방은 저 윗방이다. 시장하니 우선 요기나 하자꾸나."

사내가 등짐보따리에서 보리쌀 한 쪽박을 꺼내 주었다. 차미가 부지런히 보리쌀을 불려 씻고 부엌에 있는 솥에 앉혀 밥을 지었다.

"그리고 너도 이제부터 이런 주문을 외야 현다. 시천주조화정, 영세불망만사지, 따라해 봐라."

"시천주조화정…."

"무슨 뜻인지는 모를 터이라. 하지만, 이런 주문을 외는 사람은 다 우리 도인들이니 네가 그걸 표로 삼을 일이다. 지금까진 혹 며칠씩 빈 집으로 방치할 때도 있었으나 이젠 네가 이 집 주인으로 행세해야 겠다."

"그러잖아도 어디 가 두 다리 뻗고 제대로 잠잘 곳이 없던 년입니다. 세상에 사람이 죽으란 마련은 없는가 봅니다."

차미는 보리밥을 퍼 선비에게 올리며 눈이 다 글썽하도록 고마워했다.

선비가 방에 누워 낮잠을 한 숨 자고나더니 가볼 데가 있다며 봇짐을 짊어지고 영을 너머 사라졌다.

차미는 혼자였다.

마을과도 여러 마장 떨어진 외딴 곳인데다, 집 바로 뒤켠이 가맣게 솟은 산자락이어서 산 속 암자처럼 적적했다. 더욱이 해가 실풋해지자 곧장 그 그늘 속에 파묻히는 바람에, 방안은 쉬 어두워 지고 말았다. 차미는 등잔을 찾아보았다. 그러나 방구석에 우두커니 등잔대만 놓여 있을 뿐이었다. 차미는 무릎을 세우고 앉아 방문 밖에 귀를 모으고 숨소리를 죽였다. 이따금 밤새들이 깃을 치고 날아오르는 소리가 그녀의 귓가를 스치곤 할 뿐, 산 속의 밤은 야속하도록 적막 속에 빠져들었다. '밤이 되면 사람이 찾아온다더니…?' 차미는 아무라도 인기척이 좀 가까이 왔으면 하는 생각뿐이었다.

그렇게 혼자 사흘을 보낸 후, 깊은 밤에 과연 인기척이 가까워지고 있음을 그녀는 본능적으로 알아챘다. 눈을 뜨고, 귀를 쫑긋하는 사이 발자국은 이미 문설주 밖에 와 턱 멈추는 기척이었다.

"사람이 있다더니 그 새 가버린 게로구나."

사내가 혼잣말처럼 중얼거리고 나서 살며시 방문을 열었다. 차미가 놀라, 뉘시오? 하고 물었다.

"어? 사람이 있긴 하구나."

사내가 방 안으로 발자국을 떼어 놓았다.

"사방이 칠흑 같으니 어디 분간을 할 수가 있어야지."

사내가 겸연쩍은 듯 방문을 열고 나가, 뒤꼍 어딘가를 뒤져 등잔과 송진기름을 들고 왔다. 부싯돌이 불씨를 일궈내자 관솔불이 그걸 받아 콩알만 한 불어리를 만들어 냈다. 그 속으로 사내가 차미를 찬찬히 뜯어보고,

"조접사 말대로구나."

하고는 등짐 속에서 낟알이 든 자루를 꺼내 놓았다.

"그간 뭘 먹고 지냈느냐. 어차피 이 세상을 뒤집으러 나선 바에야 마음 당차게 먹어야 한다. 내일은 여나문 사람이 도착할 것이니 이걸로 요기를 시켜 주거라."

차미는 그의 얼굴을 곁눈질로 바라보았다. 구레나룻이 길었으나 수염을 일부러 기르는 사람은 아닌 모양이었고, 조신조신 지껄이는 말과 동그스름한 얼굴이 생각보단 친근해 보였다.

"선비님이 접주 어른이신가요?"

차미가 용기를 내어 물어 보았다.

"조접사가 그런 얘기까지 한 모양이구나. 그건 네 맘대로 생각해 둬라. 우리 세상이 올 때까진 바람처럼 왔다가 바람처럼 가버리는 게 내 이름이니까."

"하지만, 오갈 데 없는 년을 거두어 이 집에 살게 하고 또 굶어죽지 않게 곡식까지 대 주시는데, 제가 어찌 덤덤히 덮고 넘어갈 일이겠습니까?"

"개벽한 세상이 올 때까진 이렇게 살아야 하는 거지. 난 고단해서 이만 누울란다."

사내가 벌렁 누워 눈을 감았다.

차미가 관솔불만 물끄러미 바라보다가, 생전 처음 만나는 외간 남자와 한 방에서 잠을 자게 된 사실을 어떻게 넘겨야 할지 난감해 하는 중에 문득 중선이 생각이 떠올라 스스로 씁쓸해 짐을 느꼈다. 그것은 지금 이 마당에, 한사코 몸을 지켜 무슨 업을 쌓겠다는 것이 아님도 분명했다. 지금 저 사내가 가까이 와 누우라고 한다면 차미는 그리할 생각이었다.

"그 쪽 윗목에 너도 눕거라. 불은 끄고…."

사내가 모로 돌아누우며 중얼거렸다. 차미는 잠시 자기 머릿속을 헤엄치던 잡념들을 정돈하고 입김을 불어 등잔불을 끄려다 말고,

"윗방에 가 잘랍니다."

했다.

"그래? 무섭지 않겠느냐?"

"요즘 혼자서도 지냈습니다."

"퍽이나 당찬 처자로구나."

"선비님 저를 욕하지는 마십시오."

차미의 목소리는 떨려 나왔다.

"욕하다니?"

"선비님은 남정네시고, 저는 계집입니다. 깊은 밤 한 방에 둘만이 있습니다."

"그렇지 우리 둘만이 있지. 하지만 한 순간의 정욕을 위해 후천개 벽을 그르칠 순 없다. 내겐 네가 여자로 보이질 않는다."

사내의 음성이 왠지 맑고 다정하게 들렸다. 윗방으로 올라가려다 차미가 물었다.

"후천개벽이 뭡니까?"

"우리가 바라는 그 세상이다."

"그 세상이 바로 사람이 곧 하늘이 되는 세상입니까?"

"그렇지. 꼭 그 세상이 오도록 만상의 이치가 짜여져 있느니라."

"워낙 천한 계집이라 앞뒤도 가릴 줄을 몰랐습니다. 흉이나 보지 마십시오. 미천한 저도 선비님을 남자로 보지 않도록 열심히 도를 닦겠습니다."

"아무렴 그래야지. 사람의 행동은 그 마음의 울림에서 나오는 게야. 네가 윗방에 가서 잔다고 한들 윗방과 아랫방의 차이가 뭐겠느냐? 그까짓 거적떼기 하나가 무슨 금단의 자물통이라도 된다더냐?"

차미는 사내의 말이 백번 옳다고 생각했다.

"그렇습니다. 아무것도 아닙니다."

"그럼 게 아무데나 눕거라."

차미는 송진불을 훅 불어 끄고 등잔 앞에 쪼그리고 누웠다. 갑자기 중선이 생각이 불길처럼 일어나는 게 이상했다.

날이 밝자, 사내는 길을 떠났다. 그 후 그는 한 달에 한두 번 차미를 찾아오는 셈이었는데 그의 이름을 알아낸 것은 훨씬 뒤였다. 그는 여주 접주 김태열이었다. 충주 대접주 신재련의 지휘를 받으며 여주 지평 양근까지 두루 활동하고 있는 동도의 중간 지휘자였다.

김태열의 인도로 차미의 신심은 날로 깊어갔다. 이삼년 후엔 태열의 지시를 받고, 충주까지 나아가 신재련에게 모종의 기밀을 전하는 연락책이 되었다.

그런데 과연 태열이 기다리던 그 날이 왔다. 갑오년 여름이었다. 동도가 총궐기하여 전주성을 떨어뜨리고, 임금이 사는 서울로 진격을 하게 된 것이다. 신재련은 태열에게 시급히 지평 양근 고을을 공략하도록 지시했다.

새벽부터 은밀한 눈빛을 주고받으며 모라치 아래 솔버덩에 동도들이 모여 들었다. 차미도 비록 아낙이지만 다기차게 태열의 뒤를 따랐다. 동도의 기치를 높이 세운 차미의 얼굴을 알아보는 사람들도 있었다. 그러나 차미는 이것이 후천개벽을 여는 성스러운 싸움이므로 그런 시선에 개의할 바가 아니었다. 날이 밝으면서 지겟짐 속에 감추어 온 곡괭이 쇠스랑 낫을 거머쥐고, 꽹과리를 두들겨 대면서 와 하는 함성과 함께 관아를 향해 돌진했다. 족히 오백은 돼 보였다. 기다리고 있었다는 듯 관아 담장 안에서도 총성이 일었다. 총성 앞에서 동도들은 잠시 당황했으나, 접주 김태열은 신바람을 일으키는 초인이 아닌가. 주문만 외면 수목이 움직이고 물결도 춤을 춘다고 했다. 태열이 주저앉으며 주문을 외자 총을 맞아도 죽지 않는다는 믿음이 생겼다. 무리들의 입에서도 일제히 주문이 일었다. 시천주조화정, 영세불망만사지…, 재차 총성이 일었고 총탄이 그들 귓밥을 스칠 듯 날아갔다. 아이쿠! 한 사내가 나뒹굴었다. 궁궁을을, 궁궁을을…, 고의 춤이나 저고리 섶에 찬 부적을 떠올렸다.

"진격, 진격!"

오뚝이처럼 일어선 태열이 앞으로 내달으며 소리쳤다.

"탐관오리를 잡아야 한다! 왜양놈을 죽여야 한다!"

그를 뒤따르는 젊은 남정네들이 무기를 부르쥐고 앞으로 나아갔다. 이걸 기다리고 있었다는 듯 향교 뒷담에서 다시 총성이 콩 볶듯 일었다. 퍽 퍽 썩은 짚단처럼 옆 사람이 쓰러졌다. 핏방울이 튀었다. 궁궁을을…, 부적의 효험이 사라졌는가. 얼굴들이 하얗게 질려 버리고 말았다. 그리고 누가 먼저랄 것도 없이 돌아서서 도망치기 시작했다. 내동댕이친 곡괭이에 발이 걸려 넘어지는 어떤 사내의 뱃가죽이 쇠스랑날 위로 처박혔다. 그 사내의 등을 밟고 무리들은 혼비백산했다. 이를 놓칠세라 관아 담장을 넘어 추격해 오는 관군의 발자국이 가뭄에 타는 논밭에 뽀얀 먼지를 일구었다. 여기저기서 퍽석퍽석 먼지가 뭉쳐 일어나는가 싶으면 그 뒷자리엔 덜미를 잡혀 고꾸라진 동도들이 보였고 그들은 관군에 의해 오라가 지워진 뒤 짐승처럼 끌려갔다.

그 날 밤까지 옥으로 끌려온 동도는 백 명이 넘었다. 울고 불며 결코 동도가 아니라고 하소연하는 사람까지 합친 숫자였다. 감역 맹영재는 밤을 새워 그들의 신상 파악에 몰두했다. 동도의 신앙적 결단으로 가담한 자가 있는가 하면 오리의 횡포에 분개하여 일어난 농투성이도 있었고 왜놈을 배척하기 위해 합세한 소수의 양반 나부랭이도 있었다.

영재는 그들의 성향을 일일이 파악하여 현감에게 보고하는 한편 뒤탈을 없애기 위해 강경 처리 방침을 주장했다. 사직의 위엄을 위해서라도 저들 상당수를 중형으로 다루는 게 다른 고을의 추세였던 것이다.

감옥의 밤은 어둡고 축축했다. 하루 한 번 들어오는 나물죽도 어제는 기별이 없었다. 탈진해 가는 사람들이 생겨났다. 그들 포로들은 대부분 얼굴을 알고 지내는 이웃들이었다. 도망치다 붙들렸으니 나이가 많거나 신체적으로 약한 사람들이 대부분이었다. 게다가 모두 처형을 면치 못할 거라는 옥졸의 엄포가 그들을 더욱 절망하게 했다. 그러면서 맹영재에게 이를 갈았지만 그는 자신들을 희생양으로 하여 더욱 높은 직위를 향해 혈안이 될 것이었다.

감옥 속 이 절망의 시간에 분명 무언가 모를 은밀한 사단이 벌어지고 있었다. 포로의 식솔들이 하나 둘 눈짓으로 모이기 시작한 것이다. 도합 여남은 명이었다. 그 속엔 아낙과 할멈도 끼어 있었다. 그리고 그들을 앞에서 이끌고 있는 자는 이따금 하고개 너머 암자에 나타나곤 하는 서석지였다. 석지를 제외하고 모두, 가족이 지금 감옥에 갇혀 목이 달아나게 된 절박한 사람들이었다.

그들은 사람들의 이목을 피해 자정이 넘어서야, 소리 없는 유령처럼 모루니 백선의 집을 향하여 걸어 나갔다. 저자로부터 열 마장도더 되는 거리, 족히 서너 식경은 걸어야 했다. 그들의 발걸음엔 점점 속도가 붙기 시작했다. 모라치를 넘고 모룬 고개를 나꿔채자 덜렁산 꼭대기가 은은히 별 그림자에 드러날 무렵, 그들은 이마에 맺힌 땀을 쓸어 내렸다. 아직 첫닭이 울기 전이었다. 덜렁산을 외로 돌아 고샅을 하나 넘었다. 외딴 오래의 초가들이 나왔다. 그들은 가쁜숨을 잠시 고르고 나서 석지가 가리키는 집 사립문을 조심스레 밀어 젖히고는 그 안으로 들어갔다. 일행 중의 하나가 어헛, 하고 헛기침을 하곤 큉한 마당을 가로질러 봉당 앞으로 다가섰다.

"장군님."

그의 입에서 나지막하게 그러나 분명 애끓는 목소리가 나왔다.

봉당에 잇닿은 육중한 토담 속 방에서는 아무런 기척이 없었다. 재차, 그의 목성이 깊은 밤의 어둠을 조용히 흔들었고, 그래도 아무 대꾸가 없자 뒤를 받치고 섰던 두세 사람이 좀더 큰 목소리로 정적을 갈랐다.

"장군님!"

그들은 백선이 방안에서 자기들의 목소리를 다 듣고 있다고 믿었다. 처음 불렀던 사내가 봉당 앞으로 한걸음 더 바짝 다가가 다시 말했다.

"장군님, 대답허세요."

하지만 깊은 물 속 같은 정적뿐이었다. 기다리다 못한 그가 문고리를 잡고 가볍게 흔들어 보았다. 그러자 겨우 안에서 탁 탁 부싯돌 치는 소리가 들렸다. 곧 관솔불이 붙여졌다. 일행의 눈빛도 일시에 빛났다. 그들은 허리를 다수굿이 굽히고 문이 열리기를 기다렸다.

잠시 뒤 방문짝이 가만히 열리더니 백선의 모습이 나타났다. 그는 봉당으로 저뻑 발을 내딛고는 한참이나 눈앞의 사람들을 힘주어 쳐다봤다.

"날 장군이라 불렀소?"

"예. 우리의 식솔을 살려주십시오. 억울합니다."

"그대들은 누구요?"

"우린 지평 사는 농사꾼들입니다. 지금 우리 식솔이 가막소에 잡혀 있습니다. 맹영재가 곧 처형한다 합니다. 살려줄 수 있는 분은 장군님밖에 없습니다. 이제야말로 장군님이 나서실 땝니다."

누군가 목청이 갈라지는 소리로 애원하자 뒤이어 한 마디씩을 보탰다.

"살려주십시오."

"장군님, 살려주세요. 하늘이 내신 장군님이 어찌 그냥 무덤덤히 계시기만 합니까. 장군님 우릴 불쌍히 여겨 주세요."

"내가 무슨 수로 살린단 말이요?"

백선은 차분하다 못해 냉정하게 물었다.

"장군님 아니면 누가 우릴 살리시겠습니까?"

그들이 오히려 반문했다.

"누가 그런 말을 하던가요?"

"서석지라는 장정이 우릴 예까지 데려다 줬습니다."

"서석지? 그 사람은 지금 어디 있오?"

"우릴 데려다 주곤 돌아갔습니다."

"엇 흐음···."

백선은 억지로 헛기침을 내뱉었다. 마당에 엎드린 무리 쪽에서 낮은 울음이 일기 시작했다.

"날이나 밝거든 어디 다시 봅시다그려."

결국 백선이 이렇게 약조를 하고서야 날이 희움하니 밝을녘 그들은 돌아갔다.

백선은 착잡한 심회로 덜렁산 기슭을 어슬렁거리며 한스런 상념에 빠졌다. 옛날 옛적부터 마을에 떠돌아 내려 왔다는 그 예언이 원망스럽기도 했다. 그 용결한 장군의 현신이라는 내가 왜 이 모양 이 꼬라지일까. 왜 상놈의 집에 태어나 사람 취급도 못 받는 건가. 하늘의 뜻이 있다면 이렇게 나이 먹도록 그냥 내버려 뒀을까.

솔직히 두려웠다. 그런데 이럴 때면 어김없이 떠오르는 게 전사한 아우 중선이었다.

한 번 왔다 가는 건데….

문득 아우의 그런 말이 귀를 때렸다. 동시에 백선은 오늘따라 왠지 손마디가 가늘게 떨리는 걸 느꼈다. 이 순간을 놓치지 않고 석지가 백선의 등 뒤에 나타났다.

"장군님 이제 때가 이르렀습니다. 산포수를 동원하여 동비를 깨뜨리겠다고 하면 옥 안에 있는 차미를 구할 수 있고, 포수들의 살 길도 열리고, 장군님은 포수들의 두령이 되는 것입니다. 그 다음엔 할 일이 더 중합니다."

석지가 채근했다.

"차미? 내 제수씨 말인가?"

"그러문요. 지금 옥 안에서 죽기를 각오하고 옥졸들한테 덤벼들고 있다고 합니다."

"제수씨가?"

백선은 문득 끈적거리는 아교가 가슴에 엉겨붙는 걸 느꼈다.

"차미는 열렬한 동비 끄나풀이 됐다고 합니다."

"살아 있었으니 다행이로구나."

백선이 당혹스러움을 어쩌지 못하고 으음ㅡ, 하고 크게 숨을 들이마셨다. 그리고 물었다.

"산포수들이 얼마나 모여 줄까?"

"검쟁이를 놓으면 사흘이면 됩니다. 삼십 명만 모아지면 저 오합지졸 동비들을 타도할 수 있습니다. 기회는 자주 오지 않습니다."

"동비들도 불쌍한 농투셍이들 아닌가?"

"하지만 그들은 저 거대한 하늘 바퀴의 한 전조에 불과합니다. 저건 순식간에 사글어들 불꽃일 뿐입니다. 장차 장군님을 예비하는….”

"어떤 이치로?"

"보십시오. 가난하고 무식한 백성이 왜병을 앞세운 권문세가들과 싸우는 건 계란으로 바위치기에 지나지 않지요. 허나 곧 양반들이 패가 갈리어 사생결단을 하게 됩니다. 그게 정말 큰 싸움이지요. 그 싸움에 대비하려면 장군님께서도 지금 동비를 쳐 공을 세워둬야 합니다."

"결국 상것들의 세상이 오게 된다는 거지?"

"흰고무래의 아들인 제 평생 응어리도 바로 그것에 달려 있습니다."

"글쎄…?"

백선은 여전히 의아했다. 하지만 석지의 설득이 어찌나 진지했던지, 아침이 되기를 기다렸다가 관아를 향해 나가고야 말았다.

"사또 나리, 문안드립니다."

"문안?"

현감이 영문을 몰라 물었다. 그 뒤에 섰던 감역 맹영재가 가소롭다는 눈빛을 띠고 쳐다보았다. 서툴면 이 자리에서 포박해 버리겠단 뜻이었다. 그래서 신식 양총을 든 포군영솔장 권선경을 장지 뒤에 세워 두기도 했다.

"여기 온 연유가 뭐냐?"

사또 대신 영재는 다소 거만하게 물었다.

"나리, 저 포로들을 풀어 주시오."

백선은 영재의 말을 무시하고 현감에게 청했다.

"풀어 달라? 이 방자한 놈을 봤나?"

영재가 가만있지 않았다.

"저들은 사실 동비 접주의 꾐에 빠졌을 뿐, 착한 우리 이웃이자 사또의 백성입지요. 괴수는 잡지 못하고, 걸음이 둔한 아녀자와 노약자만 잡다가 벌한다는 건 선량하신 사또의 치세에 큰 오점이 될 것입니다. 저들과 고을 백성들의 자자한 칭송에 응답해 주십쇼."

석지가 시킨 대로 떠듬떠듬 지껄였다.

사또가 잠시 가만히 듣고만 있자, 영재가 다시 나섰다.

"정말 무엄하구나."

"저들을 처형하고 난 다음엔 더 큰 난리가 터질지 모릅지요."

"나리를 협박하자는 거냐!"

영재가 버럭 소리를 질렀다. 그러자 장지문이 왈칵 열리면서 권선경이 다가왔다. 그의 총구가 정확히 백선의 앞이마에 닿았다.

"제 정신이 아니구나. 뭐가 어떻다고?"

영재는 냉소를 지으며 다시 입술을 비틀었다.

"다 사또를 위해 올리는 말씀입쥬. 저들은 모두 이 고을 사람들입니다. 감역나리나 저나 평소 아침저녁 골목에서 마주치고 인사를 나누던 사람들올시다. 해서 저들을 살려주면 저 또한 사또께 충성을 다하겠십니다."

"충성?"

영재가 가관이라는 듯 되물었다.

"그렇십니다. 그간 사또나리의 보기 드문 치세의 어짊을 받들어 제가 동비를 토벌해 보겠습니다."

"네가, 어떻게?"

사또가 놀란 눈으로 물었다.

"산포수를 모으면 됩니다."

"네가 그들을 모을 수 있단 말이지?"

"할 수 있십니다."

"그래?"

사또가 의아해 하면서도 고개를 끄덕이고는,

"과연 듣던 대로 거한이로구나. 그 완력을 다하여 맹감역과 함께 주상 전하의 근심을 덜어 드리면 얼마나 좋겠느냐. 저 자의 말을 한번 믿어보자."

했다.

헝클어진 머리와 해진 옷을 매만지고, 허기진 눈을 겨우 뜬 채 감옥에서 풀려난 차미는 우선 갈 곳이 막막했다. 여주 산 속까지 가자면 여자 걸음으로 하루 종일 걸어야 할 길이었는데, 지금 기력으로는 몇 발짝 걷는 것도 허리가 쑤셨다.

감옥 문이 열리면서 제 식구를 알아보고 제각각 울며 훌쩍이며 떠들썩하던 향청 뒷문 앞마당이 고요해지자, 차미는 늦봄 햇살이 따갑게 떨어지는 관아 뒷산 노송을 비로소 쳐다봤다. 저 산의 이름이 봉미산이고 저 산 너머에는 제 옛날 시집이 있으리라.

차미는 갑자기 갇혔던 봇물이 터지듯 시집에 대한 그리움이 몰려와 마당 한켠 자갈밭에 주질러 앉아서는 멍하니 그 쪽 하늘을 바라봤다.

이치를 깨닫고 여자인 자기가 '후천개벽'을 위해 힘겨이 싸우는 세상이지만, 돌아보면 그 옛날이 그리워 질 때도 있었다. 이것이 보통 사람의 가슴에 있는 정꾸러미 아닌가.

"게서 뭘 그리 하염없이 보는 게여?"

웬 나졸이었다. 그는 포수 출신이었기 때문에 백선과 차미의 관계를 알고 있는 사람이었다.

"오랜 만에 시집 쪽 하늘을 보니 눈물이 솟네요."

"시집? 아, 김백선장군이 그녁 시아주버니 아닌가베?"

나졸이 빙글빙글 웃는 소리를 했다.

"장군님이라고요?"

"그렇고말고. 그녁이 이리 풀려난 것두 장군님 덕택인 줄만 알어."

"장군님이라니 그게 무슨 소립니까?"

"사람들이 그렇게 부른다네."

"무슨 장군이신데요? 우리 동도 장군이 되셨어요?"

"아니 동도 잡는 장군이 됐다네."

"예?"

차미는 가슴이 덜컹 내려앉았다. 그리고 다리가 마냥 후들거림을 느꼈다. 시집에의 그리움 같은 건 접어두고, 혼절하기 전에 동도 포접으로 가야 했다, 그녀는 왜틀비틀 여주 산 속을 향해 걸어나갔다.

3

덜렁산 자락, 여의주라고도 하고 지네밥이라고도 하는 동동산에
는 예로부터 예언이 하나 전해오고 있었다. 보통 때는 마을이나 고을
사람들도 뜬소리로 치부하지만 민생이 고달퍼지면 그 예언은 꼬리를
치기 시작하여 사람들의 가슴을 들쑤셨다.

'난세가 오면 저 산 여의주를 입에 문자가 나와 세상을 구하리라.
그는 허우대가 가히 거인이요, 힘이 황소를 능가하며, 용맹이 칡범을
당할 것이라.'

이 마을 외진 구렁텅이에 남의 소작을 붙여먹는 김만술이가 백선
이라는 아들을 낳았다. 그런데 어인 일인지 백일이 채 안 되어 종지
굽이 떨어지는 터라 괴이타 여기는데, 두 돌이 안 되어 마당에 있는
코맹맹이 송아지를 끌었다. 만술은 이 애가 필시 범상한 놈은 아니
구나 싶었지만, 발간 상놈 주제에 아들 기행이 사람들 입질에 오르

내리면 종당 신상에 좋은 꼬라지 되기 그르겠다 싶어 이웃에는 숨기고 감추기에 급급했다. 애가 다섯 살이 되었을 때 좁쌀이 한 섬뙈기 마당 멍석에 널려 있었는데 뜻밖에 비가 내리는 바람에 아비가 허둥대는 꼴을 보고 그걸 번쩍 들어 추녀 아래로 옮겨 놓았다. 아비가 놀라 입을 채 다물지 못하는 겨를에 아이가 봉당에 夫와 天을 그려놓고 어느 것이 하늘이냐고 묻는 바람에 아비는 아연실색 방안으로 끌고 들어가 볼기를 치면서, 다신 문자를 배우지도, 알려고도 말라고 종주먹을 댔다. 그리고 속으로 이 아이가 장차 제 명줄대로 살기 어려울 것 같다는 불길함과 온 가족이 불기둥에 처박히는 두려움으로 이 애를 어디로 보내든 버리든, 하여튼 수를 내야겠다는 생각을 굴리다가 일곱 살이 되자 용문산에 있는 절로 보내고 말았다. 하지만 절 생활이 그에게는 마땅치 않았다. 밥 먹듯 스님에게 꾸지람만 듣다가 열예닐곱이 되어 절을 떠나 산 속을 헤맸다. 그런데 방위를 가늠하기도 어려운 깊고 깊은 산 속 어디에선가 그는, 불질을 하러 다니는 산포수들과 운명적으로 조우하게 되었다. 그리고 곧 그들이 맹수와 맞서거나 쫓고 쫓기는 고동판 접결이야말로 도리어 자기에게 더할 수 없는 희열과 활력을 주는 것임을 느꼈다. 그는 며칠이고 지치지 않고 그들을 따라 산을 탔다. 포수들도 모처럼 보기 드문 재목 하나 만났다고 백선을 유독 귀애했다. 그러던 차 뒤에 난 뿔이 우뚝하다고 태백산 중허리께까지 나간 어느 날, 선불을 맞고 날뛰는 중범에 맞서, 생사를 가를 위급 상황임에도 물러서기는커녕 개머리판으로 범의 대가리를 가격하여 옭은 일이 있고부터 백선은 산포수들의 우상이 되기 시작했다.

그런데 토호 맹씨네 집에 상사가 나는 바람에 부고를 돌리러 나갔던 아버지가 치악재에서 행방불명이 된 걸 알고 그는 집으로 돌아왔다. 스무 살 때였다. 실종된 것을 두고 큰짐승 짓이라거니, 화적떼 짓이라거니 말이 많았으나, 짐승이 해쳤다면 옷거적이라도 수습할 수 있을텐데, 아무리 톺아봐도 머리올 하나 찾을 수 없다는 건 필시 화적놈들 짓이라며, 틈틈새 치악재 쪽 화적떼에 눈총을 겨누기 시작하는가 하면, 아무리 상것이라고 하더라도, 또 아버지가 부고 돌리는 일을 자청했다고 하더라도, 자기네 사삿일로 벌어진 사단임에도 말 몇 마디와 낟알 몇 섬으로 안면을 때웠다고 생각하는 맹씨에게도 떨떠름한 감정이 없지 않았다. 그러나 대놓고 토설할 수도 없는 게 한스러웠다. 마을 뒷산을 쏘다니며 자신도 모르게 혈기가 불뚝거릴 때면 나무를 뿌리째 뽑아 휘두르는가 하면 산꼭대기에서 바위를 번쩍 들어 그루박기도 했다. 그러자 그에게 겁기를 느낀 마을 사람들이 슬금슬금 피하기 시작하더니 아예 앞에 얼씬거리기조차 꺼려했다. 저놈이 필시 무슨 일이고 내고야 말 놈이니, 어떻게든 녀석에게 죄를 얽어 관가에서 닦달하게 해야 한다는 공론을 마을사람들이 모았다.

하룬 동네 기로들이 백선을 불러놓고,

"네 애비는 비록 상것이었다만 행세 바르고 말쎄가 고와 우리 마실에 무던했던 사람이다. 그런데 지금 네 어미 얘길 들으니, 이제 네가 아비 죽은 원술 갚겠다며 이렇게 소란스러이 군다니 마실이 뒤숭

숭해 안 되겠다. 근신을 하든가 마실을 나가야 쓰겠다."

했다. 백선이 받아,

"아버지 원술 갚긴 갚아야겠는데 홀홀 단신으론 관우장비 같은 힘을 가졌어도 안 되겠고, 혼자 울화를 못 이겨 소란을 피웠습니다. 누굴 해칠 생각은 아예 없었습니다."

하고 마을을 떠나 다시 산으로 들어갔다. 원래 남에게 찜부럭을 부리거나 패악을 즐기는 성미가 아니었던지라 저간의 자신의 말짜 같은 행투가 스스로에게도 괴란쩍던 그에게 산에서 내려오기 전부터 눈에 봐 둔 처자가 문득 생각났던 것이다. 세상과 연을 끊고 사는 늙은 산포수의 두 딸이었는데, 짐승 자귀를 좇다가 어쩌다 한번 들를 때면 헐벗은 옷이며 헝클어진 머리칼이지만 마치 산토끼처럼 앙징맞게 대하는 태가 여간 귀엽지 않았었다. 백선은 속으로 두 딸 중 누구라도 자신을 배필로 원한다면 주저 없이 귀밑머리를 마주 풀리라 생각하고 있었는데 갑자기 아버지 사단이 나는 바람에 부랴부랴 산을 내려왔던 것이다. 아버지의 원수를 찾아내는 일이 꼬이지만 않았어도, 진작에 백선은 산 속 처자를 아내로 맞이하였을 것이다. 산길을 진종일 걸어 어둑해질 녘에야 백선은 산 속 비탈막을 덜름하니 의지하고 있는, 척 보아도 빈한한 태가 얼기설기한 너와집을 찾아 거적문을 밀었다.

"제가 또 왔십니다. 아무도 안 기신가요?"

백선이 예의 그 우렁우렁한 목소리로 안에 있는 사람을 찾았다. 워낙 사람 구경을 못하는 곳이라 누군가 집 앞 골짝 모롱이를 돌아오는 작은 낌새일지라도 알아채는 그들이었다.

"뉘시오?"

한참만에야 방구석에서 늙은 남자의 목소리가 났다. 늙은 산포수,
집주인이었다.

"접니다. 어르신."

"산을 내려갔다고 하더니 다시 온 게로군."

늙은 포수의 몰라보게 수척해진 얼굴이 나타났다.

"어디 편찮으신가요? 기색이 아주 안 좋으십니다."

"글세 말이여. 뭐 어떤가. 살만큼 살았는데."

"원 그런 험한 말씀을 어찌 하십니까?"

"그래도 난 운이 좋아서 여지껏 살았어. 산짐승 좇다가 죽은 사람
이 어디 한둘인가. 다 산신령님한테 느꺼워 할 따름이지. 그런데 얘
가 왜 여태 안 오나. 땅거미가 지는데."

"딸냄이가 어딜 갔습니까?"

"내 병에 쓸 약초를 캔다고 이른 아침 나갔다네…."

"예? 어딜 갔는지 혹 아십니까?"

"아마도 영봉 쪽일 거네. 그 곳에 신령한 약초가 많다는 얘길 누구
한테 들었다더군."

"그 곳은 남정네도 위험한 악산이잖습니까?"

"내가 말려도 기어코 갔네."

"자매가 함께요?"

"웬걸. 작은애 도아는 시집갔어."

"그럼 혼자요?"

백선은 늙은 포수의 대답을 들을 겨를도 없이, 제가 가서 찾아보겠습니다, 하고는 경중경중 영봉 쪽으로 뛰었다. 산 속의 땅거미는 순식간에 온 세상을 칠흑으로 감아 버렸다. 백선은 어둠 속에서 두 팔을 휘저어 길길이 자란 잡풀 어리와 나무줄기를 헤쳐나가며, 연이의 이름을 불렀다. 대답이 없었다. 문득 불길한 생각이 솟구쳤다. 이 밤에, 대낮에도 때로는 수꿀한 메숲진 산 속을 여자 혼자 용케 걸어 올 수 있을까 하는 생각이 고개를 쳐든 순간이었다. 백선은 산이 쩌렁쩌렁 울리도록 더 큰 소리로 연이를 불렀다. 그러자 메아리가 돌아왔다. 메아리를 뒤이어 백선의 음성이 다시 산골짝을 갈랐다. 그 때였다. 어디선가 사람의 가녀린 응답이 들려왔다. 여자 음색이었고 필시 연이의 것이었다. 하지만 가까운 거리는 결코 아니었다. 백선이 손나팔을 하고 있는 힘을 다해 소리가 들려온 쪽을 향해 외쳤다. 연이―, 기다려―. 그리고 산짐승을 쫓던 뜀박질보다 빠르게 그곳을 향해 내달렸다. 산모롱이를 하나 넘어 등허리에 땀이 흥건해 질 무렵 이윽고 여자의 음성이 지척으로 들어왔다. 백선은 칠흑 속에서, 산포수의 본색으로 눈을 부릅뜨고 저 앞에서 다가오는 연이를 찾아냈다. 그리고 달려가 그녀를 와락 끌어안았다. 그녀의 뒷덜미에서도 흥건히 땀이 묻어났다.

"어째 또 왔어요이?"

분명 기쁨에 들뜬 연이의 음성이 백선의 벅찬 가슴을 파고들었다. 백선은 힘을 주어 연이를 품속으로 끌어 당겼다. 연이가 앙징맞은 팔

로 백선의 가슴을 토닥거리다가,

"난 안 오는 줄만 알았소."

하며 다랑귀를 매달렸다.

그날 밤 백선은 늙은 포수의 한숨 놓는 표정을 뒤로 하고 연이가 자는 윗방으로 올라가 첫날밤을 맞았다. 마른하늘에 번개처럼 닥친 첫날밤이었지만, 연이는 진작부터 백선을 사모하는 마음이 있었기 때문에 마냥 즐거우면서도 행복한 기색이었다. 잠자리에 들어 연이가 말했다. 아버지와 안면이 있는 어떤 산포수가 와서 이 산 속에서 딸년을 둘씩이나 처녀귀신 만들 작정이냐며, 충주 목계나루 근처 청룡촌에 사는 자기 친척 하나가 마침 민며느리 자리를 구하고 있으니 둘 중 하나를 내려 보내라고 채근했다. 그러지 않아도 은근히 딸들의 앞날을 걱정해 오던 아버지가 이거 잘 됐다 싶어 언니인 연이에게 그 포수를 따라 산을 내려가라고 권했다. 하지만 연이는 아버지가 병환 중이시고, 더구나 내가 가면 제밑동생 도아 혼자 남게 되는데 도아는 무섬증이 많아 여기 홀로 있기가 쉽지 않을 것이니 네가 따라가라며 굳이 도아를 내려 보냈다. 그러면서 혹 언젠가 인연이 있다면 백선이 살별처럼 자기를 찾아올 날이 있을지도 모른다는 희망의 끈을 놓지 않았다. 그런데 문득 그 꿈이 이렇게 이뤄졌으니 이 세상을 다 가진 것처럼 행복하다고 했다. 그러나 둘이 비록 살을 섞어도 아버지 병환이 깊어 그를 두고 당장 산을 떠날 수는 없다며 내일 둘이 함께 약초를 캐러 간다면 이 산이 전부 우리들 것이 아니겠느냐고 감미롭게 속삭였다. 전에는 말을 못하는 벙어린 줄 알았다고 백선이 너스레를 떨자 연이가 종당엔 까막과부가 되는 줄 각오하고 있었다며 백선의 가슴패기를 어찌나 세게 꼬집는지 백선은 비명을 지를 뻔했다. 쪽창 밖 상수리나무 가지에서 접동새가 푸르럭푸르럭 날개를 털더니 먼먼 산 밖을 향해 그 속 깊은 쉰 목소리를 끌어내기 시작했다. 그 울음은 백선과 연이가 달콤한 잠에 빠질 때까지도 그치지 않았다.

백선은 연이와 함께 산속에서 일 년여를 보냈다. 그리고 이제 남산만하게 배가 불러오는 어엿한 안사람이 있어설까 아버지의 원한도 차츰 엷어지는 무렵인데 병환이 더친 연이 아버지가, 나무때기 시집 보낸 거 같은 도아가 살았는지 죽었는지 마지막 보고 싶다면서 숨이 멎자 산을 내려왔다. 그리고 아내를 얻고도 진작 얼굴도 한번 보여드리지 못했음을 그제사 어머니께 빌고 새 삶을 시작했다.

그런데 아들을 셋이나 낳고, 여느 포수처럼 여름엔 황소처럼 들에 나가 일하고 겨울 한 철 눈 덮인 산야를 질주하며 짐승이나 잡는 것을 낙으로 삼던 백선에게 아무리 곱씹어도 진티를 알 수 없는 곡경이 닥쳐왔다. 그의 나이 갓 서른이었다. 동생 중선이 광주산성으로 병정 살러 가서 우리 임금을 지키다 죽은 뒤, 그 임금이 번연히 용상에 있는데도, 관가에서는 도리어 대역부도한 놈 집안이라고 닦달하는 것도 모자라, 이것을 항의하는 백선을 옭아 갈빗대가 나갈 만큼 매를 치는 것이었다. 그러나 어느 누구나 백선의 억울함을 알아주려는 사람이 없었다. 차라리 숟가락으로 목을 따 죽을 일이었지만, 독사 아감지에 멋모르고 손가락을 넣었단 걸 알아챈 백선은 갈빗대를 움켜잡고 사또에게 머리를 조아렸다. 그리고 향후 제출물로 근신하겠다는 다짐을 바치고 감옥에서 살아 나왔다. 하늘 아래 있는 이 세상이 다만 노랗게 보일 뿐이었다. 그러면서 용렬하고 비굴한 자신을 달랠 길이 없음을 한탄했다. 자꾸 머리끝을 흔드는, 이 기구한 세상 홀연히 등지든지 아니면 우작 뒤집어 버리든지 양단 간 결단이 필요하다는 생각이 부지불식 골수를 때리곤 했다.

그가 서석지라는 사람을 만나 의기가 통한 것도 그 무렵이었다. 제 신세를 주체 못해 홀로 산 속으로 불질을 놓으러 다니며, 몰골이 점차 산짐승처럼 흉물스러워 지고, 말이 없어진 대신 오장이 뒤집히면 사지를 웅둥거려 몇 마디 괴성을 질러내곤 하던 즈음, 용문산 용각바위 뒤에서 만난 석지는 백선을 보고 대뜸 넙죽 절을 했다.

"저는 심산유곡을 이유 없이 방랑하는 놈입니다만 이 거한 산중에서 어르신을 뵙기는 진정 하늘의 뜻인가 싶습니다."

하며 그는 두 눈을 반짝였다. '세상에 나 같은 의지가지없는 불쌍놈한테 절을 하는 미친놈이 있으니 오래 살고 볼 일이다' 하고 만만히 그 자를 지켜보는데 얼굴은 비록 가무잡잡하나 동공이 또렷하고 콧날이 분명하여 강단 있게 생긴데다, 뭔가를 추구하는 몸태가 괜스리 마음을 잡아끄는 걸 느꼈다.

"난 호랭일 잡으러 이 산중엘 다니다보니 몰골이 이렇게 험하게 됐다만 그녁은 뭣하러 여길 헤매시우?"

"말춤을 낮추십시오. 저도 산 밖 세상을 활보하기 싫은 놈이라 이렇게 햇볕 안 쏘이는 궁벽진 숲속을 헤매고 다닙니다. 어르신도 필경 저 같은 업력이 있어 이렇게 심산을 엎드려 다니는 게 아니시겠습니까?"

"업력이라…? 그렇지 발간상놈으로 태어나 사람값에 못 드는 게 업력이지."

"그러하옵니다. 저도 우리 아부지가 흰고무래라 어디 사람값에 들어얍지오. 아부지 나름으론 저도 당신의 뒤를 따르길 바랬지만 전 죽어두 그게 싫었고. 제가 또 검은 동정 달고 삭발로 마실 밖 난들에 살다가 쌍고무래가 되면 제 자슥놈도 저 같은 세상 살어야 한다는 생각이 아찔하여 그만 집을 뛰쳐나왔지요. 어차피 머리 깎고 살던 거 딱히 가기 좋은 게 절이었습죠. 허긴 울 아부지가 불심이 깊어 평소에도 절을 숭상하였긴 하오만. 그 때 제가 만난 스님이 월정사 상좌스님인데 그를 통해 세상 이치를 깨단하게 됐습니다."

"그녁도 딴은 애비 잘못 만나 사람값에 못 드는구나. 불쌍타."

"어르신 그게 아닙니다. 지금 세상이 벼락같이 변하는데 반상이 어디 있습니까? 이제 조금만 있으면 사람은 다 매 한가지다, 하는 세상이 옵니다."

"꼭 내 죽은 아우가 하던 말 같구나."

"허지만 그게 공짜로 거저 오겠습니까? 천만입죠. 일어나 싸워야 합니다."

"병정으로 가잔 말이냐?"

"그게 아니옵고…실은 제가 사방팔방 쏘다니다가 양근 땅에 이르렀을 때 어르신의 고명을 들었습니다. 어르신이 산을 탄다는 말을 들고 필경 산 속에서 한번 만나려니 기다려 오던 중이었지요. 제가 드릴 말씀이 어찌 하룻밤에 끝나겠습니까. 자 여기서 이러지 말고 암자가 저 위에 있으니 거기 들어 찬찬히 얘길 드리겠습니다."

"난 절이 이미롭진 않네만."

"제가 다 준비해 뒀습니다."

암자에 이르자 석지는 익숙한 솜씨로 방 하나를 차지하고 들어서 백선의 행구를 끌러 말코지에 걸고는 말했다.

"저를 수하로 받아 주시면 용심껏 따르겠습니다."

"수하라니?"

백선이 어처구니없어 되물었다.

"전 피가 더운 사내놈입니다. 이왕지사 세상에 얼굴 들고 한번 나온 건데 그냥 살다갈 순 없습니다. 제 더운 피에 불을 지펴 주실 분은 바로 어르신이십니다."

"그건 다 뜬 얘길 뿐이라네. 내가 난세를 구할 장수라면 천지신명이 여지껏 나를 이렇듯 비루하게 내버려 뒀겠는가. 날 가지고 더 이상 맘 쓰지 말게."

"그건 그렇지 않습니다. 운명은 내가 개척해 가는 것입니다. 어르신 기골에 그런 기상이 서려 있습니다만 아직 그걸 깨쳐준 사람이 없었을 뿐입니다. 허락이 된다면 제가 나서겠습니다."

"점점 모를 소리다만."

"말씀드리기 송구하오나 우선 글자를 깨치시옵소서. 글자를 모르니 그 기상을 쓸 방도를 모르는 것입니다. 하지만 그건 큰 걱정거리가 아닙니다. 제가 옆에 있삽고, 또한 하늘이 쓰실 인재는 하늘이 알아서 가꾸는 법이기도 하니까요."

"별 쓸데없는 말을 다 듣네. 나 같은 상것이 글을 알아 무얼 한단 말인가?"

"상것을 누가 만든 것입니까? 하늘입니까? 양반과 상것이 도대체 뭣이 다르다는 겁니까? 상것은 날 때부터 표를 달고 나옵니까? 다 사람이 만든 것입니다. 사람이 바뀌면 반상의 위치도 바뀌는 법이지요. 지금 상것이 옛날에는 거들먹거리는 양반으로 행세한 적이 왜 없었겠습니까?"

"그래서?"

"하늘의 이치에 맞게 사람을 바꾸면 상것도 사람 구실을 하게 됩니다. 저도 못난 흰고무래 새끼로 태어나 더럽고 서러운 인생 어찌 살아가야 하나 막막해 하다가 이 이치를 깨달았사온데 한번 알고 나니 세상이 밝아지고 초목이 비로소 푸르러 보였습니다. 어른께서도 어풀 이 이치를 받아들이십시오. 떡두꺼비 같은 자식들한테도 한 평생 그 탈을 쓰게 하실 겁니까?"

"아니지. 할 수만 있다면야, 내 목숨 버려서라도 상것 탈을 벗어야지."

"어르신은 하실 수 있는 분입니다. 이 암자를 자주 찾아 주십시오. 그러면 세상 이치가 확연히 보일 것입니다."

그곳에서 하루를 꼬박 묵고 백선은 마음을 크게 고쳐먹어 집으로 돌아왔다. 그 날부터 자꾸 용문산 깊은 자락의 암자 생각이 머리를 맴돌면서 그 젊은이가 보통내기가 아니라는 깨달음이 이는 걸 어찌할 수 없었다. 엉덩이가 들썩거렸다. 열흘이 못 되어 백선은 불질을 하러 간다는 핑계를 대고 그 암자를 찾아 갔다. 석지가 땔나무를 하고 있다가 맞이하면서 스무 살이 채 됐을까 하는 떠꺼머리 총각놈을 하나 소개했다.

"제 이름은 검쟁이라우. 집도 절도 없지우."

하고 녀석은 머리를 끗덕 해 보였다. 팔초한 얼굴에 눈이 부리부리한 게 어딘가 모르게 표정이 뚱 하면서도 대살져 보였다. 석지가 백선의 눈치를 꿰뚫고 나서 놈을 추켜 말했다.

"이 애는 이틀을 굶어도 백 리를 뛰는 놈입지요. 산다람쥐 뺨치는 재줄 가졌습니다."

"사는 데가 어디여?"

검쟁이의 뻣뻣한 몸태를 보고 백선이 다소 성근 투로 물었다.

"아무데서나 지냅니다."

놈은 간단히 말해 버렸다.

"부모형제도 없어?"

"저 같은 불쌍놈한테 그런 게 어디 당합니까?"

놈의 눈가가 문득 검어지는가 싶자, 석지가 나서서 덧붙였다.

"어릴 적에 용문사에 버려졌다고 합니다. 스님이 첨엔 사미로 키우려 했지만 나이가 좀 들자 꼭 성뿔난 짐승마냥 산 속을 헤집고 다녀 아예 울 밖 출입을 금지시키고 말았답니다. 그러자 녀석이 난데없이 병을 앓는데 아무런 약도 소용이 없어, 애를 잃었다고 낙심천만이었답니다. 그런데 하룬 눈이 퀭해진 녀석이 늑대처럼 문 밖 하늘을 보고 울부짖는 소리를 내더니 이제 죽어도 좋으니 날 맘껏 뛰 다니게 놓아달라고 하더라지요. 할 수없이 애를 마당으로 내놓았더니 울을 박차고 나가 짐승마냥 산비탈을 타는데 언제 아팠더냐 싶더랍니다. 그래 그게 네 팔자소관인가 보다 절간에 앉아 염불이나 하며 도 닦고 살기는 틀렸구나 하고 아예 놔길렀답니다."

"불전에 앉아 염불을 할라치면 간잎이 꼰두서서 발광이 나지우."

녀석이 부리부리한 눈을 크게 떠 먼 산마루를 내다보았다. 그러한 녀석의 몸태가 어쩐지 먹이를 찾는 음험한 산짐승처럼 보였다. 불질을 하러 다니면서 저런 표정의 사냥감들과 맞대거리를 하거나 투그리고 서 있던 적이 한두 번이 아니라는 생각이 들자 희안하게도 문득 친근감이 이는 걸 느꼈다. 그래서 열쩍게 웃고는,

"네 놈이 참 사람답다."

하고 등을 툭 쳐 주었다.

"어르신, 이 녀석이 오대산 용문산 치악산 일대 산포수들의 자국을 다 밟고 있는 놈입니다. 누구누구 성품이며, 말쩨며, 몸놀림이며 무슨 불질로 무슨 짐승을 잘 잡느냐 하는 것 까지도요."

"그 참 난 녀석이로구나. 그래 이 일대 산포수들을 도합 몇 사람이나 꿰고 있느냐?"

"백오 십 명은 됩니다."

"그럼 나도 진작에 알고 있었느냐?"

"물론입니다."

"나에 대해서 어디 말해 보거라."

"집은 지평 땅 모루니요, 힘이 황소보다 세고 키가 여섯 척이 넘으니 거한인데다 동동산 기맥을 타고 나서 장차 난세를 구할 인물이십죠. 허나 본인은 하염없이 세월을 허송해 오며 본분을 깨치지 못하고…."

"됐다. 나를 그만큼 알고 있다면 네 귀가 가히 보배로구나. 또 다른 포수 누굴 한번 말해 봐라."

백선이 흥을 돋우며 말했다.

"하지만 나머지 다른 산포수들이야 이름을 내고 다니길 좋아하지 않고, 농사짓는 곁가지로 겨울 한철 산에 들었다가 내려가곤 하니까 별반 눈에 띌 게 없는데다, 워낙 먹고 사는 게 궁색한 신세들이라 죽지 못해 하는 포수질입니다."

"그래도 몇몇은 있을 거 아니냐?"

"글쎄요…치악산 쪽에 김술이라는 포수가 하나 있긴 합니다."

"어떤 작잔데?"

"원체 강단이 있어서 성깔이 보통내기가 아니고 누구한테 헛기침 하나 허투루 할 사람이 아닙니다. 게다가 남들은 따사로운 평지에서 호의호식하는데 이 무슨 팔자로 산타랭이 헤집으며 야수와 맞대매를 해야 하느냐고 탄식도 늘어놓는 입담이 있죠. 눈빛이 하 강렬해서 때론 소름이 끼칠 때가 있습니다. 필시 평지에서 무슨 사단에 피멍이 든 사람 같은데, 고향 얘기는 절대 못하게 합니다."

"그 자를 몇 번이나 봤느냐?"

"두 번 봤습니다."

"네 얘길 들어보니 딴은 우리 포수질 해 처먹는 놈들도 붉은 목숨 살고 싶어들 하는구나."

백선이 고개를 주억거리고, 비로소 나 같은 천한 것들일지언정 평지에서도 따순 사람들끼리 사람값을 입에 올릴 수 있겠거니 하는 믿음이 생겼다. 석지가 그 순간을 놓치지 않았다.

"산포수들이란, 사나운 짐승 앞에 제 몸둥일 내던진 사람들 아닙니까. 허므로 제 한 몸의 안일에 연연하지 않고 비루하지 않으며 마음 쓰는 통이 큽니다. 어르신이 어찌 한 평생 그저 그 속에서 지켜보고만 있겠습니까?"

"그럼 뭘 하게?"

"문자를 깨치십시오. 그럼 새 세상이 열리게 돼 있습니다."

"문자? 내 어느덧 서른이나 먹어 자식 놈이 서당을 기웃거릴 나인데 문자가 무슨 문잔가?"

"그게 아닙니다. 어르신이 빨리 깨치셔야 합니다."

"나는 문자하고는 상극이 됐다네. 그게 울아버지 생전의 바람이셨지. 그 짓쩍고 외통스런 문자를 강권하지 말게."

"그럼 제가 자주 댁으로 나가겠습니다. 말씀으로라도 깨쳐드리겠습니다."

"아무러나 좋네. 자넬 만나고 요즘엔 나도 꿈마다 뭔가가 열리는 기운을 느낀다네. 이게 이상한 조화 아닌가?"

"그건 이상한 게 아니라 하늘의 기운이 순리대로 돌아오는 것일 뿐입니다. 제 말씀은 어르신께서 이 기운을 품을 채빌 갖추셔야 한다는 것이옵니다."

"알겠네."

백선은 고개를 끄덕였다. 그러면서 동동산 예언이 머리를 찔렀고 서른이 되도록 남의 손가락질과 비아냥에 놀아난 이 허우대와 뼛골이 문득 움찔거리는 걸 느꼈다.

사흘 만에 인근 산포수 팔십 명이 모여들었다. 검쟁이가 발에 불이 나도록 뛴 덕이지만 석지의 용의주도한 책략도 주효했다. 석지는 이번 싸움에 이기면 그대들은 모두 관가에 포졸로 등용될 거라는 허튼 약조를 지어 보냈던 것이다. 맹영재에게 무기 지원을 받아 이윽고 백선의 산포수대는 접주 김태열 체포를 위해, 그가 은신했다는 안창 방면 양송치 기슭으로 나아갔다. 그러나 동비는 토벌대의 정황을 한눈에 꿰고 있는지 도무지 그 흔적을 내보이지 않았다. 백선이 석지와 검쟁이를 풀어 그들의 은신처를 찾으려고 여러 날 애쓴 결과 그들이 여주 근방에 숨어 있는 정황이 밝혀졌다. 저자거리의 얘기를 종합해 볼 때, 그들은 지평 관가 공격 이후 지리멸렬해진 대열을 한창 추스르는 중이었다.

"그렇게 멀리?"

"그곳이 안전하다고 그들은 믿고 있는 거 같습니다."

"여주에 그토록 깊은 산이 없잖으냐?"

"자기들끼리 계속 연락을 해야 하기 때문에 깊은 산이 아니라 외딴 산이 필요했을 겁니다."

"알았네."

"그곳을 치기 위해선 기습 공격이 유리합니다. 우리 포군이 야음을 틈타 덮치면 놈들을 요절낼 수 있습니다."

다음 날 백선은 밤이 오기를 기다렸다가 군사들을 이끌고 여주 경계를 넘었다.

검쟁이가 지목하고 있는 산은 뚜렷한 이름도 없는 밋밋산이었다. 지평에서 알아온 대로 동네 이름, 고개 이름, 냇물 이름을 얼추 맞춰 찾아가다 보니 과연 이거다 싶은 산이 나왔다. 높지 않았으나 길이 험해 백선도 말을 묶어 놓고 산 속 오솔길을 따라 들어갔다. 두 마장쯤을 소리 없이 가보니 외딴집이 보였다. 불이 모두 죽어 있었다. 군사들이 집을 포위했다. 그리고 백선의 큰기침소리를 신호로 일시에 위협사격을 가했다. 그러나 집안에선 아무런 반응도 없었다. 빈 집이었다.

"벌써 옮긴 것 같습니다."

석지가 옆에 와 있었다.

"방 안을 뒤져라."

백선의 명이 떨어지자, 군사들이 방안으로 뛰어 들어갔다.

"먹다 남은 밥이 있습니다. 아직 식지 않은 걸 보니 피신한 지 오래되지 않았습니다."

석지가 속삭였다.

"저 마을을 뒤져라."

백선이 명하자 군사들이 우르르 마을을 향해 뛰었다. 마을 어귀에 이르렀을 때, 군사들의 동향을 주시하던 마을 사람들이, 동비들이 얼마 전 뒷산을 넘어 원주 쪽으로 갔다고 알렸다. 백선은 마을 장정 하나를 길라잡이로 세우고, 그들이 사라진 곳을 뒤쫓기 시작했다. 하지만 그들의 종적은 쉬이 잡히지 않았다. 퇴각하면서도 연신 흔적을 지웠기 때문일 것이다.

날이 부윰하니 밝아 왔다.

안개가 골골이 고여 있는 능선을 따라 산봉오리를 넘자, 저 앞에 피로에 지친 이삼십 명의 비도들이 필사적으로 도망치고 있는 게 이제사 눈에 들어왔다.

"김태열만 잡으면 된다."

백선이 군사들을 다잡으며 일렀다.

이윽고 아침 햇살이 찬연히 부서지기 시작할 즈음 포졸의 발걸음이 그들과 지척이 되었다.

"비도 김태열은 항복하라."

"김태열만 항복하면 나머지 양민은 모두 살려준다."

"너희들은 지금 꾀임에 빠져 임금님을 욕보이고 있다. 어서 접주를 잡아 대령하라. 그러면 상금을 주겠다."

석지를 비롯한 포수들이 제각각 손나팔을 만들어 거푸 외쳤다. 그러나 아무런 반응도 없었다.

"나는 너희들을 죽이러 온 사람이 아니다. 김태열만 잡으면 돌아가겠다."

이번에는 백선이 손수 그들의 꼭뒤에 대고 외쳤다. 그러나 그 때였다. 화살이 공기를 가르고 날아와 아침 이슬 젖은 나무 잎사귀 사이에 박혔다.

"안 되겠습니다. 웃기지 말라는 뜻이 아닙니까?"

석지가 속삭였다.

"할 수 없구나. 총을 쏴 제압하고 김태열을 생포해라."

"녀석들이 산 속으로 숨어들면 놈을 잡기가 어렵습니다."

"그러니까, 일 분대가 속히 산부리를 타고 퇴로를 차단해라. 그 때까지 계속 항복을 타일러라."

"알겠습니다."

석지의 무리가 민첩하게 눈앞 지레목을 감아 돌았다.

"너희들은 그물 속에 들었다. 항복하라. 아니면 우리가 체포하겠다."

그러나 다시 화살이 날아들었다. 백선은 더 이상 자중할 수 없었다. 전투란 어쨌든 승부를 겨루는 것이다. 사람의 생명이란 그 상황에서 애오라지 하나의 도구에 불과한 것이었다. 백선의 공격 명령이 떨어지자 무기고에서 임시로 지급해준 조총이 불을 뿜었고, 비도들이 흩어져 허겁지겁 숨기에 바빴다.

"한 놈도 남기지 말고 잡아라."

태열을 잡기 위해서는 어쩔 수 없었다. 포군의 저격을 받은 비도들이 하나 둘 풀섶이나 바위 옆으로 너부러지는 게 보였다.

산은 낮았지만 숲을 의지한 전투라, 쉽사리 결판이 나지 않았다.

상대의 움직임을 포착하느라고 모두들 두 귀를 쫑긋 모으고 있는데 문득 산부리 쪽에서 총성이 일었다. 두 방 세 방…. 포군의 시선이 그리로 집중되었다. 잠시 뒤,

"장군님…! 김태열이 피살됐습니다…."

산부리 쪽에서 들려온 석지의 외침이었다. 백선은 지휘소로 쓰던 노송 아래 바위서덜을 빠져 나와 석지가 있는 곳으로 발길을 옮겼다. 다시 그 쪽에선 총성 수십 발이 일었다. 백선이 뛰다시피 산부리를 감아 올라섰다.

"이 놈이 김태열입니다."

"확실허냐?"

"두 눈이 쾡하니 들어가긴 했지만, 제가 본 그 녀석이 틀림없습니다."

"시신을 묶어라."

백선이 시뜻하게 명령하고 앞을 내다봤다.

"저건 뭐냐?"

"김태열을 호위하고 도망가던 비도들입니다. 놈이 저격되자, 돌맹이를 던지며 대들었습니다."

"다 죽었느냐?"

"아직 거기까진 접근을 못했습니다."

"확인해라."

석지와 검쟁이가 앞에 총 자세로 대여섯 명이 쓰러진 솔버덩으로 다가섰다.

"다 죽었습니다. 여자도 있습니다."

석지가 외쳤다.

"시신을 산 아래로 옮겨라."

백선이 명령하면서 솔버덩 아래로 접근했다. 여섯 구의 시체가 아무렇게나 쓰러져 있었다.

"젊은 아낙이 웬 비도짓을…?"

그러면서 시체 옆으로 무심코 접근하던 백선의 두 발이 순간 그 자리에 얼어붙고 말았다. 차미…, 아니 제수씨…. 그녀의 옆구리를 타고 내린 시뻘건 피가 왕바랭이 꽃잎을 적시고 있었다. 마침 산기슭으로 내려가는 바람 한 줄기가 차미의 앙가슴을 훑고 지나갔다. 백선은 고개를 외로 돌리고 말았다. 지평 감옥에 갇혀 있다는 말을 들었었다. 그녀가 남달리 옥사장에게 발악을 하고 표독스럽게 군다고도 들었다. 그러나 자기가 아는 한 제수씨는 결코 그런 아낙이 아니었다. 오히려 상대방 앞에서 대놓고 싫은 말을 꺼내기도 수줍어하는 순진무구한 여자였다. 동생 중선에게도, 짧은 신접살림이었지만 그런 낯빛과 말씨로 살았었다. 그런데 세월이 참 야속한 걸까. 어떻게 저렇듯 참혹한 지경으로 내몰렸을까.

백선이 마지막 가는 손이나 한번 잡아줘야겠다 싶어 그녀의 시신 곁으로 한 발자국을 옮겨 허리를 굽혔다. 그런데 그 때였다. 차미의 입에서 마치 날파리의 날개짓 같은 미세한 신음이 흘러나오는 것을 백선은 본능적으로 감지했다. 급소를 비껴 불을 맞은 산짐승이 의식이 돌아올 때 내는 그 소리였다. 백선은 황급히 무릎을 꿇어 차미의

114

코에 손가락을 대보았다. 느껴졌다. 정녕 실바람 같은 호흡이 이어지고 있는 것이었다.

"이 아낙은 살아 있다!"

백선이 뜨거운 목소리로 말했다. 곁에 있던 검쟁이가 어리둥절한 표정으로 백선을 지켜보고 있다가 죽여버릴까요? 하며 총구를 들이댔다.

"아니다."

백선이 한 손으로 총구를 밀며 말했다.

"예?"

검쟁이가 의아해서 물었다.

"그냥 두어라."

백선이 돌아섰다. 석지가 다급하게 그 사이를 따고 들었다. 그리고 그 여인이 차미임을 알아차리고 들것에 태우고는 산 아래로 뛰었다. 그제서야 옷매무새를 고치고 검쟁이가 백선 앞으로 다가왔다.

"사람을 벌레처럼 함부로 죽여선 그건 인간의 도리가 아니다."

백선이 먼 산을 바라보며 말했다.

"하지만 여긴 싸움터 아닙니까. 죽느냐 사느냐 결판을 내는 것이 저는 재미있습니다."

"싸움은 재미로 하는 것이 아니지. 새 세상을 열기 위한 어쩔 수 없는 악다귀판. 하지만 그 속에도 인정이 있고 도리가 있는 게지. 포수들이 짐승을 잡을 때도 가려잡는 이유가 거기 있는 거구."

"무슨 뜻인지는 언뜻 들어오지 않으나 가슴에 담아 두기는 하겠습니다. 제가 워낙 사람의 따순 냄새를 맡지 못하는 놈이 돼나서 인정이 뭔지를 잘 모릅니다."

"그렇게 말해 주니 고맙구나."

백선이 검쟁이의 어깨를 쳐주고 나서 하산을 명했다. 그리고 곧장 지평으로 돌아와 현감에게 보고하고, 맹영재가 사재를 털어 장만한 쌀 한 섬씩을 상급으로 챙겨 산포수대를 해산했다. 관졸에 뽑아 주는 것은 사또가 높은 곳에 주청하여 마무리 짓겠다는 약조와 함께였다.

산 속 외딴집, 차미가 은신했던 집으로 돌아와 그녀를 감추고 석지는 지성으로 그녀를 돌보았다. 백선과 차미의 살아온 행로로 보아서 그것은 백선을 자신의 주인으로 모시기로 한 석지의 충정이었다. 그러나 대놓고 이것을 드러낼 수 없는 것은 공훈에 눈이 먼 맹영재가 가만히 있을 리 없기 때문이었다. 그래서 석지는 백선에게도 소상히 차미의 상태를 알리지도 않았다.

차미의 상처는 다행히도 빠르게 아물어 갔다. 허리를 스치고 간 총상도 치명적이 아니어서 선저황을 으깨어 바른 뒤 얼마안가 피딱지가 돋아났다. 그리고 며칠 뒤 석지는 저자거리 의원에게까지 가서 보혈제를 구해다가 약두구리에 달였지만 차미는 자기 몸이 추서는 기미를 보이자 한 손으로 허리를 감싸며 일어났다. 비록 시아주버니와 쫓고 쫓기는 얄궂은 악연으로 만났지만 지금 이 모든 건 다 허상일 뿐, 머지않아 후천개벽의 세상이 올 것이라는 믿음은 바위덩이처럼 확고했다. 그러면서 그 세상에서 아주버니와 좋은 낯으로 만나기를 빌고 또 빌겠다는 말을 남기고 그녀는 길을 나섰다. 어디로 가느냐고 물어도 끝내 입을 열지 않았다.

4

유중교의 이주 대열을 따라 장담에 이른 안승우는 이곳이 화문의 도량촌으로서 손색이 없다는 안도감과 함께 장차 이곳으로부터 홍기할 화맥의 진면목을 잡기 위해 귀향을 단념했다. 그건 그의 부친의 뜻이기도 했으나, 집에 꽃 같은 아내가 있을지라도 집안일이야 범부나 걱정할 군짓이라고 생각하는 그의 의지에도 걸맞았다.

장담 이십여 호의 여염 초가 옆에 새로 지은 다섯 채의 늠름한 흙벽돌집이 높직하게 꼬리를 물고 있어선지, 전보단 마을 모습 전체가 제법 끌밋해 보였다. 중교의 도착을 기다리던 제천 유생들이 마을 사람들을 동원하여 이삿짐을 나르고 수레에서 마소를 풀어 어릿간에 들이자 하루해가 석뚝 저물었다.

호롱불을 대낮같이 밝힌 후, 늦가을 차고 맑은 달이 떠오르자 천둥산 골짜기를 감아 흐르는 연무 속에서 은은히 솔바람이 몰려왔다.

제천 유생들이 이 날을 위해 빚은 술과 떡으로 여독에 지친 선비들을 먹이는 사이, 마을 사람들이 새로 동네에 든 높은 선비들을 우러러 울 밖을 떠나지 못하고 연신 고개를 기웃거렸다.

　중교에게 문안을 드리러 원근 각지의 문도들이 속속 장담촌을 찾아 들었다.
　단양 이필희, 충주 박정수, 그리고 포천 서상렬 같은 거쿨지고 잔젊어 보이는 사람이 얼른 눈에 띄었다. 이 중에 상렬은 장담에 눌러 살기로 각오하고 온 사람이라서, 이 때부터 도량촌에 걸직한 우스갯소리와 옷소매의 바람 일구는 소리가 심심치 않았다.
　"제 말 좀 들어 보시오."
　상렬은 필희나 용규를 만나면 그들을 주저앉히곤 제 과거사 얘기를 잘 꺼내곤 했다.
　"개화 역적놈 서광범인가 하는 자가 저와 같은 놈이요, 다른 놈이요?"
　"다른 놈이고말고."
　필희가 받아 대답하고 나면 용규가,
　"다르긴 뭐이 달라. 같은 서씨니까 한 족속이지."
　"에이 주선비님도, 절 좀 봐 주시구랴. 제가 아직 학문의 향이 몸에 배진 않았다지만 절 광범이하고 같다고 하면 나더러 죽으란 말이지요."
　"그럼 뭐가 다른가 어서 얘기나 해 보게."

"그럼 또 해 보겠습니다. 어험."

상렬은 일부러 헛기침을 하고 나서, 어릴 적 앞뒷집에서 같이 크던 서광범 얘기를 꺼냈다.

"아시다시피 광범이는 제 골육 아닌가베요. 저와 동갑나기였는데 백지장처럼 얼굴이 하얀데다가 말 수가 적어 어느 모로 보나 귀공자 몸태였지요. 허지만 놈이 박영효와 친해지는 걸 보고 분이 나 의절하고 말았어요."

"영효가 더 높아 보였나 보지."

"허긴 영효가 전왕의 사위가 되고 보니 광범이가 사람 하나 보는 눈구멍은 있었는지 몰라요. 허나 지금은 어디 가 뭘 해쳐먹는지, 뒈졌는지 살았는지도 모르잖아요?"

"어릴 적에 광범이네 집에서 양식이며 입성이며 적잖이 보태줬다며?"

필희가 상렬의 다음 말을 뻔히 짐작하면서 물었다.

"그렇지요. 저는 윗대가 일찍 별세하셔서 빈한했고 광범이는 떵떵거리는 집 아들이었으니까. 우리보단 두 살 적은 영효가 툭하면 죽마를 타자고 잘 그랬어요. 키가 작달막한 영효는 어떻게든 높은 말을 타려 했고, 나는 그까짓 거 아무거나 타도 그만이지요. 높은 말을 타고 어그적 어그적 걸어도 내 걸음째를 어디 따를 수 있나요? 내가 마당을 한 바퀴 다 돌고, 이이잇—, 하면서 말고삐를 당기고 정지하는 시늉을 할라치면 영효는 저 뒤에서 중심을 잃고 나가떨어져 있곤 했거든요. 그런데 그때마다 광범이가 영효를 일으켜 주며, 상렬이 네가 영효의 앞길을 방해하는 바람에 이렇게 됐다고 나를 원망하는 게여요. 가당치도 않아서 '광범아, 죽마 타는 솜씨가 누가 더 나으냐?' 고 물으면 언제나 영효가 낫다는 게여요. 참 기가 막히더군요. 그 눈까리는 가죽이 모잘라 생겨처 먹었나 싶어, '너와 나는 삼종 간이고 영효는 피 한 방울 섞이지 않은 남인데, 왜 매번 부당하게 영효 편을 드느냐'고 윽박지르며 물었더니, 제 눈으로 똑똑히 본 사실을 어떻게 피붙이라고 거짓말을 할 수 있느냐는 거여요. 고 녀석 눈에 벌써 그 때부터 마가 꼈던 게 분명해요. 종당에는 갑신년 난동을 부리곤 일본으로 도망질을 친 거 아닌가베요. 게다가 제 에비 에미 다 잡아먹구, 그게 그래 무슨 지랄인가요."

"다 인과응보지. 그 때 자네한테도 책임이 있네. 골육이 사귀에 홀려 제 정신이 아니면 어떻게든 그걸 바로 고쳐야 하지 않았나?"

"그 땐 나한테 광범이를 어르고 달랠 힘이 없었지요. 녀석은 마치 우리 집을 제 집 머슴이나 하인처럼 봤던 게요. 예를 들면, 문을 드나드는 데도 꼭 저와 영효가 앞서고 나를 뒤에 따르게 했지요. 그러다가 내가 무과에 오르고 나니 녀석이 비로소 나를 좀 알아보는 체하는데 그 눈길이 여간 당혹해 하는 게 아니데요."

"그래도 자넨 과거까지 응시했던가베?"

필희가 다소 냉소적으로 물었다. 다 알면서 객담처럼 하는 말이었다.

"그것도 그래요. 영효와 광범이 때문에 과거에 응시하긴 했지요. 녀석들에게 받는 수모가 하도 컸으니 말이요. 그렇다고 내가 끝내 벼슬살이에 미련이 있었던 건 아니지요. 나라가 소외로 전락하는데 내가 어떻게 그 야만스러운 칼잡이 무사가 되겠나 싶더군요."

"그래서 조정에서 그렇게 불러도 안 나갔군그래."

"선비님들은 아예 과거에 응시조차 안 했잖아요. 제가 누구한테 과거 급제 운운하는 거 봤어요? 그건 그렇구, 이젠 확실히 알았나요? 광범이는 얄팍한 여우같은 놈이고⋯."

"그럼 자넨?"

"난 황소 같지요!"

상렬이가 눈을 크게 뜨며 입을 헤벌리는 시늉을 해 보였다.

"예끼 자화자찬도 유분수지⋯. 암튼 광범이와 자넨 다같이 쥘세 쥐."

필희가 농을 건네자, 상렬이 금세 안색이 바뀌더니,

"뭐라고요? 아 그래 나도 쥐라면, 여기 우리 도촌도 쥐굴이란 말요?"

하면서 대드는 시늉을 하는 바람에 주용규가 얼른 참견해 들면서,

"두 양반 있는 자리엔 내가 꼭 껴야 한다니까."

하고 뜯어 놓았다.

"허 이 사람 허우대하곤⋯. 내가 그 말 취소허이. 내 마음 속엔 언제나 자네가 용맹한 범으로 자리하고 있다네. 그 성질만 좀 눅이게."

필희가 아직도 식식거리고 있는 상렬에게 화해를 청하자 상렬도 멋쩍은 표정으로 돌아가서 금세 입을 벌리고 벌쭉 웃어버렸다.

"나두 알아요. 이 선비님이 워낙 지조 있고, 강단 있고 본데 있고⋯

더우사나 이순신 장군 후예로 왜놈이라면 치를 떨고 있다가 장담에 촌락이 세워지기도 전에 이미 청산 옥류를 찾아 단양 땅 깊은 곳으로 솔가해 왔단 걸. 그런 내가 왜 선비님하고 싸우겠오. 미안헙니다."

상렬이 필희에게 고개를 굽신했다.

"진짜 쥐는 왜놈이지."

용규가 거들었다. 상렬이나 용규는 필희가 자기보다 일여덟 살은 더 많다는 것도 알고 있었다.

장담에 글 읽는 소리가 나날이 높아 갔다. 장담을 찾는 과객들의 발걸음도 잦아 졌다.

포천에서, 평묵이 세상을 떴다는 소식이 들어왔다. 의절하고 산 지 오년만이다.

중교도 이젠 노쇠했다. 평묵과 벌인, 옳든 그르든 칠년 간의 '심설논쟁'이 이제는 완연 지하로 묻히게 되었다. 막상 그가 타계했다고 하니 오히려 온몸이 묵지루하고, 그토록 차고 메말랐던 사색의 골짜기엔 흙먼지가 인다고 느껴졌다. 선비가 한 평생 사는 힘은 오로지 그 하나 '지조' 때문인데…. 평묵과 맞닥뜨려 겪었던 심설논쟁의 처음과 끝은 중교 자신을 잠못 이루게 하는 굴레였던 게 분명했다. 시국이 온통 어수선해 그 때마다 굽히고 접고 했던 자신만의 사상의 활. 이젠 나의 내부로 오로지 올곧은 화살을 집중하여 겨누고 시위를 당겨야 할 일이었다.

중교는 급격히 근력이 떨어지면서 자리에 눕는 날이 많아졌다.

그리고 몰라보게 수척해져 갔다. 그가 용규에게 승우를 불러달라고 청했다. 장담 인근 감악산에 들어가 명상을 하던 승우가 급히 불려 왔다.

"자네가 왔구나."

중교는 병석에서 겨우 상체를 일으키고 승우를 바라봤다.

"그간 너무 과로하신 게 분명합니다. 며칠 피접이라도 다녀 오십 시요."

승우는 한결 수척해 보이는 중교 앞에서 문득 목이 메었다.

"피접이사 여기보다 좋은 데가 어디 있을꼬."

중교는 도로 입을 다물었다.

"무슨 명이든지 내리시면 일심으로 따르겠습니다."

"그래 생각해 보니, 저 쪽이 독수리라면 우리는 황새였어. 남과 당 당히 싸울 부리도 발톱도 필요한데 말이지…."

"저 쪽이랍시면?"

승우가 되물었다.

"선사 중암 쪽 말이지. 네가 앞으로 우리 황새 속에서 독수리나 매 가 돼야 한단 말이야."

"무슨 의미인지 깨쳐 주십시오."

"…난 이제 잔명이 다 됐다네."

그리고 중교는 쓸쓸히 만경된 눈초리로 창문 쪽을 바라봤다. 승우 는 밖으로 나와 하늘 가득 고인 별을 올려 봤다. 장담으로 이주해 오 는 중교를 집으로 뫼셔 사제의 연을 맺은 지 삼 년이다. 그간 창주정사에 머무르며 귀가 더욱 열리고 눈이 띄어, 스스로 부끄러움이 앞선 나머지 감악산에 명상처를 두게 된 그였다. 그런데 오늘, 중교가 자신을 불러 놓고 유언처럼 하는 말이 도시 무슨 뜻일까. 더욱이 잔명이 얼마 남지 않았다니.

누구보다 중교의 내심을 잘 헤아리고 있는 용규가 운을 떼 주었다. 평묵과의 적대감이 아직 온전히 해소되지 않았으며, 그들의 강경한 투쟁 방식을 평소 선망해 왔고, 그리고 스승님은 요즘 무언가를 준비하느라 골몰하는 게 역력하다는 것이었다. 그렇다면 평묵이 죽은 지금 그들과의 논쟁을 다시 준비하고 있다는 말인가. 승우는 고개를 저었다. 아무리 감정의 골이 깊었다 해도 죽은 자를 상대로 그렇게 할리는 없을 것이다. 더욱이 삼 년 전 이곳으로 오기 전 심설 논쟁을 접겠다고 선언하여 감동을 준 그가 아니던가.

간 밤에 유심히 접동새 울음소리에 잠을 이루지 못했는데 아침 일찍 존사의 침소로부터 급히 사람을 부르는 용규의 목소리가 들렸다.

"돌아가셨습니다!"

용규는 망연자실하여 방바닥에 꿇어 앉아 있었다. 동쪽 창문으로부터 연한 햇살이 와 부딪히는 목침을 베고 중교는 석고상처럼 곧게 누워 있었다. 용규는 살아계신 것으로 알고 다가가 손을 잡아 보기도 했다며 울먹였다.

"여기 글을 남기셨습니다."

잠시 뒤 흐느낌을 그친 용규가 눈물을 훔치고, 떨리는 손으로 봉서를 받아들었다. 봉해진 부분을 뜯은 용규의 목소리가 잔잔하게 울려 나왔다.

— 사랑하는 문도 제공에게 고한다. 멀리 송자로부터 면면히 갈고 닦아온 우리 화맥이 지금 혼돈의 때를 당하여, 하늘로부터는 도맥을 계승하라는 소명이 있으나 땅위에는 분란과 협작이 끊이지 않도다. 우리는 그 사이에서 무엇을 했단 말인가. 돌아보니 온통 부끄러움만 보일 뿐이다. 허지만 사람이 도를 떠나 살 수 없듯 도 또한 인간과 함께 불멸이니 모쪼록 절망도 말고 포기도 말고 화맥을 떨치기에 신명을 바칠 일이로다. 이제 내가 없고 나면 제공들은 의암 유인석을 스승으로 삼아 따를 일이며 비상한 시기를 맞아 가일층 분발하여 싸워야 할 것이로다. 또한 내 심즉기설(心卽氣設)은 도인의 양심을 걸고 지키려 하니, 이것은 선비로서의 지조이며 내 성정의 맑은 울림이니 어쩔 도리가 없도다. 이제 후학들을 두고 떠나는 마음이 오직 홀가분함은 그대들의 믿음직함이 우리 도의 근간이 되었음이니 영원히 스스로 기뻐할 일이로다. —

용규가 조용히 밀서를 접어 중교의 머리맡에 놓았다.

사흘 후 급보를 받은 인석이 달려와 중교의 장례 절차를 밟았다.

일찍이 보지 못했던 거유의 장례 절차로 제천 인근은 석 달 동안 객지 사람들로 성황을 이루고 장담 입구 주포에는 주막이 새로 생겨나기도 했다.

이윽고 박영효가 총리대신 서리에 올랐다. 그리고 또 개혁안을 내놓았다. 팔도 경계를 무너뜨렸다. 개국 이래 오백 년을 이어 온 조선 팔도 구역 경계를 일거에 허물고 전국을 스물세 개 부(府)로 갈랐다. 기존 부 밑의 목, 군, 현도 없애고 군(郡)으로 통일해 버렸다. 자기가 스물세 명 관찰사를 통솔하고 그들로 하여금 휘하 군수들을 다스리게 하는 제도였다. 새로 임명하는 관찰사는 모두 자기편에서 골랐다.

이에 자극 받은 장담촌이 술렁이기 시작했다. 새로 도통을 받은 유인석의 미온적인 태도에 의구심을 품는 유생의 목소리도 커지기 시작했다. 인석은 향음례 개최를 결정했다. 늦가을 가을걷이 뒤 열리는 것이 상례였으나, 이번은 사세 부득 초여름판에 열어야 했다.

기호 각처로 통문이 가고, 이윽고 윤오월 뙤약볕이 쏟아지는 장담, 화맥의 도기 서린 창주정사 앞 뜰에서 대강례와 향음례가 거행되었다.

첫날의 대강례에는 강장 유인석이 존왕에 바탕을 둔 경전의 주석 및 실천궁행을 설파했다.

둘째날, 향음례가 열렸다. 이번 향음례의 주된 목표는 성재 문하의 결속과 화합이었다. 의병을 일으켜 적을 무찌르자는 일부 유생들의 뜨거운 피를 잠시 가라앉혀 주고, 그간 이 문제로 노정된 약간의 알력을 해소시키자는 취지였다. 의병을 일으키는 것이 결코 불요불급한 것은 아니지만 섣불리 일어났다가는 금상께 어떤 화를 미치게 될지도 모른다는 신중론도 있었던 것이다.

그런데, 강장의 주창으로 유생들이 합의점을 찾아갈 무렵, 따가운 해가 직사되는 마을로 말탄 검정옷의 사내 셋이 나타났다. 제천 관아에서 온 아전들이었다. 비록 참석은 안 했지만 이번 향음례에 객빈으로 초대된 군수 김익진이, 불참 정황에 대해 무슨 해명이라도 하러 보낸 나졸이거니 했다. 그러나 말에서 내린 아전은 뜻밖에도 문패 하나를 들고 인석 앞으로 다가갔다.

"그게 뭐냐?"

인석 곁에 있던 용규와 상렬이 놀라 물었다.

"이 집에 달 문패올시다. 군수 나리께서 하사하신 것입니다. 여기 또 '명령장'도 가지고 왔습니다. 이건 장담 유생의 어른이 우리 군의 약장이 되시어 군정을 적극 도와줍시사 하는 내용입니다."

"누가 보냈다구?"

상렬이 불쑥 나서며 아전에게서 문패와 명령장을 뺏어들었다.

"이러시면 안 됩니다."

아전 하나가 상렬의 손을 잡았으나 상렬이 뿌리치자 맥없이 놓치고 말았다.

"군수가 직접 와도 대면을 못할 일인데 이 무슨 오도깨비 같은 걸 보내 우리 심사를 찔러 보겠다는 것이냐?"

상렬이 서슬퍼런 눈으로 아전들을 노려보았다.

"고을 원의 영을 가지고 온 사자를 이렇게 봉변 주시면 안 됩니다. 더욱이 군수의 공문서를 이렇게 홀대하면 후환이 어찌 없겠습니까?"

아전 양학석이었다.

"남의 집에 와서 심히 오만쿠나. 너희 군수는 지금 뭣을 하고 있느냐?"

상렬의 노기 서린 목소리가 들렸다. 그 때문에 기가 눌린 학석이,
관아에 기십니다, 하고 허리를 굽혔다. 단상 위에서 인석의 조용한
음성이 들려왔다.

"듣거라. 우린 너희 군수가 간교한 적당의 무리라는 걸 알고 있다.
적당 박영효가 익진을 하필 이곳 군수로 임명한 처사는 우리 장담 유
생들을 분쇄키 위한 포석 아니냐고 우린 의심하고 있다. 그래서 오늘
이 음례에 군수를 초청해서 잘 타이르고 일깨우려 했던 것인데 이런
간교한 짓으로 역공을 하는구나."

"저희들은 모르는 일입니다."

"가서 필히 내 얘길 전하도록 해라."

인석의 말이 끝나자 상렬은 명령장을 찢어 버리고, 문패는 가마솥
물을 설설 끓고 있는 화덕에 던져 버렸다.

사세가 급박해지자 세 관리는 재빨리 말에 올라타 강장을 벗어
났다.

"김익진의 행각이 요즘 수상합니다."

"수차 파발을 충주부로 보내고 있을 뿐 아니라 나졸들을 뽑아 들
이고 있습니다."

제천 유생들이 한 마디씩 했다.

"그렇다면 무력으로 우릴 제압하겠다는 거 아닌가?"

상렬이 가소롭다는 표정으로 인석에게 성큼 다가서며,

"우리가 선수를 칩시다. 주상 전하께 우리 유생의 혼이 살아 있음

을 보여드리고, 간악한 섬오랑캐 앞잡이에 현혹되지 않으시도록 충심을 거양하십시다."

하고 소리쳤다.

"관군을 치는 일이 그렇게 어린애 장난같이 될 일이 아니네."

인석이 언성을 높였으나, 상렬의 뜻엔 절대 동감이라는 듯 부드러운 어감은 잃지 않았다.

"김익진이라는 자는 경상도 동래 사람인데 어렸을 적부터 왜말을 잘하여 왜놈 앞잡이가 되기를 소원했던 놈이라 합니다. 마침 영효 일당을 알게 돼 물고기가 물을 만난 듯 지금 작난을 일삼는 놈입니다. 저런 놈을 그냥 둬서야 되겠습니까?"

유생들의 분위기는 격앙되어 갔다. 그러나 인석이 일어나 즉흥적인 주장들을 무마하고, 한 달 후다시 향음례를 개최하기로 하면서 일단 소란이 가라앉았다.

익진은 학석의 보고를 접한 후 회심의 미소를 띄었다.

"우물 안 개구리들이 날뛰고 있구나. 눈이 없어 장님이냐, 세상 물정 모르면 그게 다 장님이지."

그러면서 오히려 장담촌 유생들에게 연민의 정을 느꼈다.

"채소밭의 배추벌레만도 못한 놈들입니다. 허구헌날 글이나 읽는답시고 틀어박혀 아작아작 배추잎만 씹어 삼키죠."

학석이 대꾸했다.

"헌데 저 자들을 어떻게 개활 시키는가가 문제구나."

"머리가 돌처럼 굳은 자들이라 정으로 쫄 수밖에 없습니다."

"나졸들을 단단히 조여 놓도록 하거라. 관찰사 나리의 무슨 분부가 떨어질지 모르는 일 아니냐. 또, 허울만 좋은 양반들을 아니꼽게 보아온 무지렁이 백성들도 잘 설도시켜 놓고. 한 번 일어나면 불길처럼 타올라야 끝장을 볼 수 있는 것이니까."

"그러잖아도 제 집 근처 저자에 있는 여러 사람을 꼬드기고 있는 중입니다."

"알았다. 관내 일은 몽땅 네게 맡기마."

그리고 익진은 충주관찰사 김규식에게 보고를 띄었다. 규식은 곧장 일본이 설치한 전선을 통하여 내무대신 박영효에게 장담의 불미스런 사건을 타전하고 처리 지침의 하달을 기다렸다.

'개화의 길에 반하는 무리는 지체 없이 제거하라.'

영효가 그렇게 회신을 보내왔다. 규식은 충주부의 지방대 이백 명을 돌아봤다. 가흥참의 일병(日兵) 이백, 대소원의 관군 이백, 그리고 수안보 기지에서 새재 길목을 지키는 일병 백 명. 도합 칠백 명의 군사력을 상정해 보았다. 장담에 모이는 유생들이 육백 여 명. 그러나 그들은 백면서생들이다. 일병의 도움 없이도 단독적인 군사 작전으로 일거에 소탕할 힘이 있었다. 게다가 제천 관병 삼십 명도 있지 않은가.

관찰사 김규식은 익진에게 장담 소탕 작전을 명했다. 대군주 폐하의 권위에 반하는 그 어떤 도전도 좌시할 수 없음이 신하의 도리임을 주지시키라고 명했다. 익진이 보낸 군사 셋이 다시 장담으로 들어갔다. 문패와 명령장의 수령을 거부하면 폐하의 영을 거역하는 것으로 간주하겠다고 통첩했다. 그러나 유인석 진영에서의 반응은 전보다 더 거칠었다. 다시 향음례 개최를 문도들에게 통보했다. 이윽고 익진은 충주군의 발진을 심각하게 요구하기 시작했다.

향음례가 다시 열렸다. 추석을 앞둔 초가을이었다.

올 들어 세 번째 열리는 향음례다. 횟수가 늘수록 예에 참석하는 유생의 수는 늘었다. 남으로 경상도 안동으로부터 북은 황해도 재련에서도 참여하는 사람이 있었다. 그래도 그 중추는 양근 지평 원주 충주 제천 어간의 기호지방 유생들이었다. 서울이 생장지인 상렬이 유심히 강성 발언을 주도했다.

"팔도 유생 존하께선 들으시오. 시국이 바야흐로 목이 막히고 숨이 끊어질 형세에 처해 있는데, 어찌 먹고 마시는 일에만 무심히 매달릴 수 있겠소. 우리 글 읽는 유생도, 나라가 있고 화맥이 떨쳐져야 그 근본에 서는 것, 매번 모여 울분만 토로하다가 헤어지면 무슨 면목으로 성현을 뵙겠다는 거요. 자 이제 우리 일어납시다."

상렬이 주먹을 부르쥐며 외치자 단양 사는 이필희가 나섰다.

"나도 동감입니다. 도가 없는 세상에 굴욕적으로 살기보단 도를 지키기 위해 죽는 게 우리 유생의 본분이 아니겠습니까. 선생님께선 어서 결단을 내려주십시오."

여기저기서 결단을 내려달라고 외치는 소리가 들렸다. 인석이 지그시 감았던 눈을 뜨고 그들의 상기된 얼굴과 하늘을 찌르는 울분을 바라보았다. 그리고 끝없이 파란 하늘을 봤다. 백면서생. 저들의 손에 누가 칼을 들려주랴. 저들의 눈에 어떻게 살의를 심어주나.

"선생님께선 결정을 내리십시오. 만약 이번에도 또 미룬다면 나는 이곳을 떠나겠습니다."

상렬이었다.

"떠나다니요? 우리는 함께 일을 도모해야 합니다."

누군가가 뒤에서 상렬을 비판하고 나섰다.

"화끈하게, 할 건 하고 말 건 맙시다. 시간이 항상 우리를 기다려 주는 건 아니란 말입니다."

이에 아랑곳하지 않고 상렬이 대중들을 향해 또 주먹을 부르쥐었다.

"자 이러지 맙시다. 이러다간 적과 싸우기도 전에 자중지란으로 망하겠오. 이성을 찾읍시다. 그리고 선생님께 결단의 시간을 좀 드립시다. 병을 일으킴은 목숨을 던지겠다는 각오가 필요한 거 아니오. 그리고 또한 병을 일으켰다면 그 목적을 반드시 관철시켜야 할 거 아니요. 그러니 신중하자는 게 제 말이외다."

승우였다. 어딘지 모르게 차가운 느낌을 주는 목소리였다. 그러자 인석이 천천히 일어나 입을 열었다.

"강호 제현께 불초 제가 한 말씀 올립니다. 일찍이 화서선사가 일구신 우리 화맥을 성재선사가 계승 발전시켰고 지금은 제 나약한 어깨에 이르러 있습니다. 진실로 무겁고 감픕니다. 허나, 우리는 어디까지나 전하의 신하들이 아닙니까? 임금께 누를 끼치는 일은 천추만대 불충일 뿐입니다. 성정을 가다듬고 다음 강습례까지만 좀 기다려

봅시다."

일동이 제각각 수군거려 댔다. 찬성하는 패가 있는가 하면 노골적으로 거부하는 쪽도 있었다.

다음 날 새벽 정사 앞이 다소 소란스러웠다. 상렬이 종자들에게 봇짐을 싸 등에 지우고 인석에게 하직 인사를 드렸기 때문이었다.

"자넬 붙들진 못하겠네. 어딜 가든 몸조심하고, 이곳에서 부르면 시각을 지체 말고 달려 오게."

"여부가 있겠습니까. 다만 제가 먼저 서울로 가 혼자서라도 무엇이든 해야 직성이 풀릴 거 같아 떠나는 길입니다."

"자네의 충정을 알고 말고…."

인석의 배웅을 받으며 상렬은 도촌을 떠났다.

강음례라면 양근 광탄천에서도 지난 해 가을, 장담처럼 문도들이 운집한 것은 아니지만, 정갈하게 의관을 갖춰 입은 지역 유생들이 모여 개최한 바 있다. 원래 선사 이항로가 말년에 은거하며 화맥을 닦은 곳이라서 강음례의 격식이나 규모가 서울에 못지않다고 했던 곳이다. 안종응이 젊은 유생들에 의해 강장으로 추대된 강례였다. 마침 발호하던 동비들의 기세도 숙졌고, 아랫사돈인 맹영재가 그 여름 천변에서 질탕하게 대동계 천렵을 벌였던 터라 비록 규모는 크지 않더라고 화맥의 요체만 잡아 깔끔하게 추진하기로 도모된 회합이었다.

그런데 한창 도맥에 관한 진지한 논설이 회중들 사이에 정립되는 고비인데 느닷없이 좌중에서 한 바탕 소란이 일었다. 논설은 중지되고 회중은 모두 언짢은 기색으로 소란이 있는 쪽에 시선을 꽂는데 웬 사내가 벌떡 일어나 목에 핏대를 세웠다.

"날 붙들지 마시오!"

그는 자기를 주저앉히려는 주변 유생들을 뿌리쳤다. 자세히 뜯어보니 민용호였다. 강장 안종응도, 논설자 이춘영을 비롯한 대부분의 유생들도 같은 고을 유생으로서 익히 알고 지내는 사내였다. 그는 안종응을 비롯한 음례 주관자들을 향해 소리쳤다.

"지금 우리가 이렇게 태평스레 주질러 앉아 도나 논할 땝니까? 주자가 통곡하고 송자가 기절하겠오."

"이 엄숙한 자리에서 볼강스럽게도 이 무슨 행팬가?"

한 초로의 유생이 꾸짖었지만 그는 더욱 목울대를 키웠다.

"나라가 거덜나는 꼴을 유생이라는 자들이 눈 감지 말란 말이오."

민용호는 아예 강단을 장악할 기세로 회중 사이를 헤쳐 앞으로 나가고자 했다. 저런저런! 혀 차는 소리에 이어 누군가가 저 자를 제압 않고 뭣들 하느냐 고함이 들렸다. 서너 명의 젊은 유생들이 그의 사지를 붙잡아 주저앉히고야 소란은 가까스로 진정되었다. 안종응이 잠시 휴장을 선언하고 민용호를 앞으로 불렀다.

"이 자리가 어떤 자린지 설마 모르지는 않을 것이다. 헌데도 이 소동이니 강호 제현은 물론 성인선사께 얼마나 큰 죄를 졌는지 알겠느냐?"

"강장어른, '마음의 본질이 기(氣)냐, 이(理)냐'는 그 사람됨의 근본을 좌우하는 요체인데 간사한 유중교가 우리 선사 중암에게 도전했다가 사세부득 논쟁을 거짓 중단하고 비루하게도 도통을 차지한 걸 모르십니까? 강장 어른도 엄연히 중암의 '마음은 이'라는 논설을 따르다가 유중교가 도통을 받자 중암을 배신하고 그를 따르니 선비의 지조를 더럽힌 게 분명하고 유중교가 임종시 다시 기어이 '기'를 주창하였음에도 이에 대한 논박 한 마디 없이 그를 추종하고 있으니 심히 부끄러운 처신 아닙니까? 나는 강장 어른을 도무지 인정할 수 없습니다."

민용호는 대담하게 종응을 쏘아 보았다.

"뭣이라고? 이런 해괴한 망발이….."

종응이 벌린 입을 채 다물지도 못하고 주위 유생들을 훑어보았다.

"네 평소 자고자대한 데다 너스레가 심하다더니 이젠 아예 돌았나 보구나."

종응의 뒤에 있던 한 선비가 나섰다.

"지금 나한테 돌았다고 하는 자는 그 자신이 이미 돌았다는 것을 알아야 할 거요. 나는 '이'를 애오라지 따를 것이요. 이를 따라야 중암처럼 목숨을 걸고 싸울 수 있다고 나는 확신하니까요. 제자에 사위에 수십 명이 처형된 중암에게 부끄러운 줄 아시오."

용호도 결코 물러설 수 없다는 듯 도도하게 나왔다. 미간을 찌푸리고 있던 종응이 자리를 박차고 벌떡 일어나며 물었다.

"내 딱 한 가지만 묻겠다. 그렇다면 넌 지금의 도통을 부인하는 것이냐?"

"나는 그를 잘 알지 못하오."

용호는 결코 숙지지 않았다.

"알았다. 넌 우리 문도가 아니구나. 저 자를 강소 밖으로 내쳐라."

종응이 분노가 이글거리는 눈으로 소리쳤다. 젊은 유생들이 달려들어 용호를 강소 밖으로 끌어냈다. 그리고 서로들 눈치를 보며 읍례를 서둘러 마무리할 수밖에 없었다.

여주접주 김태열을 사살하고, 그들을 궤멸시킨 영재의 전공은 춘천부 관찰사를 크게 감동시켰다. 관찰사가 맹영재야말로 지평 민심을 떡 주무르듯 하는 난사람이라고 칭송하더니 얼마 후 그는 지평군수로 발탁되었다. 평생소원이었던 고을 사또를 이룬 영재는 자기의 대동계원뿐 아니라 관졸들도 더욱 결속시켜 이 고을의 아름다운 풍속을 지켜내야 한다는 결의로 민심 수습에 게으르지 않았다.

그런데 그렇게 든든하게 여겼던 대동계원의 충성심이, 모래밭에 세워진 누각 같다는 생각이 은연중 머릿속에 똬리를 트는 걸 그는 감지했다. 사람의 심중이라는 것이 바람에 나부끼듯 흔들리는 것을 보았던 것이다. 자존심이 상한 만큼 황당하고 불쾌한 일이었다. 하지만 영재는 노련했다. 인간의 본심을 결코 돈만으로는 살 수 없다는 것을 그는 얼른 인정했다. 돈이 아니라 감동이 필요했다. 그는, 사돈댁 어르신 안종응을 찾아갔다. 전에는 양가가 학덕이나 재산이나 간에 엇비슷한 가세를 이루고 있었건만 그래서 사돈의 연까지 맺은 집안인데, 세상이 하 수상한 탓일까 날이 갈수록 영재는 재물이 불어났으나 종응은 줄어들었고, 영재는 대동계주가 되더니 이윽고 고을 사또가 되었는데 종응이나 그 아들, 승우는 뒤안으로 물러나 논설이나 즐기는 향반에 머물렀다. 안종응이 강장으로 추대되었던 작년 가을 강음례만 해도, 모였다는 틀거지들이 초라한 유생 수십 명으로, 광탄천변을 가득 메운 대동계 천렵과는 비교가 안 될 정도였다. 하지만 사또가 된 영재가 새로 깨달은 것은, 무지렁이 백성들이 비록 입을 다물고는 있지만 청빈하고 올곧은 종응을 우러르는 염과, 출세길을 달리는 자기를 비웃는 염을 속 깊이 간직하고 있다는 사실이었다. 더욱이 맹영재 저 자가 또 만금을 싸들고 관찰사 자리 하나 노릴게 아니냐는 소문도 무성했다. 사실인즉슨 발 없는 말이 천리를 간다고, 자신이 어찌 동비를 토벌한 전공 하나만으로 사또에 오를 수 있었겠는가. 금괴를 싸들고 관찰사를 뵙고 조정을 들락거리는 높은 사람의 끈을 찾아다닌 게 어디 한두 번이었던가. 그러나 배부른 소리 작작해라. 개천에서 용이 나려면 몸집을 키울 용소도 필요할뿐더러 등용문을 넘을 힘이 있어야 하느니, 미꾸라지한테 어찌 그런 힘이 있겠는가. 태어날 때부터 그런 관문 없이도 승판제장으로 떵떵거리는 사람을 보라. 영재 자신을 우뚝나게 지탱하는 것은 바로 그가 가지고 있는 만금 아니냐.

하지만 남만큼 글도 읽은 영재는 화도를 알고, 개화도 알고, 지존을 위한 충성심도 그 누구 못잖아서 스스로 분수를 지킬 줄 알아야 한다고 밤낮 다짐을 해왔다. 그래서 지금 이 자리, 향리에서 사또에 올라 그 직임의 수행에 명운을 걸고, 훗날 물러나 대동계원인 이웃들과 격의 없이 희희낙락하는 것이 또 다른 꿈이라면 꿈이었다.

사또의 예고 없는 사돈댁 방문은 금세 고을에 퍼졌다. 사장어르신 종웅이 사또를 어떻게 맞이했는지, 남편 승우가 장담촌에 가 있는 바람에 몇 해나 독수공방 신세인 사또의 누이는 오라버니를 어떻게 대했는지 궁금한 것도 많았다. 그러나 맹영재가 안종웅을 찾아가 뵙고 나서는 소문 없이 김백선을 관아로 불러들인 것을 아는 사람은 드물었다. 애초에 동비가 토벌되고 나서 감역 영재는 그 잔당들을 수소문하여 후환을 없애기로 마음먹었는데, 불현 듯 서석지란 놈의 이름이 그의 눈에 걸려들었다. 그는 양근 땅에서 백정의 아들로 태어났다는 것 말고는 신원이 드러나는 게 없었는데, 그가 왜 열혈 동비아낙 차미를 죽음 직전에 구출해 주고 가료까지 해주어 도피시켰는지 궁금하기 짝이 없었다. 그러다가 포군 두령이라는 명분으로 토벌대에 들어왔던 김백선의 뒤에 서석지가 있고 그가 능히 백선을 조종하여 부리고 있다는 판단을 하기까지 오랜 시일이 걸리지 않았다. 자기를 체포하려는 낌새를 채고 석지는 도주해 버렸고, 이런 사실을 우직하기만 한 백선은 심문하는 관졸들에게 거리낌 없이 말해 주었던 것이다. 그런데 이 와중에 영재가 도외시한 실수는 산포수들의 반발을 묵과했다는 점이었다. 포수들은 토벌의 공이 언제 돌아오나를 하염없이 기다릴 수 없었다. 김백선을 앞세우고 맹영재를 닦달하러 가자고 벼르는 중이었다. 때문에 우선 임시방편이지만 그들을 회유하기 위해서는 백선을 보듬는 게 필요했다. 더구나 오래 전 일이지만, 백선은 그 아비가 자신의 집 부고를 돌리다가 행방불명된 사건과 관련하여, 비록 지금은 침묵하고 있지만 평생 가슴에 응어리를 안고 있을 것임은 불문가지였다. 영재는 현재 포군 영솔장 직임에 있는 수하 권선경에게 말했다.

"우선 네 직책을 잠시 김백선한테 빌려줘야겠다. 사세가 그러니 너무 서운케 생각은 마라. 그 판무식쟁이가 영솔장이 된다한들 뭘 할 수 있겠느냐. 그 실속은 지금처럼 네가 다 수행해야 할 것이다."

권선경이 다소 의외이면서도 답답타는 투로 대답했다.

"사또 나으리, 꼭 그렇게까지 해야 할까요? 제가 알기로는 김백선이 전의 그 인물, 그 행색이 아니라고 합니다. 조만간 그는 우리를 기만하고 욕보일 꿍꿍이속을 드러낼 겁니다."

"그러니까 내가 더욱 그 자를 내 곁으로 붙들어 두려는 게 아니냐. 네가 잠시 조금 양보해야겠다."

"나으리의 분부시라면 받아들이겠습니다만."

"너한테는 서운치 않게 보상을 하겠다."

"설마 그 보상이 저를 영영 파직시키는 위로금은 아니겠지요?"

"그렇기야 하겠나. 날 믿어주기 바란다. 그럼 쇠뿔도 단김에 빼랬다고 백선을 불러 들이거라."

명을 받은 나졸이 달려가 백선을 데려 왔다. 관아 뜰을 들어서면서 어인 일인지 백선의 엇흠, 하는 큰기침 소리가 들렸다. 천만 가당치도 않은 뻔새였지만 영재는 굴꺽 참았다. 그리고 백선이 가까이 오자 웃는 낯을 만들어 말했다.

"지난 번 동비 토벌의 공로로 보다시피 내가 사또 자리까지 올랐다. 그런데 그 공이 어찌 내 개인의 것이랴. 산포수들이 용맹으로 나를 도운 공 누구 못지않구나. 그래서 너를 포군 영솔장으로 임명하려하니 모쪼록 충심을 다하여 보좌해 주기 바란다."

영재의 말을 가만히 듣고 있던 백선이,

"그 귀한 자리가 실로 제겐 감개무량하지만 제가 그 벼슬을 어찌 감당하겠십니까. 거두어들이십시오. 나는 그저 다시 산으로 들어가 호랑이나 잡을랍니다."

했다.

"오호, 사양의 미덕까지 갖췄구나. 내가 사람은 제대로 보았느니…."

영재는 그렇게 말하면서 과연 옛날의 알무지렁이 백선이 아니로구나, 하며 왠지 섬뜩한 기분을 느꼈다.

"그 일로 절 부르셨다면 전 이만 물러가겠십니다, 나리."

백선이 휙 돌아서서 뚜벅뚜벅 삼문을 향해 걸어나갔다. 영재의 뒤에서 이 꼬락서니를 지켜보던 권선경이, 게 섰지 못할까, 하고 달려나와 백선의 면전을 막았다.

"사또께서 내리는 은전을 그토록 매몰차게 내던지는 행투를 어디서고 보질 못했다. 돌아서서 무릎을 꿇고 사또의 분부를 받자워라."

백선이 물끄러미 선경을 쳐다보더니,

"평양감사도 나 싫으면 그만인데 그녁은 왜 이리 부산을 떠시오?"

했다.

"그녁? 네 놈 주제에 지금 나더러 그녁이라 했느냐?"

선경이 눈꺼풀을 떨며 되물었다.

"그렇네. 그녁의 영솔장 자리가 나한테 넘어온다는데 그럼 그녁이 나 나나 동등한 구실아치 아닌가. 그녁은 내가 혹 영솔장을 받더라도 나를 하수로 부릴 생각이 아니었던가?"

백선이 선경을 밀치고 발을 내딛자 얼굴이 벌겋게 달아오른 선경이 어 어? 하며 눈에 흰동자를 드러낸 채 입을 다물지 못했다.

백선이, 제지하는 수문장을 한 팔로 밀어 젖힌 뒤 뚜벅뚜벅 나가자 영재는 뭔지 모를 불안감에, 삼문 용마루만 쳐다봤다. 그리고는 어쨌거나 오늘 부로 백선을 포군 영솔장에 임명했다는 방문을 붙이라고 분부하고는 내아로 무거운 발걸음을 옮겼다.

관군과 왜군에게 쫓기던 신재련 접주가 훗날을 도모하기 위해 연원고개를 넘어, 천하의 피난지지 '개천안' 깊은 산속으로 들어간 뒤 한 달 뒤였다. 신재련의 조카 신이백은, 여주에서 죽을 힘을 다해 며칠이나 걸려 접주님을 뵈러 왔다는, 기진맥진 나라진 한 아낙을 재련의 텅 빈 집에서 맞닥뜨릴 수 있었다. 그녀는 김태열의 밀서를 가지고 그 집을 두세 번 와 본 적이 있기 때문에 남의 눈을 피해 당도할 수 있었다며, 그래도 전에는 인적이 드문 산길을 탔지만, 이번에는 걸을 힘마저 부쳐 뱃사공에게 빌다시피 배를 타기도 하고 길을 걷기도 하다가 오늘 아침 목계나루까지 와서는 삼십 리를 온종일 기다시피 걸어왔다고 했다. 그리고 보니 신이백에게도 그녀가 생판 모르는 얼굴은 아니었다. 여주와 충주 양 접주가 극진히 신임하는 동도 아낙이라는 점에서 호감 있게 얼굴을 스친 바가 있었던 것이다. 포사 차

142

미라는 여인이었다. 그런데 대대적인 토벌 작전으로 와해 위기에 처한 동도 두령 최시형이, 서울 들어가는 목젖이요 배후의 산세가 오묘한 충주를 재기의 터전으로 삼고 암약한다는 기밀을 캔 관군과 왜군이 대대적인 토벌 작전에 나섬으로써, 충주는 여주가 궤멸되기도 전에 이미 잿더미로 변한 상태였다. 이러한 사정을 차미도 모르지 않았지만, 정말이지 이 세상 어딘가에는 동도가 살아 있을 것이란 희망으로, 아니 동도는 결코 소멸될 수 없는 하늘의 진리라는 믿음으로 신재련 접주를 찾아온 것이었다.

하루 종일 텅 빈, 찬바람만 스렁거리는 집이었는데 가끔 빈 집을 둘러보러 나타나는 그의 조카 신이백을 이 순간에 딱 만나게 된 것도 하늘의 도움이었다.

"접주님은 어디 계신가요?"

차미가 제 몸을 지탱하기조차 힘겨워 하며 물었다.

"접주님은 여기를 떠나셨지만 무사하십니다."

"다행이군요…."

차미는 비감스럽게 중얼거렸다.

"그런데 퍽 기진맥진해 보이는군요."

"죽었다가 살아난 계집입니다. 다 하늘이 도우셨지요."

차미가 봉당 앞 섬돌로 가 겨우 버티고 앉으며 끙, 앓는 소리를 냈다.

"이러실 게 아니라 방으로 들어가 좀 누우셔야겠습니다. 주인이 없는 집이라 침구가 있는지 모르겠지만 그래도 들어 가는 게 낫겠습니다."

이백이 몸을 제대로 가누지 못하는 차미를 이끌어 방안으로 데려 갔다. 드문드문 해진 왕골자리 밑으로 바닥흙이 올라와 있는 방은 온 기가 없었으나 차갑지는 않았다. 침구도 누군가 가져갔는지 그것을 개켜 놓았던 궤짝 위에 먼지만 수북했다.

"포사님, 여기 좀 기대기라도 하십시오."

이백이 차마 이런 흙먼지 구덩이 속에 누우라는 말은 못하고 아랫 묵 바람벽을 의지하여 차미를 앉혔다. 그리고 환자를 위해, 울 밑에 널브러진 삭정이들을 몇 줌 그러모아 고쿠락에 군불을 지폈다. 방바 닥 갈라진 틈새로 연기가 소몰소몰 올라왔지만 곧 따스한 기운이 구 들로 퍼졌다. 차미는 자신도 모르게 스르르 무너져 눕고 말았다. 그 리고 정신없이 잠녘에 빠져들었다.

얼마가 지났을까. 바닥의 온기 때문인지 온 몸에 함초롬히 땀이 배 났다고 생각하며 눈을 떴을 때, 차미의 몸둥이 위에 어디서 났는지 이불이 덮여 있었다. 방안은 어느 새 캄캄할 뿐인데 아까 온정을 베 풀어 주던 신이백이 아직도 이 방, 아니 이 집 어딘가에 있는지 아니 면 제 집으로 돌아갔는지 문득 그런 궁금증이 일어 이불을 걷어붙이 고 몸을 일으켰다. 그러자 저쪽 윗묵에서 사람의 기척이 났다.

"이제 깨셨군요."

신이백이었다.

"아직 거기 계시는군요. 저 때문에 괜한 고생이 많으시군요."

차미는 비로소 제정신이 들어 인사치레를 했다.

"아주 곤하게 주무셔서 지켜보고 있었습니다."

"그렇군요. 그런데 처사님, 제가 좀 불편한 게 있습니다. 저는 이 세상에서 젤 미천한 년입니다. 왜 저한테 꼬박꼬박 경어를 쓰십니까. 하대를 해도 저는 괜찮습니다."

"하대라니요? 우리 동도는 누구나, 양반이든 상것이든, 하늘과 같이 존귀한 목숨입니다. 당치도 않습니다. 게다가 포사님은 저보다 나이도 위라는 걸 저는 알고 있습니다. 오히려 저한테 하대를 하셔도 무방합니다."

"세상에, 저 같은 비루한 년한테 하대를 해 달라는 남정네는 이날 입때껏 처음입니다. 제가 부끄러워 몸둘 바를 모르겠습니다. 지금 제 몸이 성치 않아 이렇게 누를 끼치지만 완쾌가 되면 꼭 보답하겠습니다."

"포사님, 그런 걱정은 눈꼽만치도 마십시오. 어서 몸을 추서고 툭툭 털고 일어나야지요."

"지금이 한밤중이지요? 어서 날이 새면 접주님 계신 곳을 찾아가야 합니다. 찾아가서 김태열 접주님께 했듯 제가 보살펴 드려야 합니다. 그게 김태열 접주님의 뜻이기도 합니다."

"하지만, 실은 저도 접주님의 향방을 모릅니다. 지금 찾아가기는 난망한 일이니 우선 몸부터 잘 조섭을 해야 합니다. 참 조금 있으면 달구리를 할 새벽인데 여지껏 아무것도 뜨지 못하셨으니 오죽 시장하시겠습니까. 여기 보리개떡이 몇 덩이 있습니다."

이백이 무언가를 부스럭거리더니 아랫묵으로 엉덩이를 옮기어 다가왔다.

"등잔을 아무리 찾아도 못 찾았습니다. 어둡더라도 좀 드십시오."

"아닌게 아니라 뱃가죽이 등에 붙었지만, 배고픈 것쯤은 견디고 살 줄 아는 년인데 어디서 이걸 다 구해 오셨군요."

차미가 개떡을 집어 한 입을 베어 물었다. 입맛을 잃은 지 오래라서 모래알을 씹는 것 같았으나 이 오밤중에 하찮은 자기를 위해 저 남정네가 먹을 것을 구해 왔구나 하는 생각에 울컥 뜨거운 기운이 가슴을 때렸다.

"배는 고프지만 입안이 헐어 넘어가질 않습니다."

핑계를 대고 떡을 내려놓는데 손마디가 떨리면서 자기도 모르게 눈물이 슴새어 나왔다. 차미는 손등으로 눈물을 훔치며, 처연히 들먹이는 어깨를 감추려고 이불을 끌어당겨 눕고 말았다.

"한 숨 더 푹 주무십시오. 몸을 추서는 데는 잠보다 더한 보약이 없다고 합니다."

어둠 속에서 이백이 이불을 다독여 주며 말하고는 방문을 열고 나갔다. 차미는 쏟아지는 눈물을 주체할 수 없었다. 그러나 엉엉 소리를 내어 울 수는 없었다.

다음 날, 동녘이 부융하기 무섭게 신이백이 나타났다. 그리고 뜻밖에도 그는 부엌간에 들어가 조반을 짓기 시작했다. 그 기척을 눈치 챈 차미가 일어나 부엌으로 가서는,

"처사님, 남정네가 한낱 미천한 계집을 위해 이러시면 안 됩니다.

제가 밥을 지을테니 방으로 들어가 계십시오."

하고 부지깽이를 뺏어 들었다.

"아직 포사님은 몸이 성치 않아 내가 이러는 게지요. 너무 괘념치
마세요."

이백이 대꾸를 하였으나 아픈 몸임에도 차미가 워낙 완강해서 그
는 부엌간을 물러나올 수밖에 없었다. 그리고 하릴없이 너절너절한
사립문의 매끼를 잡죄고, 회리바람에 벗겨진 담장 용구새가 오늘 따
라 눈에 띈다 싶어 그걸 손보고 있는데 차미가 부르는 소리가 났다.
밥사발을 나무 소반에 받쳐 들고 있었다.

차미는 둘이 마주앉아 아침밥을 먹는 게 어딘지 거북했지만, 여주
산막에서 생사 갈림길에 있던 자신을 가료하던 서석지라는 남정네와
는 다른, 옛날부터 서로 잘 알고 지내왔던 것 같은 친밀감이 불현듯
일어나는 것을 어쩌지 못했다. 이것은 아마도 함께 동도의 험하고 위
태로운 길을 걷고 있다는 동질감 때문일지도 몰랐다. 그래서 차미가
비로소 물었다.

"처사님은 뉘신가요?"

뜻밖이면서도 아주 애매한 물음이었지만 신이백은 성의를 다해
대답했다.

"전 신접주님의 조캅니다. 삼촌을 따라 동도에 발을 들여 놓은 건
제 열다섯 살 때였구요. 우리 도인들을 맡을 오지랖은 없지만, 접주
님이 최두령님과 함께 몸을 감추시면서 이곳 충주 도인들을 접사인
저한테 임시로 맡기셨습니다. 비록 지금은 흩어졌지만 반드시 다시

봉기할 날이 올테니 그 때를 대비하라시면서."

"그렇군요. 이제사 접주님과 접사님 사정을 어렴풋이 알 거 같습니다. 그러면 접사님은 지금 어디에 거처를 하십니까?"

"제 집은 빙현고개 아래 갖바치말에 있습니다만, 집엔 거의 들르지 못하고 인근 고을을 수시로 돌면서 뜬 생활을 하고 있습니다. 관군의 감시가 여간 촘촘한 게 아니니까요."

"그럼 이 집도 위험하겠군요?"

"물론입니다. 하지만 근방에선 이미 폐가로 소문이 났고, 혹 우리 도인이 여길 들르더라도 바람처럼 쉬었다 가는 곳이고 또 지금은 저들이 다른 것에 얽매인 게 많아 눈초리가 비껴 있으니 과히 염려하지 않아도 됩니다."

"그럼 저는 앞으로 어찌해야 합니까? 접주님이 다시 오실 때까지."

"제가 안전하게 그느를테니 우선 여기 충주를 터 잡고 있는 게 좋을 듯싶습니다."

"가라고 해도, 동도 아니면 이 세상 아무데도 갈 곳이 없습니다."

차미의 표정은 비감스러웠지만 곧 안도하는 빛이 역력해지면서 말을 이었다.

"혹 어디고 사람을 보낼 일이 있으면 저를 시키십시오. 비록 아낙이지만 걷는 일에 이골이 났고, 아낙이기 때문에 적의 눈을 피하기가 오히려 쉬울 때도 있었습니다."

"말씀 듣고 보니, 여주 충주를 왕래하던 포사님에 관한 얘기가 지금 실감이 나는군요. 전 아주 든든한 우리 도인을 얻게 되어 오히려

148

기쁘기 한량없습니다.”

“저도 여기에 이제 자리를 잡을 테니 입에 풀칠은 해야 할 거구, 송구하지만 접사님이 방도를 알려주시면 제가 힘껏 제 앞가림을 하겠습니다.”

“아무튼 제게 맡겨 두십시오. 그리고 그런 건 몸이 완쾌된 후에 생각해도 늦지 않습니다.”

하면서 이백이 여유롭고 다정스레 차미를 바라봤다.

“지금껏 그렇게 한가롭게 살아본 적이 없는 년입니다.”

차미는 그의 눈빛을 겨우 피하며 입속말로 중얼거렸다. 그러면서 난생 처음 이런 말을 들어보는 것이 꼭 꿈일 것만 같았다.

그날 점심때가 지나, 제천인가 어디를 다녀올 일이 생겼다며 집을 나간 신이백은 사흘이 되도록 소식이 없었다. 차미는 여느 사람의 눈을 피해 바깥출입을 끊고 밤에도 불을 밝히지 않으며 방안에서만 지냈다. 여주 산속에서와 같은 생활이어서 지루할 것은 없었다. 더욱이 여기는 마을에 접해 있는 집이라서 별스레 무섬증이 일어날 것도 없었다. 그런데 그곳과 다른 것이 한 가지 있었다. 그것은 이상한 힘으로 마음을 끌어당기는 묘약과도 같은 것이었는데 스스로 뭐라 단정키도 어려웠다. 자기 몸이 차츰 회복되어 사지의 놀림이 자연스러워지고 가슴을 짓누르던 뭔가 모를 비감의 덩어리가 시나브로 삭혀지는 것만큼 그 정체 모를 것이 그 자리를 차지하고 들어앉는 것을 느꼈다. 곰곰 씹어 생각해 봤다. 그리고 입술을 깨물어 보기도 했다. 그러나 그것은 마음대로 지워지지도, 지울 수도 없는 것이었다. 이런 게 그리움이라는 걸까. 동도의 하늘같은 진리 한 구석에 어쩌면 그것은 보석처럼 환하게 빛나고 있는 것인지도 몰랐다. 하지만 차미는 그것을 물리치려고 몇 번이나 손을 내저어 보았다. 그러나 헛손질일 뿐이었다.

이윽고 나흘 째 되던 날 신접사가 홀연히 나타났다. 사흘이라는 시간이 얼마나 길고 길었던지, 그리움의 무게가 얼마나 무겁고 무거웠던지, 차미는 자신도 모르게 그의 품안으로 달려들고 말았다. 얼마나 기다렸는지, 사흘이 석 달, 삼 년 같았다고 그는 가슴 속으로 소리쳤다. 그러자 가만히 차미의 등 어깨를 어루만지는 이백의 손길이 느껴졌다. 차미는 이백의 품속을, 다시는 이 품을 떠날 수 없다는 듯 매매 파고들었다. 이백의 두 팔이 차미를 힘주어 껴안았다. 그리고 둘은 한 동안 말없이 미동도 않은 채 그렇게 서 있었다. 차미가 물기 밴 음성으로 말했다.

"접사님, 박복한 이 몸이 난생 처음 접사님께 사람대접을 받았습니다. 이제 절 여자로 대접해 주십시오. 첩이라도 좋고 여종이라도 좋습니다."

"종이라니요? 첩이라니요?"

"그게 대체 무슨 말씀이십니까?"

"난 아직 총각이라오. 언제 목이 달아날지도 모를 판, 지금껏 장가 들 염이 없었습니다."

"예?"

차미는 놀라 그를 빤히 올려 보았다.

"뭘 그렇게 놀라시오. 청실홍실 매야만 연분인가요? 이게 하늘이 맺어준 우리 둘의 연분이라면 누가 그걸 막을 수 있겠오."

"예?"

차미는 다시 놀라 그의 품을 빠져나왔다. 그리고 어렵사리 평상심을 찾아 야무지게 말했다.

"저를 그토록 생각해 주시다니 하늘이 무너져 내리기 전에는 접사님을 받들겠습니다. 그러나 서로의 처지가 이렇게 어긋나 있는데 모지락스런 제가 제 생각만 앞세워 용렬하게도 여자로 봐 달란 말을 뱉고 말았습니다. 제 허물을 용서하시고 전처럼 그냥 도인으로만 대해 주십시오."

하고 문을 열고 부엌간으로 가서는 부뚜막을 마주하고 앉았다. 주르륵 눈물이 흘러내렸다.

그날 밤, 이백은 이불을 뒤집어쓰고 기신없이 윗목에 자리하고 누워 있는 차미를 장난스레 깨워대기 시작했다. 씽글씽글 웃으면서 느닷없이, 관군놈들한테 찔린 허리 상처가 정말 다 나았나 어디 보자며 이불자락을 들추는 시늉을 했다. 그래도 차미가 아무런 대꾸가 없자, 그럼 직접 봐야겠다며 이불 속으로 손을 들이밀다가 갑자기 허리춤을 간지르는 바람에 차미가 몸을 뒤채어 상체를 일으키고 말았다. 이백이 그런 차미의 가슴을 와락 끌어안았다. 그리고 진심이 응결된 사나이의 뜨거운 입김을 아낌없이 차미의 입에 불어 넣었다.

그리고 다음 날 차미는 이백을 따라 그의 집으로 들어가 새살림을 차렸다. 하늘이 맺어주는 가연이라는 것이 신비하고도 오묘하다고 하지만 차미는 모든 것이 과분하고 송구하기만 했다. 그래서 신이백이 도모하는 새 세상에의 꿈을 위해서는 언제고 자기 한 목숨 바칠각오를 다졌다. 그것이 사람값을 하는 것이었다.

5

어쩐지 아침부터 온 몸이 찌뿌드드하더니 이마에 신열이 났다. 어젯밤을 자는 둥 마는 둥, 아니 요즘 매일 밤을 그 모양으로 지새웠기 때문일 것이다. 이런 불면의 밤은 필시 이 음습하고도 칙칙한 별스러운 가을 공기 탓 일테지만 그게 유독 민이식에게는 신내림처럼 이상한 기운으로 덮쳐오는지 그 자신도 명쾌히 알 수 없는 노릇이었다.

이식은 초가집 바자울 둔덕으로 올라가 버릇처럼 갈 숲 저 멀리 논배미에서 구부렁구부렁 낫질을 하고 있는 농부들을 넘겨봤다. 서서방도 그 속에 섞여 있을 것이었다. 그는 오늘 저녁 어스름 또 이 집 사립문 앞에 이르러 배고픈 줄도 모르고 이식을 상대하고 싶어 할 것이다. 서서방이 있어 이식도 이 외진 구렁에서 입에 곰이 피지 않는다 싶어 어떤 때는 은근히 그가 기다려지기도 했다.

그런데 오늘은 저녁 새참이 막 지났을 무렵인데 잠시 들일을 놓았는지 서서방이 헐레벌떡 뛰어 와서는 봉당에 앉아 해바라기를 하는 이식 앞으로 성큼성큼 다가왔다.

"생원 나리!"

그는 숨을 고르느라 뒷말을 채 잇지 못했다. 이식이 엉거주춤 일어나 그의 얼굴에 대고 차근차근 말하라는 시늉을 보냈다. 하지만 그는 숨을 고를 틈도 없었다.

"나리, 중전마마를, 폐위한다고 합니다."

그의 입술에 미세하게나마 경련이 이는 게 보였다.

"뭐?"

그 순간 이식도 두 다리가 얼어붙고 말았다. 그리고 입술이 부들부들 떨리며 또? 하고 반문했다. 서서방은,

"새참을 가져온 마실 사람이 그 소문을 들었답니다."

하고 겨우 뒤를 달았다. 말없이, 말뚝처럼 서 있던 이식이 천천히 뜰 한켠으로 어칠비칠 걸음을 옮겨 놓으며 하늘을 한 번, 먼 숲을 한 번 쳐다보았다.

"이제 어떻게 돼 돌아가는 건가요?"

서서방이 가까이 다가와 이식을 부축하며 근심스레 물었다. 그러나 아무 말도 없는 그의, 올이 해진 옷깃으로 무심한 가을 햇살만이 내려앉았다. 한참 뒤에, 나리 봉당에라도 앉으십시오, 하고 서서방이 이끌었다. 그제서야 이식이 봉당 쪽으로 걸음을 옮기며,

"이거였어. 그 정체 모를 음습하고 칙칙한 게 종시 이거였어."

하고 중얼거렸다.

154

"그럼 이제 나라 꼬라지는 어떻게 되는 겁니까?"

서서방이 인성만성 물었다.

"지금 우리가 아는 게 뭐가 있나? 다만 이 가을 공기가 너무 철없다는 것뿐. 그게 자못 꺼림칙한 거야."

"나리 말씀 듣고 보니 딴은 그렇네요. 폐위가 사실인지 아닌지도 우리는 정녕 모르는 거네요."

"그렇다네. 하지만 조짐은 있었어. 자넨 어서 가서 소문을 더 들어보게나. 우리 지금 두서없이 경동할 때가 아니네."

이식은 서서방을 일깨워 들판으로 내보냈다. 그리고 방으로 돌아와, 동곳을 풀고 다소곳이 면벽하고 앉았다. 폐위를 듣고도 그것이 사실이든 아니든 동곳을 꽂고 있을 수는 없던 것이다.

저녁 때 서서방이 다시 나타났다. 들판에서 벼를 베어 줄가리를 치던 농부들 모두 왕비의 운명에 관해 귀를 기울이고 있었지만 더 이상 새로 접한 소문은 없다고 했다. 그리고 그는 오늘따라 왠지 말꼬리를 붙잡을 경황이 없다는 듯 분주히 자기집으로 가버렸다.

그리고 다음 날도 온종일 기다렸으나 끝내 그는 나타나지 않았다. 그의 종적이 사라지자 비로소 이식은 서서방 아니 서석지의 예사롭지 않던 눈빛을 떠올렸다. 그가 지난 여름 홀연히 어디선가 나타나서 도지논이라도 붙여먹고 살기를 애원하던 품이 한낱 배고픈 농투성이의 비라리가 아니었음을 확연히 깨달을 수 있었다. 그는 어디로 사라졌을까. 그의 툽상스런 얼굴 속에 감추어졌던 결기 서린 눈매를 떠올린 순간 이식은 문득 사방에서 검은 연기를 내뿜으며 화마가 닥쳐오는 환상을 느꼈다.

　다음 날 이른 아침 이식은 배개나루로 나가야 했다. 어제 아침 마
포를 출발한 운량선은 아직 나루에 당도하지 못할 시각이었다. 이식
은 관아골 저자거리로 들어가 여염 백성들의 표정을 살폈다. 아닌 게
아니라. 여기저기서 중전이 폐위됐다는 소식에 겁을 먹고, 뭐든 드러
내 놓고 말 꺼내기를 꺼리는 눈치들이 역력했다. 저녁때가 되어 거룻
배 한 척이 올라와 닻을 매는 게 보였다. 옛날 나루를 놀던 한량 민이
식을 알아보는 사람은 없었다. 그 때의, 상대를 압도하는 형형한 눈
빛이 아니라 초라한 행색으로 얼굴에 드러나는 총기도 스러져 어느
덧 묵주머니처럼 처진 몰골이었다. 그렇다고 저 쪽의 말대꾸가 시원
찮다고 해서 얼버무릴 계제는 아니었다.

　"왕비를 왜 폐위시켰나요?"

　이식이 여러 뱃군 중 뒤에 처진 그나마 선량하게 생긴 사람에게 바
짝 붙어 물었다. 그러나 묵묵부답이었다. 이식이 기어이 답을 캐고야
말겠다는 듯 되채어 물었다. 그 몸짓이 간곡했던지 그 뱃군이 흠칫
쳐다보며,

　"접때 궁궐에서 난리가 났대요. 여러 사람이 다치고 죽었다는데
왕비가 관계된 거 아니겠오? 아 참 여기가 왕비마마의 친정 고을이
구면."

하고 강변 자갈밭을 지나 주막으로 들어갔다. 이식은 마치 소문에 굶
주린 사람처럼 그를 뒤따라 들어갔다. 뱃군들이 술상을 차지하고 앉
은 한 쪽에서 그가 듣거나 말거나 또 물었다.

"그럼 왕비가 혹 해를 당하셨을 수도 있잖습니까?"

"글쎄요. 뱃놈 주제에 우리사 뭐가 뭔지 어찌 알겠오. 보아하니 조정 일에 관심이 많은 향반 같으신데, 그렇게 궁금하면 서울엘 가 보시구려."

한 사내가 이식을 아래위로 훑어보며 애석타는 투로 일러 주었다. 이식이 옛날 뱃군들을 다루던 생각이 문득 나 비감을 감추지 못하는 표정으로 망연히 서 있자 아까 대답을 해 줬던 사내가,

"아마 무사하지는 못할 거라는 사람이 많다우."

했다. 그렇구나, 속으로 중얼거리며 이식은 경황없이 주막을 나왔다. 다리가 헛놀았다. 겨우 발걸음을 옮겨 허위허위 집으로 향하다가 서석지가 사는 안마을 아무게네 행낭채를 찾아봤다. 그러나 불이 죽어 있었다. 이미 사흘 째 그는 종적을 감추었다고 했다. 이식은, 석지가 자기를 찾아와 시간 가는 줄 모르고 말꼬리를 붙잡던 그 정황이 지금 거꾸로 벌어진다는 이상한 기분을 깨달았다. 글속이 있어 천리를 내다보는 게 아니라, 지금은 안목이 없어 한 치 앞도 분별 못하는, 불과 며칠 전 그를 존조리 타이르기까지 했던 게 우스꽝스러워진 처지였다. 석지는 천리를 내다보기 위해 지금 어디를 올라가고 있을까.

이식은 일과처럼 배개나루로 이십 여 리를 걸어 나아갔다. 방구석에 처박혀서는 속에 불이 나 견딜 재간이 없었던 것이다. 그러나 그것도 사흘 만에 끝장이 나고 말았다. 왕비가 시해되어 국상을 치르게 됐다는 전문(電文)이 조선 팔도에 내려간 것이다. 십사 년 전에도 그랬다. 죽었다고 했고 국상을 치른다고 했다. 그러나 석 달 만에 왕비

는 엄연히 살아서 궁궐에 나타났다. 어쩌면 이번에도 왕비마마는 부활할지 모른다. 부활한 왕비는 죽기 전 왕비가 아니다. 부활이란 생사를 초월하는 막강한 권능이 있어야 가능한 것 아닌가. 비록 지금 땅에 떨어져 어둠 속에 묻혔다고 하나 그 권능에 의해 왕비는 기필코 부활할 것이다.

아, 그러나 들려오는 소문은 부활과는 점점 멀어지는, 듣기에도 참담한 것들뿐이었다. 시해를 저지른 폭도들은 일본공사 미우라와 놀던 왜 무사놈들이었다. 왕비를 잃은 왕은 신변의 위협은 물론 독살 우려 때문에 물 한 모금도 마시지 못하고 있다. 그래도 일단의 의기 있는 신하들이 이러한 정체절명의 왕을 구출하기 위해 군사를 이끌고 춘생문을 넘으려다 체포되어 목이 날아날 판이다.

이제 왕비, 아니 댕기머리 자영이는 부활하지 못한다.

민이식은 식음을 폐하고 밤마다 북벽하여 호곡하고 사배를 올렸다. 그러면서 저 음습하고 칙칙한 공기를 봐서는 아, 생각키도 소름 끼치지만 왕도 왕세자도 그 마수를 빠져 나올 수 없을 것 같은 두려움에 몸을 떨었다. 결국 조선 사직이 문을 닫는 것이다. 조선 생민이 왜왕의 신하가 되고 종이 되어 왜놈들 발 밑에 널브러져 살아가게 되는 것이다. 이 비상한 시대에 태어나 이 치욕을 목전에 두고 숨을 쉬고 살아간다는 것이 한없이 욕되었다. 이식은, 댕기머리 자영이를 만난 그 유년의 인연이 이렇듯 처절하게 끝난다는 것이 허망했다. 그러나 한편 마음을 돌려먹기 따라서는 그렇기 때문에 오히려 이 치욕

을 오로지 순결하게 승화시켜야 함을 서글프면서도 오연하게 모색해
야 했다. 모처럼 병든 아내이기는 하나 두루마기를 빨아 고이 다림질
해 달래고는 댕기머리 자영이를 처음 만났던 벽절을 향해 집을 나섰
다. 집을 나서면서 아내에게 며칠 내 수이 돌아오겠다는 약조를 하면
서 목이 막혔지만 눈치 채지 못하게 하느라 애를 먹었다. 마지막 보
는 병든 아내가 불쌍했다. 하지만 더 높은 지절을 위해서는 눈 감을
수밖에 없었다. 집이 보이는 산모롱이를 돌기 전까지 자꾸 뒤를 돌아
봤으나, 그 뒤론 허위허위 자드락길을 헤쳐 나가기 시작했다.

그런데 그 외딴 구렁을 막 벗어났을까 한데 저 앞에 한 사내가 부
지런히 다가오고 있는 게 보였다. 이식은 먼빛으로도 그가 서석지임
을 알아차렸다. 이식은 이게 또 무슨 일인가 싶어 발걸음을 멈추고
그가 가까이 이르기를 기다렸다.

"생원 나리 그간 어떻게 지내셨습니까?"

"자네야말로 어떻게 지냈나?"

이식이 허투루 물었다.

"지금 어딜 이렇게 분주히 가십니까?"

"자넨?"

"전 생원나리를 뵈러 가는 길입니다."

"날?"

이식이 못내 의아하면서도 엉뚱하다 싶어 에멜무지로 반문했다.

"실은 제가 그 동안 여기저기를 돌아치면서 많은 것을 얻어듣고 왔
습니다. 그리고 생원나리께 청을 하나 드리러 급히 달려 왔습니다."

"이젠 그런 걸 나한테 묻지 않아도 될 터 아닌가?"

"저는 나리의 높은 충절과 혜안과 식견을 익히 알고 있습니다. 지금 우리 백성이 모두 도탄에 빠져 허우적대고, 왜놈들은 의기양양해 나라를 짓밟고 있는데, 나리는 어떻게 하실 작정이십니까? 수수방관하시겠습니까? 싸우시겠습니까? 아니면 왜놈 품에 안겨 아양을 떠시겠습니까?"

"그건 안 되지!"

가만히 석지의 말을 따라가던 이식이 자기도 모르게 격한 반응을 보였다.

"지금 지평 고을에서는 왜놈들하고 한 판 붙을 계획이 착착 진행되고 있습니다."

"사실인가?"

이식이 눈에 총을 그리며 물었다. 그리고,

"승판제장놈들이 다 토왜가 됐어도 우리 백성들은 살아남아야지. 암 우리 겨레 혼이 그렇게 허접하진 않지."

하고 중얼거렸다.

"그렇다면 지금 저와 함께 지평으로 가십시다."

"지평…?"

이식은 잠시 골똘히 생각에 잠겼다. 그리고,

"자네와 첨 만났을 때 왠지 불섶이나 지우는 거 아닌가 걱정했는데, 되려 자네가 나한테 불섶을 지우네그려. 알았네. 사람의 운수라는 게 이렇게 한 찰나에 바뀌기도 하는 줄 미쳐 몰랐네."

이식은 차라리 껄껄 웃고 싶었다. 어차피 값없이 버릴 목숨 아니었나. 석지 뒤를 좇으며, 괜히 가슴이 뜨거워지면서 새 삶에 대한 욕구가 샘물처럼 솟아오르는 게 이상했다. 이런 것을 부활이라고 하는지도 모를 일이었다. 문득 하얀 이를 드러내며 '나도 알아' 하던 자영이의 한 마디가 귓가에 울려오는 걸 느꼈다.

지평 땅으로 접어들어 하고개를 넘자 해가 떨어지고 말았다. 여기가 오늘 목적지라는 듯 석지는 발걸음을 잠시 접더니 길가 토담집 안을 두리번거렸다. 그리고 요기도 할 겸 오늘 밤 여기서 묵어야겠다며, 그 집 사립문을 밀고 들어갔다. 보아하니 행인들이 드나드는 주막은 결코 아니었지만, 요즘 석지는 여러 모로 비밀에 싸여 있었기 때문에, 그리고 어차피 그와 함께 신명을 바쳐 큰일을 도모하기로 작정한 바이기도 해서 이식은 스스럼없이 그 뒤를 따라 들어섰다. 인기척을 챘는지 곧 방문이 열리고 둘은 말없이 그 안으로 이끌려 들어섰다. 방의 구색으로 봐서는 평소 사람이 기거하는 집이 아님이 분명했다.

"제가 말씀드렸던 생원 나리시다. 인사 올려라."

석지의 말이 떨어지자 문설주 옆에 서 있던 두 사내가 두서는 없어 보였지만 불쑥 큰절을 올렸다. 검쟁이와 쇠징이었다. 잠시 어안이 벙벙한 채 어떻게 응대해야 할지 난감해 하고 있는 이식에게 석지가 입을 열었다. 이 순간의 석지의 표정은, 예상은 했지만, 오늘 길을 따라오면서 보아왔던 서서방이 아니었다. 물론 여주 구렁에서 말벗이 되었던 그 때의 서서방은 더더욱 아니었다. 이제 그 깊은 서석지의 속내가 어떻게 벗겨질까, 이식은 긴장의 끈을 다잡으며 그를 바라봤다.

"선비님, 이 두 아이는 상것들입니다. 하지만 머리가 영민하여 세상 물정을 들으면 곧 능히 깨우칠 만한 지혜를 갖추고 있습니다. 때로 거친 언행이 드러날 때도 있지만 섬기고 따를 줄도 아는 놈들입니다. 하지만 어쩌겠습니까. 상것 탈을 쓰고는 사람값을 할 수 없으니…. 그래서 뜻을 모은 아이들입니다. 그건 저라고 다르지 않습니다. 제가 생원 나리와 만난 후 나리의 은둔과 고뇌가 무언가를 깜냥껏 알아내고는 비록 양반 탈을 쓴 나리시지만 우리와 뜻을 같이 할 수 있는 귀한 어른이라고 여겼습니다."

석지는 전보다 훨씬 조리 있게 말했다. 그래서, 여주 구렁에서 툭하면 말꼬리를 잡고 묻고 또 묻던 것의 이유를 새삼 깨달을 수 있었다.

"무슨 뜻을?"

이식이 겨우 반문했다.

"새 세상을 여는 일입니다. 나리께서는 동동산을 알고 계시더군요. 우리는 동동산 예언을 받고 태어난 크나큰 장군님을 알고 있습니다."

"장군님?"

이식이 놀라 물었다.

"김백선 장군님이야말로 능히 새 세상을 열어줄 하늘이 내신 분이란 걸 우리는 알고 있습니다."

"김백선? 어떻게?"

"황소 못지 않은 완력과, 호랑이를 때려잡는 담력, 위아래를 마음 쓰는 덕성을 모두 지니셨습니다."

"그런 장군이 왜 여지껏 이름을 숨기고 초야에 묻혀 있었나?"

"상것으로 태어났기 때문입니다. 게다가 부친의 뜻에 따라 평생 글자를 멀리하여 지금도 문자를 알지 못하지만, 지난 번 동비 토벌 때는 산포수 수십 명을 이끌고 나가 전공을 세우기도 했습니다. 그 바람에 지금은 어엿한 포군 영솔장이 되었으나 관아에는 발을 들여 놓지 않고 있습니다."

"하면 그 장군님도 자네들과 뜻을 같이 하고 있단 말인가?"

이식이 신비로운 나머지 마른침을 굴컥 삼키고 물었다.

"지금 왕비가 폐위되고 국상을 발표한 마당에 조선 방방곡곡이 벌집을 쑤신 듯 어수선한데 김백선 장군이 나서는 건 당연합니다. 해서, 여기까지 나리를 모시고 온 연유를 말씀드리기 전에 실은 나리의 뜻이 어떠신지 먼저 알고 싶습니다."

일단 말을 끊고 이식을 찬찬히 뜯어보는 석지의 눈에 결연하고도 영롱한 빛이 서려 있었다.

"얘길 듣고 보니 일리가 있네. 전에 자넬 보아오면서도 자네가 결코 한낱 농투성이 범부는 아닐 거라고 짐작했는데 이런 속 깊은 뜻을 가지고 있었을 줄은 미처 알지 못했네. 하지만 기쁘이. 남산골샌님이 역적 바라듯 흑심을 가지고 대드는 게 아니고, 자네들의 그런 생각과 심지를 나는 얼마든지 두둔할 수 있지. 이 땅에도 서양처럼 종당엔 그런 세상이 오게 된다는 걸 나는 아네. 그 거대한 세월의 바퀴를 누구도 막지 못하지. 다만 나는 지금 이 땅에 몸을 받고 태어난 이상 이 나라의 면목을 바로 세워야 한다는 생각이네. 그러자면 무엇보다 우선 왜놈들에게 비명횡사한 왕비를 신원하는 것, 이것이 내 목표일세. 그밖에는 무엇이든 나는 상관없네."

이식의 말을 음미하듯 지그시 눈마저 감고 있던 석지가 만면에 웃음을 띠고 머리를 숙이면서 말했다.

"나리의 높은 뜻에 그저 감읍할 따름입니다. 이제 우리 셋은 나리를 우리의 스승으로 모시겠습니다. 하오나 한 가지 나리께서 해주셔야 할 어려운 일이 있습니다."

"그게 뭔가? 방금 내 뜻을 밝히지 않았나?"

"하지만 나리가 용심을 하실지 심히 두려워 입에 담기가 난감합니다."

"뭔데 그렇게 어려워하나? 무엇이든 어디 말해 보게나."

"그럼 감히 말씀해 올리겠습니다. 나리께서 장차 김백선 장군의 종사가 되어 주실 수 있을는지요?"

"종사?"

"그러하옵니다."

석지가 급히 입을 다물고는 이식의 반응을 기다렸다.

"내가 장군의 종사가 되어 주면 어떤 일이 풀리게 되나?"

"양반이, 아니 호족 민문의 양반이 종사가 되면 장군의 위상이 올라가고 휘하에 많은 병정을 모을 수 있게 됩니다. 일부 말 많은 양반네들의 시비를 막을 수도 있고, 더구나 나리의 높은 식견으로 장군 주변을 반석처럼 견고하게 만들 수도 있습니다. 하오니 나리의 용단이야말로 우리 뜻을 떠받치는 초석이 될 것입니다."

이식은 석지의 말을 듣고 한참 무언가를 골몰하다가 입을 열었다.

"내 비록 민문이기는 하나, 초라한 향반에 때꺼리를 걱정하는 신세이다보니, 혹여 입에 풀칠이라도 할 요량으로 거기 따라 붙었다는 허튼 양반들의 입방아가 심히 괴로울 터이네. 하지만 주려 죽을지라도 대쪽처럼 살겠다는 의기가 있는 줄을 자네가 알고 있으니 어찌 거절할 수 있겠나. 내 기꺼이 따르겠네."

이식이 고개를 끄덕여 다짐을 주었다.

"진정 큰 선비이십니다. 대신 우리가 나리를 어버이 같은 스승으로 모시겠습니다."

석지는 옆에 말없이 서서 대화를 듣던 검쟁이와 쇠징이를 불러 자기 옆에 나란히 서게 했다. 그리고 세상 끝까지 지켜갈 사제의 연을 맺는 이 순간이 그들이 다시 태어난 날이라며 공손히 큰절을 올렸다.

폐비 발표 닷새 후에 그 궁금증 많던 왕비 신변에 관한 소문이 남한강을 거슬러 충주 목계나루, 그리고 청풍나루를 통해 장담에도 들어왔다.

장담을 에워싼 영마루들의 소나무가 가을바람에 떠는 밤이었다.

왕비가 시해되었다…. 그건 하나의 전율이요 억장의 무너짐이었다. 그 범인은 누구며 범행 동기는 무엇이며, 또 시신은 어떻게 됐으

며, 그리고 무엇보다 왕의 신변은 과연 안전하고 자유로운 상태이겠
느냐는 비탄도 가미되었다.

인석은 그날 밤을 지새웠다.

구중궁궐 깊은 곳이 난도에 의해 유린된 이 마당에 나라의 터전을
논해서 무엇 하며 법이고 윤음이고를 말해 무슨 소용이 있겠는가. 저
성재선사 말씀 따나 화맥이 무너져 가는 어두운 골짜기에 귀신들의
울부짖음만이 어지러이 귓전을 때리는 거 아닌가.

그래도 서울에 사람이 있어, 누군가가 창의 고시문을 내붙였다는
소문이 한 줄기 빛이라면 빛이었다. 이곳을 떠난 서상렬이 지하에 숨
어 암약하는 게 아닐까. 상렬이 거병하여 적도를 단죄코져 한다면 장
담은 어떻게 응대해야 할까. 아, 위정척사의 회오리여.

"토역소를 초하게."

인석이 단호한 어조로 주용규에게 명했다. 용규는 서실로 들어가
임금이 계신 북쪽을 향해 세 번 절하고 무릎을 꿇어앉았다. 한 동안
그는 눈을 감았다. 얼굴에 드리운 그 특유의 예리한 감성이 비장한
각오로 타올랐다. 그는 붓을 들고 초야가 되도록 그 초안을 썼다.

하지만 장담에서는 토역소의 상주를 반대하는 분위기가 만만치
않았다. 글월이나 올려서 될 일이 아니라는 인식을 갖기 시작한 것
이다.

더구나, 청풍나루를 통해 들어온 소문에 의하면, 춘생문인가 뭔가
하는 곳에서 벌어진 총격 사건이 일파만파의 격랑을 만들어 임금을
더욱 곤경에 빠뜨리고, 왜는 한층 콧대가 높아졌다고 했다. 이런 비

상시국에 궁벽한 시골에 묻혀 한없이 나약한 몰골로 나앉아 있을 수밖에 없느냐는 자탄의 소리가 일었다.

미명의 아침부터 집집마다 흘러나오던 송경 소리도 맥이 빠져 보였다. 겨울은 오고 있는데, 사방 영마루 위를 비껴가는 낮은 구름 사이로 이따금 솔개란 놈이 쫙 벌린 날개를 휘젓고 마을을 노려보곤 했다. 솔개가 눈에 띄면 인석은 시선을 바꿔버리고 말았다. 무기력하고 쓸쓸하고 답답하기도 한 이 깊은 '송의 염락'에 문득 사양의 그늘이 다가오고 있음을 느꼈다.

강물이 얼어붙어 배가 뜨지 않았다. 그런데도 소식 하나가 날아들었다. 그 소식은 전신(電信)을 통해 화급히 충주관찰부에 전달되었다.

내용은 두 가지였다. 앞으로 태양력을 사용하는 바 을미년 동짓달 열이레를 새해 즉 병신년 첫날로 하며 건양이란 새 연호를 쓴다는 것이었고 또 하나는 짐이 머리를 깎았으니 모든 신하와 백성들도 짐의 뜻을 받들어 일제히 머리를 깎으라는 것이었다.

오늘이 동짓달 열여드레니 나도 모르게 새해 아침이 지나가 버린 셈이었다.

그러나 그보다 더 어처구니없는 것은 충주 성곽을 끼고 돌면서 무릎까지 빠지는 눈구덩이에 나뒹구는 행인들의 울부짖음을 목격하는 일이었다. 옴나위없이 붙잡혀 머리털을 깎인 쪽은 하늘이 무섭지 않느냐며 목울대를 떨었고, 가위를 들이대는 쪽은 어명을 거역할 셈이냐고 을러댔다. 그럼 다시 저쪽에서는 어명을 사칭하는 네 놈들이 토왜놈이 아니고 누구냐고 피를 토하며 절규했다.

장담은 생사를 넘나들 만큼 충격을 받았다. 화서선사께서 오매간 근심 염려하시던 만고의 변이 이제 그들 발등에 떨어진 것이다. 명이 멸한 후 조선에 송자 같은 이가 계셔서 화맥을 오로지 전수하며 소중화를 이룬 지 이백오십 년, 바야흐로 난귀의 너울을 쓴 오랑캐들이 하늘의 밝음을 가리고 우리 생민을 야만의 낭떠러지로 추락시키려는 것이었다.

인석은 말없이 천장을 올려보았다. 좌정한 일동의 고개가 아래로 떨어졌다. 인석의 붉은 눈자위로 물기가 슴새어 나왔다.

"우리 성재선사께서 이런 사태를 막고자 목숨 걸고 분투하시던 중, 화맥을 떨쳐 펼 계책은 올바른 법도의 계승 앙양이라 확신하시고 이곳 장담에 염락의 도촌을 세우셨네. 허나 지금 이 비참한 지경에 이르러, 선사는 가고 안 계시는데 통서를 받은 나 또한 무한히 졸렬 우둔하여 학문의 진보는커녕 내 앞가림도 제대로 못하는 박복한 사람이 됐네. 생각하면 만고에 일찍이 없던 큰 변고로 머리털이 쭈볏 서고 골수가 깨치는 듯 당혹차감하여 눈앞이 캄캄한 일이라네. 물고기가 물을 떠나 살수 없는 일, 도인이 도를 떠나 어찌 생명을 부지하겠는가. 절맥의 산하에 두 발을 딛고 이제 우리가 어떻게 해야 한단 말인가?"

방안엔 다시 침묵이 흘렀다.

"내 이제 이 참담하고 황당한 변고를 당하여 그대들에게 세 가지 처신 방법을 일러두겠네. 각자 소신과 형편에 따라 선택할 것으로되 남을 강권하거나 수종하지 말게. 첫째는 의병을 일으켜 화맥의 원수를 소탕하는 일이요, 둘째는 원수의 손이 미치지 않는 곳으로 숨어들어가 목숨 다하는 날까지 정결히 화맥을 지키는 것이요, 그리고 마지막 하나는 물을 벗어난 물고기가 살 수 없듯이 햇빛 꺼진 이 세상을 스스로 하직하여 화맥의 고결함을 뒤에 남은 썩은 자들에게 일깨워 주는 걸세. 이 세 가지가 비록 서로 다르지만 모두가 우리 성스러운 도를 위할 뿐으로, 그 신체를 깨끗이 하는데 한가지로 모아지는 것이니 처신 방법의 우열 논쟁은 삼가주기 바라네."

다시 한 동안 침묵이 흘렀다. 주용규가 딱딱하고도 우울한 방 안의 정적을 깨고 말문을 열었다.

"선생님의 의향을 보여 주십시오. 우린 그저 따르겠습니다."

"내 뜻은 잠시 뒤 이정규가 밝히겠네. 자네들이 먼저 자기의 뜻을 밝혀주게."

묵묵히 앉아 얼굴빛이 검어지던 신지수가 먼저 자기 소회를 밝혔다.

"저는 갑오년 가을에도 이미 의병을 일으켜야 함을 주창한 적이 있습니다. 장수는 군진의 북소리 아래 죽고 마부는 말고삐를 잡고 죽으며 농부는 씨앗을 베고 죽듯 우리 유생은 도를 위해 죽어야 하며 신하는 임금을 위해 몸 바쳐 싸우는 게 천리이며 순리가 아닐까 합니다. 저는 응당 의롭게 일어나 싸워야 한다고 생각합니다."

지수의 결연한 의지가 토로되는 순간 이범직 이필희도 고개를 끄덕였다. 인석을 빼고 가장 나이가 많은 필희가 지수 의견을 두둔하고 나섰다.

"신 공의 특이한 자질과 명민한 성품을 일찍부터 경외해 왔습니다. 오늘 이 탁견이야말로 우리 유생이 취해야 할 오직 한 길이 아닌가 합니다."

그를 따라 범직도 단호히 찬동하는 입장을 밝혔다. 목숨 하나야 아까울 건 없지만 스스로 목숨을 끊는 방법은 임금에게나 가문에 씻지 못할 죄를 끼치는 것이요, 은둔하여 정결히 지키자는 것 또한 언제 강탈의 변을 당할지 모르는 소극적인 자구행위라면, 이 기회에 떨쳐 의병을 일으켜야 한다는 주장이었다. 묵묵히 그들의 토설을 듣던 용규가 이윽고 다시 입을 열었다.

"스스로 목숨을 끊는 일은 우리 도를 위해 순절하는 것입니다. 목숨의 마침이 깨끗해 마음이 지극히 편안하지만 모두가 이것을 따른다면 우리 도의 맥은 천지간에 그림자조차 끊어지는 게 아니겠습니까. 또한 의병을 일으키는 일은 위로 나라의 원수를 갚고 아래로 생민을 보호하며 중간에 우리 도를 부지하는 것이라 마음에 가장 통쾌하지만 그 역량도 없이 어찌 공을 기대하겠습니까? 섣불리 일어나 도륙을 면치 못하고 상하에 큰 괴롬만 끼친다면 피에 취한 오랑캐는 오히려 용기백배하여 우리 도를 멸절시키려 박해를 가할 것입니다. 우리 성도는 하늘에 해가 빛나듯이 불멸하는 것 아니겠습니까. 마땅히 물러나 뒷일을 도모하는 게 순리라고 생각합니다."

용규의 말투는 차분하면서도 호소력이 있었다. 유인석이 고개를 끄덕여 보임으로써 춘천에서부터 맺어진 긴 시간의 정분이 상통함을 느꼈다.

"그럼 어디로 간다 말이요?"

당차고도 우직해 보이는 범직이 볼멘소리로 물었다.

"조선을 떠나야 하지 않겠소?"

"그렇담 저 여진 오랑캐가 사는 요동으로 들어간다 말이요?"

"그곳에 영주하는 게 아닌 이상 그 땅이 어디면 무슨 관계요?"

"나는 안 갑니다. 한 줌 지푸라기로 들녘에 떨어져 썩는 대도 조선 땅을 떠나진 않으리다."

범직이 열이 받쳐 언성을 높였다.

그러나 한쪽 구석에 핏기 없는 얼굴로 멀거니 그들의 갑론을박을 듣고만 있던 한 초라한 행색의 향반이 벌떡 일어섰다.

"사람이란 자고로 지기(志氣)를 가져야 사는 게 아니겠소? 지기가 어디서 나오느냐? 그건 사람의 깊은 심성이 오랜 수련을 거쳐 이뤄지는 것입니다. 오늘날 우리 화서 문도에게 과연 지기가 살아 있느냐, 나는 그렇지 못하다고 봅니다. 지기란 부끄러움을 아는 기운입니다. 여자가 정조를 잃었을 때와 마찬 가지로 도를 잃은 지금 목숨을 버리는 것도 지기란 말입니다. 살아서 더욱 욕되느니 죽어 정결히 보존하는 것이 얼마나 훌륭한 일인가요."

그는 꼬장꼬장 말을 마치고, 살아남아야 무엇이든 할 수 있다는 사람들을 경멸 어린 눈으로 훑어 봤다. 옳은 말씀이요. 이곳저곳에서 비탄 섞인 호응이 일었다. 좌중의 시선이 눈을 감고 꼿꼿이 앉아 있는 인석의 얼굴로 하나둘 모여 들었다.

인석이 이윽고 정규로 하여금 자신의 의향을 밝히는 순간이 왔다. 화맥의 통서를 한 몸에 지닌 존사로서의 막중한 책무와 고뇌에 찬 결단임을 전제하는 정규의 어조는 자못 엄숙하였다.

"존사께서 이 땅을 떠나 화맥을 보전하는 길을 택하셨습니다."

일순간 강소 안의 분위기는 찬물을 끼얹은 듯 가라앉았다. 한동안 아무런 말도 없었다. 이제는 각자 흩어져 자기 길을 가야만 한다. 장담, 햇수로 오년의 그 기막히게 아름다웠던 성스러운 도읍의 미풍은 이제 기약할 수 없는 내일 속으로 사라져 버린다. 성재의 유훈이 바람에 흩어지고 박달재 넘어오는 안개구름 속에 정사도 강소도 객사도 이제 묻혀 버리는구나.

김익진은 자신감을 회복했다. 단발령이 내린 다음 날 김규식이 체발을 한 후에 그 앞에서 차례차례 상투를 자르고 나서 청풍군수 서상기, 단양군수 권숙, 그리고 원주군수 이병화와 함께 다짐한 것이 있었다. '이 일은 인정에 끌려 지체하면 큰 환란을 초래할 것이다. 따라서 대군주폐하와 세자 육부대신이 이미 시행하였고 관찰사 군수까지 끼쳐 내려온 새로운 개혁 제도이니만큼 백성은 충성심을 발휘하여 호응해야 할 것이다. 허나 아둔한 백성이 임금의 뜻을 깨닫지 못하고 반항하면 그들을 응징하여서라도 속히 영을 거행할 바 군수들은 제각각 여건과 처지에 맞게 역량을 발휘하여 관찰사께 충

172

성의 염을 바친다.'

그 다짐이 가장 부진했던 곳이 제천이었다. 옹벽한 시골 생민들의 아둔함도 있었지만 그 주된 요인은 장담을 제압할 만한 군사력이 없는 탓이었다. 하지만 장담 유생들이 가지고 있는 화맥에 대한 자존감만큼이나 김익진의 개화 열정도 강했기 때문에 그 틈바구니에 놓인 제천 사람의 처신 또한 각자의 명분대로 화석화 하는 양상을 보였던 것이다.

그런데 그 사이 시답잖게도 장담을 공격할 필요가 없어졌다. 변고에 대처하는 세 가지 방안을 제시한 유인석이 피신한다지 않는가. 그들은 제 풀에 먼저 항복을 선언한 것이나 다름없었다.

익진은 직접 검은 색 상의에 좁고 짧은 소매, 가랑이가 난 바지, 왜병이 신는 군화 차림으로, 아전과 순검들을 대동하고 거리에 나서서 직접 상투쟁이들을 붙잡아서는 상투를 날렸다. 그 결과 적어도 저자거리에서는 상투가 사라진 것을 확인할 수 있었다.

슬픈 빛이 역력한 유인석이 처소에서 나와 강소를 물끄러미 바라보다가 이정규에게 말했다.

"가자."

"선생님, 어제 객사에 있던 문도 한 사람이 피를 토하고 죽었습니다."

정규가 겨우 목젖을 넘겨 말했다.

"물고기가 물을 떠나 살 수 없듯이 가고 말았구나. 우린 우선 이역

땅으로 가서 구차하지만 지켜내자꾸나."

인석이 힘없는 발걸음을 내딛었다.

"선생님 정말 가십니까."

강소 앞에서 이필희 이범직 신지수가 고뇌에 찬 눈으로 인석의 발 앞에 무릎을 꿇었다.

"제자된 자로서 이역만리 오랑캐 땅으로 도를 지키기 위해 가시는 선생님을 따르지 못하는 저희를 꾸짖어 주십시요."

그들은 기실 어젯밤을 뜬눈으로 새웠다. 정든 나라를 떠나 오랑캐의 소굴 요동으로 향할 슬픈 몰골. 요동이라 무슨 근거지가 있는 것도 아니다. 환대해 줄 도인이나 지인이 있는 것도 아니다. 도맥의 존사로 우러름을 바칠 자도 없다. 마땅한 갈 곳이 없어 가는 곳이다. 이 세상에 유일하게 남아 있는 소중화 조선 말고 그 어디엔들 화도가 있을 리 없는 것이다. 항간 여염의 범부와 같이 말도 통하지 않는 땅을 헤쳐 나가야 한다. 그러므로 나라를 떠나야 하는 이 참절한 조난의 위기를 스승과 함께 하지 않는 자신들의 처신이 과연 정당한가를 밤새 자문해야 했다.

"자네들은 남아서 처지와 형편에 따라 정대히 행동하게. 우리 도의 광채가 조선에 되비치는 날 다시 만나세."

인석이 바람재를 향해 걸어 나갔다. 그를 수종하는 이정규, 박정수가 서로 바라보며 '요동땅 회인은 초산에서 압록강을 건너야 하오.' 하고 요동행을 작정한 사람들에게 다짐 주었다. 각자 처지가 허락되는 대로 헤쳐 떠나 그곳에 집결하자는 다짐은 오늘 조반 뒤 강소에서

세세히 일러둔 바 있었다. 그날 밤, 객사에 있던 이름 없는 향반 둘이
긴 유서를 써놓고 대들보에 목을 매달았다.

서석지가 어딘가로 나들이를 나가서 하룻밤을 묵더니, 김백선을
모시고 하고개 밑 빈집에 나타났다. 척 보니 육척 신장에 떡 벌어진
어깨, 검지만 윤기 흐르는 얼굴빛 속에 부리부리한 눈이 과연 거한이
요 거장다웠다. 이식은 동동산 여의주를 떠올리며 침을 굴꺽 삼켰다.
검쟁이와 쇠징이가 석지의 지시대로 절을 올리려 하자 백선은 둘의
팔을 막으며 좌정하도록 일렀다. 그리고 석지 곁에 앉아 있는 이식을
향해 점잖은 목소리로 말을 걸었다.
　"생원 나리, 석지에게 저간의 사정 얘기를 다 들었소. 가만히 혼자
나이를 따져 보니 나보단 연장이시더구려. 말을 접으시고 앞으로 제
가 호형할테니 잘 이끌어 주시구레."
　"호형이라뇨? 그러면 기강이 무너져 아무것도 도모하지 못합니
다. 자고로 군사는 기율에 살고 죽는 것입니다. 제가 용심껏 보좌하
겠습니다. 뭐든 하문하십시오."
　이식이 생각보다 훨씬 진지하게 나오자 백선은 물론 석지도 놀라
는 표정을 지었다.
　"그만큼 종사께선 일구월심 바라는 게 있으십니다."
　석지가 거들었다.
　"사람 사는 새 세상을 열자는 거 아니겠십니까?"
　"그렇지요. 거기에 하나 더 왕비의 원한을 꼭 풀어드려야 합니다.

그게 제 잔명의 소망입니다."

"우린 다 뜻이 맞십니다. 나는 병법이니 군안이니 잘 모르지만 우리 넷이 일심 형제처럼 뭉쳐 도모해 봅시다그려."

백선이 유쾌히 웃으며 말했다. 모처럼 돼지고기를 삶아 막걸리를 취하도록 마셨다.

6

　돌실뜸 키 큰 은행나무 아래 안종응의 집 사랑방에는 나무를 깎아 맞춘 가녀린 촉대가 홀로 힘 없는 한 줄기 촛불을 지탱하고 있었다. 초에서 흘러내리던 촛농이 딱지더께 진 매듭에 굳어 버리기에도 지쳐 끄먹끄먹 스러지려고 할 무렵 앉을뱅이 책상을 대하고 앉아 돌처럼 굳어 있는 종응 앞에 소리 없이 문을 열고 승우가 나타났다.

　"자시가 넘었습니다. 이제 주무십시오."

　"난 괜찮다. 내 염려 말고 어서 마무리 짓거라."

　종응의 목소리는 낮았지만 굳은 결이 배어 있었다.

　"낼 아침에 소상히 알려드리겠습니다."

　승우가 다시 취침을 권했지만 종응은 끄떡도 하지 않았다. 승우가 다시 곳간으로 돌아갔다. 곳간의 굳게 닫힌 문 안에는 자기들 말을 쥐라도 엿들을라 가지껏 목소리를 낮춘 남정네들이 희미한 등잔불을

177

가운데 두고 내일 벌어질 일을 진지하게 숙의하고 있었다.

승우가 제 자리를 찾아 다시 앉자, 그들은 자근자근 서로의 눈빛을 확인하며 하던 말을 이어나갔다. 여주 사람 박운서가,

"이춘영 공이 지평 여주 어름에서 깃발을 드는 순간, 지평에서도 호응을 한다고 했지요? 그럼 이 굴레밀 맞춘 수레에 푸집개를 싣고 어디로 나갑니까?"

"안창 역말입니다. 이춘영 공도 여주 의병을 모아 그 곳으로 곧장 달려올 겁니다."

안승우가 대답했다. 뒤를 이어 원주 사람 김사정이 말했다.

"안창에는 아시다시피 판서를 지낸 김세기 대감이 계십니다. 그가 개화당에 밀려 유배를 다녀온 지 서너 달밖에 안 됐으니 필시 우릴 도울 겁니다. 그리고 원주군수 이병화도 도를 아는 선비라서 체발을 꺼리고 있으니 그도 우리에게 우호적일 겁니다."

"뼈대 있는 명문거족의 후예들이 어찌 섬오랑캐 놀음에 부화뇌동하겠습니까? 지켜보건데 이곳 맹군수도 적잖이 당혹해 하는 눈칩니다."

"하지만 그는 아들 일호의 권유에 따라 스스로 체발을 했다고 들었습니다."

"성재 선사가 이곳을 지나실 적에 왜 일호를 마뜩찮게 보았는지 그 혜안이 놀라울 뿐입니다."

"그 때 너무 상심한 탓에 자포자기했다고도 들었습니다."

그러나 안종응의 집안 동생, 종엽이 입술을 일그러뜨리며 거들

었다.

"그건 가증스런 변명입니다. 우리 도맥이 어찌 그렇게 가벼울 수 있단 말인가요."

"결국 맹영재는 체발을 하러 길거리를 쑤시고 다닐 겁니다. 그걸 막기 위해서라도 이곳 유생은 물론 대동계원들을 불러 모아야 돼요."

"김백선이라는 황소 같은 자는 요즘 어떻게 지내고 있는지요?"

"그도 우리와 뜻을 같이 했어요. 그의 수하에 서석지라는 자가 있는데 그가 이춘영 공을 찾아와, 산포수 이백을 모을 시간이 필요하니 말미를 주면 그 때 합세하겠다고 약조를 했답니다. 그래서 백선에게 도령장 칭호를 주기로 했지요."

"맹영재가 그를 갖은 방법으로 회유하려고 애썼다고 합니다만."

"사람들이 말하기를, 지금 김백선이 옛날 그 인물이 아니라고들 합니다."

"아무튼 오늘 저녁 이춘영 공이 김세기 대감을 만나기로 약조한 날이오만 김대감의 의향이 자못 궁금합니다."

그들의 설왕설래는 끝없이 이어졌다.

"그런데 우리 의진의 진원지랄 수 있는 이곳이 정작, 맹군수의 언동이나 춘천관찰사의 눈초리를 보건대 뭔가 심상치 않습니다. 이곳을 그냥 비워 뒀다가 혹 공격이라도 받는다면 우리 뒤가 무너지는 꼴이니 만사가 수포로 돌아가지 않겠습니까? 그러니 이곳에 수성장을 두십시다."

"일리가 있습니다. 제가 이미 아저씨를 생각해 두고 있었습니다.

기개가 출중하시지만 우리 중엔 연세도 높으시니 여기 남으셔서 뒤를 든든히 지켜주십시오. 그러면 아버님이 수성장의 뒷감당을 도맡아 해주신다고도 했습니다."

승우가 집안 아저씨 종엽을 지목했다.

"나도 나아가 싸워야지, 여기 머물러 썩으란 말인가?"

종엽이 잠시 버텼지만 조카의 말을 따르겠다고 물러섰다. 축시가 되어서야 그들은 내일을 기약하며 그림자처럼 종응의 집을 벗어났다. 대문 빗장이 덜커덕 잠기는 소리를 듣고 종응은 비로소 요에 누웠다. 그리고 머리맡 고리짝에 누워 있을 시퍼런 칼을 떠올렸다. 천지신명께 고하건데 이것은 목숨을 건 결행이었다. 그리고 오백 년 사직 앞에 엄숙히 맹세하건데 나라의 면목을 바로 세우는 고행이었다.

이튿날 승우가 아버지 앞에 나타나 무릎을 꿇고 엄숙하게 아뢰었다.

"모든 준비가 끝났습니다."

"김세기 대감은?"

"찬동한다는 뜻을 알려왔다고 합니다."

"그럴테지 충군을 위한 의기를 조선 백성 그 누가 막을 수 있겠느냐. 기치를 높이 들고 출진하여 군왕의 우환을 쓸어버리도록 해라."

"받들어 거행하겠습니다."

비록 부자간이지만 이젠 엄연히 군율이 있어야 할 전쟁터가 아닌가. 승우는 아버지에게 머리를 조아리고는 향후 일정에 관해 세세히 보고를 드렸다.

"원주관아에서 무장을 완료하고 충주로 나가겠습니다. 충주는 왜병과 관군이 도사리고 있는 한양의 목젖이기 때문에 그곳에서 승기를 잡는다면 한양을 위협할 수 있습니다. 또한 우리는 범궐하여 임금을 치자는 게 아니옵고, 군왕을 괴롭히는 왜적과 토왜를 섬멸하고 성스러운 우리 도가 밝게 빛나는 소중화를 건설하여 조종세업의 후광을 잇자는 것이니만큼 귀 있는 자들은 듣고 모두 몰려들 것입니다."

"옳거니!"

종응이 고개를 끄덕이며 천지신명과 역대 선사들께 간구하는 마음으로 눈을 감았다.

맹영재는 강 건너 불구경하듯 팔짱만 끼고 있을 순 없었다. 수하를 불러 대책을 세웠다. 종응과 춘영의 작당을 응징할 것인가를 놓고 머리를 맞댔다. 그러나 그런 사단을 꾸미는 곳이 원주땅이다보니 관할 밖이라는 점이 아리송했다. 원주군수 이병화에게 통지라도 해 주는 게 어떨까 했으나, 괜히 병화에게 비난의 빌미만 제공할지 몰라 그만두었다. 그렇다고 지평 백성이 중심이 된 저 무리에 아무 입김도 쏘지 않을 순 없었다. 궁여지책으로 짜낸 게 정탐꾼을 딸려 보내자는 것이었다. 적합한 인물을 물색하다가, 이민오라는 서른다섯 먹은 농사꾼이 천거됐다. 그는 마을에서 평소 심덕 있고 예절 바른 사람이라고 인정받고 있었다. 단발령은 반대하지만, 그렇다고 백성들이 들고 일어나 북새통을 치는 것도 옳지 않다고 보는 사람이었으며, 무엇보다 근실한 대동계원으로서 마을 사람들에게 모가 나지 않는 축이었다. 그 밤 안에 민오가 맹군수 앞에 불리워 왔다.

"자네 얘긴 다 들었네. 자네의 충성심이 정말로 감동적이네. 이번에 중책을 하나 맡길 것인즉 해볼 요량이 있는가?"

"이곳으로 오는 길에 영솔장에게 들어서 알고 있습니다. 또 난리가 터지면 백성들이 얼마나 들볶이겠습니까. 막을 수 있으면 막아야지요."

"참으로 기특하이."

"제 임무가 무엇인지요?"

"저 사악한 무리에 잠복해서, 그들 내심을 살펴 나한테 알려 주는 걸세. 기간이 오래 가진 않을 것이네만, 고초는 좀 있겠지."

하면서 영재는 서안 밑에 놓아두었던 두 돈 오 푼짜리 백동화 다발을 민오 앞으로 내밀었다.

"이백 냥이네. 중책을 띠고 가는데 조금이나마 위로를 하고 싶어 주는 돈이니 받아 두게."

물가가 아무리 높다 해도 이백 냥이면 쌀이 이십 섬이다. 민오는 앞에 놓인 거금에 눈이 확 커졌지만, 사또가 이렇듯 후대하는 까닭이 따로 있으리라 싶었다.

"남들은 다 제 발로 가는 길인뎁쇼."

"그러니까 넌 책무가 그 자들과 다르다는 걸 한 시도 잊어선 안 된다."

"사또께 연락은 어떻게 해야 합니까?"

"그건 차후 자네한테 어떤 사람이 또 나타날 걸세."

들고만 있던 영솔장 권선경이 참견하고는,

"그럼 어서 떠날 채비를 하라구."

하면서 민오를 일으켜 세웠다.

"비록 시골 농사꾼이지만 꾀가 조조 같은 구석이 있어 잘 해낼 겁니다."

선경이 맹군수에게 이르고는 민오 뒤를 따라 나오면서 덧붙였다.

"이춘영이 큰일을 낼 놈일세. 자넨 가급적 그놈 곁에 붙어서 놈의 본심을 잘 후려잡아야 허네. 군사들이 도취하면 자네도 도취한 척, 군사들이 동요하면 자네도 동요하는 척, 그래서 일단은 인심을 얻어야 하네. 그리곤, 동요하는 군사들을 꾀꾀로 부추기게나."

"내 앞에 누가 나타난다는 건가?"

"일이 풀리는 방향을 봐 내가 뛰어들지도 모르네."

"맹사또의 진심은 뭐란 말인가? 이 난도들을 무찌르자는 건가, 비호하자는 건가?"

"그게 문젤세. 맹사또는 그 양쪽 모두에 한 발씩을 들여놓고 있는 중이네."

"잘못하다간 그 와중에 내 등창이 터지고 말겠네그려."

"그러니 저렇게 신신당불 하는 게 아닌가. 자네가 이 문지방만 잘 넘겨주면, 맹사또의 성격으로 봐 자넬 어디 그냥 집구석에 쳐박아 두겠는가."

"알겠네."

"말이야 바른 말이지, 자네가 나보담 못한 게 무어 있나. 지략이 부족한가, 용력이 없나."

선경이 민오를 다시 한껏 쳐주었다.

"됐네. 그쯤 해 두게."

민오는 집으로 오면서 자꾸 돈다발을 만져 봤다. 내일 일찍 밥을 먹고 양송치를 넘어 안창 역말로 가 의병 무리에 감쪽같이 묻어들기 위해, 돈다발을 작은 독에 넣어 뒤꼍 앵두나무 밑에 파묻고는 잠자리에 들었다.

제천에서는 김익진의 강제 삭발에 반발하는 자생 조직이 생겨났다. 그런데 그 조직은 머리터럭만을 보존하겠다는 결의라기보다는 일부 철면피한 향반들과 사모 쓴 도둑놈들의 타락을 응징하자는 취지가 강했다. 배 곯는 소작농은 안전에 없이 사치와 향락뿐 아니라 토색질을 일삼는 향반은 늘 고을 사또의 비위를 맞추며 한 패로 놀았기 때문에, 억울하기 짝이 없는 백성들은 어디 하소연할 데가 없었다. 그런데 왕비가 시해된 것도 기가 막힌데 왕비를 죽인 섬오랑캐들이 강요하는 삭발을 김익진이 밀어 붙였고, 얼치기 향반들은 앞다투어 관아로 가 상투를 쳤다. 그들에게 왕비 시해에 대한 놀람이나 비애 따위는 아예 없어 보였다.

그들 중 가장 말썽이 많은 사람은 향교골 정수영이었다. 그리고 정수영과 군수 김익진에게 복수의 칼을 가는 사람은 결사대 '의림단'의 두목 엄팔용이었다.

팔용에겐 장가든 형이 하나 있었는데 향교골 정수영의 논을 서른 마지기나 부쳐먹고 있었다. 수영의 절대적인 신임이 있었기 때문인데 수영의 논이 수십 필지나 있는 '검은 들'로 아예 이주하여 장차 그 집 마름으로 부림 받을 것에 대비, 손이 닳도록 일을 했다. 수영은 팔용형을 신임하는 뜻에서 논 두 마지기를 선뜻 사축으로 떼어 주고 지금 마름으로 있는 사람이 너무 늙어 일 추단에 애를 먹으니 곧 너를 마름으로 올리겠다고 약조까지 했다. 팔용형은 감격하여 그 은혜를 평생 잊지 않겠다고 머리 조아려 다짐했다. 그러나 그 뒤에 벌어질 일을 둔박한 형은 좀체 눈치채지 못하고 있었다. 수영은 이미 눈독을 들이고 있는 것이 있었다. 팔용의 형수였다. 팔용의 형수 몽봉이를 한번 품어보고 싶은 생각이 간절하던 정수영은 이윽고 논 두 마지기로 그 미끼를 던졌던 것이다. 다 된 늙정이가 맨 날 뭘 처먹는지 된통 육허기가 져서는 아무나 만만하다 싶으면 결국 제 차지를 만들었는데 이번에 어쩌다 몽봉이가 걸려든 것이었다. 정수영에게 팔용형 따위 존재는 아무런 장애가 되지 않았다. 오직 켕기는 사람이라고는 고을 원이었기 때문에 사또의 입을 막기 위해 그는 수시로 천금을 갖다 바치기를 아까워 하지 않았다.

수영의 뜨거운 눈빛을 느낀 몽봉이는 남편과의 정분 때문에 주저하는 것도 잠깐 곧 수영의 깊은 침실에 기어들어 몸을 주기 시작했다. 그녀에겐 패물이 주어졌고 형 이름 앞으로는 논 두 마지기가 이전되었다.

이 내막을 눈치 챈 형이 마누라를 앉혀놓고 타일렀지만 몽봉이는 오히려 어풀 이혼하고 저를 풀어달라고 통사정을 했다. 사실 몽봉이는 부유한 양반의 깊은 침실을 그 때 처음 맛보았다. 사람이 한 목숨 받아 태어났다가 죽어 없어지는 건 철칙인데 살아가는 팔자는 어쩌면 이토록 다를까. 정수영에 비하면 지금까지 남편과의 삶은 그야말로 짐승우리의 그것이나 다름없었다. 그러면서 평생 이렇게 손톱이 닳도록 버지럭거리며 살아야 하는 신세가 끔찍하기만 했다. 팔자라는 게 뭔가. 고치면 되는 거 아닌가. 여자 팔자는 그래서 뒤웅박팔자라고 하지 않던가. 정수영이 침요 위에서 너불대던 말이 가식이 아니라면 몽봉이는 좀더 과감해질 필요가 있었다.

몽봉이는 정수영 앞에서 눈에 띄게 교태를 부리기 시작했다. 그러잖아도 잘록한 허릿매를 얄기죽거리며 걷는 품새가 팔용형에게는 어긋난다고 생각해 오던 정수영은 이년이 종당에 얼굴값을 하지 않을까 찜찜한 구석이 없지 않았으나 제풀로 스스럼없이 기어드는 것을 보고 천상 요부 기질이 있는 년이구나, 저런 헤푼 년일수록 혹 사단이 나도 세상 입들이 되려 계집년을 욕하는 걸 보아왔던 터에, 그러잖아도 하루 해가 멀게 느껴지던 몽봉이를 대놓고 불러들이기 시작했다.

팔용이 이 쓰레기 같은 놈에게 어떻게든 세상 뜨거운 맛을 보이고자 관가에 고발이라도 할까 했지만 수영이와 노닥거리는 사또의 모습을 한두 번 본 바 아니어서 소용없는 일이었다. 세월을 한탄하며 술주정도 했다. 강물에 뛰어들어 답답한 심회를 삭이려다 급류에 휘말린 적도 있었다. 그러나 자신의 그따위 짓거리로는 세금이라는 허울로 고혈을 짜는 군수놈, 그 밑에 빌붙어 제 배만 채우는 아전놈, 그들과 결탁하여 거만하게 창고를 불려가는 향반놈들에게 씨알도 먹히지 않는 것을 깨달았다. 누구도 허물 수 없는 견고한 이 틀이 숙명이 아니기만을 뇌까렸다. 그래도 저 놈의 저 도색증을 어떻게든 응징해야 사람이 사람값을 하는 세상이 올 수 있다는 생각을 포기하지 않고 있는데 마침 동도의 난이 일어났다. 사또의 끗발이 줄고 백성들이 여기저기서 사또에게 시뜻한 목소리를 내기 시작하는 거였다. 팔용은 자기와 뜻을 같이하는 동배들을 불러 모으고 은근한 눈빛으로 때를 노렸다.

그런데 왕비가 죽임을 당하고 단발령이 떨어졌다. 이것은 견고한 이 틀에 비로소 금이 가는 소리였다. 그 틀을 뚫고 들어가 어떻게 무엇이 새로이 자리잡느냐는 것이 사람을 조바심나게 만들었다. 동배들과 그래서 집을 나와 은밀하고도 과감하게 틈을 비집고 들어갈 방책을 시행했다. 안전을 도모하기 위해 외관상 화적떼로 위장하기도 했다. 그들의 목표는 김익진과 장담 유생을 이간질 붙여 일대 결전으로 치닫게 하는 것이었다. 그래야 그 와중에 자기들이 비집고 들어갈 틈이 생길 것이라 봤다.

그러나 그것은 장담의 입들만 성한 탁상공론으로 싱겁게 끝났다. 도통이라고 떠받혀지던 유인석이 요동 땅으로 피신해 버렸다는 것이었다. 그렇다고 그대로 눌러 있을 수만은 없었다.

"우리 존재를 백성들에게 알려야 하네. 그러자면 향교골 정수영을 찔러야 돼. 그 놈이 원한진 사람도 많은데다 남 먼저 머릴 깎았고, 향교골은 아무래도 순라가 뜸하지 않나."

"놈을 혼내면 백성들은 숨통이 트이고, 관군은 긴장하며, 장담에 선 모종의 결의가 나오지 않겠는가 말일세."

팔용은 휘하 자객들과 함께 무섭도록 교교한 밤에 향교 앞 덩그러니 서 있는 수영의 집으로 접근했다. 익진의 명을 받은 순라꾼들이 가끔 거리에 모습을 드러냈지만, 그들도 자신들을 노리는 자객이 횡행한다는 비언 때문인지 엉거주춤인 채 연방 주변만 두리번거리다가 돌아갔다. 팔용의 휘하들이 수영의 담장을 뛰어 넘기는 식은 죽 먹기였다. 큰 개가 으르렁거렸으나 곧 시퍼런 칼을 받고 너부러졌다. 행낭채에서 놀라 깬 머슴들이 눈을 비비며 나왔는데 잠결이어선지 힘 한번 제대로 쓰지 못하고 복면한 사내들의 몽둥이를 받고 나가 떨어졌다. 안채에서 호되게 걸린 정수영이 도망갈 엄두도 나지 않는지 겁먹은 소리를 내며 나왔다.

"정수영은 머리를 깎았으니 목을 내라."

자객 하나가 소리쳤다.

"뉘시오, 댁들은…?"

"머리털을 지키는 군사들이다."

"그런 군사가 다 있오?"

수영이 사색이 되어 물었다.

"머리털을 가벼이 여기면 목도 가벼울 줄 몰랐느냐?"

자객 하나가 칼을 머리 위로 들었다. 곧 수영이 어쿠, 하면서 쓰러졌다.

"머리털을 자른 죄값이다."

그 사내가 쓰러진 수영을 발로 툭 건드려 보고 물었다.

"네 놈 첩년이 모두 몇이냐? 열이냐, 스물이냐?"

그러나 축 늘어진 채 허벅지에서 피가 슴새어 나오는 수영에게선 대꾸가 없었다. 그들은 수영의 웅크려 뻗은 등가죽에 침을 뱉고는 훌쩍 담장을 넘었다.

그날 밤 관아 담벽에 '다음은 김익진'이라는 서슬 퍼런 쪽지가 의림단의 이름으로 붙었다. 백성들은 긴장해 깨어 있게 되었고 익진은 원군을 달라고 관찰사를 졸랐다.

이제 의림단이 할 일이란, 깨어 있는 백성들을 한데 모아 관아를 치는 일이었다. 관아를 친다면, 그 목표는 익진의 목이었다. 군수의 목을 쳐 저자에 매닮으로써 관군을 격동시키고 그들의 반격이 거세진다면 비로소 말만 많은 유생들도 생존을 위해 어쩔 수 없이 목을 걸지 않을 수 없을 것으로 보았다.

양송치를 넘으면 곧 안창이다.

태백산맥 대관령에서 크고 작은 산맥이 줄기차게 뻗어내리는 사이사이로 푸르고 맑고 차갑게 흐르던 계곡물이 섬강을 이룰 즈음, 크도 작도 않은 들녘이 나타났다. 이곳이 바로 안창이었다. 안창은, 그 이름도 높은 인목대비 친정, 연흥부원군 김제남이 살던 고래등 같은 기와가 마을 한켠에 우뚝 솟아 위용을 드러내고 있는 고을이었다. 솟을대문을 들어서자 디근 자로 늘여 세운 행랑채가 양쪽으로 뻗어나

가다가 꺾였고, 내문 뒤로는 휑하니 넓은 내원이 보였다. 내원이 끝나는, 안채 뒤꼍 높직한 단 위에는 정갈한 사당이 감나무 가지에 가려 있었다.

김제남의 종손인 김세기는 갑신정변 이듬해 진주사 서장관으로 청나라를 다녀왔고 재작년에 개성유수, 작년에는 한성 판윤에 임명되기도 했었다. 그러나 곧, 동학난을 평정한 개화파에 몰려 경상도 영양으로 유배를 갔다가, 서너 달 전에 풀려난 사람이었다. 개화파에 의해 유배를 갔기 때문에 그는 단발령 시행의 부당성을 강도 있게 비판했다. 춘영이, 지평을 피해 안창을 창의 장소로 꼽은 이유도 여기 있었다.

역말에 당도하자 춘영은 김세기에게 사람을 보내어 의연히 납실 것을 아뢰었다.

그러나 세기는 선뜻 모습을 드러내지 않았다. 이상한 낌새를 눈치챈 춘영이 부랴부랴 세기의 집으로 군진을 옮겼다. 세기의 넓은 집뜰은 허전하리만큼 텅 비어 있었다. 행낭채에 잠자는 아랫것 몇몇과 안채의 아녀자들 그리고 통문을 듣고 합세하러 온 안창 역말 사람 수십 명이 웅기중기 모여 밤을 기다릴 뿐이었다.

어제까지도 내응하기로 약조했던 그는 어디로 자취를 감춘 것일까. 야속하게 초겨울 차가운 해가 섬강이 흘러간 쪽으로 꼬리를 감추고 있었다. 평소 음전하기 이를 데 없는 춘영이었지만 김세기 같은 벼슬지친것들의 체신머리 없는 약조를 쉽게 믿어, 출발부터 어긋나고 만 게 그저 어처구니없을 뿐이었다. 그러나 이미 물은 엎질러졌다. 다시 섬강을 건너 여주로 돌아갈 수는 없는 일이었다.

"여러분, 이 표리부동한 대감을 내 손으로 반드시 응징할테니 두고 보시오."

춘영은 실망의 빛을 띠는 군중을 향해 외치고는, 솟을대문 밖 너른 마당에 짚을 깔았다. 사위가 어두워지기 시작했다. 달도 없는 캄캄한 밤그늘이 저 멀리 들녘으로부터 슬금슬금 몰려왔다. 마당 한 켠에 꼬다케 화톳불을 밝혔다. 추위와 어둠을 어서 이 마당으로부터 쫓아내야 했다.

두어 식경쯤 지났을까. 어둠을 으깨며, 사람들의 발걸음 소리가 다가오고 있었다. 쿵쿵 쿵쿵쿵… 그 소리는 마치 떡메로 땅을 내리치듯 크고도 장하게 춘영의 귓바퀴를 울렸다. 이윽고 우루루 우루루 사람들이 모여 들었다. 이쪽에서 수십 명, 저쪽에서 수십 명, 발자국 소리도 당당하게 사람들이 모여들었다.

"아…."

춘영은 신음처럼 감격의 목울대를 떨었다.

"안승우… 김사정…."

분명 한 떼의 의기양양한 무리들을 이끌고 그들의 얼굴이 나타났다. 춘영이 달려가 덥석 두 손을 잡았다.

"수고하셨오. 창의는 성공이요."

"도합 이백 군사요. 이곳까지 무사히 관졸의 방해 없이 왔습니다. 하늘의 도우심이지요."

승우가 도착 보고와 함께 수레에 감춰온 창 수십 자루를 내놓았다.

군사들이 차갑게 언 땅의 짚단 위에 주저앉았다. 춘영이 솟을대문 문턱으로 올라가 외쳤다.

"우리는 이제 옛것을 지키고 원수를 무찌르며 임금을 구하러 일어났습니다. 도의는 땅에 떨어지고 형체는 오랑캐로 둔갑했으며 나라는 금수의 손에 넘어 갔습니다. 우리 백성된 자 생령을 지키기 위해 창의하지 않을 수 없습니다."

마을 전체를 쩌렁쩌렁 울리는 춘영의 일갈에 군사들이 일제히 함성으로 호응했다.

"우리가 가는 길은 광명한 길이며, 바른 길이며, 신의의 길입니다. 한 사람도 낙오 없이 우리 창의가 임금께 상달되어 뜻이 이루어질 때까지 싸워야 할 것입니다. 물론 머리털 치는 것부터 당장 폐지해야 합니다. 나아가 머리털 치는데 앞장 선 수령들을 응징해야 합니다. 그리고 왜놈들은 제 나라로 돌아가야 하고 토왜는 모조리 잡아 처벌해야 합니다."

다시 군사들에게서 환호와 박수가 일었다. 이춘영이 스스로 감격한 얼굴을 감추지 못하고 하단하여 이백 군사의 얼굴을 일일이 훑어보며 손을 잡아 주었다. 대개가 아는 얼굴, 이웃집이나 이웃마을 사람들, 국모의 원수를 갚고 머리털을 지키기 위해 머나먼 고행의 길에 뛰어든 이름 없는 백성들이었다.

임시 지휘소가 된 행낭채 문간방에서 이춘영 안승우 김사정이 머리를 맞댔다.

첫날 이백 군사를 모은 것은 대성공이다. 사나흘 안에 오백 군사를 모아야 한다. 저들은 전투를 해 본 일이 없는 서생이나 농부들이다. 그러기에 내일부터라도 안창역말 일대에서 징을 치면 나아가고, 북을 치면 소리에 맞춰 발걸음을 내딛고 북과 꽹과리와 징을 아울러 치면 빨리 내닫고, 징을 요란히 치면 멈추고 천천히 치면 후퇴하는 연습, 그리고 화승총을 다루는 방법, 창칼을 쓰는 법 등을 가르치기로 했다. 병서를 많이 읽은 춘영이 그 일을 담당할 것이며 승우와 사정은 군사를 더 모으는 일에 나서기로 했다.

날마다 군사는 불었다. 사흘째 오백 군사가 모여들었다. 세기의 집에 다 수용할 수가 없어 역말 민가에도 들었는데, 민폐의 우려가 있어 일단 원주로 진출하기로 했다. 여주지역의 의병을 재차 모집해 오는 도령장 박운서가 곧장 원주로 와 합류하기로 했기 때문이다. 사정은 춘영과의 연락로를 항상 열어두고, 세기를 발견 즉시 압송하기 위해 미리 원주로 가 대기하는 중이었다.

원주 관아는 활짝 열려 있었다.

군수 이병화는 역시 눈에 띄지 않았다. 삭발령 시행을 가급적 늦추고, 자신의 삭발도 정월 이후로 결행하겠노라고 관찰사에게 이리저리 핑계를 대고 있던 그인지라 믿었었다. 그러나 그 역시 김세기처럼 의병 앞에서 일단 몸을 피해 버린 것이다. 잠시 전까지도 분명 이 동헌에서 의병 맞을 채비를 차리는 그를 김사정 마저도 의심할 수 없다. 사정은 이미 이삼일 전에 원주관아에 들어 병화의 뜻을 확인했기에, 이 날 밤이야말로 의병과 관군이 제휴하는 뜻 깊은 마당으로 잔

치라도 벌일 기분이었다. 그러나 병화는 사정의 눈을 피해 어디론가
로 슬그머니 사라졌다. 사정이 춘영 앞에 대죄하고 난감해 하는 모습
이 딱할 정도였다. 그러나 춘영은 병서를 읽었다. 이 마당에 사정을
군법으로 다스린다는 건 오히려 정렬을 흩어버릴 우려가 있었다. 다
시 기회를 주고 믿어야 했다.

　춘영은 입을 굳게 다문 채 향청과 공수청을 지나 동헌에 이르렀다.
그를 뒤따르는 오백 군사도 역시 입을 다물고 있었다. 어명을 받아
향민을 다스리는 관아가 이다지 무기력할 수 있단 말인가. 의병에 대
항해 전투를 벌이든지 제휴하여 연합군이 되든지 그 어느 쪽이든 택
해야 하는 게 아닌가. 그래야 지방 수령의 기백과 향민의 기개가 바
로 서서 나라를 굳건히 세우는 힘이 되는 것 아닌가.

　승우가 무기고를 열고 창 칼 수십 자루를 꺼내 맨손인 병사들에게
지급했다. 아직도 무기를 갖추지 못한 사람이 태반이었다.

　"김공 아니 김총독은 여기 계속 남아 군사를 모아 주시오. 병화를
계속 추적하시고 그가 나타나면 즉시 체포하여 압송하시오."

　춘영이 명했다.

　"이병화를 놓친 제게 엄한 벌을 내려 주시기 바랍니다."

　사정은 자못 목이 메었다.

　"벌이라니뇨. 원주를 굳건히 지켜주시오. 이삼일 후 여주 박운서
가 군사를 거느리고 당도할 거요. 지평 김백선은 포군을 데리고 올
거구요. 그러니 원주를 우리의 발판으로 삼아야 합니다. 충주로 곧장
진격할까도 했으나, 김세기와 이병화의 변절이 어쩐지 불길합니다.

194

우선은 제천을 목표로 나가겠습니다. 제천은 우리 유생의 도장 장담이 있기도 하고, 더욱이 그곳엔 어느덧 체발자를 응징하는 무리들이 생겨났다고 합니다. 먼저 그곳으로 가 세를 불려야 합니다. 자, 우리는 제천으로 출발합니다."

춘영이 발진 명령을 내렸다. 사정이 춘영의 위엄과 아량에 눌려 허리를 굽혔다. 사람이 키만 커서 위인이 아니다. 저 의연한 몸집에서 나오는 큰나큰 도량. 비록 초야의 무명초 같았던 그였으나 이제 오백 군사를 이끌고, 산천을 압도하는 기개로 싸우러 나가는 늠름하고 당당한 장수가 된 것이었다.

제천은 이미 관군과 싸움을 걸기 시작한 민병 조직이 암약하고 있었다. 그뿐이랴, 장담촌 유생들의 위정척사 바람이 아직은 고을 구석구석을 때리고 있는 곳이다. 의병의 목적을 달성하기 위해선 필히 제천 백성들을 규합해야 한다.

오백 군사는 잠시 휴식을 취하고 다시 싸게 발길을 옮겼다. 원주 읍성을 벗어나는 도중에, 아닌 밤중에 밀어닥친 사람의 떼를 보고 기겁하여 문을 걸어 잠그는 사람, 또는 무슨 난린가 하고 군사들의 행진 가까이 다가와 두 눈을 반짝이는 사람들이 있었으나 춥고 어두운 밤인데다 오로지 제천만을 향하는 행군인지라 별 탈 없이 읍성을 벗어났다. 치악재에 올라서자 자정이 넘었다. 그들은 좁고 험한 산길을, 일견 흘러가는 물처럼 또는 고무줄처럼 당겨졌다 늘어졌다 하면서 소리 없이 통과하고 있었다. 이제는 내리막이었다. 감악산의 둔중한 자태가 더욱 검은 그림자를 드리우고 하늘 저 켠에 우두커니 서 있는 게 보였다. 어느새 신림이었다. 벌써 오십 리를 나꿔챈 것이다. 인가가 가까워 오자 개들이 발광하듯 짖어대는 소리가 들렸다. 그러나 사람의 소리는 어느 땅 모퉁이에서도 들려오지 않았다. 탁사정 앞 얼어붙은 시내를 건너, 멀리 땅에 떨어진 별빛 두어 점 같은 주포 주막의 불빛을 바라보며 발길을 외로 꺾었다. 질고개만 올라서면 관아 뒷산 아사봉이 코앞이다.

개들이 짖어대는 소리가 갑자기 심상치 않았다. 무슨 신호라도 하듯 닭이 홰를 치며 울어 제켰다. 질고개 어귀에 이르러 춘영은 군사들을 정지시켰다. 제천군수의 대응이 만만찮을지 모른다. 혹 이병화란 놈이 말이라도 타고 와 익진과 합세했다면 그들이 지금 잠이나 자고 있을 리 만무했다. 더구나 익진은 지금 고을 백성들의 민심 이반으로 가뜩이나 긴장하고 있을 무렵 아닌가.

춘영은 발걸음이 빠른 병사 다섯 명을 뽑았다. 그들이 질고개 마루턱을 접근하여 정세를 살핀 뒤 신호를 보내기로 했다. 이미 사 년 전부터 장담에 와 기거하여, 제천 지리에 밝은 안승우가 나서서 관아 주변의 정황에 관해 군사들에게 설명했다. 관아를 중심으로 사방 크고 작은 고개가 있는 제천은 천혜의 요새로도 일컬을 만했다. 관아를 바싹 끼고 있는 고개는 동으로 서운고개, 북동으로 향교재, 남으로 꽃메, 그리고 이곳 춘영 부대가 전진하고 있는 서쪽으로 넉고개가 있었다. 북으로는 의림지가 뻗어 놓은 질펀한 들판 때문에 십 리 남짓 트여 있는 편이나 그 들녘이 끝나는 곳에 곧바로 피재라는 험준한 고개가 있을 뿐 아니라 피재 앞으로 덕고개, 오미재가 있어 그 밖에서의 틈입이 결코 만만치 않았다.

이 작은 고개를 외곽으로 다시, 지금 춘영 부대가 의지하고 있는 질고개를 위시해 다리실재, 방아고개, 다랑고개, 법고개, 새재 같은 크고 작은 고개들이 읍성을 에워싸고 있다. 그리고 다시 그 밖으로 멀찍이 나가면 박달재, 치악재, 교티, 느릅재 들이 버티고 있다. 이중 삼중으로 능선과 능선을 둘러 놓고 있는 깊은 분지의 읍성이었다.

따라서 세력이 강하여도 진입하기가 어렵고 한 번 진입한 후에는 또 밖으로 진출하기도 어려운 곳이었다. 문제는 지금 안창에서부터 원주를 거쳐 아무런 저항없이 여기까지 당도한 춘영부대가 제천 관군을 맞아 일전을 벌일 준비가 되어 있느냐에 있었다. 만약 그렇지 못하다면 춘영부대는 이곳에서 적절히 공격의 기회가 올 날을 기다리는 수밖에 없었다. 그것은 질고개 밖에 의병이 주둔했다는 사실만으로 읍성의 백성들이 충동되어, 이미 고조된 반심에 불을 붙이리라는 계산에서였다.

그러나 질고개에 올라 정탐을 한 병사들은 의외로 빨리 돌아왔다. 샅샅이 뒤져도 인적이라곤 없다는 것이었다. 춘영은 진군을 명했다. 질고개는 사실 그리 높은 고개가 아니었다. 대번에 고개를 나꿔채고 개천을 건너 넉고개를 올라섰다. 넉고개는 말이 고개지 실은 언덕에 불과했다. 이제 관아의 지붕과 담장이 보였다. 함성을 지르면 들릴 거리. 춘영은 하늘을 올려봤다. 맑게 떨고 있는 하늘. 북두칠성이 의림지 뒤를 돌아 용두산 마루에 걸려 있었다. 새벽 인시 말. 여름이었다면 천지가 훤히 밝아올 시각이다. 춘영은 이윽고 돌격 명령을 내렸다. 창을 거머쥔 전진대가 함성과 함께 관아를 향해 돌진했다. 고요하던 읍성이 느닷없는 함성에 발칵 뒤집혔다. 개가 우아우아 짖으며 꼬리를 내렸고, 마구간의 말이 발굽을 채 올렸다. 사람들이 방문을 박차며 나왔다. 그리고 직감적으로 민란이 일어났음을 알고 몽둥이나 농구를 들고 군사들을 따랐다.

비석거리를 지나 이윽고 관아 앞에 이르렀다. 향청도 작청도 불이 꺼져 있었다. 군사들이 달려들어 굳게 잠긴 문빗장을 풀고는 우르르 뛰어 들었다. 감옥에도 군기고에도 동헌에도 불이 죽어 있었다. 춘영은 내아로 향했다. 김익진의 침실이 나타났다. 밝은 촛불이 내비치고 있었다.

"군수 김익진은 나와서 의병을 맞이하라."

춘영이 준엄하게 명령했다. 응답이 없었다. 방문을 열어젖혔다. 아무도 없었다.

"멀리 가진 못했을 것이다. 관아 안팎을 샅샅이 뒤져 군수를 잡으라."

병사들이 우르르 흩어졌다. 춘영과 승우는 군수 침실로 들어갔다. 밤새워 걸었던 추위와 긴장의 노독이 따뜻한 방안 공기에 부딪치며 갑자기 구토 증세를 일으켰다.

"나갑시다."

그들은 동헌 앞으로 향했다. 군사들이 지펴 올린 화톳불이 어느 새 불꽃을 내뿜고 있었다.

곧 서운고개 너머 높은 산꼭대기로 동녘이 터오고 있었다.

제천 관아에 아침이 밝았다.

여기저기 추위를 쫓아내던 화톳불이 영롱한 아침 햇살에 사위어 가면서, 이 구석 저 구석에서 단잠에 빠졌던 병졸들이 하나 둘 몸을 일으켜 세웠다. 밤 새워 달려 온 백사십 리 험한 산골 길. 일단 하나의 계단은 오른 셈이다. 비록 누울 자리나 먹을 양식이 준비되어 있지 않은 행로라곤 하나 어차피 사생결단 나선 길이다.

"호장 안재영이 왔습니다."

정문을 지키고 있던 불침번이 와 보고했다.

"호장이라면 군수의 행방을 알렸다!"

호장 안재영이 쭈루르 달려와 풀석 꿇어앉으며 고개를 숙였다.

"장군님의 입성을 진심으로 경하드립니다. 이곳 백성들이 오래 전부터 기다려 왔던 거사인지라 목이 메어 말이 나오질 않습니다. 저기 바깥을 보옵소서."

재영이 가리키는 바깥쪽에서 갑자기 사람의 기척이 웅성대기 시작했다.

"뭣하는 무리들이냐?"

"모두가 의병에 가담하기를 원하는 자들입니다. 새벽의 낭보를 듣고 앞다투어 몰려든 사람들입니다."

"그대는 이 지방 이속일시 분명한데 의병을 기다렸다는 말이 사실인가?"

"원래 이 지방은 의기의 고장으로서 비록 춥고 토양이 척박하여 생산물이 넉넉지는 않으나, 사리사욕에 눈먼 자가 없고 불의에 대하여는 용감히 싸우고 의리를 중시하는 백성들이 많은 곳이옵니다. 소인 또한 명색이 이 지방 호장이온데 어찌 그 기질에서 벗어나 있겠습니까. 추호도 의심치 마옵소서."

"내 이곳이 의기의 고장이란 말을 듣긴 했다만, 어찌 하루아침에 저토록 많은 백성들이 운집한단 말인가."

"의심치 마시고 저들을 모두 받아 주십시오."

"그렇다면 자네가 저들을 이끌고 지금 곧 서문뜰로 나가게. 게서 편대를 짜게나."

무려 천 명이나 되었다. 가히 놀랄 일이었다. 제천 읍성 주변 이삼십 리 내의 젊은 남자는 거의 몰려 왔다고 해도 과언이 아니었다.

"아직 이곳 비밀결사대가 나타나지 않고 있네."

승우가 속삭였다.

"그들이 도착하면 저 군진에 전의가 충만해 질 걸세. 잘못하면 폭도로 오인 받을 만큼."

"이렇게 쉽사리 일이 풀릴 줄은 미처 몰랐네. 하늘의 도우심 아닌가."

춘영은 문득 유인석을 떠올렸다. 하늘의 도우심이 아니라 유중교가 심어 놓은 성스러운 도량 장담의 씨앗이 이윽고 싹을 틔운 것인지도 몰랐다. 그런데 잠시 뒤 호장 안재영이 눈매가 예사롭지 못한 여남은 사내들을 데리고 나타났다.

"결사대 의림단을 꾸려온 젊은이들올시다."

춘영은 그들 속에 오연히 서 있는, 구레나룻 속의 눈코입이 험상 궂고, 상투는 붙었으되 갓은 내던졌으며 때가 찌든 누비옷을 입은 한 사내를 유심히 보고 물었다.

"이름이 뭔가?"

"엄팔용입니다."

"군수에게 반기를 든 의로운 행위가 아름다우이. 하지만 결코 사사로운 이익을 취하고자 무력을 쓰면 우린 곧 화적떼로 오인될 것이니 명심하게."

하고 다짐을 주었다.

춘영은 투구를 갖추고 말에 올랐다. 서문뜰 밖에서 진작부터 군진을 조직하던 무리 앞으로 나갔다. 백 명을 일 초로 하여 나이와 체격을 골고루 섞되, 출신지를 고려한 편대를 짰다. 총포를 각 초에 골고루 지급하고 부족분은 우선 스스로 충당하여 쓰도록 했다. 적이 언제 내습할지 모르기 때문에 읍성의 경계를 철통같이 하고, 잔류 병력은 충분히 휴식시키며 휴식을 취한 병력은 서문 뜰 전답을 이용하여, 나아가고 물러서며 공격하고 방어하는 기술을 지속적으로 훈련시켰다. 군사를 먹이기 위해 이 고을 부자들에게 군량미를 거둬들이되 의리를 들어 설득해도 듣지 않는 자는 제외하도록 했다.

이렇게 지시하고 관아로 들어오는데 단양 사는 이필희와 요즘 장담에 머물러 있었다는 이경기가 도착해 있었다. 게다가 저녁나절에는 청주 이범직과 서울서 말을 달려온 서상렬도 합류했다.

춘영은 살진 소를 잡아 군사를 먹였다. 동헌에 지휘소를 차리고 술을 따라 건배를 들었다. 그리고 군진의 위용과 명령의 통서를 세우기 위해 지휘부를 구성했다. 대장에 가장 나이가 많은 이필희, 중군에 이춘영, 군사에 서상렬, 도유사에 안승우였다.

해가 총총히 서산을 넘었는데, 뜻밖에도 이정규가 나타났다. 정규의 출현은 인석의 출현과도 같은 것이었다. 정규는 인석의 비서요 참모요 분신 같은 존재가 아닌가. 둘이 서로 떨어져 있다는 건 상상할 수 없는 일이다. 만약 떨어질 수밖에 없다면 선생님께 변고가 생긴 것이다.

"이공, 도대체 어인 일이요?"

필희가 놀라 물었다.

"선생님은 어디 계시오?"

승우와 춘영도 동시에 물었다.

"장담에 계십니다."

정규는 이쪽보다는 퍽 담담했다.

"지금쯤 마천령을 넘었으리라 생각했었오."

"사실 어제 원주 석남촌에서 거병 소식을 들었습니다. 이것은 북행을 말라는 하늘의 뜻이라 여기시고 장담으로 되돌아 오셨습니다."

"그러면 이리로 모셔 와야 하지 않겠소?"

필희가 춘영을 보고 물었다.

"선생님께서는 진중에 드시길 원치 않으십니다."

"그곳은 위험합니다. 쫓긴 적이 가만히 있을 리가 있겠소?"

"그러나 선생님은 이미 제시하신 세 가지 방법을 고수하실 겁니다. 다만, 제자들이 목숨 걸고 거병했는데, 홀로 나몰라라 이국땅으로 갈 수도 없고, 이 땅에 남아 제장들의 싸우는 모습을 지켜보고 심력을 다해 후원하시겠단 생각이십니다. 또 진중에 노구를 이끌고 들어가 봤자 폐만 될 뿐이라고 하셨소."

"우리가 어찌 선생님이 곁에 계시는 걸 폐로 알겠소. 나라를 떠나시지 않음을 다행으로 여기고 선생님의 신변을 늘 걱정하리다."

"고맙소. 헌데 선생님께서는 이 진중에 계책을 하나 내리셨소."

"무슨 계책입니까?"

"잘 새겨 들어보시오. 선생님께서는 '조선의 강한 군사는 모두 서북에 있고 돈과 곡식과 인재는 모두 동남에 있으니 원주와 제천 사이에 군사를 두고, 오른 쪽으로 서북의 군사를 모집하고 왼쪽으로 동남의 인재를 모아 팔도의 인심을 고동시킨 연후에라야 일이 성취될 것이라.' 고 말씀하셨습니다. 서북은 강원도 평안도요, 동남은 경상도니 이곳 제천이야말로 두 지역을 연결시키는 고리가 되는 지점이란 말씀이요. 허나 이대로 여기 머물러 사태를 관망한다면, 인심은 곧 조변석개니 지휘소에서 힘써 뜻을 잡아야 할 일이라 생각됩니다."

"선생님의 계책이 그러시다면 어찌 좋지 않을 수 있겠습니까. 그 방법을 강구해 봅시다."

필희가 자못 의연히 자리를 잡고 앉았다. 설왕설래도 있었으나, 그들이 결정한 것은 유인석의 계책을 받든 다음과 같은 것들이었다.

내일 밤 은밀한 행군으로 동남쪽 곧 경상도를 동참시키기 위해 단양으로 진출한다. 단양을 함락한 후엔 죽령을 넘어 풍기 영주 안동 대구까지 나아가 그곳의 재물과 인재를 모두 규합한다. 영남 곳곳에서 벌어질 전투에 대비하여 의병의 정신 무장 및 전투술 배양에 주력한다.

제천을 비워 둘 수 없으므로 안승우가 남아 지키되, 승우에게는 삼백 명의 군사를 주어 박운서의 여주 병력이 당도할 때까지 이곳 치안을 유지시킨다. 이범직을 빠른 시일 안에 서북쪽으로 파견하여 군사를 모아 오게 한다.

영남의 재물과 사람이 규합되고 서북쪽의 포군들이 대거 합류하면 충주를 점령하여 서울의 목줄을 끊고 강을 따라 빠르게 진격하여 섬오랑캐에 포위 당하신 임금을 구출한다.

의림단 엄팔용은 중군 휘하에 배속되어 초관이 되었다. 팔용은 지휘소의 낌새를 보고 금명간 제천을 출발하여 경상도로 진출하는 계획이 확정된 것을 눈치챘다. 팔용은 날이 어둡자 혼자 슬그머니 향교골 정수영의 집으로 갔다. 초저녁임에도 까맣게 불이 죽은 행랑채의 대문을 밀자 예상 밖으로 그것은 힘없이 젖혀졌다. 팔용은 거침없이 중문을 열고 들어가 안채 봉당 앞에 섰다. 어느 방에선가 가느다란 등잔불 한 점이 흐르고 있었다.

"정수영은 나와라."

팔용이 소리 질렀다. 그러자 등잔불이 흐르던 방의 미닫이 소리가 나더니 한 여인이 얼굴을 내밀었다.

"누구세요?"

여자가 물었다. 팔용은 그녀가 옛 형수 몽봉임을 대번에 알아 차렸다.

"이 몹쓸년, 네가 왜 여기 있는 것이냐?"

욕부터 튀어나왔다. 저쪽에서도 이 남정이 팔용임을 알고는, 아뭇소리 없이 문설주 밖 마루로 나섰다.

"도련님⋯."

몽봉이는 말을 맺지 못했다.

"그 더러운 입으로 날 부르지 마라."

팔용은 성큼 봉당 위로 올라섰다.

"정가놈은 어디 있지?"

"모릅니다."

"알아도 가르쳐줄 리가 없겠지."

팔용은 혐오스러운 눈빛을 몽봉의 면전으로 쏘았다.

"그것도 다 제 팔자로 알고 살았습니다."

"연놈이 다 팔자타령이구나. 어떤 놈은 팔자가 좋아 남 기집을 빼앗고 어떤 놈은 기구하여 뺏기는구나."

"난 죽는 게 두렵지 않습니다. 죽으면 어차피 이 집 귀신이 될 요량입니다. 이쪽에선 그래도 무해무덕하게 살겠지만 그 쪽에 가면 평생 화냥년 딱지를 붙이고 살 게 아닙니까? 그래서 도망도 치지 않고 이집에 남았습니다."

"조선에 열녀 하나 났구나. 하지만 세상이 이렇게 화들짝 바뀔 줄은 꿈에도 몰랐겠지. 음지가 양지 되고 양지가 음지 되는 이치를."

팔용이 마루 위로 저벅 올라서면서 몽봉이 앞으로 바싹 얼굴을 들이댔다.

"죽여주시오."

몽봉이가 눈을 감으며 말했다.

"네년을? 난 정가놈을 찾고 있을 뿐이야. 어서 놈이 있는 곳을 말하시지."

"몰라요. 그러지 말고 날 이 참에 죽여 줘요."

몽봉이가 고개를 떨구었다.

"이젠 행악도 떨 줄 아는구나."

팔용이 그의 몸을 밀치고 한 발 다가가서 미닫이문을 활짝 열어 젖혔다. 그러자 몽봉이는 다시 다가서며,

"도련님 제발 저를…."

떨리는 소리로 애원했다. 그 날 허벅지를 찔린 정가 놈은 어디로 꺼졌는지 눈에 띄지 않았다. 봉당으로 내려서는데 몽봉이 얼굴을 감싸며 돌아서더니 가늘게 흐느끼는 소리를 내기 시작했다. 팔용은 마당으로 내려서는 그 소리를 뒤로 하고 대문 밖으로 나왔다. 이제 제천을 떠나는 마당에 연놈들이 붙어살던 집 꼬라지라도 좀 봐야 직성이 풀릴 것 같아 온 발걸음이었다. 년이 집에 있으리라곤 전혀 예상치 못했다. 다만 복면을 하고 깊은 밤에 월담을 하던 발길이 아니고 버젓이 대문을 열고 들어서고 싶었다. 그냥 그렇게, 아무도 없는 빈 집일지라도 당당하게 들어서서 한번 휘둘러 보고 싶었던 것이다.

그런데 뜻밖에도 몽봉이가 홀로 집을 지키고 있다니, 게다가 죽여 달라고 하소연하다니…. 세상이 화들짝 변했구나. 돌아오는 발길이 왠지 무거웠다.

밤이 깊자, 승우에 딸린 삼백 군사를 제외한 일천 삼백여 군사는 유령처럼 조용히 제천 읍성을 벗어났다. 초닷새 눈썹달이 서쪽 하늘에 척 기울어진 시각이었다. 단양까지 팔십 리. 오달지게 걷지 않아도 한 나절 남짓이면 돌파하는 거리다. 길은 대체로 순한 편이었다. 상진나루를 건너는 일이 남았으나, 꽁꽁 얼어붙어 있었다.

멀리 소백산 그림자가 삐죽이 밤하늘에 드리웠다. 허옇게 얼어붙은 강줄기가 베폭을 펼쳐 놓은 듯 길게 누워 있었다. 그런데 저건 뭐냐. 홀연히 저쪽 강 언덕에서 불꽃이 일기 시작하는 게 아닌가. 하나 둘 셋 넷… 어둠에 구멍을 뚫은 듯 점점이 타오르기 시작하는 불빛. 그리고 그 아래로 허여무리한 사람들의 옷매무새가 보인다. 그건 수십 명의 백성이 강 너머에서 비춰주는 횃불이었다.

"단양 백성들이 횃불로 우릴 맞이하고 있습니다."

춘영은 콧날이 시큰해 왔다. 이곳 구담 계곡에 숨어 살아 온 이필희의 가슴에도 횃불이 타고 있었다. 횃불의 인도를 받으며 그들은 곧장 단양 관아를 삼키기 위해 달려나갔다.

군수 권숙이 동헌에 오연히 앉아, 횃불을 앞세우고 달려드는 병사들을 바라보았다. 그러나 그의 눈매에서는 한기가 느껴졌다. 조금도 동요되지 않는 어깨와 허리. 그의 앉음새에 무색해진 건 오히려 의병

쪽이었다.

필희가 앞으로 썩 나서며 소리쳤다.

"권 군수는 들으시오. 우리의 거병은 위대한 도를 밝히기 위한 하늘의 뜻이요. 우리는 원주 제천을 거쳐 죽령을 넘기 위해 이곳에 이르렀소이다. 군수는 우리 의병에게 온정을 표해 주시오."

권숙은 잠자코 말이 없었다.

"이 고을 백성들이 이미 모두 고무되어 합류하고 있소. 무얼 주저한단 말이요?"

상렬이 나서서 눈을 부릅뜨고 호통을 쳤다. 하지만 권숙이 앉은 채로 또렷이 말했다.

"나를 그렇게 내립떠보지 마시오. 그대들이 과연 의병이란 말이요?"

"뭣이?"

권숙의 말이 떨어지기 무섭게 상렬이 그를 노려보았다. 그리고 물었다.

"그렇다면 그댄 왜 우리를 토벌하지 않고 무방비로 놔뒀는가?"

"나 같은 미관말직에게 방비할 힘이 없기 때문이다. 그러니 신하가 임금을 위해 그 자리라도 지켜야 하지 않겠는가."

권숙은 굴하지 않았다.

성미 붉달은 상렬이 섬돌 위로 뛰어 오르며 칼을 빼들었다.

"이 칼 앞에서 다시 분명히 말해 보라. 네가 진정 우리 임금의 신하냐? 아니면 토왜의 신하냐?"

208

"임금의 신하다."

권숙은 당돌하리만치 차가웠고 꼿꼿했다. 분을 이기지 못한 상렬이 칼을 휘둘러 난간을 내려치는 바람에 촛대가 쓰러졌다.

"하늘의 뜻을 거역하는 자를 살려둘 수 없습니다."

상렬이 필희를 보고 외쳤다. 필희가 고갯짓을 보내자 병졸들이 마루 위로 뛰어올라 권숙을 결박했다. 그는 섬돌 아래로 끌려 내려와 꿇어 앉혀졌다. 목을 날리느냐 마느냐는 이제 필희의 명령 한 마디에 달려 있었다.

필희는 권숙의 주위를 한 바퀴 천천히 돌았다. 그리고 조용히 물었다.

"군수께 묻겠소. 그대는 '수암'을 아시오?"

순간 권숙이 조소를 머금으며 잠시 먼 하늘로 시선을 띄었다.

"수암을 안다면 그의 스승 우암도 알 거 아니요? 우암을 안다면 화맥 불멸론을 알 것이며, 그걸 안다면 화양동 만동묘를 누가 세웠는지 알 것이며 대원군 치하 그 철폐를 극구 반대했던 화서 이항로 선사를 알 것이요, 그를 안다면 성재 유중교 선사를 알 것이며, 그를 안다면 장담 도학촌이며 의암 선생이며, 그리고 지금 여기 서 있는 우리를 알 거 아니요? 만동묘를 세운 수암 권상하, 그 어른은 바로 권 군수의 직계 선조 아니요. 그런 그대가 지금 왜 우리와 생사의 편을 가르려 하오?"

"그대는 송나라 한기의 손자에 탁주라는 자가 있는 건 모르는가?"

권숙도 숙지지 않았다.

"그렇다면 한탁주처럼 죽음도 각오했단 말이요?"

"조상을 들어 그 후손 평판하는 일의 부당함을 얘기했을 뿐이오."

"그럼 자네는 조상을 팽개치고 땅에서 솟아난 채 살아가겠다는 말이요?"

"나는 오로지 군왕의 신하일 뿐이오."

"알겠소. 정히 그렇다면…."

필희는 권숙을 일단 하옥시키라 명했다. 그의 당당하고 꼿꼿한 태도는 수암 권상하의 그것과 엄연히 맥이 닿아 있음을 그들은 직감할 수 있었다. 그래서 오히려 비록 적이지만 도맥의 서슬 퍼런 기상에 숙연해 졌는지 모른다. 권상하의 도념이 적힌 책을 얼마나 읽고 외며 자란 유생들인가. 그리고 그가 제천에서 태어났으며 정승을 지냈으며 '호락논쟁'의 종지부를 찍었으며 죽어 제천에 묻히고 사당에 배향된 것을 모르는 유생이 어디 있는가. 그런데 지금 그의 후예 권숙이 오연히 자기들 앞에 앉아 목을 곧게 쳐들고 있는 것이다.

그 밤 내내, 산줄기를 타고 흐르는 바람이 권숙이 하옥된 관아를 스렁스렁 흔들어 댔다.

승우는 제천 관아 뒤 아사봉에 올라 멀리 질고개 너머 원주 쪽을 자꾸 내다봤다. 여주 의병을 인솔하여 뒤따르기로 한 도령장 박운서는 대관절 어찌 됐단 말인가. 약속 기일이 이틀이나 지났다. 지평에서 오는 사람 편에 저간의 사정을 전하기도 하련만 운서는 연락부절이다.

그런데 그 날, 그러니까 승우가 보잘 것 없는 병력 삼백 명으로 불안하게 이틀째 제천을 지키고 있는 그 저녁, 여주로부터 민이식이 나타났다. 이식은 비밀리에 김백선의 종사가 된 뒤, 이춘영과의 약조에 따라 김백선 서석지 등이 산포수들을 규합하러 길을 나선 뒤 홀로 떨어져 있다가 지금 그들과 상봉하기 위해 제천으로 온 것이었다. 그는 안승우가 눈이 빠지게 기다리던 박운서의 모병 실상을 전했다. 어림잡아 삼사백 명은 넘을 의병을 모집한 박운서가 원주로 가기 위해 막강을 건넜을 때 불쑥 민용호가 나타났다.

민용호는 안승우가 거병하였다는 소식을 듣고 아차, 하면서 부랴부랴 은밀히 내통하던 대동계원들을 찾았으나 이미 그들이 승우의 뒤를 따라 갔거나 뒤에 남은 소모책 박운서의 수중에 들어간 것을 알았다. 급히 김백선을 찾아갔지만 그의 앞에는 서석지라는 놈이 떡 버티고 앉아 접근도 하지 못하게 했다. 수년 간 이 날을 위해 불철주야 공을 들여왔건만 물거품이 된 것이었다. 인덕이 없는 건지 하늘의 뜻이 없는 건지 망연히 앉아 죽고 싶을 만큼 자책을 했다. 그렇다고 '마음이 기'라는 유중교·유인석을 도통으로 생각하는 승우 막하에 들어가기는 자기의 지조를 파는 일이었고, 승우 또한 자신을 백안시 할 게 뻔했다. 그렇다고 선사 김평묵을 가슴에서 지우고 지질러 앉을 수는 더더욱 없어서 섬강 텅빈 모래톱을 하염없이 배회하던 그에게 절호의 기회가 왔다. 박운서가 승우의 명을 받아 이곳 의병을 재차 인솔하여 제천으로 들어간다는 소문이었다.

용호는 의병들이 강을 다 건너길 기다렸다가 짐짓 위엄 있게 그들 앞으로 나아갔다.

"운서, 자네 실로 노고가 크네."

"웬일이시오?"

운서가 그의 말투가 예사롭지 못함을 느끼고 거리를 두며 물었다.

"웬일이라니? 내 지금 새벽같이 제천에서 오는 길이라네. 제천은 이미 의병 세상이 됐네. 가나 서나 의병의 물결이란 말일세."

"그런데요?"

"안승우 공이 내게 이르기를, 제천은 이미 병력이 넘치니 여주 군사를 이끌고 영동(嶺東)지방으로 나가 관북까지 진출하면 어떻겠느냐고 했네. 강원도가 어떤 땅인가? 용맹한 포수들이 고을고을에 포진하고 있는 곳이 아니냐 말이지. 그들을 규합하여 장차 한양 지척에서 합류하자는 거지."

"그게 사실입니까?"

"아니면 당장 인편을 띄어보면 알 거 아닌가? 안공과 내가 또 어디쌩판 남인가?"

"그렇다면 좋습니다."

운서는 여주 의병의 지휘권을 용호에게 넘기고 스스로 그 종사가 되었다. 용호는 이제서야 거병의 발판을 마련했음을 내심 작약하면서, 병사를 이끌고 원주로 향했다. 원주를 거쳐서는 평창으로 나갈 생각이었다. 용호는 처음부터 승우의 제천 집결을 실책이라 보고 있었던 것이다. 제천은 죽령을 사이에 두고 영남과 서울을 잇는 곳이다. 과연 관병과 왜군이 뒷짐 짚고 그냥 보고만 있겠는가. 일격에 대패하여 풍비박산할 게 뻔했다. 때문에 강원도 깊은 산을 누비며 적의 예봉을 피했다가 전투력이 그들과 대적될 즈음 반격을 하자는 것이었다. 용호는 분명히 자기의 이 묘안이 승우에 비해 훨씬 현실적이고 용의주도하다고 확신하는 한편 훗날 승우에게 아주 떳떳하게 나타날 수 있다고 자신했다. 그런데 민용호에게 병권을 선뜻 내주는 박운서 뒤에 어리둥절한 표정으로 용호의 얼굴을 뜯어보고 서 있던 민이식이, 용기를 내어 그의 앞으로 얼굴을 내밀었다.

"여봅시오. 아니 장군나리, 나를 혹 기억하겠소?"

불쑥 나타난 이식의 얼굴을 한참 뚫어지게 쳐다보던 용호가 잠시 고개를 갸웃거리더니,

"글쎄요. 뉘시더라?"

하고는 외면을 해버렸다.

"날 모르겠소? 벌써 여러 해 전이기는 하나 지평 산모랭이 주막에서…."

이식이 그에게 한 발 더 다가가면서 그 때의 종적을 댔으나 이미 용호는 몇 발짝을 내딛어 그 쪽 누군가에게 말마디를 던지기 시작했다. 이식은 대번에 저 자가 자기를 회피하거나 무시할 속셈이라는 것을 알아차렸다. 하지만 그날 밤 술청에서 저 자가 떠벌리던 너스레와 김백선 장군이 임하고자 하는 앞길이 어떻게 연관되는 것인가, 그의 속내를 확실히 떠봐야할 필요가 있었다. 이식이 그에게 바짝 다가들어서는 제법 큰소리로 물었다.

"봅시오. 그 날 나한테 자청하여 호형하겠다던 기억을 그 새 까맣

게 잊었단 말이요?"

그러자 이식이 남의 이목 때문에 할 수 없다는 표정으로 사풍스레 눈길을 주며,

"아, 그렇군요. 형님도 의병 앞에 나오셨군요."

하며 알은체를 했다. 그 틈을 타,

"내 그 다음 날, 동동산엘 가봤시다. 장군께서는 혹 김백선을 알고 계시오?"

이식이 단도직입으로 물었다.

"김백선? 동동산이 어째 그 상것과 관련되겠소?"

용호가 오히려 반문했다.

"그럼 누구요? 당신, 민장군이 상관된단 말요?"

하고 이식은 거북살스레 뱉어냈다.

"형님도 반열에 드신 분이니 말씀입니다만, 나는 선사 중암을 하늘 같은 분으로 알고 있소. 유중교, 유인석 따위 애송이와 어찌 함께 노닐 수 있겠소? 제 뜻을 혜량하셨다면 형님도 이제 저와 함께 가십시다."

민용호가 엄중한 표정으로 말했다. 이식은 순간, 전에도 가끔 들었지만 화맥에 몸을 담은 자들의 살벌한 분파상을 그의 표정에서 읽을 수 있었다. 이식이 미처 대답을 못하자,

"왜 싫으시오?"

하고 용호는 아주 못마땅하다는 표정으로 잠시 이식을 노려봤다. 그리고 운서에게 넘겨받은 병권을 자랑삼아, 앞에 도열해 있는 군중을

향해 떠죽떠죽 연설을 시작했다. 이식은 용호의 눈을 피해 박운서에게 다가가, 안승우 공에게 직접 들은 하명이 아니라면 병권을 회수하십시오, 하고 속삭였으나 해망하기 짝이 없는 운서는, 병권이 이미 넘어갔는데 그걸 회수할 수 없을 뿐만 아니라, 민용호가 설마 그런 새빨간 거짓말로 군사를 탈취하겠느냐고 얼버무렸다.

원주까지 나온 민용호부대에 마지못해 섞여 있던 민이식, 문득 자기에게 날아오는 용호의 시선에 살기가 돌고 있음을 느끼면서, 야음을 타 민용호부대를 이탈했다. 그리고 제천 의진을 찾아온 것이었다. 승우는 예상대로 길길이 뛰면서 통분을 감추지 못했다. 그 분노가 얼마나 대단했는지, 처음으로 승우에게서 살의를 느낀 사람이 많았다. 양반이요 화서의 문하요 의암의 제자인 도학자 승우도 사람을 죽일 수 있겠다고 확인해 준 사건이었다. 승우는 그날 밤부터 잠을 자지 않고 경계 임무에 들어갔다. 발이 빠른 병사를 뽑아 북진나루, 원서, 신림으로 보내 파수를 보게 했다. 쉬는 군사에겐 총 다루는 법, 창검 쓰는 법을 가르쳤다.

아니나 다를까, 북진에 가 있던 병사에게서 전갈이 왔다. 충주쪽 관군의 동태가 심상치 않다는 것이었다. 청풍군수 서상기라는 자는 제천이 함락되던 날 지레 겁을 먹고 충주 관찰부로 줄행랑을 놓았었다. 그는 왜말을 잘하는 제 아들로 하여금 가흥과 대소원에 주둔한 왜군과 관군 지휘소를 찾아가 향비(鄕匪)에 유린 당한 관권을 회복시켜야 하는 당위성을 설파하게 했다. 그러나 충주 북부 지역인 여주 이천 지평 등지의 민심이 마냥 동요되고 있는 실정이어서 대뜸 응락을 못하던 왜군은 멀리 공주 지역 지휘소의 원군을 얻고 나서야 제천 단양의 향비 토벌을 전개하게 되었다. 왜병에 붙은 백여 명의 관군이 선봉 겸 길라잡이 역할을 담당하고 있었는데, 그 속에 끼어 군수 서상기와 김익진도 청풍까지 들어왔다. 그리고 관병과 왜병은 야음을 타 단양으로 진격해 들어갔다. 텅빈 제천을 공격하여 단양 향비의 동남행 발길을 부추기느니, 아예 그들의 다리를 꺾어 그 자리에 주저앉히는 정공법을 택했던 것이다.

남한강 잦은 물굽이가 감아 도는 단양 지경 장회촌에 해가 떠오르고 있었다. 새카만 군복을 입고 개미떼처럼 열을 지어 몰려오는 관병과 왜병을 본 장회촌 촌장은 아침 밥숟가락을 내던지고 관아로 달려가 이 사실을 보고했다. 필희는 곧 절반의 군사를 이끌고 장림에 진주했다. 또 한 대는 범직이 지휘하여, 유교라는 협곡의 양 기슭에 매복했다.

장회촌 나루에서 아침을 지어 먹은 관군과 왜병은 여유를 가장하여 좀체 진군을 하지 않다가 점심때가 가까워지자 쏜살같이 단양을 향해 달려 나갔다. 방어군의 경계 심리가 이완될 시각쯤의 계획된 공격 명령이었다. 그러나 그들이 다가오기를 기다리고 있던 복병은 손바닥이 까지도록 포를 쏘고 돌을 던지고 화승총 심지에 불을 당겼다. 적병의 대응도 만만치는 않았다. 신식 총의 위력이 계곡을 찢을 듯 흔들어 댔다. 의병 앞의 엄폐물만 없었다면 도저히 대적할 수 없는 전투라는 걸 범직은 그 경황 속에서도 느꼈다. 그러나 어쨌든 의병과 적병이 붙은 최초의 전투였다. 첫 전투에 패퇴하고 만다면 임금께서도 비웃을 것이고 사관이 혹 적는대도 치기로 희롱할 것이다. 범직은 적의 총성을 꿰뚫으며 혼신을 다해 독전했다.

한 식경쯤 지났다. 피차 총성이 멎고 전투가 소강상태로 접어들면서 적의 시체 수습 장면이 목격되었다. 의병은 고무되었다. 적은 완전히 이곳 지리에 설어 패전한 것이다. 따라서 지리에 유리하기 마련인 의병은 어딜 가나 이길 수 있다는 확신이 섰다. 해가 실풋해지자 적은 늘비한 시체를 버려두고 부상병을 부축하여 퇴각하기 시작했다. 범직이 추격 명령을 내렸다. 의병이 장회나루까지 나아가니 적병의 시체가 사십구는 되어 보였다. 날이 저물고, 갑자기 냉한 강바람이 휘몰아쳤다. 그 쯤해서 귀환하라는 이필희대장의 전갈이 도착했다. 사실 난생 처음 전투를 해본 병사들은 왜군의 총포에 대한 위력 때문에 겁을 먹기도 했지만 스스로 대견해 하면서도 놀라워했다. 아군의 손실은 경상자 다섯뿐이었다.

장회촌에서 퇴각한 관병과 왜병은 청풍으로 돌아와, 이삼일을 쉰 다음 이번에는 김익진을 앞세우고 북진나루를 넘었다.

단양 전투의 승전보를 접했던 승우는 그 기쁨이 채 가시기도 전에 자신을 향해 돌진해 오는 성난 이리떼의 공격을 받아야 했다.

단양 전투의 치욕을 만회하기 위해 그들은 사생결단으로 덤벼들었다. 승우는 남당 어귀 골목을 지키려 했으나 중과부적이었다. 관아를 버리고, 향교재를 넘어 북면으로 후퇴했다. 초전에 패배하여 대세를 그르치게 할 수 없을 뿐 아니라 귀한 의병의 목숨을 무모하게 희생시킬 순 더더욱 없었기 때문이다. 밤이 되자 북면 지곡 땅에서 한 둔을 했다. 제천을 완전히 잃은 것이다. 그는 대항할 만한 군사도 무기도 없는 게 한스러워 분루를 삼켰다. 그럴수록 민용호에 대한 적개심이 끓었다. 제천에 입성한 지 여드레만이었다.

비도들이 물러가자 몽봉이는 정수영을 붙들고 애원했다.

"저 여드레 동안 저는 거의 초죽음이 되도록 졸경을 치렀네요. 밤마다 누군가 나를 죽이러 올지도 모른다고 생각하니 등골이 오싹하고 머리가 쭈뼛하여 한 잠도 잘 수 없었소이다. 어디 밤뿐인가요. 낮에는 저자로 끌려나가 발가벗기고 볼기를 맞는 환상에 치를 떨어야 했습니다. 당신은 몰래 깊이 숨어 상처도 치료하고 피신도 했지만 난 목숨을 걸고 당신을 알리지 않았으니 당신도 내 공을 알 것입니다. 이제 향비가 물러가고 사또나리가 다시 오셨으니 당신은 사또께 나아가 내 정절을 밝혀 주시고 또한 당신을 찌른 무리들이 누구란 걸 내가 알고 있으니 그들을 잡아다가 엄히 문초하기를 청하시기 바랍니다. 그래야 사람 사는 법도가 엄해 지고 인심이 따르는 게 아니겠습니까."

정수영은 내심 난감하지 않을 수 없었다. 반푼이 같을지언정 전 남편이 퍼렇게 살아 있고, 소실로 치자면 한둘이 아닌데, 왜 몽봉이만은 이렇게 까탈이 생겨 골치가 아프냐 생각을 굴리던 그였기 때문이다. 하지만 며칠 전 팔용이가 들이닥쳤을 때 몽봉이가 보여준 결연한 대처가 여느 소실들과는 전혀 다를 뿐 아니라 그만한 배짱과 결기가 있다면 차후에도 자기에게 득이 되는 여자일시 분명하다고 생각하여, 애초 좋은 배필 못 만나 험악하게 살아온 인생을 위로할 뜻으로 뇌물꾸러미를 들고 가 사또에게 고변했다. 그러잖아도 '정수영 다음엔 김익진'이라는 쪽지를 보고 놈들을 색출해 엄단하고자 벼르던 익진은 즉각 혐의자 색출에 나섰다. 그런데 그들은 모두 이미 이춘영부대에 섞여 제천을 떠났고, 영문도 모르는 몽봉이 전 남편, 팔용형이 붙들려 와서는 감옥에 쳐 넣어지고 말았다.

장회나루 전투에서 첫승리를 거둔 의병들이 고단한 몸을 누이고 마악 잠을 청하려는 군막에는 밤이 깊어가자 점점 알아들을 수 없는 귓속말들이 여러 갈래로 퍼져 나갔다. 누구의 입에서 처음 나왔는지도 몰랐다. 그러나 그 귓속말은 고단한 군사들을 솔깃하게 엮어내기에 충분했고 승전의 성취감에 느긋하던 그들이었지만, 회리바람처럼 공포 실망 격분 증오의 늪으로 빠져들게 하고도 남음이 있었다.

"대장 이필희가 권숙의 보물상자를 찾아냈는데 저희들끼리 노나 가졌다는 게 증말이여 그럼?"

"그 권숙이란 놈을 왜 안 죽이는지 알어? 즈덜처럼 양반떨거지기 때문이라는 겨."

"그럼 우린 뭐 누굴 위해 이역 타향에 와 이 고생바가진가?"

"그러니까 우리 처지가 한심타 이거여. 집에 있는 식솔은 또 어떻구. 관군이 샅샅이 뒤져 도륙을 낸다는 겨 시방."

"그럼 빨리 가서 죄를 빌면 용서받는 거여?"

"그야 그럴테지. 그래야 백성들이 그 편으로 붙지 않겠나?"

이민오가 서울서 왔다는 최진사와 연신 밀담을 나누었다. 그러나 그건 분명 옆자리에 누운 병사들의 귀를 때리려는 의도적인 대화였다. 옆에서 이를 듣고 믿기지 않아 하던 사내 하나가 반신반의하는 얼굴로 골똘히 생각에 잠겼다가 발 없는 소문이 십리를 간다지 않던 가, 아니 땐 굴뚝에 웬 연기가 날라구? 하며 일어나 살며시 군막을 빠져나갔다. 이를 본 다른 병사들도 모로 누웠지만 잠이 오질 않았다. 낮에 장회 골짜구니에서 목이 터져라 외쳐대던 승전가가 어느덧 얼굴 없는 귀곡처럼 들려 왔다. '내가 누구를 위해 싸우는 겨 시방' 갑자기 가슴이 조급해 왔다. 머리에 매달려 있는 상투를 만져 봤으나, 식솔의 떨어져 나간 대갈통에 비하면 그야말로 보잘 것 없는 허접쓰레기에 불과했다. 앞뒤의 몸을 뒤척이는 동료 병사들의 서슬에 귀가 쫑긋쫑긋 섰다. 잠꼬대하는 소리, 훌쩍이는 소리, 마누라를 부르는 소리…. 그리고 옷고름을 매는 소리, 한 발짝 두 발짝 군막을 빠져나가는 소리.

군막을 삽살개처럼 빠져 나온 병사들은 가파른 둔덕에 대고 소피를 보는 체 바지춤을 까내렸다간 근처에 자신과 비슷한 처지의 군졸들이 이곳저곳 주위를 살피느라 눈알을 굴리고 있다는 걸 발견하고는 그들 속으로 주볏주볏 다가섰다. 그리고는 마당 가장자리 파수병이, 저쪽 무리의 인기척에 신경 쓰는 사이를 놓치지 않고 냅다 둔덕을 굴러내려 엉덩이가 아픈 줄도 모르고 줄행랑을 놓았다. 군막이 멀어지면 자기들만이 아는 지름길을 타고 그 밤 안에 제 집을 찾아들어

시침 뚝 따고 사세를 관망했다.

다음 날 아침 점고를 했을 때는, 놀랍게도 병력의 절반이 줄도망을 간 뒤였다.

춘영은, 병법에도 없는 이 해괴한 탈주 현상에 대해 이렇다 할 대처 방안을 마련하지 못했다. 바람처럼, 물결처럼 쓸려 다니는 백성들의 중심을 잡기엔 시간이 너무 촉박했다. 필희는 남아 있는 병력마저 자기를 반신반의하는 표정 앞에 대책없이 시달렸다. 상렬만은, 이 병사들이 제대로 양병된 정규군이 아님을 들어 더욱 엄격한 군율 시행과 체계 있는 훈련을 강조했으나 그날 밤 다시 남아 있던 자의 절반이 달아났다. 단양 입성 때의 사분의 일인 삼백여 명의 군사만 남게된 것이다. 남은 자들은 대개 돌아갈 길이 먼, 자기들을 소모해 온 이춘영 안승우와 연이 닿아 있는 여주, 지평 쪽 사람들이었다. 필희는 서둘러 죽령을 넘었다. 이제 재를 넘었으니만큼 도망갈 기회를 엿보는 자들은 다 걸러졌으리란 안도감도 생겼다. 천하의 피난지라 일컬어지는 풍기 땅이 그들 앞에 나타났다.

승우가 북면 쪽으로 퇴각한 것은, 적이 남으로부터 공격해 오니 그 반대쪽으로 피하자는 생각도 있었으나 한편으로는 주력군을 탈취해 간 도적 민용호를 응징하겠다는 목적도 있었다. 용호는 이곳에서 불과 사십 리 떨어진 평창 땅을 해낙낙 통과하고 있었던 것이다.

신이백은 안승우부대가 평창에 닿는다면 무엇보다 먼저 그곳 동도의 동태를 파악해야겠다는 생각을 앞세웠다. 그래서 얼굴빛을 가꾸어 안승우 앞에 나아갔다.

"장군님, 용호를 따라 잡기 위해선 군사들이 날래고 용감해야 할 줄 압니다. 그러기 위해선 잘 먹이고 재워야 하는데 지금 군사들은 추위와 배고픔에 시달리고 있습니다. 이것을 해결하기 위해선 연도의 부자들을 회유하여 충분한 양곡과 피륙 땔나무를 수거해야 할 것입니다. 또한 박운서는 이미 장군님 휘하의 도령장이란 군직을 받은 자로서, 사술에 속은 걸 아직 깨닫지 못하고 있을지 모르나, 만약 알게 되더라도 징벌이 두려워 악다구니껏 우리와 싸우려고 할 것입니다."

"그렇겠군."

"그 화근을 없애기 위해선 여주사람 민이식을 쓰셔야 합니다. 용호를 결박할 사람은 감언이설에 속은 박운서뿐인데 박운서를 귀순시킬 사람은 바로 민이식입니다."

"그렇다면 민이식을 내 막하로 임명하겠네. 바로 내일 아침 평창으로 출발하네. 그대는 오늘부터 종사 뒤처에서 취침하게."

승우는 신이백의 면모를 보자 철석같이 믿고 싶은 마음이 생겼다. 종사 후소라면 지휘소 바로 뒷집이었다.

신이백은 승우 면전을 물러나와 대장소로 쓰고 있는 얼럭집 행낭채를 감개 어린 눈으로 올려 보았다. 그 옆 달개집 빈 방, 그곳이 안 장군이 말한 종사의 후소일 터였다. 비록 일간두옥의 보잘 것 없는 처소일망정 신이백의 가슴은 뭉글뭉글 피어오르기 시작했다. 편히 잠들 수 있는 침소를 얻었대서가 아니라, 이제야 비로소 지휘소 근처에 몸을 세울 수 있게 되었다는 기쁨 때문이었다.

신이백은 발바닥에 깔리는 달그림자를 달아매고 종종걸음으로 마을 입구 논바닥의 볏짚가리로 돌아왔다. 민이식이 발자국소리를 듣고 있다가 이백을 끌어 들였다.

"아닌 밤중에 웬일이지?"

"안장군의 적개심이 불타고 있더군요."

"누구한테?"

"누구긴, 민용호지요. 우리 생각이 적중했어요. 내일부터 우린 종사들 뒤편에 서서 행군을 하게 됐지요. 이 군진에서 안장군의 막하로는 선비님밖에 없다는 걸 전 이미 알았습니다."

"게 무슨 하찮은 소릴?"

"선비님은 정녕 여느 병사가 아닙니다."

이백은 단정코 말했다.

"큰일 날 소리. 자네 정말 상종을 못할 사람이군."

이식이 목소리를 죽여 겨우 긁어냈다.

그 때였다. 누군가가 짚가리 드날구멍을 발로 걷어차며 행군이닷, 하고 외쳤다.

"벌써 날이 샌 거야?"

"진중 잠은 토끼잠이라더니 또 깨우는 겨?"

한 잠 붙였을까 말까한 병사들이 툴툴거리며 허리를 세웠다.

"나가 봅시다."

신이백과 민이식이 서둘러 밖으로 나왔다. 싸아 하고 찬바람이 코

223

끝을 스쳤다. 달은 여전히 하늘 가운데 허허로이 떠있었다. 저쪽 지휘소 근처에 병사들이 우르르 몰려 있는 게 보였다. 같이 자던 병사들이 또 시부렁거렸다.

"행군이라니 어디로 간다는 게야?"

"가보면 알 거 아녀. 우리가 언제 행선지 알고 걸어댕겼남?"

그들이 티격태격 말씨름을 하면서 지휘소에 이르렀을 때 말안장 위에 우뚝 솟아있는 안승우 장군의 얼굴이 나타났다.

"이 와중에 우리 병사를 수백 명이나 꾀여 간 도적놈이 있으니 이 놈을 어쩌겠는가? 그가 과연 임금을 위해 군사를 거느리고 있는가? 임금을 위한다면 왜 궁성과 먼 동해 쪽으로 자꾸 나가는가? 참으로 알다가도 모를 불한당 아닌가."

"그런 싸갈머리 없는 놈은 붙잡아 참수해야 합니다."

잠이 덜 깨었던 병사들도 누군가 외치는 소리에 제 정신이 들었다. 이곳 진중의 생리란, 내 개인의 의사가 없는 곳이란 걸 무지렁이 병사들도 어느덧 알아채고 있었다. 장수의 결정을 따르는 것이고, 그 명분을 떠받혀 주는 것이고, 그러다가 정 못 살겠으면 깊은 밤 홀연히 내빼면 되는 것이다. 아직까지 무슨 군적이고 직책이고가 없는, 그야말로 떼로 몰려다니는 자칭 '의로운 백성'에 불과한 것이다.

승우가 다시 말했다.

"행선지는 평창이다. 지금 출발이다. 가자."

승우의 종사들이 승우를 앞뒤에서 호위하는 가운데 진격의 선봉대가 평창 길로 접어들었다. 신이백은 승우의 명에 의해 그들의 선봉에 섰다. 그리고 후미는 민이식이 지켰다.

강원도 땅 주천에 이르러 평창 쪽을 수소문해 봤다. 역시 용호는 어제 저녁 나절 영바람이 나서 평창을 통과해 방림을 향하고 있다고 했다. 방림은 진부의 지척에 있는 마을이었다.

승우의 군사는 주천에서 잠시 노독을 푼 다음 평창으로 향했다. 밤잠을 못 잔 병사들이 기진맥진한 기색을 보였지만 승우의 용호에 대한 적개심을 꺾을 수는 없었다. 신이백이 선봉에 서 있다가 승우 곁으로 다가서며 아뢰었다.

"병사들을 뛰게 만들어야 합니다."

승우도 동감하지 않을 수 없었다. 대관령을 넘기 전에 용호를 추격하자면 뛸 도리밖에 없는 건 당연했다. 뛰지 않고 붙잡을 수 있는 방법이 하나 있긴 했다. 사자를 보내 용호를 붙들어 두는 것이다. 그러나 그렇게 쉽사리 승우를 기다려 줄 그가 아니었다.

"병사들을 어떻게 하면 뛰게 할 수 있겠는가?"

"이 일에 목숨을 걸게 만들어야 합니다."

"목숨을 걸게?"

"군졸도 한낱 인간입니다. 우선 당장 눈앞의 평안과 이익에는 수족을 못 쓰는 게 군진의 생태입지요. 큰 것은 못 봐도 작은 것에는 민감한 어린애들 같다고 할까요."

"그래서?"

"일단은 기름지게 먹이고, 뜨뜻하게 입혀야 합니다. 그 작은 이해에 관련되어 저들은 목숨을 걸게 될 것입니다. 민용호를 잡으면 크게 상을 내리겠다고 약조하는 것도 한 방법입니다. 물론 군율이 공정하고도 엄정해야 되며, 더욱이 자신이 초개처럼 목숨을 버린다 해도 고향의 처자식이 장차 도타워 질 거란 믿음이 서면 천하의 강병이 되는 게 아니겠습니까?"

"네 말이 옳다. 바로 들어 시행하리라."

승우는 자기가 타고 있던 얼럭말에서 내려 말고삐를 종사에게 주었다. 잠시 행군을 멈춘다! 종사들의 외침이 대열의 앞뒤로 전달되었다. 승우는, 민용호가 군사를 사취한 정황을 목도한 민이식으로 하여금 민용호에게 띄우는 격문을 두 벌 초하게 하고, 그 하나에 수결을 찍었다. 만약 그 자리에 서서 나를 기다린다면 함께 어울려 손잡고 우리의 성스러운 의기를 도모할 일이지만 그렇지 않으면 태백산맥을 넘어 땅 끝까지 추격, 너를 바다에 쓸어버리겠다는 내용이었다. 곧 말을 잘 타는 군사 하나가 격문을 받들고 달려나갔다. 그리고 군사가 쉬고 있는 사이 신이백은 다짜고짜 민이식을 이끌고 골목 안으로 들어섰다. 그는 어느 집인가 이미 지목하고 있었기라도 하듯 스스럼없이 들어가더니 왜퉁스럽게도 그 집 소를 끌어내 왔다. 이식이 말렸으나 이백은 들은 체도 하지 않았다. 그 날 그걸 잡아서 따순 쇠고깃국을 모처럼 병사들에게 배불리 먹였다. 그리고 민용호 체포 시 포상에 관해 말하고 다시 추격을 시작하려 할 즈음 평창 향반을 자처하는 노인들이 나타나, 이 군사보다 어제 지나간 군사가 훨씬 장대해 보였다고 말하는 바람에 안승우가 잠시 비감에 빠져 들었다. 그런데 다시 웬 늙은 아낙이 울며 나타나 승우 앞에 엎드렸다. 그녀는 장군님 부

하가 자기 집 소를 강제로 끌고 갔으니 부디 소 값을 물어 달라며 애
걸했다. 그 바람에 안승우는 군사의 발진을 더 늦출 수밖에 없었다.

늙은 아낙은 신이백과 민이식을 소 강탈범으로 지목했다. 승우는
두 사람을 원망하는 투로 치내려 보았으나 미덥지 않으면 쓰질 말고
일단 썼으면 의심하지 말라는 병법이 어른거려, 늙은 아낙을 달랬다.

"우리 의진을 위해 기꺼이 소를 바칠 만한 의기로운 향반도 많을
텐데 하필 할멈의 아까운 소를 가져왔으니 내가 대신 사과하리라. 우
리는 화적떼처럼 남의 것을 강탈하는 법이 없으니 우리 뜻을 믿어주
고, 지금 발진이 급하니 우선 출정을 했다가 돌아오는 길에 내가 꼭
갚아드리리다."

했다. 그러나 아낙은,

"내가 어찌 지나치는 군사의 말을 순진하게 믿겠소. 그대들이 정
녕 의병이라면 지금 물어 주든지 언제 물어주겠다는 어음이라도 써
주시오. 만약 안 써주면 우리 소 갈겨먹은 걸 관가에 고소하겠소."

했다.

"사또한테?"

안승우의 안색이 변했다. 그리고는 속으로, 저 눈가가 잔물잔물한
노파가 할 소리는 다 하는 품이 필시 범연한 사람이 아니로구나, 하
고는 당사자 중 하나인 이식에게,

"저 노파가 애걸하니 민선비가 어음을 한 장 써 주시오."

하고는 화풀이를 하듯 말채찍을 휘둘러 출진을 명했다.

다음 날 민용호의 답신을 종사가 받아왔다. 투항하기는커녕 안승우의 초라한 행색을 비꼬면서 강원도 도처의 용맹한 신포수들을 규합하여 한양으로 진격하는 자기의 말발굽 아래 승우는 엎드려 감읍할 날이 멀지 않으리라고 했다. 그 답장을 와작 찢어발기는 승우의 노기를 바라본 민이식이 조용히 나서서 말했다.

"장군님, 이제는 분노를 삭이셔야 합니다. 민용호가 우리 군사를 강탈한 도둑임에는 틀림없으나 그의 심중에는 자신들 심이파(心理派)에 대한 우월 의식과 심기파(心氣派)인 이곳 의병에 대한 조롱이 진작부터 자리 잡고 있습니다. 마냥 괘씸하기는 하나, 우리의 원래 목적이 민용호를 잡아 벌주는 게 아니었습니다. 민용호가 떠벌리는 산포수들이 과연 그의 말대로 그를 붙좇고 있는지도 의심해 봐야 합니다. 장군님도 지평의 거한 김백선을 익히 들으셨을 줄 압니다. 그가 이미 원주 영월 평창 등지의 포수들을, 민용호에 앞서 규합했을지도 모릅니다. 이것은 지평을 출발할 때 이춘영 공과 은밀히 이루어진 약조 아닙니까?"

"김백선?"

승우가 모처럼 회심을 띠며 반문했다.

"하오니 어서 이춘영 공에게 저간의 상황을 알아보시는 게 급하고, 서둘러 회진하는 게 상책입니다."

"그래, 그 말에 일리가 있다."

승우가 군진을 정지시켰다. 그리고 종사들을 모아 민용호에 대한 적개심을 겨우 추스르고 있는데 평창 쪽 고개등성이를 넘어 말 한 필이 달려오고 있었다.

"저게 누군가?"

승우가 벌떡 일어나 그 쪽을 바라봤다. 점차 가까워지는 말 위엔 박정수가 올라타 있었다.

"박공, 웬일이십니까?"

승우가 놀라 물었다.

"선생님께서 저를 보내셨습니다."

"선생님은 지금 어디 계시오?"

"영월로 들어가고 계십니다. 안 장군도 군사를 돌려 속히 영월로 오라고 지시하셨습니다."

"그게 참말입니까? 선생님이 군진에 납시셨습니까?"

승우는 자기도 모르게 들뜬 소리를 냈다.

"제자들이 군진에서 고초를 받는데 혼자 어찌 방 안에 편히 앉아 있을 수 있겠느냐고 하셨습니다."

"영단이십니다! 존사님의 영단이십니다."

승우는 날아갈 것만 같았다. 그리고 군진을 돌려 세웠다. 곧 평창이 나타났다. 승우는 신이백을 시켜, 읍소하던 늙은 아낙을 찾아오게 하여 그를 앞에 앉혀놓고 성의를 다해 말했다.

"할멈의 소를 되돌아오는 길에 물어주겠다고 한 약조를 못 지켜 송구하오. 그러나 내 지금 비록 피로하고 남루하여 갚을 여력이 없으나 우리가 크게 떨쳐 일어나면 그 때 무엇보다 먼저 변제할테니 잠시만 기다려 주시오."

"봄이 오면 그 소로 농사를 지어야 합니다."

노파가 야문 음성으로 말했다.

"그렇지요. 이 겨울만 좀 참고 있으시오."

"정 그러시다면 참아보겠습니다. 허나 이 언약을 잊는다면 전 장군님을 고소하겠습니다."

할멈이 돌아간 뒤 승우는 께름칙한 심사를 겨우 추스르고서야 말고삐를 당겼다. 대열이 움직이기 시작했다. 승우는 옆에 따르는 민이식을 가까이 불렀다. 그리고 속삭이듯 말했다.

"자초지종을 소상히 얘기해 보시오. 진정 빼앗은 것이요?"

"실은 하문이 없더라도 기회가 오면 제 억울함을 말씀드리려고 했습니다. 제가 신이백을 무고하는 게 아니라, 어제 신이백은 무슨 연유인지 막무가내로 소를 탈취했습니다. 더욱이 의아스러운 것은 이백은 그 집을 마치 지목이라도 하듯 거침없이 찾아 들어갔고 말리는 저를 아랑곳하지 않았습니다. 그가 왜 그랬는지 저는 가늠하기 어렵습니다."

"나 또한 의아하오. 앞으로 신이백이란 놈의 행동거지를 눈 여겨 봐야겠소."

승우의 눈빛에는 강개한 뜻이 맺혀 있었다.

산포수들을 결집시키기 위해 김백선은 물론 서석지 쇠징이 그리고 검쟁이는 발에 불이 나도록 포수들을 찾아 다녔다. 산포수들은 대개 산악을 의지하여 서로 모여 사는 습성이 있어서 김백선이 일어났다는 소식이 빠르게 전파되기는 했다. 하지만 이번은 용병이 되어 목숨을 앗길 수도 있는 만큼 몸을 사리는 포수가 많았다. 더욱이 지평 동비 토벌대에 참여한 적이 있는 포수들은 더욱 꺼려하는 기색이었다. 김백선이 직접 마을마다 포수들을 찾아다니기도 하고, 특히 포수들의 면면을 꿰고 있는 검쟁이가 산 속을 뒤지다시피 하면서, 이 겨울만은 불질 대신 임금께 충성 한번 바친다면 포수들에게도 장차 좋은 세상 올 거라는 감언이설로 그들을 끌어내곤 하였다.

이 와중에 백 명을 채웠을까 하는 어름에 치악산엘 들어갔던 검쟁이가 언젠가 말했던 김술이라는 포수를 백선에게 데려왔다. 그런데 그의 얼굴을 저만치 떨어진 자리에서 무심코 넘겨보던 쇠징이가 어라? 하며 벌린 입을 채 다물지 못하고 다가갔다. 그리고 쇠징이는 김술 앞으로 쭈르르 달려가서는, 아버지, 하고 짧은 외마디 소리를 냈다. 순간 일행의 표정이 어벙벙해 진 사이 김술이, 쇠징이 아니냐? 하며 와락 끌어안는 게 보였다. 둘은 이 경황이 혹 꿈을 꾸고 있는 게 아닌가 하여 더 이상 아무 말도 내지 못했다. 석지가 다가가 둘을 겨우 떼어 놓았다.

"무슨 기막힌 사정이 있었군요."

"쇠징이 너도 이제 그 하인놈, 재지기놈 신세 벗고 포수가 됐구나!"

김술은 마냥 아들이 자랑스러운 듯 흐뭇해하더니, 김백선 앞으로 한 걸음 다가섰다.

"장군님 고명은 익히 듣고 있었습니다. 저는 저 아이 애빕니다. 하지만 사람 사는 게 하 고단해서 한 순간 발심하여 홀연히 집을 떠났었습니다."

"처자를 두고서?"

처자를 두고 집을 떠나본 적이 있는 백선이 그것부터 물었다. 그리고 그 사정이야 말하지 않아도 안다는 표정을 지었다.

"광주산성에 병정을 뽑는다는 말이, 재지기로 사는 것보다는 업수임 받지 않을 것 같았습니다. 재지기 주제에 소문내고 가서는 죽도 밥도 안 될 것 같아 나중에 자리가 잡히면 처자와 상봉하려니 하고 홀연히 떠났습니다."

"내 아우도 거길 갔었지."

"압니다. 거기서 장군님의 제씨 중선이를 만나 함께 지내기도 했습니다."

"내 아우는 그 병정살이하다가 죽었네만 자넨 용케 생명을 부지했네그려."

"그 해 겨울 군대가 해산될 처지에 빠지면서 혹독한 추위와 허기쯤은 어떻게든 견딜 수 있었지만, 병정에 들고 싶은 생각에 나이를 줄인 것을 그들이 자꾸 진티 삼는 바람에 서울로 이송되어도 관군 노릇하기는 글렀다 싶어 여러 사람 틈에 섞여 탈주하고 말았습니다. 전에 살던 잿말로 가보니 그 사이 쇠징이와 안사람은 이미 마을에서 쫓겨나 어디론가 가버린 뒤였습니다. 수소문해 보니 돌실뜸 안종응 집으로 간 것 같았는데 거기는 죽기보다 싫었고, 차라리 산포수들을 따라다니며 한 많은 인생 산에서 보내자 하고 살아왔는데 장군님이 일어나 제천으로 향진한다는 말을 듣고 검쟁이를 따라 나섰습니다. 그런데 그 뒤끝으로 아들까지 만나니 은덕이 정말 하늘 같습니다."

"이건 자네 복이고 운수지 어찌 나한테 고마워 할 일이겠나. 부자 간에 오랜만에 만났지만 얼굴을 안 잊은 것만 해도 다행이요. 그 동안 못다 푼 회포를 마음껏 풀어 보오."

부자는 그 날 지나간 십여 년을 회억하느라 끼니도 거르며 얘기를 나누었다. 산성에서 군적부라는 걸 만드는데 자기 성씨가 쇠가가 아니라 김가라는 걸 알게 됐고 그래서 그 때부터 김술이라고 불리게 됐다는 것, 어렸을 적 흉측했던 마마자국이 이제 보니 별로 표나지 않아 어엿한 남아로 커준 게 더없이 고맙다는 얘기, 부자가 군진에서 함께 있기가 어색하니 병정살이를 해 봤던 아버지 김술이 남고, 쇠징이를 어머니한테 보내기로 했다는 얘기를 나누었다. 그리고 김술도 평소 닦아놓은 안면으로 산포수 십여 명을 데리고 왔다. 제천, 영월, 평창을 거치면서 포군은 어느 덧 이백 명을 채워 가고 있었다.

죽령을 넘어서자 널찍한 들판이 아슴아슴 퍼져나간 평지가 나왔다. 이필희는 낯선 마을 앞 마른 논바닥에 짚단을 쌓아 놓고 군사를 풀었다.

영남 유생의 호응을 기대하며, 안동관찰사를 압박하기 위해 별동대를 조직하고 서상렬을 그 대장으로 삼았다. 겨울이지만 햇살이 날아와 박히는 짚북데기 속은 온기가 모락모락 일어 행군에 지친 병사들의 눈을 자꾸 지지감게 하고 있었다. 그런데 바로 그때였다. 진영의 한 쪽 귀퉁이에서 별안간 왁자지껄한 소리가 일더니 사람들이 벌떡 일어나 대장소를 노려봤다.

"무슨 난리냐?"

낌새가 수상함을 눈치 챈 대장소에서 이경기가 소리치며 나왔다.

"우리가 누구 때문에 이 고생을 하오?"

그 통에 대장소의 지휘관들이 모두 뛰쳐나왔다.

"권숙의 집을 뒤져 보물상자를 나눠 가졌다는데, 대장은 사실을 털어놓으시오."

"무어?"

필희가 벌린 입을 다물지 못했다.

"당신네 양반들은 권숙이 양반이라 죽이지 않고 오히려 그 자리에 다시 앉히고 왔는데, 그럼 우린 누구 때문에 여기까지 와 싸우는 거요? 말해 보시오."

"집에 있는 우리 식솔을 관군이 모두 죽인다는데 우리를 어디까지 끌고 갈 판이요? 대장은 집이 단양이라 단양 사람을 다 거기 떼어 놓고 우리만 이렇게 끌고 다니며 죽을 고생시키니 우린 대장의 명을 안 듣겠소."

그들이 떠벌리는 소리가 처음엔 한 모퉁이에서 일더니 점차 군진 전체로 퍼져 가면서 필희 앞으로 대들 기세가 되었다. 다만 그 한 쪽 엄팔용이 끼어 있는 패만 잠잠할 뿐, 지평 여주에서 온 병사들이 모두 모여들어 심지어 창을 흔들어 대는 자도 있었다.

"안 되겠습니다. 이공께서 잠시 피하십시오."

춘영이 필희에게 속삭이곤 성큼성큼 화난 병정들 앞으로 걸어갔다.

"이게 무슨 형패란 말이냐? 군진에서 군법이 얼마나 엄한지 모르고 하는 짓들이냐?"

춘영의 목소리가 금세 병사들을 압도했다.

"장군님, 해명하십시오. 해명하십시오!"

그들이 일제히 합창하듯 외쳤다.

"내가 하늘에 한 점 부끄러움이 있다면 이 자리에서 스스로 목을 따겠다."

하고 춘영이 춤에 차고 있던 단도를 꺼내 들었다.

병사들이 잠잠해 졌다.

"나도 너희와 같은 지평 사람 아니냐. 나도 집에 노모와 처자를 두고 왔다. 우리 수성장 안종엽 공이 지평 안팎을 철저히 지키고 있는데 누가 죽인단 말이냐. 낭설과 요설을 퍼뜨려 군심을 흩는 자를 색출하여 엄히 다스릴 터이니 군사들은 동요 말고 대장소의 지휘를 따르기 바란다."

춘영의 말이 끝나자 그 위엄에 눌린 군사들이 잠잠해졌다. 그리고 하나 둘 제자리로 돌아가 따스한 한낮의 햇살을 쪼였다. 몸을 피했던 필희가 나타나 장수들을 모아 놓고 말했다.

"내가 연로하다는 이유로 엉겁결에 대장직을 맡았습니다만, 군사는 밤마다 흩어지고 새 군사는 모여들지 않습니다그려. 개화 역적을 쳐부수고자 하는 의욕은 하늘을 찌르나 지략과 덕성이 부족하여 이룰 수 없음이 안타깝습니다. 생각건대 대장직을 물러나, 조용히 따르는 게 너더분한 우리 군영을 일신시키기 위한 바람직한 일이라고 결심했습니다. 제공들이 모쪼록 동의해 주기 바랍니다."

아무도 말이 없었다. 필희가 다시 입을 열었다.

"더구나 입때껏 우리를 따르는 군사들이 거개가 지평 여주 사람들 아닙니까? 그들은 이춘영 공의 늠름한 기상을 흠모하여 생사고락을 함께 해온 사람들입니다. 그들의 바람도 이춘영 공이 지휘봉을 잡는 것일 겁니다."

하고 춘영을 바라봤다. 춘영이 그 무슨 망발의 말씀이냐고 고개를 가로저었으나, 필희가 다시 간곡하게 말했다.

"결코 내가 퇴피하기 위해 내린 결단이 아닙니다. 이춘영 공을 대장으로 추대하고 내 손수 그 참모가 되겠습니다. 제공들이 힘을 모아 주십시다."

했다.

이경기가 춘영과 필희를 번갈아 바라보고 나서 말했다.

"이필희 공의 혜안과 후덕이 우리 군영을 살릴 계책을 낳았습니다. 군령을 일신하기 위해서라도 이춘영 공이 맡아 주시오."

"난 지략도 용력도 부족합니다. 감히 제가 어떻게?"

"지금은 사양지심을 발할 때가 아닙니다. 군세의 위급이 촌각에 달렸는데 어서 응답을 하십시오."

춘영이 한참 망설이다가, 주위의 공론이 난 걸 어쩔 수 없다는 듯이 말했다.

"그럼 제공들의 뜻을 겸허히 받아들이겠습니다. 허나 부족한 지략이니 내 일처럼 돌봐 주셔야만 합니다."

곧 군사들이 도열하고 새 대장의 위엄 있는 군령이 내려졌다. 군사들이 춘영의 우렁찬 목소리에 귀를 기울였다.

"이곳은 영남 땅, 우리가 도맥을 키우고 토왜 역적을 섬멸할 기름진 땅이다. 도를 위해 죽는 떳떳한 대장부가 될지어다—."

군사들이 함성을 질렀다. 그러나 패잔병의 비명에 가까운 소리였다.

그날 밤이었다. 제천으로부터 이정규가 달려왔다.

"선생님께서 영월로 집결하라는 지시를 내리셨습니다."

"선생님은 지금 어디 계시오?"

"영월로 가고 계십니다."

"선생님이 의병에 들어오셔서 싸우기로 했단 말씀인가요?"

"그렇습니다."

정규의 대답은 시원했다. 춘영이 기뻐 하늘을 우러러 외쳤다. 천지신명이시여, 우리 도를 밝혀주시는군요! 그리고 그는 옆의 장수들을 주욱 돌아보며, 이제 재기할 수 있게 됐다며 팔을 펴 흔들어 보였다.

다음날 아침 점고가 시작되었다. 약약한 군사들이 밤새 또 서른 명이 탈주했다. 이제 남은 병사라곤 백여 명.

"선생님께선, 싸움에 지지 않는 군사가 밤마다 이렇듯 탈주하는 게 참으로 이상타고 하셨습니다."

"군율을 잘 모르는 병사들이기 때문입니다."

"우리가 지나쳐 온 곳곳에서 의병의 가족들이 박해를 받는 것도 큰 이윱니다. 안창 원주는 아직 그런 기미가 보이지 않지만 제천 김 익진은 의병에 가담한 사람을 찾아내 혹독하게 추곡세를 거두면서 반항하면 하옥시키고 있습니다. 또 오다 들으니 단양 권숙도 의병 가 담자를 철저히 색출하여 투옥시킬 거라 합니다. 우리가 평정한 뒷마 당이 도리어 적의 수중마냥 위태로운데 군사들이 어찌 몸을 던져 싸 울 수가 있겠어요."

평소에는 말이 없으나 입을 열면 뼈진 데가 있는 정규가 전해 들은 말들로 일깨웠다.

"여하튼 빨리 영월로 가는 게 숩니다. 갑시다."

춘영은, 안동으로의 진격을 고집하는 별동대장 서상렬을 남겨두 고, 군사 대열을 여염 보따리행인처럼 꾸며 부지런히 순흥으로 나갔 다. 고치령을 넘어 영춘 땅으로 들어서는데 저 앞 강변에 울긋불긋한 기를 앞세운 한 무리의 실팍한 군사가 보였다. 그들의 투구와 창칼이 햇빛을 받아 유난히 번들거렸다. 가만히 다가보니 김백선이 떡하니 앞에 서 있었다.

"이공나리."

백선이 춘영을 알아보았으나, 행색이 너무 초라하여 그에게서 시 선을 떼지 못했다.

"도령장, 내 군사들이 다 흩어졌다네. 이렇게 초라하게 겨우 영월 로 이진하고 있지. 면목이 없으이."

춘영의 등 뒤에 섰던 이경기 이필희도 저 앞에 떡 버티고 선자가 누군지는 잘 모르나, 풀 죽은 얼굴로 고개를 바로 들지 못했다.

"이제 우리도 합세했으니 다시 시작해 봅세다."

백선이 그렇게 말했지만, 필시 그 안에 무슨 곡절이 있으리란 생각은 지우지 못했다.

한겨울 꽁꽁 얼어붙은 산골짜기 강물 줄기를 따라 영월로 올라가는 발길이 마냥 무거웠다.

영춘에서 영월은 지척이었지만, 풍기로부터 고치령을 넘어온 의병 본대는 기진맥진해 있었다. 그날 밤이 되어서야 이춘영부대와 안승우부대는 장릉 어귀에 당도했다. 그리고 영월 관아에 이르렀을 때는 캄캄한 밤이었다.

"이제 다들 모였는가?"

회색 수염과 얼굴이 단아한 유인석이 동헌 깊숙한 방에 있다가 물었다.

"이춘영 공이 의병을 이끌고 왔습니다."

용규는 그 병력의 수효에 대해선 차마 말을 꺼내지 못했다.

"모두 죽지 않고, 살아서 만난 것만도 하늘의 도우심이다."

인석이 오히려 위로했다. 춘영이 동헌으로 들어가 인석 무릎 앞에 꿇어 엎드렸다.

"화맥을 떨쳐 일으키는 일은 급하고 중한데, 제 힘이 나약하고 덕이 부족하여 이렇게 쫓겨 나왔습니다. 저에게 벌을 내려 주십시오."

"벌이라니? 한 번 실수는 병가의 상사라 하지 않던가. 어서 재기를 도모해야 하리."

인석이 안온한 표정으로 장담 출신 유생들을 둘러 봤다.

이춘영 외에 주용규, 이필희, 이범직, 안승우가 언뜻 보인다. 신지수는 내일 중으로 인근 네 고을 의병을 모아 당도하기로 했고….

"선생님, 지난 열흘간의 군사 작전을 반성하건대, 우리 병사들은 거개가 목숨을 걸고 싸울 의욕이 없었습니다. 앞으로도 이를 해결하지 못하면 지지부진하여 전과를 올리지 못할 것입니다."

춘영이 다시 자세를 고쳐 앉아 아뢰었다.

"왜 이긴 군사가 줄도망을 간단 말인가?"

"전리품이 없기 때문입니다."

필희가 무겁게 입을 열었다.

"전리품이 없다보니 의병은 싸우다말고 도망가는 것입니다. 그렇다고 그들에게 전리품을 챙겨줄 명분이 없습니다. 그건 화적떼나 하는 짓입니다."

"그건 우리 도의 중함과 인간의 참된 도리를 일깨워 주지 않았기 때문이다."

"싸움에 지친 군사들에게 그럴 만한 시간도 없었고, 설혹 시간을 잡아 유세를 한다 해도 추위에 쫓기기 일쑤며 더구나 그걸 해낼 위엄 있는 선비가 없었습니다."

"의병이란, 청류처럼 맑게 세상의 오물을 씻어내는 것, 어찌 의병에게 전리품을 운운할 수 있단 말인가."

인석은 얼굴이 어두워졌다.

"나는 이미 늙었으나, 목숨 걸고 제군들이 의병을 일으킨 줄 알면서, 또 싸움에 이기면서도 자꾸 후퇴하고 있는 줄 알면서 발걸음을 차마 떼지 못했다. 내, 뒤에서 지켜보고, 혹 자문할 게 있으면 할 터이니 제군들이 얼개를 짜 군사를 새롭게 해야겠다."

하고 인석은 정규와 정수의 안내를 받아 침소로 들어갔다.

한 겨울 매운 바람은 장릉 깊은 노송을 흔드는데, 승우는 춘영 필희 경기를 앞에 놓고 한참이나 말이 없었다. 용호에 대한 적개심은 접어놓고라도, 믿었던 춘영의 패퇴는 또 무엇인가. 이렇게 지지부진하자고 일어선 창의는 아니었는데 말이다.

"의욕은 앞섰으나 계책이 없었고, 군사는 많았으나 전의가 없었습니다. 상것이라는 것이 워낙 대의와 도의를 모르다보니 바람 부는 대로 물결 쏠리는 대로 부화뇌동하므로 저들의 군중심리를 한데 잡아둘 묘책이 있어야 합니다."

승우가 혼잣말처럼 중얼거렸다.

"그래도 상것을 욕해서는 더욱 낭패하기 쉽습니다. 선생님께서는 저들에게 도의 중함을 일깨우라고 하시었네."

춘영이 말했다.

"그 도는 상것들이 접하기엔 높고도 어려운 것이니 문제가 아닙니까."

비감어린 목소리로 승우가 중얼거렸다.

"군사들이 거개가 상것인데 상것을 들먹였다간 풍기 일이 재연되기 십상입지요."

경기였다.

"도령장 김백선도 이 회의에 끼워줘야 합니다. 비록 문자를 모르는 무식쟁이라곤 하나 그 휘하엔 포군 이백 명이 결집해 있잖아요. 더구나 그들은 백선의 지시를 철석같이 믿고 따르는 자들이니까요."

춘영이 조심스럽게 의견을 개진했다. 그러나 승우가 못 믿겠다는 표정이 역력하여,

"참모회의에까지 불러들이면 위험합니다."

했다. 춘영과 승우를 번갈아 보고나서 필희가, 사세가 급박할 땐 부지깽이라도 써야 하는 법 아니냐고 해서 잠시 뒤 백선이 군진 어디에선가 불리어 왔다.

"군사들이 다들 목을 빼고 지휘소에서 무슨 영이 떨어지나 기다리는데 여지껏 말들만 무성하시구려."

백선이 대뜸 들이댄 말이었다. 승우는 상을 찌푸렸으나 응대는 하지 않았다.

"그래 자넨 어찌하면 되겠는가?"

필희가 물었다.

"딴 수가 있갔십니까? 어풀 군진을 정비하고 위용을 떨쳐 제천을 점거해야 다음 일을 도모할 수 있지요. 이 궁벽진 산간 고을에서 칩거하자고 우리가 일어난 게 아닙지요."

백선의 말을 듣고 고개를 끄덕인 춘영이 입을 열었다.

"그럼 차제에 우리 진용을 일신시키십시다. 제 어설픈 깜냥으로는

대장 직임을 감당하기가 어렵습니다. 선생님께서 왕림하셨으니 선생님께 전적으로 인선을 맡겨 드리는 게 어떻겠습니까?"

"맡겨 드리는 게 아니라, 이제 선생님께서 모든 걸 주도하셔야 합니다. 우릴 이곳까지 집합시켜 재기의 발판을 놓으신 게 누굽니까? 선생님 아니십니까?"

승우였다.

"그렇습니다."

"옳습니다."

이구동성이었다. 이미 선생님께서 침상에 드셨으니 이런 의론들을 내일 아뢰기로 하고 참모회의는 끝났다.

관아 문루에서 자정을 알리는 북소리가 울고, 스무 하루, 하현달이 동쪽 산을 헤집으며 오르는 걸 보니 어느덧 밤이 깊었다.

오랜만에 민이식이 김백선의 침소를 찾았다. 문풍지에 입을 대고 겨우 들릴 만하게 말했다.

"장군님 문후 여쭙겠습니다."

"생원 나리. 저도 나리한테 문후 여쭙습니다."

조용히 문을 열어 준 백선이 대답했다. 백선의 옆에는 서석지와 검쟁이 그리고 낯살이나 들어보이는 낯모르는 남정네가 있었다. 서석지가 김술에게 저간의 상황을 이미 말해 놓았던지 김술이 일어나 쇠징아비 김술이라며 예를 표했다.

"제가 민용호를 추격하던 중 엉겁결에 안승우의 참모가 됐습니다. 보아하건데 그는 공정하기는 하나 얼음같이 차고 때로는 분노가 성해서 결코 믿을 만한 사람 같지는 않았습니다. 그리고 또한 우리 군진에는 의병의 깃발을 위장한 잡인들이 적지 않은 것을 눈치챘습니다. 우리가 잘 대처해야 할 과제가 아닌가 싶습니다."

"참으로 고생 많았습니다. 우리 모두 입을 자물통으로 잠그고 있어야 합니다."

석지가 주의를 주었다.

민이식은 유인석이 군진에 임했으니 두고 볼 일이긴 하나 저 진용과 군율로는 왜적은커녕 관찰사 하나도 제대로 대적하기 어렵겠다는 회의가 일었다. 그러나 꿈에라도 왕비에의 신원은 포기할 수 없는 생명과도 같은 것이었다.

이튿날 아침, 춘영을 비롯한 참모들이 인석에게 식전 문안을 여쭈러 들어갔다. 이미 의관을 깨끗이 정돈한 인석이 담뱃대를 물고 앉아 제자들의 아침 문후를 받았다. 이 자리에서 춘영이 일동을 대표하여 말했다.

"선생님, 저희들께 군진을 짜고 위용을 갖추라고 말씀하셨습니다만 저흰 지략도 담력도 다 부족합니다. 해는 빛을 잃어가고 도는 땅에 떨어질 위기에 처한 지금 한시도 머뭇거릴 겨를이 없습니다. 해서 저희 불초들이 입을 모아 상의한 바로는 선생님께서 친히 먼지를 뒤집어쓰고 언 발로 걷는 일이시오나 저희 군사를 점고하여 길들여 주신다면 위로는 임금님의 은혜를 갚는 일이 될 것이며, 아래로는 불쌍한 백성을 한시 바삐 구제하는 길이 될 것입니다. 부디 허락하여 주옵소서."

"나더러 의병대장이 되어 달라고?"

인석이 춘영을 뻔히 바라봤다. 노안이지만 맑은 빛이 흐르는 눈동자였다.

"알다시피 나는 어머님 상중에 있는 사람 아닌가. 상주가 어이 그런 큰일을 맡을 수 있겠는가."

"하오나 지금이 얼마나 다급한 시국이오며, 사를 버려 공을 이루는 선비의 도를 선생님께서 어이 모르시겠습니까. 더구나 그 공이 궁극으로는 임금께 미치는 것이 아니옵니까. 뿌리치지 마시옵고 굽어 살피소서."

춘영이 머리를 조아리고 말했다.

"나는 제군들 뒤에서 훈수나 두는 게 상책이야. 나이 들어 눈과 귀는 어둡고, 팔다리 또한 허약하여 빨리 걷지도 뛰지도 못하는 내가 어이 군진의 대장이 된단 말이냐. 고금에 그런 우스갯소리는 들어보도 못했다."

"아니옵니다. 저 흩어진 군심을 모아 머리 깎는 화를 막고 국모의 한을 푸실 분은 선생님밖에 없습니다."

"허허 자네들이 어이 나를 어버이께 그리고 임금께 죄인으로 만들려 하는지 모르겠네."

인석은 완강했다. 보다 못한 정규가 말했다.

"이공, 선생님께서는 어젯밤 잠을 제대로 못 주무셨네. 지금 당장 확답을 얻고자 하는 게 도리가 아닌 것 같으이."

해서 참모들이 일단 물러나온 건 조반상이 문설주 밖에 이른 때였다. 조반을 먹고 참모들이 다시 모였다. 이번엔 인석의 침소 섬돌 아래였다. 무릎을 꿇고 앉아 허락을 하실 때까지 물러서지 않겠다고 별렀지만 문지방을 분주히 넘나든 정규와 정수의 주선으로 또 일단 물러나 저녁나절이 되었다. 이번만큼은 기필코 허락을 받겠다고 벼른 참모들 뒤로 초관 십장 오장들이 줄줄이 늘어섰다. 내동헌 뜰이 모자라 내문 밖까지 꿇어앉은 열이 이어졌다.

"선생님, 이제도 허락을 하시지 않는다면 저희 또한 의기를 접고 자진할 수밖에 없습니다."

춘영의 떨리는 목소리 뒤로 울음이 묻어 나왔다.

"스승님 허락하십시오."

참모들이 합창으로 외치는 소리는 어느덧 울음 속에 묻혀 들어갔다. 방 안에선 정규와 정수조차 그 앞에 꿇어앉아 애걸하듯 호소했다.

"정말 모를 일이다. 고금에 없는 일을 내게 짐 지우는구나. 내 한 몸 편코자 사양하는 바 아니고, 법도에 없는 일이니 내 어쩌란 말이냐. 내 평소에는 나이가 많아 너희들의 선생소리를 들었다만 군사에 관하여는 너희보다 나을 바가 전혀 없으니 민망하고 두렵다. 하나 내 한 가슴에 너희 군사들의 얼이 담겨 있다니 끝끝내 거절할 판세도 못 되느니…. 글만 읽은 유약한 선비라고 비난이나 말거라."

인석은 이렇게 말하고 가슴이 무거워 옴을 느꼈다. 따지고 보면 선사 유중교로부터 씨가 뿌려지고 싹이 텄던 이 결사 항쟁이 이제 오십

노구 자신의 어깨에 짐지워진 것이다. 선사께 분향재배하고 뜨겁게 아뢸 일이다.

삼문 밖에 높은 대장단이 세워졌다. 오색 방위기가 나부끼고, 검은 줄무늬 선명한 호랑이 가죽이 대장석에 깔렸다. 마악 충주 제천 원주를 돌아 영월에 이르기까지 군사 구백을 모아오는 신지수가 당도하여 인석 앞에 무릎을 꿇자 군사들의 환성은 관아를 흔들었다. 징소리가 울리고 인석이 천천히 말했다.

"너희들이 알다시피 나는 모친상 중에 있는 죄인이다. 몇 번이나 사양했으나 국가의 변이 화급하여 이 자리에 앉게 되었다. 이미 요동으로 떠날 임시에 어머니 영전에 호곡하고 상복을 벗긴 했으나, 이제 그 넘치는 불효의 정을 이기지 못하여 엎드려 재삼 통곡하는 바이다. 이제는 모름지기 신명을 바쳐 국모의 원수를 갚아 신하의 도리를 다하고 강제로 삭발하는 걸 막아 어버이의 은혜에 보답할 일이다."

인석이 일어나 선영이 있는 북쪽을 향해 두 번 절하고 한 동안 애끊는 곡소리를 냈다. 군사들이 모두 굳게 입을 다물곤 단상의 유대장을 바라보다가 고향에 두고 온 제 어머니 생각이 나는지 눈물을 찔끔짜 손등으로 훔쳤다. 취임식은 간단하고도 조촐하게 치러졌다. 취사소 사궤가 소를 잡아 먹였고, 막걸리가 석 잔씩 돌아갔다. 그리고 풍물패를 만든 군사들이 잠시 전투를 잊고 덩실덩실 춤을 추며 관아 안팎을 돌았다.

인석은 그 날 해가 기울 무렵 전 병사를 도열시키고 높은 돌단 위에 올라갔다.

"군대란 대장 한 사람으로 이끌어지는 게 아니다. 해서 예로부터 군제를 두고 상하의 구별을 뚜렷이 했으며 역할 분담도 엄격히 하기를 가르쳐 왔다. 이제 우리 의진을 이름하여 '호좌창의군'이라 칭하고, 제도를 따라 편제를 밝히고 장임을 정했으니 군사들은 군령에 의해 상명하복하기 바란다. 또한 직임에 오른 군장과 참모 특임장은 내 혈육처럼 군사를 기르고 먹이도록 하라. 그럼 장임을 발표하겠다. 중군장 이춘영, 전군장 안승우, 후군장 신지수, 선봉장 김백선, 조련장 안성해, 참모 주용규 박주순 박정수 이정규, 사객소 도사 장충식, 운량소 도사 이기진, 장재소 도사 홍선표, 취사소 사궤 최열, 대장소 종사 이조승 정화용. 그리고 좌·우익장은 차후 의병이 운성할 때 두도록 할 것이며, 각 군장들은 휘하에 서너명의 종사와 초관을 둘 수 있는 바 이틀 이내에 이를 정하여 대장소에 보고하기 바란다."

인석의 거명이 계속되는 동안 진중은 고요하리만큼 잠잠했다. 이윽고 인석이 장임서를 다 읽고나자 북과 징이 울면서 오색 깃발이 춤을 췄다. 직임에 오른 군장들과 특임장이 인석 앞에 나아가 충성을 서약하고 돌아서자 관아 네 문에 순령수가 들어서고 대장기가 삼문 높이 휘날렸다. 인석은 참모부로 하여금 속히 군적부를 작성토록 지시하는 한편 순령수는 중군부터 번을 짜 돌 것이며 조련장은 서둘러 병법대로 진 치는 훈련을 시행하고 선봉대는 성곽 탈환을 가상한 공격 위주의 훈련 방식을 짜도록 지시했다. 각 직임이 제 할 몫을 위해 일사분란하게 움직이자 정말 하나의 위용을 갖춘 군대가 이 땅에 의연히 태어나는 순간으로 보였다.

"산에서 꿩이나 사냥하는 것밖에 모르는 백선에게 도령장도 과분하지 선봉장 직임을 준 걸 어떻게 생각하나?"

대장소를 물러나오며 승우가 춘영에게 물었다.

"지금은 비상시국이니 어쩌겠는가. 임진왜란 때는 상것들을 고무시키기 위해 상것탈을 면해주고 등용을 약속했었지."

"선생님이 하시는 일이니 내 반발할 생각은 없네만, 나는 백선의 눈초리가 왠지 섬뜩하다네."

"준치는 맛은 좋으나 가시가 많다고 하지 않나. 용맹한 기개가 있는 자이니 한번 믿어 봄세."

춘영이 승우를 눙치고 중군소로 갔다. 그날은 이렇게 분주하면서도 보람 있게 지나갔다.

그러나 이튿날 정규는 어제 밤 병사들 수십 명이 또 탈주한 걸 알았다. 조사에 착수해 보니 군적부를 만든다는 것에 지레 겁을 먹은 자들이 누군가의 꾐에 빠져 도주한 것이었다. 군적부란, 만약 의병이 패전하게 되면 모조리 잡혀 죽게 될 살생부라는 것이었다. 정규가 각 군장에게 부탁하여 군적부에 없는 군사는 군사가 아니라서 아무리 큰 공을 세워도 허사가 된다고 설득케 했으나 병사들은 그걸 곧이듣지 않았다.

이정규와 박정수가 인석을 찾아가 말했다.

"저는 단양으로 돌아 이곳에 왔고 박정수 참모는 평창을 돌아 이곳에 왔습니다. 그런데 저희 둘이 똑같이 느낀 의문이 하나 있습니다. 안승우 공이나 이춘영 공이 군사를 지휘한 경험이 없는 탓인지, 오합지졸이 된 군진 속에 불순분자가 암약하고 있는 것을 눈치 채지 못하는 것이 그것입니다. 저는 풍기에서 발악하는 군사들 중 눈빛이 예사롭지 않은 자들을 직감적으로 발견했고 박공은 평창에서 노파의 소 탈취 사건을 저지른 자의 엉뚱한 술수를 보았습니다. 그들을 잡아 문초하면 조만간 까탈의 근원이 나올 것입니다.”

“알았다. 너희는 은밀히 그 자들의 이름을 알아 오너라.”

“용케도 그들의 이름이 군적에 올라 있습니다.”

“누구더냐?”

정규가 군적부를 뒤져 말했다.

“그 하나가 이민오라는 잡니다. 그런데 이상한 것은 그가 이춘영 장군의 집안 아저씨요, 안승우 장군에게는 외종숙이 된다는 사실입니다.”

“만약 단서가 없으면 일이 거북하게 꼬이겠구나. 또 누구냐?”

“신이백이란 잡니다. 머리가 비상하고 행동이 민첩하며 눈빛이 이글거리는 잡니다. 이 자의 비위는 안승우공이 알고 있습니다.”

“또 있느냐?”

“혼자 떨어져 자꾸 서울 얘기 꺼내는 최진사라는 사람이 있습니다만 이 자는 이민오와 가끔 어울리면서, 밤마다 해괴한 서울 얘기를 잘 꺼낸다고 합니다.”

“알겠다.”

인석은 그 세 사람의 이름과 신상을 종이에 적어 봉했다. 잠시 뒤 중군장 춘영이 불려 왔다.

"중군은 이 밀서를 삼문 밖에 나가 뜯어보라. 그리고 일언반구도 없이 즉각 시행하도록 하라."

"예?"

춘영이 영문을 몰라 했으나 인석의 결연한 얼굴빛에 눌려 삼문 밖으로 나갔다. 봉서를 뜯었다.

'이민오, 최수돌 그리고 신이백을 당장 포박하라.'

춘영은 어리둥절했으나 인석의 필치가 예사롭지 않아, 중군 종사들에게 명하여 순식간에 세 사람을 붙들어 결박을 지웠다.

"몸을 수색하여 불순 증거를 잡으랍십니다."

대장 종사가 와 일렀다.

"아니 이게 무슨 날벼락인가. 여보게 춘영이, 아니 중군장. 자네 나를 모르는가? 내가 무슨 죄를 졌다는 말인가?"

민오가 결박 당한 손을 비틀어 보이며 호소했다.

"저도 모릅니다. 대장소의 지시를 따를 뿐입니다. 아저씨의 무고가 밝혀지면 제가 무릎 끊어 용서를 빌겠습니다."

"무릎 꿇어 빈다고 될 일인가? 이게 도시 무슨 영문인가, 엉?"

민오가 눈을 휘번득이며 억울한 소리를 냈다.

"임금을 구하고 터력을 보존하자고 온 날세. 나를 왜 이러는 건가? 이게 의병이란 말인가?"

춘영은 생각에 잠겼다. 단양 풍기 영춘을 돌아 여기 오도록 겉보기로는 추울 때나 배고플 때나 내색 않고 앞장 서 자기를 따라주고 때로는 아저씨로서의 아량도 베풀어 마음속으로 의지가 되었는데, 이렇듯 군령으로 다스릴 만한 큰 죄가 있을 리 만무했다. 춘영이 머뭇거리는 기색이 보이자 인석이 직접 삼문루로 나왔다. 어느 새 모든 군사들이 삼문루 밖에 도열하기 시작했다.

"나는 옛날의 강장에서 강의하던 유인석이 아니니라. 엄연히 군진에서 군령이 내렸거늘 무엇을 주저한단 말인가. 형구를 준비하라."

인석이 단호하게 명했다.

민오의 양 무릎 사이로 압슬장이 걸렸다. 호령에 따라 압슬장이 엇갈리면서 사정없이 그의 허벅지를 찍어 눌렀다. 민오가 단말마 같은 비명을 질렀다.

"이래도 자백하지 않겠느냐? 넌 누구의 사줄 받고 이곳에 침투하였느냐?"

인석이 직접 물었다.

"사주를 받다니요. 저는 의병이올시다. 의병으로 참여한 저를 누군가가 모함했겠습죠. 날 죽이려고요."

"밤마다 무슨 꿍꿍이속으로 군진 속을 돌아치며 군사들을 격동시켰느냐 말이다. 압슬장을 더욱 조이거라."

으드득ㅡ. 민오가 비명을 지르다 말고 이빨을 응시 갈았다. 그리고 그의 넓적다리 뼈가 튕겨지는지 끄응 하고 머리를 떨구었다.

"어서 말하지 못하겠는가?"

"말합죠. 목숨만 살려주십쇼."

"어서 말하지 못하겠는가?"

"지평군수가 보냈습니다."

"왜?"

"향비 속에 들어가 기밀을 캐내라굽쇼."

"저 망할 놈이…!"

"향비도 동비처럼 사그라질 텐데 향비를 소탕하고 나면 벼슬을 준다굽쇼. 제가 눈이 멀었습죠. 목숨만 살려 주십시오."

"네 놈이 화근이었구나. 군사를 강하게 만들기 위해선 제 아까운 참모도 죽여야 하는 법이다. 하물며 너 같은 반군 첩자야…. 목을 쳐라."

삼문 밖에 도열한 군사들이 검게 패인 눈으로 민오의 모습을 지켜봤다. 군기참모가 다가와 민오의 머리에 몽두를 씌우고 삼문 추녀에 몸을 묶어 매달았다. 이렇게 비참하게 죽을 줄은 정녕 몰랐다…. 민오는 홀로 흐느꼈다. 그의 머릿속으로는 그날 밤 아무도 모르게 앵두나무 밑에 파묻은 돈꿰미가 잠깐 스쳐 갔으나 회자수가 다가와 칼을 휘둘러 목을 날렸다.

도열한 군사들의 눈이 더욱 짙고 검게 패이면서 마른 침을 삼키느라 목울대가 굴꺽 소리를 냈다. 잠시 뒤에 다시,

"대장님 이런 것이 나왔습니다."

군기병이 최수돌의 속옷 솔기 속에서 웬 부적 같은 종이를 뜯어내는 게 보였다.

"이런 죽일 놈. 이건 개화 도당놈의 신표가 아니냐? 이걸 옷 속에 숨기고 엉너리를 쳐 군사들을 흘으려 했느냐?"

"그건 유길준 대감께서 내린 신표다. 내가 지금 비록 운수가 박하여 잡혔으나 이 신표에도 써 있듯이 난 임금이 친히 보낸 사자와 같으니라. 나에게 함부로 손을 대지 못할 것이다."

"그래도 입은 살았구나."

"저 또 한 놈은 무얼 하는 놈이냐?"

"신표가 나온 이 놈과 똥창이 맞아 우리 의진을 갖은 험담으로 비방한 놈입니다."

"형구를 채워라. 평창에서 왜 괴상한 노파를 시켜 의병을 화적떼처럼 매도하게 했는지 알아야겠다."

인석이 단호하게 외쳤다. 이백이 고개를 바짝 들더니 인석을 향해 허허 웃고는 큰소리로 말했다.

"그럴 거 없다!"

인석의 좌우에 섰던 참모와 종사들이 저런 미친놈이! 하는 표정으로 쏘아보았다. 이백이 벌떡 일어나 도열한 병사들이 다 들리도록 소리쳤다.

"나는 동도 접사다. 동도에는 양반도 없고 평민도 없다. 저 악독한 양반 놈들이 동도를 궤멸시키는 바람에 원한이 사무치던 차 향비가 일어난다기에 스스로 찾아와 우리 불쌍한 쌍놈군사들을 격동시켜, 양반장수놈들을 제거하고 다시 일어서려 했다. 와 보니 과연 글만 쳐읽은 백면서생들이라 군진이 뭔지 병법이 뭔지 모르고 우왕좌왕하기에 옳다꾸나 하고 기회를 보던 차였는데, 하늘도 무심타. 병사들은 내 말을 들을지오. 양반 수하에 무고히 죽지 말고 분발하여 일어나야 하오. 왜 양반을 위해 목숨을 바친단 말이요…!"

이백이 부르짖는 사이 군기병이 다가가 그 입에 재갈을 물리고 말았다. 재갈을 문 이백의 두 눈 앞으로 문득 차미의 얼굴이 다가왔다. 차미…. 이백은 신음처럼 중얼거렸다. 미안하오….

"저런 버러지만도 못한 놈들. 모두 베어라."

인석은 턱을 떨었다.

최수돌 신이백도 이민오처럼 삼문 추녀에 매달렸다가 칼바람을 맞았다. 그 밤 동안 삼문에선 피비린내가 진동했다. 그러나 그 밤엔 탈주자가 한 명도 생기지 않았다.

조련장 안성해가 장릉 어귀로 병사들을 이끌고 나가 진법을 가르치고 신지수는 온 종일 송판을 다듬어 방패를 만들었다. 이삼일 훈련의 강도가 오르면 제천으로 발진할 계획이었다.

7

　이춘영 휘하의 초관 엄팔용이 은밀히 대장소에 불려갔다. 대장 유
인석이 지휘소 막사에서 그를 맞았다.

　"너는 남보다 뛰어난 기개와 재사가 있어서 진작부터 결사대를 조
직해 미립이 났다는 얘길 들었다. 해서 의진 진용이 이쯤 갖추어 졌
으니 너에게 충주성으로 잠입하라는 밀명을 내리겠다. 그 곳 민심을
자세히 살피고 장차 우리가 진군할 때 네가 길잡이가 돼야 한다."

　유인석은 잠시 뒤 이번에는 참모 이정규도 불렀다.

　"의읍이 퍽 시끄럽다지?"

　인석은 제천을 꼭 의읍이라 불렀다.

　"우리가 진용을 다 갖춘 걸 그들은 익히 알고 있을 겁니다."

　"일전불사 저항을 할까? 아니면 저번처럼 도주를 할까?"

　"김익진은 생쥐같이 도망갈 놈입니다."

"그도 남잔데?"

"그는 내심 제천 백성들을 무서워하고 있습니다. 그럼 제가 잠입해 동정을 살펴보겠습니다."

"네가 아무리 빈틈없는 성격이라지만 잡히면 너도 죽지."

인석이 말하면서 웃었다. 정규가 제천을 향하여 떠났다.

군진 연습은 매일 반복되었다. 선봉 김백선 부대와 전군 안승우 부대가 다소 충돌하는 경우가 있긴 해도 진법에 제법 가락이 난 군사들은 빨라지고 깃발은 더욱 높아졌다.

영월 의진에 이정규의 보고가 들어왔다. 제천 재진입이 용이할 거라는 밀서였다. 김익진이 제천 읍성을 다시 차지한 뒤 어찌나 혹독하게 세금을 거두어들이는지 고을 백성들이 아우성이라는 것이었다. 그리고 마지막 남은 몇 사람까지 단발을 단행하는 바람에, 이제 읍성에는 상투를 볼 수 없을 지경이 되었으니, 이게 어디 사람 사는 곳이냐는 탄식이 팽배하다는 것이었다.

유인석 대장은 제천으로의 진군을 명했다. 옹산촌에서 하루 밤을 자고, 제천 읍성이 내려다 보이는 서운고개에 올랐다. 하지만 읍내 정경은 오히려 한가하고 평화로워 보였다.

정규가 고개 위에서 인석을 맞았다.

"의진이 이리로 이진한다는 말을 듣고 군수놈은 이미 도망갔습니다."

"쥐새끼처럼 빠른 놈이로구나."

인석이 껄걸 웃고 나서 선봉장 백선으로 하여금 읍성 진입을 명했다. 백선 휘하 날래고 용맹한 병사가 성문을 열어젖히자 여기저기 숨어있던 포졸들이 힘없이 걸어 나왔다.

잠시 뒤 유인석 대장이 삼문 안으로 들어섰다.

"비로소 집에 다시 온 기분이로구나."

동헌을 쳐다보며 인석이 말했다. 동헌 뒤 아사산에서 몇 마리 까치가 까작거렸다.

"용규야, 우리가 다시 의읍을 회복했으니 앞으로 어찌 임금을 위해 목숨을 아까워하겠느냐. 자, 안으로 들어가 팔도에 띄울 격문을 쓰자꾸나."

인석이 만면에 웃음기를 머금고 동헌으로 들어갔다. 초안은 항상 주용규의 몫이다. 용규가 그윽히 묵상에 잠겼다가 붓을 잡았다. 문장력이라면 결코 남에게 양보할 수 없다는 이경기, 이정규, 박정수가 시선을 한데 모으고 붓놀림을 지켜보았다.

― 아, 슬프다. 우리 팔도의 백성이 남에게 맡겨져, 한판에 다 죽게 됨을 차마 볼 수 있겠는가? 아버지 할아버지가 모두 오백 년 살아온 백성일진대 어찌 나라를 위한, 한두 사람의 의로운 선비가 없는가. 참혹한 일이다. 우리 조선은 개국 초로부터 모든 제도를 옛 성왕들의 법도를 따라서 만들고 준수해 감으로써 전 세계 모두가 문화의 나라라고 일컬어 왔다. … 아무리 어렵고 위태한 곳일지라도 과감히 뛰어들어 하늘의 해가 다시 밝도록 하라. 이렇게 되면 어찌 우리나라에

만 공이 되겠느냐. 실제로 천하 만세에 전할 수 있는 공이요 업적이리라. 뒤에 혹 이 영을 어기는 사람이 있게 되면 즉시 역당의 무리로 규정하여 단연코 군대를 옮겨 먼저 칠 터이니 가슴에 새겨 후회하는 일이 없도록 정성을 다하기 바란다. 을미 섣달. 호좌창의대장 유인석 삼가 씀. —

인석이 초를 읽고 난 후 수결을 찍었다. 이것을 베끼어 팔도 요로에 전하기 위해 종사들이 사방으로 떠났다.

을미년이 저물었다. 섣달 그믐날. 중군장 이춘영이 급히 군사를 보내어 단양군수 권숙과 청풍군수 서상기를 끌고 왔다.

"너희들이, 우리 원수님의 격문을 보고도 비웃었으며, 게다가 의진이 징수하는 세금을 곳곳에서 차단하며 훼방하고 있다지?"

춘영이 물었다.

"세금은 조정에서만 걷는 것이다. 이곳만 차려 함부로 말하지 말라."

권숙은 여전히 당당하고 꼿꼿했다.

"허면 우리를 아직도 비도로 보는 것인가?"

"누가 봐도 그대들은 향비일 뿐이다."

미리 압송되기를 기다렸던 사람처럼 그는 언색 하나 변하지 않았다.

"우리가 풍기로 가면서 너를 풀어준 건 혹 네 할아버지의 감화를 받아 회개 일신하여 화맥에의 부끄럼을 씻으라는 뜻이었다만 한 혈통을 이은 사람의 성정과 기질이 어찌 이렇게 다를 수 있단 말이냐?"

춘영은 권숙을 동정 어린 눈으로 쳐다보았다. 그리고 서상기에게 시선을 돌려 물었다.

"너는 또 왜 도망가지 않았지?"

"청풍은 충주나 수안보에 가까워 섣불리 건드릴 줄 몰랐습니다."

"지난번엔 네 놈이 아들을 시켜 왜병을 불러왔다지?"

"그 땐 사리 분별을 채 못했습죠. 의병이 재기한 걸 보고, 천운이 의진에 있음을 알았습니다."

"우릴 의진이라고 불렀느냐?"

춘영이 기가 막히다는 듯 허허 웃었다.

"한 놈은 여전히 대꼬챙이고, 한 놈은 싸릿가지로구나. 오늘이 우리에겐 을미년 마지막 날이다만 너희에겐 지금이 이월 하고도 중순이겠지?"

"이제 그런 걸 따질 까닭이 뭐 있겠습니까? 엊그제 임금께서 단발령을 폐한 걸 모르십니까?"

상기가 춘영에게 타협조로 말했다.

"단발령을 폐해?"

"대군주 폐하께서도 궁궐을 나와 아관으로 가셨답니다."

"어디서 들은 소문이냐?"

"충주부에 당도한 소문이 옮겨온 것입니다."

"서울에 정변이 났다는 말이냐?"

"그렇습니다. 김홍집, 정병하 대감이 노상에서 군중에게 타살됐답니다."

"허허….."

춘영은 권과 서를 신문하다말고 대장소를 찾아 들어갔다. 서울의 정변이 어떻게 전개될지 자못 궁금해 하면서도, 그걸 정확히 아는 사람이 없어 뾰죽한 대책은 유보되었다.

섣달 마지막날이라, 군사들에게 소를 잡아 먹이고, 떡을 나누어 주었다. 그러나 인근에 집을 둔 몇몇 군사가 과세를 하겠다며 휴가를 청했으나 모두 허락하지 않았다. 그랬더니 몰래 도망치는 자가 다시 생겨나기 시작했다. 더구나 그들 귀에도 단발령이 폐지되었다는 소문이 옮겨 갔다. 군사들에게 죽을 고생하며 싸워야 할 필요성이 반감되는 상황이 이르고 만 것이다.

비밀 결사대를 조직 운영해 본 경험이 있는 엄팔용은 역시 잠입과 위장에 능란했다. 팔용은 강제로 상투를 잘린 사람들이 많이 모여드는 쇠전거리 선술집을 스스럼없이 들어서서는 배짱 좋게 선지국을 한 대접 시켜 놓고 거만하게 죽을 치고 앉았다. 팔용의 행동거지가 암만해도 눈에 거슬렸던지 상투 쳐낸 자리가 밤송이마냥 앙클한 옆엣사내가 눈을 치뜨고 흘겨보면서도, 저게 도대체 어떤 작잔지 엄연히 상투 위에 망건을 덮고 있어서 선뜻 덤벼들지는 못하는 틈에, 팔용이 점잖게 한 마디 했다.

"상투 날라간 게 원통하시오?"

그러자 사내는 타는 속에 불을 질러도 유분수지 네깟 놈은 무슨 재주로 그 난리를 비껴났느냐는 표정으로,

"암, 그렇다마다. 그녁은 어디 숨어 있었길래 저 악독한 이범재놈의 손아귀를 벗어났던고?"

하고 입술을 비틀었다. 팔용이 말꼬리를 놓치지 않고,

"그야 이범재가 내 조카니까."

하고 둘러대고는 그 자의 뒷말이 어떻게 나오나 귀를 쫑긋했다.

"아이구, 원통한 일이구먼. 이범재 그 염병에 땀도 못낼 놈이 제 일가붙이한테는 그래도 사정을 봐줬군그래."

하면서 주변 사람들에 대고 열을 올렸다. 동시에 옆엣사람들이 팽팽한 시선을 팔용에게 꽂으면서,

"안되겠오. 우리 이 자를 잡아다가 이범재 앞에 세워 놓고 을러봅시다. 이제 단발령이 폐지됐으니 우리 머리터럭을 다시 붙여놓든가, 이 자의 터럭을 치든가 말이요."

하고 대설 자세로 나왔다. 팔용이 그런 그들을 아랑곳하지 않고 술한 사발을 벌컥벌컥 들이킨 다음 말을 뱉었다.

"나도 압니다. 그래서 내가 범재를 한번 만나보러 왔더니 통 어디숨었는지 흔적이 없지 뭡니까."

"만나서 무슨 수작을 부릴려구?"

"어찌겄오. 지은 죄가 태산 같으니 우리 가문을 위해서라도 자진을 시키든가, 폐출을 시켜야지."

"그게 정말이요? 그녁이 범재한테 그렇게 할 수 있는 사람이오?"

"아저씨라고 해서 날 가만히 두고 봐줬겠소? 우리 이가가 그래도 한 턱 한다하는 집안인데, 나도 녀석을 피해 두 달이나 쥐구멍 속에

들어가 숨도 쉬지 못했으니까."

"그럼 그렇지. 그 싸가지 없는 놈이 제 아저씨라고 봐줬단 게 말이 안 되지. 그나저나 조카놈한테 욕보셨수. 잡으면 꼭 그렇게 허슈."

"그런데 놈을 잡을 수가 있어야지."

팔용은 짐짓 안타까운 표정을 짓고 주위를 살폈다.

"간댕이가 붓지 않고는 놈이 백주에 거리를 활보하진 못하지요. 제 놈 때문에 자진한 사람이 몇이고 피신한 사람이 몇인데…. 그러지 않아도 놈을 찾아내 보복을 하려는 사람들이 있다고 들었는데, 그들 말로는 제 본집이 있는 청룡촌에 숨었거나 놈이 왜말을 잘 하니까 왜놈들 병영에 기어 들어 갔거나 했을 거라더군. 암튼 꼭 잡으슈."

"여부가 있겠오. 내 놈을 처리하고 다시 그녁들을 보리라."

팔용이 남은 술사발을 거푸 비우고 머릿속에 이범재·청룡촌 두 마디를 쟁여 넣고 선술집을 나왔다.

팔용은 부지런히 청룡촌으로 향했다. 목계나루를 지나 한 마장쯤 가니 시퍼런 강물을 바라보며 오밀조밀하니 초가들이 붙어있는 청룡촌이 보였다. 범재의 집은 마치 빈집처럼 고요했다. 문 밖에서 잠시 서성이다 일순 용기를 내어 사립문을 열고 들어섰다. 비로소 인기척을 느낀 한 아낙이 뒤꼍에서 조심스럽게 나왔다. 그녀는 팔용의 외모를 요모조모 뜯어보다가 일단은 상투를 매고 있는 모습에 다소 긴장이 풀려서인지 어디서 오셨느냐고 물어왔다. 팔용은 관가에서 왔다고 주저없이 말했다. 아낙이 잠시 무슨 생각인가를 굴리고는,

"관가에 상투를 튼 사람이 다 있습니까?"

하고 다시 물었다.

"관가에 상투 튼 사람이 왜 없겠습니까? 이범재 순검을 만나면, 상투 잘린 사람들이 꾸미는 음모에 대해 긴히 할 얘기가 있습니다. 나는 이 순검을 도우려고 온 사람입니다. 결코 악감정이 없으니 만나게 해 주시요. 내 상투가 이렇게 엄연한 걸 보면 알잖습니까?"

팔용의 진지한 목소리를 다시 한참 새기더니 아낙이 뒤꼍으로 돌아갔다가 다시 나와서는 팔용을 불러 들였다. 뒤꼍으로 난 좁은 골방 안에서 범재는 등 뒤에 시퍼런 칼을 걸어 놓고 앉아 있었다.

"댁은 뉘시오?"

범재가 불안한 목소리로 물었다.

"내 말을 잘 들으시오. 지금 졸지에 단발령이 폐지되니 그녁이 정말 닭 쫓던 개 신세가 되어, 발 붙일 데가 없어졌소. 길거리에 나가 백성들한테 맞아 죽거나, 경군이나 왜군 속에 묻혀 들어가 살거나 해야 할 신세가 되지 않았소? 이것은 이 세상 사람들과는 등을 지고 살아야 할 일이니 얼마나 고통스럽겠소. 하지만 그녁이 살 방도가 하나 있소."

"그게 뭐요?"

"나는 지금 제천 관가에서 왔소."

"그럼 향비?"

범재는 문득 등뒤의 칼을 염두에 두면서 놀라 물었다.

"향비라니요? 우리는 임금과 도맥을 위해 목숨을 건 사람들이오. 아시다시피 이제 바야흐로 우리 창의군의 깃발이 하늘 높이 나부끼

264

는 지금, 그녁이 우리 깃발 아래로 들어오는 것이요."

"그럼 창의군이 나를 해치지 않겠단 말입니까?"

"우리를 도와주면 오히려 상을 주고 크게 들어 쓸 겁니다. 임금님도 밀지를 내려 우리 충정을 격려고무하시는 걸 모릅니까?"

"그게 사실입니까? 사실 말이지 단발령이 폐지되자, 머리 깎인 사람들이 억울해 하며 관찰사를 욕하고 덤비려는 마음이 탱천하여 성안이 흔들리고, 나졸들은 거꾸로 백성들에게 맞아죽게 생겼는데 그토록 서릿발 같던 관찰사는 뒷짐만 지고 있으니 관찰사를 원망하는 마음이 왜 없겠습니까. 게다가 제천 원주 단양 청풍 인근 네 고을이 모두 의진의 손에 들어가 나날이 성대해 지는 걸 보고 차라리 목숨을 끊어버릴까도 생각했는데 대군주 폐하의 밀지가 있고 창의군에 그런 대의와 배려가 있다고 하니 이제 그 이유를 알 만합니다. 나에게 생각할 말미를 좀 주십시오."

범재의 얼굴에 옅게나마 화색이 도는 게 보였다.

팔용은 목계나루로 나와 강 건너 가흥창이 빤히 보이는 주막에 들어가 잠을 청하는데, 술청에서 데걸데걸 왜말을 지껄이는 놈들이 있어서 신경이 곤두섰다. 어떤 놈들인가 궁금하여 잠자리를 걷어붙이고 술청으로 나오니 멀쩡한 조선 사람 둘이 왜말로 무슨 비밀 작당을 하는지 팔용 따위는 안중에도 없이 너스레를 떨고 있었다.

"뭘 그리 신기하게 바라보시우? 여긴 왜말 잘하는 사람이 엄청 많다우."

술 한 됫박을 가져온 주모가 한 마디 던지고 갔다. 팔용은 그들의 너스레가 좀 잦아지는 기색을 기다리다 물었다.

"왜말은 어디서 배웠소?"

"왜 신기하오? 여긴 왜말이라도 해야 먹고 살기가 편하다오. 강 건너 가흥에 왜군 왜상이 얼마나 많은지 아오?"

"가흥창이 그렇게 크오?"

"하 이 양반 여기가 초행이시구려. 가흥창이 삼남에서는 제일 크다고들 하더이다. 경상 전라 충청도의, 바닷길 빼고는 모든 물자가 여기로 집결됐다가 한양으로 올라가니 말이요. 이곳이 말이 강나루지 제물포 같은 큰 항구나 진배없지요."

"가흥에는 왜놈이, 아니 일본사람이 얼마나 사는데요?"

"수시로 드나들긴 하지만 보통 수백 명은 넘을 거요."

"그 일본말은 일본사람들이 가르쳐 주는군요."

"왜 선비님도 배우고 싶소?"

사내는 팔용에게 스스럼없이 말대답을 하다가 팔용의 머리에 상투가 엄연히 자리잡고 있는 걸 보고 얼른 선비님, 이라고 호칭을 했다.

"아니 이곳이 참으로 별천지 같아서 물어본 말이외다."

팔용은 말끝을 흐리고 방으로 돌아 와서 다시 잠을 청했다.

그리고 하루를 더 묵었다가 다시 범재를 찾아갔다. 그런데 방안에는 두 사람이 더 앉아있었다. 하나는 범재의 아내였고, 다른 하나는 놀랍게도 그제 왜말을 시부렁대던 사내 중 하나였다. 팔용이 자리를 잡고 앉자 범재가 그 처에게 먼저 할 말이 있으면 하라고 고갯짓을 했다. 아내가 조심스러우면서도 떨리는 목소리로 지레 말문이 박히는지 뜨뗌뜨뗌 말을 꺼냈다.

"선비님…, 여쭙고 싶은 것이 있습니다. 허물치 마시고… 가르쳐 주십시오. 다름이… 아니오라 제천 창의군에 김백선이라는 장수가 있다는 소문을 들었는데 참말입니까?"

"우리 의진의 선봉장이십니다."

"그럼 그 분의 키가 이렇게 훌쩍 크시고, 눈이 부리부리하시고, 얼굴이 검지만 윤이 흐르는 분이십니까? 그리고 고향이 경기도 지평이십니까?"

"그렇긴 한데 어쩜 그렇게 잘 아십니까?"

팔용이 신기해서 물었다.

"그러시다면, 그 분은 저의 형부 되시는 분입니다. 제가 졸지에 산막을 떠나 온 후 한 번도 못 뵈었으니 벌써 십팔 년 전입니다."

"그렇군요. 이런 인연이 또 있었군요."

팔용은 내심 쾌재를 불렀다. 범재가 나서서 말했다.

"선비님 말씀따나 큰 인연이 창의군과 우리 집에 있었습니다. 이제 제가 어찌 창의군을 돕지 않겠습니까. 여기 있는 사람은 제 사촌 아운데 우리와 기꺼이 뜻을 같이 하기로 했습니다."

팔용이 사내를 보고 웃으면서,

"왜말 배운 건 어떡하구요?"

하고 농을 던졌다.

"가흥참 옆에 살다보니 어떻게 배우긴 했지만 왜놈들 하는 꼬라지를 보면 밸이 틀려서 마음이 늘 무거웠지요. 범재 형님만 해도 왜말이 시초가 되어 지금 이렇게 곡경에 처한 거 아닙니까. 관찰사 그 놈은 정녕 믿을 수가 없는, 말 그대로 오랑캐놈에 불과해요."

"참 잘 보셨습니다. 우리 창의군은 그래서 왜놈들하고 싸우는 거니까요. 그럼 이제 우리는 세 분을 믿고 창의 깃발을 더욱 높이게 됐습니다."

"충주성을 공격하게 되면 언제라도 전령을 띄우기 바랍니다. 그리고 불원간 김백선 장군님을 뵙고 싶습니다. 우리 언니 이름이 연이이고 제 이름이 도아인데 의진에 가면 꼭 전해 주시기 원합니다."

도아의 목소리엔 진정성 말고도 어떤 결기가 배어 있었다. 열두 살에, 가난의 때를 못 벗은 농사꾼 이범재네 집에 민며느리로 들어온 도아는 깊은 산중에서 산짐승의 발자국이나 짚어보고 다녔지 며느리로서의 그 어떤 구실은커녕 시늉도 서툰 탓에 시아버지의 대통에 맞아 밤톨 같은 퍼런 멍을 이마에 달고 다니기 일쑤였다. 그러나 혼자서는 되짚어 찾아갈 수도 없는 산막을 아예 머릿속에서 지우고 문서 없는 종이 되어 손등이 갈라져 피가 나도록 일만 하며 자랐다. 동갑내기 신랑 범재는 어려서부터 총기는 있었으나 게으른데다 얀정머리가 없어 도아를 남의 집 사람 쳐다보듯 하다가, 스무살이 넘어, 운수가 대통했는지 왜말 배운 것을 기화로 관찰사의 왜말 심부름이나 하는 순검으로 뽑혀 갔다. 청룡촌에 시부모와 남게 된 도아는, 시아버지가 죽은 후 신랑 범재가 충주에서 어떤 작부와 살림을 차린 것을 알았어도, 통부처도 시앗을 보면 돌아앉는다지만 홀로 홀시어머니를 모시고 근근덕신 입에 풀칠할 걱정에 시달리면서 연명해야 했다. 그래도 가끔 가흥에 사는 사촌 시동생 범춘이 찾아오는 게 그나마 위안이 되고 활력이 되었다.

그런데 단발령이 폐지되고 얼마 안 있어 남편이 다 죽어 가는 꼴로 숨어들었다. 밉기는 하지만 내칠 경황도 안 되어 나날이 숨을 죽이며 겨우 목숨을 부지하고 있는데 제천에서 온 선비가 항간에 떠돌던 김백선을 확인시켜 준 것이다. 도아는 어릴 적 기억을 더듬어 곰곰 생각했다. 김백선은 산포수의 영웅이다. 맹호도 그 앞에서는 오금을 펴지 못한다. 그 때 아버지가 가끔 하던 말씀이었다. 그러므로 그는 불사조처럼, 실패하지도 죽지도 않을 것이다, 도아는 믿고 또 믿었다.

팔용이 돌아간 뒤, 범재는 도아를 새롭게 보았다. 너무 둔박 맞다고 구박만 주던 도아에게 제법 아내 대접을 하고, 당신 때문에 내가 목숨을 부지하는 건 물론 새로운 사람이 됐다며 귀히 여기는 태를 보이기도 했다.

충주에 밀파됐던 엄팔용이 수복된 제천으로 돌아왔다.

그리고 병신년이 밝아 왔다.

진중이지만, 설날 아침은 그래도 별다른 날이었다. 참모와 장수들이 유인석 앞에 나가 단배를 올리고, 술 한 잔씩을 받아 마시며 '올핸 꼭 왜와 토왜를 섬멸하고 화맥이 빛나는 조선을 세우자'고 다짐했다. 예전 같으면 성현을 받들어 몸가짐을 바르게 하라, 거나 옥체 강령하시어 만수무강하라는 덕담을 나눌 것이었다.

삼문 밖에서, 윷가락을 던지며 어울려 정초를 보내는 군사들의 신명난 노래 가락이 들려오는 마당 길체로 의림단 휘하 한 사내가 초관 팔용을 찾아왔다. 그는 잠시 망설이다가 자기가 마을에서 들은 얘기라며 몽봉이 얘기를 꺼냈다.

　향비가 영월에서 발진하여 시시각각 제천으로 다가오고 있다는 소식에 몽봉이는 자지러져 온 몸을 떨었다. 이번에는 그들이 결코 자기를 가만히 둘 것 같지 않았기 때문이다. 정수영은 황급히 김익진에게 가 의탁하면서 늘그막 팔자가 사나워 제 목숨 하나 제대로 부지하기 어렵다고 신세 한탄을 늘어놓았다. 김익진은 또 고을을 빼앗긴다는 비감과 울분으로 제 정신이 아니던 차에 실은, 저런 썩어빠진 향반놈들 패놀음을 엄히 다스리지 못하고, 머리깎기를 독려하려던 과욕으로 제 처지도 말이 아니게 됐다는 울화가 불현듯 일어 다 너의 자업자득이니 네가 알아서 할 일 아니냐며 냉정하게 끊어 버렸다. 사또에게 코를 떼고 나서 갑자기 의지할 데가 없어진 정수영은 그 많은 첩 중에 유독 저 년한테 무슨 패수살이 껴 내가 이 망조에 들었다는 원망으로 몽봉에게 말했다.

　"보아하니 네 년이 남자 아니 양반을 잡아먹는 요괴로 보이는구나. 처음부터 갖은 교태와 아양을 떠는 네 년을 내가 칼처럼 끊지 못했으니 나한테도 무슨 마가 꼈던 모양이다."
하면서 정실부인을 데리고 청풍강을 넘어 사라졌다. 문득 낙동강 오리알 신세가 된 몽봉이는 독하게도 서까래에 목을 매고 말았다. 그 시신을 벗겨 내린 이웃들 누구도 이 매친 것…, 하고 혀를 차면서도 선뜻 땅에 묻어주고자 나서는 사람이 없었는데 옥에서 풀려난, 제 아비 생일은 잊어도 지주 생일은 안 잊었던 팔용형이 와서 거적때기에 둘둘 말아 지게에 지고 사라졌다….

팔용은 목석처럼 그 얘기를 듣기만 했다. 몽봉이의 소식을 전한 사내가 되려 민망할 정도였다.

'이제 쉴 만큼 쉬었다. 목표는 충주다. 충주로 가기 전에 권숙과 서상기는 어떻게 할까. 두고 가면 또 뒤에서 말썽을 부리겠지' 유인석은 참모회의를 열고 뒤를 방비하기 위해서 어쩔 수 없이 그들을 처형하기로 했다.

권숙과 서상기가 삼문 밖으로 끌려 나왔다. 정월 초사흘이었다. 권숙이 눈을 지그시 감고 있다가 말했다.

"내 죄라곤 사주팔자 잘못 타고 태어난 거밖에 없다. 종이 종을 부리면 식칼로 형문을 친다더니, 지금 비록 너희 손에 어육이 되어 있으나 충심이야 어찌 그렇겠느냐."

"그게 마지막 말이냐?"

"아니다. 너희들은 어서 비도의 마각을 걷고, 대군주폐하의 걱정을 덜어 드리거라."

"너는 할 말이 없느냐?"

상기를 바라보고 인석이 물었다.

"사람의 목숨은 오직 하난데, 그래서 세상 만물 중에 가장 귀한 것인데, 이렇게 죽다니 허무하오."

"네가 왜말을 배우고 왜놈의 앞잡이가 된 벌이다."

"허나 왜놈은 이 땅에서 물러가지 않을 거요."

"그걸 네가 어찌 아느냐?"

"국제 정세가 그렇단 말이요."

상기는 이렇게 협착한 무리들에게 값없이 죽는다는 게 한없이 안타까웠다. 마지막으로 한 번 사정해 보았다.

"내 잘못도 있긴 하오. 그러나 목숨이 끊어지고 나면 어찌 그 잘못을 갚는단 말이요. 한번 도량을 베풀어 주실 순 없으시요?"

옆에서 듣고 있던 권숙이 시답잖은 소리 집어치우라며 서상기에게 눈을 부라렸다. 그러자 인석의 노기띤 목성이 떨어졌다.

"참으로 가상한 놈들이다. 집행하라."

금세 군기대에서 회자수가 나오고, 칼이 번득이더니 둘의 목이 떨어져 내리고 댓줄 같은 피가 뿜어져 나오다가 사그러들었다.

군사의 최종 점고가 끝났다.

제천 민병이 삼천 명, 단양 영월 청풍 원주에서 호응해 온 사람이 일천, 김백선이 영솔해온 포수가 이백, 멀리 평창 쪽에서 모여든 군사가 오백이나 되었다. 그리고 여전히 의진의 중심에 서서 참모부를 떠받들고 있는 지평 여주 군사가 사백이다. 도합 능준히 오천여 군사. 서문 밖 넓은 들에 모인 군사는 문자 그대로 인산인해였다.

아직 동녘이 터오기도 전, 의기를 높이 세우고, 인석의 발진 명에 의해 백선의 가라말이 콧김을 내쏘며 거침없이 꼬리를 흔들었다. 그 뒤를 이어 전군장 안승우의 군사가 발진했고, 제천 민병대 삼천 군사가 뒤를 이었다. 그리고 중군 이춘영이 늠름하게 말 안장 위에서 위용을 드러내고 뒤이어 엄한 호위 속에 유인석 대장의 근엄한 모습이 보였다. 대장소 뒤에 후군장 신지수와 병기를 실은 수십 대의 수레가 보이더니, 십 리에 걸친 의병진의 행렬이 끝났다. 충주까지 백 리 길. 부지런히 서둘러야 해 지기 전 당도할 길이었다. 먼동이 터오면서 충주관찰부로의 발진을 눈치 챈 연도의 노소와 아녀자들이 그 위용에 놀라 한발 물러서면서도 손뼉을 치며 눈물을 흘렸다.

충주관찰부의 방비군은 없었다. 간혹 마주치는 자들이 수상하다 싶으면 선봉대가 그들을 잡아 전군에게 인계했고 전군장은 철저히 그들의 신분을 벗겨내 후환을 차단했다. 박달재 정상에 이르러서는 충주성 공격에 실제적인 용도가 없을 것으로 판단된 민병 대부분을 제천으로 돌려보내 제천 수성장으로 하여금 뒷일을 감당하게 했다. 그들은 이윽고 저녁나절이 기울기 전에 충주 근교 북창나루에 닿았다. 나루는 마침 얼어 있었다. 하늘에 낮은 구름이 잔뜩 끼어 있었으나, 누긋한 날씨였는데 얼음이 얼어 있는 건 천우신조였다. 목로를 따라 강을 건너기 시작해 한 식경이 채 지나지 않아 거뜬히 도강이 완료됐다. 다만 후군 신지수 부하들이 마악 강을 건너 왔을 무렵 얼음이 군데군데 무너져 물에 빠졌다가 구출된 게 사고라면 사고였다.

연원고개 끝자락에 붙은 팽고리산이 보였다. 팽고리산을 돌아서면 곧장 충주성 북문이 기다리고 있을 것이다. 그런데 사방이 왜 이리 조용하단 말인가. 관찰사 김규식도 성을 버리고 도망쳤단 말인가.

남한강이 뻗어놓은 질펀한 들판 위로 얼어붙은 상고대를 으적으적 으깨며, 선봉장 김백선이 거침없이 팽고리산으로 접근해서는 군사를 정지시키고, 수색대를 내보냈다. 산기슭을 좌우에서 옹위하여 훑어 오르는데도 아무 기척이 없었다. 급히 대장소에 전령을 보내 충주성 공격을 품신했다. '좋다'는 회신이 곧 답지했다.

"보건데 적의 위장술인지 모른다. 내가 앞장설테니 모두 나를 따르거라. 설마하니 호랑이 사냥보다야 버거우랴."

백선이 소리치자 선봉대 군사가 손을 들어 환호했다. 총을 소지한 일백 명을 앞줄에 세웠다. 창과 활을 든 자는 중간에, 그리고 겨우 농기구로 무장한 사람은 맨 뒤쪽이었다. 선봉대뿐 아니라 모든 군사의 무장이 이런 수준이었지만 충주성을 점령하면 사정은 달라질 것으로 믿었다.

군사들이 팽고리산을 왼쪽으로 마악 돌아섰다.

"장군님 저게 뭡니까?"

초관 서석지가 물었다. 앞을 보니 금봉산 기슭으로부터 관아 지붕으로 두 줄기의 허연 빛줄기가 드리워져 있었다.

"글쎄다. 무슨 조환지 희안쿠나."

"무지개올시다. 흰 무지개. 승전을 알려주는 상서로운 징조올시다."

옆에 섰던 팔용이 소리쳤다.

"자넨 저런 걸 본 적이 있나?"

"이곳 충주는 강물이 삼면을 에워싼 곳이라, 안개 또한 많은 땅인

274

데, 오늘같이 안개구름이 낀 날이면 이따금 저런 게 보인답니다. 저게 나타나면 이곳 백성들이 다들 좋아하여 춤추고 논다는 얘기도 들었습니다."

"오, 그래?"

백선이 웃음기를 띠며 엄팔용을 쳐다보곤 말갈기에 채찍을 놓았다. 곧 북문루가 보였다. 문 밖 민가의 백성들은 그새 다 어디론가 피난을 가버리고, 텅 빈 길 위에 사람들의 발자국만이 분주하게 흩어져 있었다.

엄팔용이 백선 곁으로 말을 몰고 와 말했다.

"북문에서는 저항이 조금 있을 것이나 다른 문은 무방비라고 합니다."

이범재가 도아에게 일러 놓은 적의 동태를 청룡촌에서 미리 확인하고 당도한 그였다.

"그래도 지나치게 평온한 게 수상합니다. 저 다리를 잘 건너야 합니다."

북문을 지척에 두고 제법 큰 도랑이 가로놓여 있었다.

"자, 한꺼번에 건너지 말고, 각 십장들이 인솔하여 차례차례 건넌다."

백선이 명령하고, 군사들을 일렬로 세웠다. 석지 팔용 김술 검쟁이 그리고 이식 등이 차례차례 다리를 건널 때였다. 북문 누 위에서 여러 발의 총성이 일더니 탄환이 선봉대 앞에 떨어졌다.

"그러면 그렇지!"

백선의 눈이 갑자기 빛났다. 그는 대열의 앞으로 말을 몰아 나아가 서는,

"내 뒤를 따르라."

고 외쳤다. 총을 가진 백 명의 군사가 일렬로 서서 엄호 사격을 했다. 이윽고 백선과 군사들이 북문 앞에 당도하자 포가 날아왔다. 선봉대 군사 몇이 피를 흘리며 쓰러졌다. 팔용이 다가와 건의했다.

"장군님, 병사 일초를 동문으로 보내어 동문을 돌파하는 게 낳을 듯 싶습니다. 저 안에 결사 항전을 각오한 군사는 없습니다. 관찰사 가 진두지휘하는 북문에서만 마지못해 응전하는 척 하고 있을 뿐입 니다."

"충주 관군이 저토록 무기력했단 말이냐?"

"지금 왜군이 여주 방비에 나가서 아직 돌아오지 못했고, 김규식 이 워낙 체발을 심하게 독촉하여 머리 깎인 자들이 의병을 내심 반기 고 있는 상황인데다, 만약 의병이 들어와, 무지막지하게 체발에 나섰 던 순검 병정들의 죄를 묻게 된다면 어쩌나 싶어 전의를 상실한 것입 니다."

"김규식의 자업자득이구나. 네가 동문으로 가 적을 유인해라."

명을 받은 군사들이 신속하게 옮겨 갔다.

백선이 문루를 향해 포탄을 날렸다. 그 쪽에서도 응사를 해 왔다. 먼지와 화염이 솟구쳤다. 포에 맞아 북문 용마루가 우직 꺾이는 게 보였다.

그리고 얼마 뒤, 성 안이 조용해지는가 싶더니 문이 활짝 열렸다.

동문을 따고 들어간 팔용이 성문을 열어 젖혔던 것이다. 동문이 열린 것을 안 김규식이 홀로 황급히 남문 쪽으로 사라지는 것을 본 군사들이 모두 손을 들고 말았다.

선봉장 김백선이 감개무량하여 북문을 들어섰다. 그리고 뒤이어 관아로 들어온 승우부대가 곧장 관찰부 건물로 들어가 관찰사를 찾았다. 그러나 그 안엔 의병과 내통한 관군 몇 명만이 팔용을 기다리고 있을 뿐이었다.

"성 안을 이잡듯 뒤져 김규식을 찾아라."

승우가 관찰부로 속속 들어오는 군사들에게 명했다.

군사들이 김규식의 행방을 좇아 우르르 달려나갔다.

이어 작문을 잡고 어엿이 성 안으로 진입한 대장 유인석이 관찰부 동헌으로 들어오면서, 의병의 충주성 공략은 성공리에 끝났다.

"객사로 나가십시오."

충주사람 박정수가 곁으로 다가와 말했다.

"충주가 선조 임금 전까지 충청도 감영이어서 관아 건물의 위용이 남아 있어야 합니다만, 갑오년 동비가 악패듯 무수어 옹글게 남아 있는 게 별로 없었는데 그 간 좀 복구해 놨군요. 우선 객사로 드십시오."

"객사는 왕부의 건물 아니냐?"

"그렇긴 하지만, 객사 앞엔 너른 마당이 있어 상하 장졸을 도열시키기 좋을 것이며, 오늘이 초닷새이긴 하지만, 이곳에 이르렀으니 왕부의 건물에 들어 임금께 사배하고 연유를 아룀이 타당할 듯싶습니다."

인석이 정수의 의견을 좇아 느티나무가 일렬로 선 동헌을 나와 '중원관'이라는 편액이 높직이 걸린 객사로 들어섰다. 인석은 중군장 이춘영과 참모 이정규, 박정수 등을 거느리고 객사 정당으로 들어가 북향하고 서서 눈을 감았다. '상감마마 포의의 몸으로서 목부에 들어온 충정을 헤량하옵시고, 오로지 마마께 향하는 일편단심을 믿어 주시사 조선 팔도에 화맥이 번성하는 밝은 나라가 될 때까지 소신을 써 부려주십시요.'하고 묵상, 사배를 올렸다.

그리곤 곁채로 가 참모회의를 열었다. 성 안 구조를 잘 아는 박정수의 의견이 대체로 반영되었다.

대장소는 청녕헌으로 하고, 대장의 침소는 내아로 한다. 주용규가 거느리는 참모진의 거처는 내아 옆 책실로 하고, 중군소는 예성별관, 전군소는 중원관 왼쪽 곁채, 후군소는 남문 근처 군관청, 선봉대는 진창을 쓰되 옆의 군기고와 화약고를 관리한다. 장재소는 관창, 사객소는 중원관 오른쪽 곁채, 호위소는 포수청, 운량소는 사창 건물을 쓴다.

그리고, 북문 파수는 전군이, 서문 파수는 선봉대가, 남문 파수는 후군이, 동문 파수는 중군이 맡는다.

주재소와 경비 구역이 정해지자 그 다음은 완급을 요하는 시행 사안이 제기되었다. 그 첫째가 김규식의 체포, 둘째는 민심의 귀순, 셋째 성 함락의 공로자 표창, 넷째 전사자 여덟 명의 포상 추서 및 운구, 장례비 지급, 다섯째 성 밖 주요 지점의 파수, 여섯째 군사 훈련 방안이었다. 이 모든 것이 결의되어 장수와 참모들이 각각 배임소로 돌아갔을 때는 어느덧 늦은 저녁나절이었다.

인석이 머리 깎인 백성들을 위로하는 방을 곳곳에 붙이자 민심이 일시에 돌아섰다. 그리고 토왜역적 김규식을 잡는 자에게 상금을 내리겠다고 다시 방을 써 붙이자 성 안팎 백성들의 얼굴에는 흥미로워하는 기색마저 돌았다.

성 밖에서는 백성들이 규식을 찾느라고 법석을 떨었다. 그리고 그날 해가 떨어질 무렵 의외로 빨리 규식이 어느 백성에게 붙들렸다는 전갈이 들어왔다.

규식이 향비들의 공격 소식을 들은 것은 어제 아침이었다. 들려오기로는 무려 일만 대군이 제천에서 발진했다고 했다. 그는 일단 그걸 일소에 붙였다. 그리고 관군의 점고를 시작했다. 자기 휘하의 지방대 삼백 명이 건재했다. 모두 신식 총을 소지하고 대포로 무장하고 있는 병력이었다. 이에 비해 향비는 수백 명의 오합지졸을 몇 배로 불려서 위장한 것이라고 믿었다. 규식은, 칠년 전 나주목사로 재직하던 중 광양민란의 안핵사로 임명되어 그 주동자를 잡아 효수할 때도 그들의 이런 술책을 익히 알고 있었다. 그 공로가 인정됐던지 이, 삼 년 후 병조참판에 오른 그는 백면서생들이 죽창과 쇠스랑을 들고 떼지어 몰려오는 것쯤이야 자다가 일어나서도 막을 수 있다는 자신감을 갖고 있었다.

그런데 오늘 식전 강령목에서, 향비들은 밤새 다 달아났고, 몇몇

279

보부상들이 장짐을 지고 다리재를 넘어왔다는 파발이 왔다. 더욱이 북창나루가 꽁꽁 얼지 않아 배를 부리지 않으면 건널 수 없다는 보고도 있었다. 하지만 이 보고가 모두 허위란 걸 안 것은 향비들이 우루루 북창나루를 건너온 후였다. 삼삼오오 짝을 져 꾸역꾸역 북창나루로 진군한 향비들은 관찰부의 파발꾼들을 보는 족족 잡아 치웠을 뿐 아니라, 북창나루는 조심조심 걸으면 건너다닐 만큼 얼음이 굳었던 것이다.

엎친 데 덮친 격, 규식은 급히 경군과 일군 지휘소에 전문을 보내 위기일발의 성곽 소식을 전했으나, 그들의 주력은 어제 여주 의병을 토벌하러 떠난 뒤였다. 규식은 상주병과 지방대를 모아 각 문루로 파수를 나누며 항전할 태세에 들어갔다. 그러나 어이할 것인가. 동문이 저항도 없이 열리는것을. 규식은 자신의 자만을 깊이 후회했다. 그러나 이미 때는 늦었다. 그는 관복을 벗어 헛간에 던지고 체발꾼으로 악명 높은 이범재를 앞세워 남문 옆 야문으로 성을 탈출했다. 성 밖 용산촌 사람들이 왁자하니 몰려다니고 있었다. 규식과 범재는 어느 빈 집엘 찾아 들었다. 밤이 되기를 기다려, 어떻게든 경군이나 일군 지휘소까지 가야 살 수 있다고 생각한 그는 수시로 바깥 동정을 살피려고 몸을 일으키다가 백성들이 우루루 성 안으로 몰려가는 걸 보았다. 범재가, 제가 나가서 바깥 동정을 살피고 오겠습니다, 하고 몸을 일으키더니 대답도 듣지 않고 울 밖으로 사라졌다. 그리고 범재는 해가 이울어 땅거미가 내리는데도 나타나지 않았다. 녀석이 나갔다가 성난 백성들한테 붙잡혔구나, 생각하고 이제 혼자서 대소원까지 피신할 생각에 골몰하는데, 거적문을 열고 불쑥 나타난 사내 하나가 몸을 웅크리고 있는 규식의 팔을 꺾어버렸다. 호랑이도 늙으면 쥐가 깔본다더니 규식은 정말 난감했다. 전 병조참판이 일개 무명 사내에게 팔을 꺾이다니⋯. 어느 새 쉰여덟의 나이, 용병의 지략은 있을지 모르나, 일대 일 뚝심 대결로는 이미 힘이 겨운 나이다. 규식이 눈을 감아 버렸다. 그 사이 주변에 있던 백성들이 왁자하니 몰려들어 그들을 에워쌌다. 사내는 의기양양해 규식을 이끌고 성중으로 들어갔다. 사내는 범재의 사촌 아우 범춘이었다. 범춘은 이 기회에 김백선 장군의 위용에 보답도 하고, 상금도 타야겠다는 생각으로 규식을 찾아 나섰는데 범재가 은밀히 와서 그의 소재를 귀띔해 주었던 것이다.

마당에 꿇어앉힌 규식을, 동헌 대청 의자에 앉은 유인석이 가만히 내려다보았다.

"관찰사는 의진의 격문을 보았습니까?"

인석이 경어로 묻자, 참모들이 놀라 인석을 흘깃 쳐다봤다.

"보긴 했으나 곧 찢어버렸소."

"왜 찢었습니까?"

"지극히 몽매한 식견에 불과했기 때문이요."

"몽매하다?"

"나는 지금도, 유선생에게 일본이나 미국 구경을 못 시켜준 게 한이요."

"《조선책략》을 실현시키자는 거지요?"

"그렇소. 그것이 우리의 살 길이요."

"나는 화맥이 우리의 살 길이라 믿소."

"그러니까 유선생과 내가 지금 생사의 길을 가르고 있지 않소. 따지고 보면 나의 선친이 이항로선생을 모르는 바 아니고, 나의 조상도 거슬러 올라가면 화맥에 접하지 않은 바가 아니요. 허나 유선생의 길이 분명한 만큼 내 길도 분명하니 둘은 함께 살 수가 없지 않소?"

"나에게 잡힌 게 분하시오?"

"오직 내 운수일 뿐이요. 나도 임금께 충성을 바치는 이 나라 신하고, 유선생도 그러하오. 필시 둘 다 나라를 위해 죽을 텐데, 목적은 같으나 그 길이 서로 비각이니 애석하오. 하지만 유선생의 길은 헌 길이지만, 내 길은 새 길이요. 새 세상엔 새 길이 필요한 거요. 거대한 역사의 길을 수레바퀴로 본다면 한 마리 버마재비에 불과한 그 몸으로 무엇을 버틸 수 있다 하겠소?"

"나도 동감이요. 허지만 그대는 그대의 길을 새 것이라 하지만 나는 내 길을 하늘의 길이라 믿고 있소."

인석이 길게 숨을 골랐다. 그리고,

"이제 그만 옥에 뫼셔라."

하고는 동헌 울안에 서있는 오백 년 묵은 느티나무들을 물끄러미 바라보았다. 하늘을 향해 용틀임하듯 굽이쳐 오르다가 언젠가 벼락을 맞아 시커멓게 타들어 간 나뭇가지들이 앙상하니 서서 동헌 뜰을 내려 보고 있었다. 성큼성큼 어둠이 몰려오고 있었다.

이튿날 아침나절에 규식이 끌려 나왔다. 간밤에, 김규식을 구출하러 왜·관군 결사대가 성곽을 넘을 것이란 첩보가 있어 잠을 설친 인석이 묵묵히 오라에 지워진 채 끌려나오는 그의 모습을 지켜 봤다. 자기의 걷는 길이 올바른 길이라고 확신하는 그에게 왠지 모를 연민의 정이 꿈틀거렸다. 마지막 발걸음이기에 더욱 그런 것일 테다.

규식이 청녕헌 느티나무 줄기 앞에 꿇어 앉혀지면서, 쟁— 하고 징소리가 일었다. 그 소리 뒤로 곧 둥당둥당 북소리가 울렸고, 규식은 두 손을 묶인 채 석고상처럼 그 소리를 듣고 있었다.

마루 위에 정좌를 틀고 있던 지휘부 장수들의 눈에 그 소리도 잠시, 곧 노골적인 살기가 번득이면서 오늘 규식을 취조키로 한 전군장 안승우가 혈기 있게 일어났다. 충주성 함락 때 선봉장 김백선과 함께 남 먼저 입성하여 관찰사를 찾기에 혈안이던 그였다.

"네 놈이 벌레만도 못한 토왜역적 김규식이냐?"

새파란 안승우가 대뜸 앙칼지게 묻자 규식도 마음을 도사려 먹었다.

"그렇다."

"몇 살이나 먹었느냐?"

"먹을 만큼 먹었다."

"낫살이나 먹은 주제에 넌 도대체 어느 나라 신하더냐?"

"잔말 말고 네 머리털을 내거라."

"저 놈이 완연 미친놈이구나."

"미친 쪽은 네 놈들이다. 네 놈들이 채 눈을 감기 전에 이 세상 사람들이 모두 상투를 자르고 갓과 탕건을 불사르며 소맷자락 늘어뜨린 도포를 벗어 던지는 날을 정녕 볼 터이다."

"무에? 그렇담 그 꼬락서니가 바로 짐승 아니냐?"

"네 놈들 그 머리털 속을 좀 헤집어 봐라. 서캐가 허옇질 않나, 썩
는 내가 진동하질 않나. 아직 팽팽한 젊은 낫살에 네 놈들은 그래 콧
구멍도 막혔단 말이냐. 그러면서 누구더러 자꾸 짐승, 짐승, 한단 말
이냐?"

그러나 안승우도 지지 않았다.

"도를 지키는데 이까짓 벌레, 냄새 따위가 대수란 말이냐? 어버이
가 중병에 걸리시면 이 혀로 항문도 핥아드릴 때가 있겠고, 똥통의
구더기도 씹어 약을 삼아 드릴 때가 있겠거늘 어이 간사스레 그런 헛
소리를 늘어놓는단 말이냐?"

"정녕 한심쿠나. 병정이 되어 전투를 하겠다는 놈들이 꼬라지가
그게 뭐냐. 소맷자락에 걸려 팔을 제대로 쓸 수 있나, 도포자락이 감
겨 뜀박질을 할 수 있나. 갓이 떨어질까 한손으론 양태를 잡고 한손
으로 총검을 잡고 섰으니 네 놈들이 과연 병정이냐, 허수아비냐?"

"안되겠다. 저 망측한 금수의 목을 쳐서 화도를 받들고 오랑캐를
물리치려고 갈망하는 우리 백성들의 괴로움을 어서 덜어 줘야겠다."

"네 놈들의 머리털을 못 자르고 죽는 게 한이구나. 허나 너희들이
스승의 나라라고 떠받드는 중국마저 내버린 지 오랜 그 화맥인가 뭔
가를 끌어안고 울고 웃는 그 몰골이 불쌍해 죽겠다. 너희들이 모두
죽기 전에야 누가 너희들을 구출할 수 있으랴."

"저런 발칙한 놈. 그래 좋다. 더 뱉을 말은 없느냐?"

"없다. 다만 이렇게 허무하게 도마 위에 오른 고기처럼 너희 손에 죽어야 하는 내 신세가 임금께 큰 불충임을 괴로워 할 뿐이다."

말을 마치고, 미세한 경련을 일으키는 규식의 머리에 몽두가 씌어 졌다. 군기대에서 차출된 회자수가 규식의 육신을 단두대에 엎드려 놓았다. 북소리가 점점 빨라졌다. 회자수가 든 칼날을 날카로운 광망 한 줄기가 때리고 지나갔다. 이윽고 쟁, 하고 짤막하게 징이 울자 칼 이 높이 추켜졌다가 세차게 바람을 갈랐다. 인석이 고개를 외로 돌렸 다. 핏줄기가 뿜어져 나와 오백 년 된 나무줄기를 쏘았다. 피는 곧 땅 위에 흥건히 고이더니 땅 속으로 슴새어 들었다. 이제 오백 년 묵은 느티나무 뿌리들이 그 피를 빨아 들였다가, 다가오는 봄 무성한 잎을 틔어낼 것이다.

군사들이 잘려진 규식의 머리를 대창에 꽂고 북문 밖으로 나갔다. 가맣게 높은 누각에서 '경천문'이란 편액이 규식의 머리를 내려 보고 있었다. 사람들이 우루루 몰려와 규식의 머리통을 쳐다보곤 '하늘을 무서워 않더니….'하고 침을 뱉고 비켜섰다. 북문루에 효수된 목에는 '토왜괴수 만고역적 김규식'이라는 표찰이 붙어 있었다. 그는 거꾸로 구르려는 역사의 수레바퀴를 애써 외면하려는 듯 두 눈을 꼭 감고 있 었다.

차미는 신이백이 영월에서 처단되었다는 비보를, 그곳에서 탈주 해 온 동도에게 들었다. 억장이 무너지는 슬픔이 일었지만, 그가 그 나이 먹도록 혼인을 하지 않고 살았던 이유가 느껴워 오히려 뜨거운 눈물이 솟았다. 그는 자기의 갈 길을 올곧게 간 것이었다. 그리고 차미 스스로에게도 엄연히 갈 길을 가르쳐 준 것이었다. 그런데 정녕 이상한 바가 있었다. 새 세상을 여는 목표는 같은데 왜 서로 길이 다른가. 아니, 죽고 죽이는가. 그게 도대체 무엇 때문인가. 인간의 탐욕 때문일까. 시아주버니 김백선이 충주성 함락의 일등공신이라고들 했다. 그의 부하 서석지는 자기 다친 몸을 치료하면서, 김백선 장군은 반드시 새 세상의 지평을 열 분이라고 힘주어 말했었다.

차미는 정신을 수습하고 마음을 단단히 도사려 먹은 후 성 안으로 들어가 군기고 옆에 있는 선봉 지휘소를 찾았다. 김백선은 여러 휘하 병졸들을 거느리고 있었다. 서석지의 얼굴도 눈에 띄었다.

"아주버님, 저를 알아보시겠습니까?"

차미는 한숨을 섞어 스스러이 그렇게 물었다.

"그럼요. 알다마다요. 우리 제수씨 얼굴이 많이 변했군요. 고생이 많으시지우?"

백선은 뜻밖에 나타난 차미를 보자 가슴이 마냥 자닝하여 시야가 부얘졌다.

"그 때 저를 살려주셨단 말씀 들었습니다. 그러나 며칠 전에 영월에서 죽은 신이백은 제가 재가한 남편입니다. 세상에 둘도 없이 박복한 이 년은 따라죽지도 못하고 이렇게 누추한 목숨을 부지하고 있습니다. 아주버님 욕하지나 마옵소."

"아, 그렇게 됐구려. 제수씨 제가 뭐라 할 말이 없게 됐수다."

"제 남편 죽인 걸 따지려고 온 게 아닙니다. 다만 아주버님이 가시고자 하는 새 세상이 뭔지, 죽더라도 그거나 알고 죽고자 이렇게 왔습니다."

하고 눈물을 주르륵 쏟아냈다. 귀를 기울여 둘의 얘기를 듣고 있던 석지가 재빨리 차미의 입을 막은 건 그 순간이었다. 그리고 더 이상 아무 말도 못하도록 눈씨를 쏘면서 주위를 두리번거렸다. 그러자 차미가 석지의 손을 밀쳐내며, 여기도 위험한 곳이군요, 새 세상은 이다지도 험악한 곳에 있는 거군요, 하며 지칫지칫 선봉 지휘소를 빠져나갔다.

"네가 저 아줌씨를 문 밖까지 뫼셔 드려라."

김백선이 석지 옆에서 대화를 귀에 담고 있던 검쟁이에게 말했다. 검쟁이는 마지못한 낯빛으로 차미를 뒤따라가서는, 날 따라 오십셔, 하고는 앞장을 섰다. 성 안을 오가는 여염 백성들의 화색이 도는 얼굴을 차미는 마냥 무시하고 싶었다. 저 환하게 즐거운 얼굴이 언제 다시 잿빛으로 굳어질지 예측할 수 없음을 그는 선봉대 지휘소에서 확인한 것이나 다름없었다. 차미가 마지못해 몇 걸음 앞서 가는 검쟁이에게,

"여봅소 총각. 의병으로 나선 지 몇 달, 몇 년이나 됐소? 집에 있는 부모가 의병에 보내주기라도 했소?"

하고 말을 붙였다. 검쟁이는 순간 부모란 말이 희한하게도 쇠갈고리처럼 자기의 목덜미를 찍어 허공에 매다는 느낌을 뿌리치지 못하고,

"부모라니요?"

하고 시퉁스레 반문했다.

"병정이 돼서 큰일을 도모하는 게 참으로 아름찬 일인데 부모는 집에서 얼마나 마음을 졸이겠소? 난 사랑하는 남편이 죽은 뒤 따라 죽고자 했으나 그 양반이 목숨 걸고 열어보려 했던 그 세상이 하 궁금해 차마 죽지도 못했소."

"난 부모가 없는 놈이요."

검쟁이가 떫은 감을 물어 뱉듯 말했다. 그러면서 가슴 한쪽 모서리가 울컥해지는 것이 참으로 이상했다.

"세상에 부모 없는 자식이 어디 있겠소. 운수가 비상하여 헤어졌거나 명줄이 짧아 일찍 돌아가셨거나 했겠지요."

"난 그 따윗건 잘 모릅니다. 어서 문 밖으로 나가기나 하시오."

검쟁이는 어뚝비뚝 서문 앞에 이르기를 재촉하다가 차미의 등을 밀었다.

왜군의 충주성 탈환 작전이 이튿날 새벽부터 시작되었다. 여주로 나갔던 왜군이 급거 되돌아 와서는 눈에 불을 켠 것이었다. 대장소에서는, 성 밖으로 나가 성 주변 유주막, 단월, 모시래뜰, 옻갖, 북창나루, 연원고개, 조똔나루, 마수막재, 범바우 등 아홉 군데의 목을 지키게 했다. 그리고 김백선을 내보내 왜군과 일전을 겨루게 했다. 백선이 포군을 포함한 삼백 군사를 데리고 서문을 나가 모시래뜰에 이르렀을 때 가흥참으로부터 합수머리 얼음판을 깨고 들어오는 왜병과 마주쳤다. 마침 적이 강 위에 있었기 때문에 백선은 그들의 저항을 간단히 잠재우고 삼십여 명을 익사시키는데 성공했다.

첩보를 받은 인석이 백선을 불러 말했다.

"너의 용맹은 조선 팔도가 다 알게 됐다. 우리 의진에 너 같은 장수가 있단 소문을 듣고 각지에서 원군도 오고 있다는구나. 정말 장하다. 우리 의진의 보배로다."

"되려 부끄럽십니다."

"빈말이 아니다. 내가 이제 너를 누구보다 신임하리라."

인석이 백선의 두 손을 지그시 잡아 주었다.

규식의 머리가, 사나운 개의 아가리에나 닿지 않을 만한 높이의 장대에 매달려 바람에 흔들리고 있는 북문루 앞에서,

"제가 비록 하찮은 순검 나부랭일망정 저도 오장육부가 있는 놈입니다. 가흥참이나 안보참에 있는 왜놈들이 어찌나 설쳐대는지 눈꼴이 사나워 개화 귀신 탈을 벗어내고 말았습니다. 김규식 관찰사도 이름만 관찰사였지 왜놈 소대장의 부하나 진배없었지요. 이래서야 어찌 나라 꼬라지가 되겠습니까? 그들의 주구가 돼서 저지른 죄도 뉘우칠 겸 사람답게 살아보고자 이곳에 투신했습지유."

하는 이범재의 너스레를 듣고 있던 중군장 이춘영이,

"그래 가히 탁견이다. 이 순검의 얘긴 엄초관한테 들어서 잘 안다. 이제 얼마나 좋으냐. 왜놈 탈을 벗은 기분이. 하지만 우리가 지금 적을 완전히 소탕한 게 아니란 걸 그녀도 잘 알 것이다. 그러므로 그녀은 역량을 다해서 적의 동태를 감지해야 할 것이다. 대장님도 기대하고 계시니까."

"여부가 있겠습니까. 의진이 저를 이렇게 대우해 주는 걸 알고 백성들도 김규식이 나쁜 놈이지 저는 그 놈의 닦달을 못 이겨 그렇게 처신할 수밖에 없었으려니 동정을 하고 있으니까요. 제가 두 귀를 열고 샅샅이 정탐해 올리겠습니다."

이범재는 망설임 없이 저자거리로 나갔다. 왜병이 주둔하고 있는 안보참, 가흥참까지도 진출하여 정세 살피기를 게을리 하지 않았다.

대장소에서는 서울 진격로를 마련하기 위한 대책에 들어갔다. 그러자면 우선적으로 왜경병을 격파해야 다음 단계로 전선을 확장할 수 있었다. 범재를 불러놓고 왜병의 세력에 대해 물었다. 범재는 충주성 주위의 대소원에 경병이, 안보참, 가흥참에 왜병이 주둔하고 있는데, 그중 안보참은 경상도와의 연락로를 장악하기 위한 것인 바, 서울로 향하기 위해서는 일단 군진의 뒤를 평정하는 것이 상례이고 군세로 보아서도 그곳은 새재 길목을 지키는 군사라서 다른 곳에 비해 병력이나 화력이 약하므로 안보참을 공략하는 게 우선 순이라고 건의했다.

이 건의에 따라 이춘영이 중군 부대를 이끌고 안보까지 나갔는데 그날 밤 적의 포화를 견뎌내지 못하고 대패하여 서른 명의 사상자를 내는 참담한 상황이 벌어지고 말았다. 전사자 중에는 중군장 이춘영이 포함되어, 유인석은 의진의 기둥이 부러졌다고 통탄해 마지않았다. 춘영의 시신은 퇴각하는 군사들이 겨우 수습해 왔으나 병사들 시신은 산 속에 버리고 올 수밖에 없었다. 대경실색한 대장소가 이범재를 백안시하는 눈치를 주자 범재는, 제 건의는 한 치의 착오나 거짓도 없는 것인데, 안보참의 왜병에게까지 패퇴했다면 다른 곳의 왜병과는 맞붙기조차 송구한 전력이라 시급히 전투력 강화를 도모해야 한다고 주장했다. 그 말이 일리가 있다고 생각한 유인석이 범재를 다독거리는 한편 새로 중군장이 된 이경기에게 전투력 증강 대책을 짜도록 지시하는 겨를에, 경·왜 연합군은 충주성 탈환을 위해 다시 총공세를 펼치기 시작했다. 동시에 성 밖 원근 각지의 원군과 군수품 수입이 뚝 끊어지고 말았다. 연합군이 철저히 포위 작전을 시작했다는 증거였다.

유주막, 달천, 합수머리, 북창나루에 나가 있던 파수장이 하나둘 쫓겨 들어오기 시작했다. 또한 성 밖 남쪽에 성을 굽어보고 있는 사직산에 나가 있던 전군장 안승우가 적의 포탄 공격을 당해내지 못하고 돌아오고 말았다. 아직 파수장이 돌아오지 않은 곳은 조돈나루와 연원고개 마수막재 협곡이었다. 그러나 그 곳은 적의 손길이 채 미치지 못하는 외진 곳이었다.

성이 고립되는 건 이제 시간 문제였다. 대장소에서 중군장 이경기를 다시 불러 수성책을 세우도록 명했다. 삼화부사를 지낸 이경기는 글만 읽은 유생과 달리 현실을 꿰뚫는 식견이 있어서 지금 이 상황이 얼마나 불안한지 알아채고 있었지만 대처할 방안이 별로 없다는 것에 낙담하고 있었다. 그는 겨우 성 안 군사를 동원하여 성가퀴를 높이는 정도의 미봉책밖에 시행할 게 없었다. 네 길 높이의 성 벽 위에 두세 자의 가퀴를, 손에 불이 날 정도로 가설했다.

아닌 게 아니라 이 공사가 채 끝나기도 전인데 탄금대 쪽으로부터 적의 총공세가 또 시작됐다. 성문을 굳게 닫고, 적의 주 공격로인 북문과 서문을 방비하기 위해 승우와 백선은 고스란히 날새기를 해야 했다.

대장소가 다시 돌, 물, 불을 준비하라는 영을 내렸다. 장재소에 있는 솜뭉치를 모두 꺼내오고, 동문을 열고 나가 인가의 짚단을 져 왔다. 돌이란 돌은 모두 성벽 위로 져 올리고, 연못의 얼음장을 꺼 물을 푸게 만들어 뒀다. 호위소 군사를 제외한 모든 병력이 성첩으로 올라가 도열해 섰고, 취사소에선 때마다 주먹밥과 우거지국을 날랐다.

적이 드디어 포를 쏘기 시작했다. 의진에서도 포를 놓았다. 군기고를 열어 대부분의 병력을 무장시킬 수 있었기 때문에 이곳에서도 꿀리지 않았다.

"적병이 얼마나 돼 보이느냐?"

인석이 은은한 포성을 들으며 물었다.

"시계에 나타난 자들만 삼, 사백 되는 거 같습니다."

"우리 군사는?"

"일천오백입니다."

"몰래 문을 나가 적의 뒤통수를 치는 계책을 쓸 만합니다."

용규였다.

"누굴 보낸다?"

"후군이 적격입니다. 남문 근처의 후군은 현재 직접 교전 상태에 돌입한 건 아니니까요."

"신지수에게 영을 내려라."

대장소의 종사가 후군소로 달려갔다.

열엿새 둥근 달이 오동산 멍석마루를 막 넘어오는 초저녁이었다. 명령을 받은 지수가 자정이 되길 기다렸다가 군사 한 초를 데리고 조용히 남문을 빠져나갔다. 그리고 사직산 뒷모롱이를 돌아 무학당으로 나아갔다. 이제 성을 탈환키 위해 혈안이 된 적병의 뒤를 치는 일만 남았다. 그런데 어인 일일까, 그 사이 적병은 어디론가 자취를 감추고 만 것이었다. 그들이 무학당까지 잠행한 시간에 적병은 북창나루 쪽으로 사라졌던 것이다. 신지수는 고개를 갸웃거리며, 백선이 지키고 있는 서문을 통해 귀성했다. 우연의 일치라기엔 너무나 묘하게 시간이 들어맞는 퇴각이었다. 이틀 간 잠을 못잔 군사들을 재우고, 성 안 곳곳에 꼬다케 화톳불을 피워 달그림자 속의 어둠을 쫓아냈다. 신지수의 보고를 받은 대장소는 무거운 침묵에 싸였다. 의진 내부의 누군가가 적과 내통하고 있는 게 아닐까.

날이 밝자 취사소 사궤가 대장소를 찾아와 아무리 느루먹어도 사흘 안에 양곡이 바닥날 지경이라고 보고했다. 사객소 도사는 요즘 사흘간 외부 사람이 한 명도 방문한 일이 없다고 했다. 장재소 도사는 군수품이 모두 바닥났다며 달려왔다. 더구나 이 아침은 콧구멍이 쩍쩍 늘어붙을 만큼 혹한이 닥쳐 와 있었다.

대장소 참모 박정수가 돌덩이처럼 굳은 얼굴로 이른 아침 은밀히 중군장 이경기를 찾아와서는 이범재를 포박하라는 대장의 밀명을 전했다. 이경기는, 어제 적을 탐지하러 나간 이범재가 말을 되채지 못할 만큼 술에 취한 채 야심해서야 귀성한 것을 알았으나, 그의 임무가 엄중하고도 특수한 것임을 알기에 불문에 붙였던 것인데 설마 그것 때문일까 하면서도 그가 잠자고 있을 사객소로 향했다. 그러나 그의 침소에 그는 없었다. 참모 박정수가 즉각 전군에 이범재 체포령을 내리고 사방 성문을 엄중히 차단하도록 지시했다. 그리고 박정수는 자못 의아해 하는 이경기에게 이범재에 관한 투서 내용을 귀띔했다. '이범재가 지금 의진에 전향했다고 하지만 그를 유념하시고 잘 타이르시면 하늘처럼 고맙겠습니다' 그래서 대장은 며칠 전 있었던 신지수의 작전이 허탕을 치고, 이춘영이 전투에서 전사까지 한 원인을 알게 되어 우리 군진의 엄정한 모습을 보이기로 했다는 것이다.

범재는 식전 댓바람에 자기를 찾아나서는 이경기의 모습을 문틈 서리로 보고 다급히 사객소를 빠져나와서는 성을 탈출하려 했으나 성문마다 수문장에게 내려진 장령을 알고, 전부터 익히 알고 있던 수명을 엿보다가 순라군에게 적발되어 대장소로 이송되었다.

"네가 의진의 은혜를 저버리고 오히려 적과 내통했다는 말이 사실이냐?"

참모 이정규가 다짜고짜 물었다. 범재는 도망가던 몰골과는 영판 다르게 태연히 정규의 심문을 듣고 있다가 입을 열었다.

"그런 말을 누구에게 들었습니까?"

"묻는 것은 나다. 대답만 하라. 사실이냐?"

"적의 기밀을 탐지하려면 그 쪽 사람들과 어울려야 하는 것은 당연한 일, 그걸 덜먹었다고 하면 애당초 나는 의진에서 똥친 막대기에 불과했던 놈이요. 의진 참모들이 잘 판단해 주기만을 바랄 뿐이요."

"그렇다면 뭐 때문에 도망을 치려했느냐?"

"글세 제 말이 바로 그거 아니요? 지휘소에서 이미 나를 맨망히 보는데 내가 무얼 증명해 보인다고 해서 그 은짬이 이해되겠오?"

"저 놈이 아직 술이 덜 깨어 언변이 실로 방자하기 그지없구나. 저번 후군장의 작전이 허탕을 친 게 네 놈 간계 때문이 아니란 말이냐?"

"그건 알속을 모르고 하는 말입니다."

"그럼 이춘영 장군이 전사한 것도 네 놈 거짓 정보로 인한 게 아니었더냐?"

"그 일에 관해선 의진 입장에서 그렇게 볼 수도 있겠지요. 나는 안보참 전투를 보면서 의병이 한양까지 진격하는 것이 무망하다고 절망한 사람이요. 의진을 믿고 귀순한 것이 잘못된 선택이 아닌가 고뇌한 것도 맞소. 그만큼 내 충정은 우리 의진이 지금 절박하다는 말씀 외다."

"저 야발단지가 입만 살아서 제멋대로 나불대는구나. 놈의 말은 이미 우리 의진에 반심을 품었다는 자백이나 마찬가지다. 하옥시키거라."

"내가 그래도 관찰부 따끔나리로 여러 해를 살아온 사람인데 하옥되는 마당에 나를 죄주는 이유가 뭔지나 알아야겠오. 무슨 빌미로 나를 포박하는 거요? 이게 선봉장이나 창의대장의 뜻이요?"

"네 스스로 그걸 몰라서 묻느냐?"

범재가 감옥으로 끌려가고 이정규는 유인석 대장에게 신문 결과를 보고하는 한편 곧장 엄팔용을 불러들였다.

"이 투서를 범재 처가 썼다는 게 확실하냐?"

"제가 보증합니다. 범재 처 도아라는 아낙은 너무 미혹해서 선봉장을 불사조로 알고 있을 뿐 아니라 우리 의진의 대장으로 여기고 있는 아낙입니다."

"참으로 세상물정 모르는 아낙이구나."

"어렸을 적에 민며느리로 들어와 갖은 구박으로 살아왔고 이범재가 순검이 된 후에는 첩을 얻어 본처처럼 데리고 사는 바람에 아주 설면한 사이였다고 합니다. 단발령이 폐지된 후 문득 선봉장의 위신을 얻어 들은 후, 범재가 도아를 잠시 아내 취급했으나 의진의 신임을 얻은 범재가 도로 첩데기에 붙자 한이 도져 작심하고 이런 서한을 쓴 것이온데, 가만히 보면 범재의 행태가 우리 의진을 가볍게 여기는 것은 사실인 듯합니다."

"수신제가라고 했는데 근본부터 한참 잘못된 놈이구나."

참모 이정규는 엄팔용의 말을 여실히 유인석 대장에게 보고하고 이 참에 약빠르고 잔꾀에 능한 범재가 간첩질을 한 것도 용서받지 못할 죄이지만, 그 처 도아가 김백선을 대장시 한다는 게 장차 화근을 불러들일 더 큰 종양이라고 덧붙였다. 그러잖아도 악질 체발꾼이 의진에 귀순하는 것을 보고 세상에 별 희한한 놈도 다 있다고 의아해하던 인석은 충주성 공략과 김규식 체포에 큰 공이 있지만 지금 경왜군과 사생결단을 앞두고 있는 마당에 작은 덤불이라도 걷어내고 가야 후환이 없을 것이라고 생각했다. 그 날 대장소에선 범재를 끌어내어 적과 내통한 죄, 악질적으로 체발을 단행한 죄를 물어 목을 쳤다.

선봉대 지휘소에서는 범재가 처형된 뒷얘기 중에 비로소 그 처가 선봉장의 처제라는 사실을 알았다. 그리고 처제로 인해 대장소의 심기가 언짢다는 것도 직감하게 되었다. 서석지는 은밀히 김술과 검쟁이, 그리고 전군 안승우의 종사로 있다가 충주성을 들어올 때 선봉대로 전출한 민이식을 불렀다. 오랜 숙의 끝에 이춘영이 전사하고, 우리 군진이 요동치고 있는 건 사실이나 아직 유인석의 곁에는 충성을 다하는 여러 장수가 있으니 경거망동은 자제할 일이며 대신 인명은 재천이니 적과의 치열한 전투로 장병들의 신임을 더욱 쌓아야 한다고 결론을 모았다. 그리고 선봉장은, 도아가 처제 이름이긴 하지만 워낙 어릴 때 봤던 터라 지금은 얼굴도 잘 기억나지 않는다는 말로 혹 의구심을 갖는 장병들에겐 적극 대처키로 했다.

뜻밖에, 범재가 처형됐다는 소문을 듣고 도아는 넋을 놓고 울었다. 잘 타일러 암상 맞은 첩년을 떠나 올바른 내 사람이 되게 해 달라는 투서가, 잔밉기는 했으나 남편인 범재를 죽인 꼴이 된 것이다. 더욱이 불사조 김백선이 남편 목숨 하나 부지시키지 못하나 하는 원망과 의구심으로 앉아 있을 기력조차 없게 된 터에 시어미가 남편 잡아먹은 년을 두고 볼 수 없다고 악다구니를 쓰는 꼴을 견딜 재간이 없었다. 도아는 날이 저물자 집을 벗어나 마을 앞을 도도히 흐르는, 소낙비소리보다 세찬 강여울에 대고 끼륵끼륵 울음을 삼키느라 애썼다. 그런데 어디서 그 울음을 들었는지 한 사내가 갈대숲을 헤치고 다가

와 가만히 흔들리는 어깨를 감싸쥐었다. 범춘이었다. 홀로 구박덩어리로 살아오는 자신에게 그래도 따뜻한 눈길이라도 보내준 사촌 시동생이었다. 도아는 자신도 모르는 경황으로 와락 그를 끌어안고 꺼이꺼이 목 놓아 울음을 토해 냈다. 범춘이가 넓은 사내의 가슴으로 도아를 받아 등을 다독여 주었다.

도아가 울음을 그치고 눈을 떴을 때는 갈대 잎 사이로 총총한 별이 우두두 떨어져 내리는 축쳐진 밤이었다. 강여울소리가 회리바람보다 크게 귀를 때리고 있었다. 비로소 제 정신이 번쩍 든 도아는 풀어 젖혀진 앞 가슴단을 여미며, 우두두 떨어져 내리는 별을 피해, 그리고 고막을 할퀴는 여울소리를 피해 눈과 귀를 막아버리고 말았다. 그녀의 입에서는 꼭 어린 짐승의 숨넘어가는 듯한 신음이 끓어올랐다. 형수, 내가 옆에 있잖아, 우리 멀리 가서 그냥 살자. 옆에서 범춘이가 뜨거운 입김으로 말했다. 그러나 도아는 숨 쉬기조차 끊어 버리겠다는 듯 입술을 닫고 이를 악물었다.

이틀 후 십리도 더 되는 하류에서 노를 젓던 뱃사공 하나가 삿대에 걸린 도아의 시신을 건져 냈다.

성 안엔 무거운 긴장감이 돌았다. 느티나무 고목 앙상한 가지 사이로, 햇살도 차가운지 까치 몇 마리가 푸드덕거리다가 만리산 숲속으로 날아가 버렸다.

"각 군장들은 임소를 떠나지 말고 적의 침공에 대비하라."

장령이 날아들었다.

"각 부대가 깃발을 더욱 높이 달고, 사문에서 돌아가며 북을 울려라."

속속 날아오는 장령을 따라 성 안은 일사분란하게 움직였다. 서문을 지키던 선봉장이 대장소를 찾아와 품신했다.

"적병은 우릴 공격할 뜻이 없는 듯 하굽쇼. 우릴 포위해서 고사시키겠단 목표 아니면 다른 꿍꿍이가 있는 거 같십니다. 이 판국에 제가 성문을 열고 나가 적의 허를 찌르갔십니다."

"선봉이 나가면 성을 방어하는 것도 위태로울 것이다. 조금만 더 기다려 보자꾸나. 오늘 신새벽에 이강년, 이범직, 김사정에게 종사를 보냈다. 성이 고립될 위기니 어서 군사를 몰고 와 구원하라고. 서상렬은 영남 내륙 깊숙이 들어가 있으니 내응하기가 쉽지 않겠지만, 이강년은 문경에, 김사정은 원주에, 이범직은 청주에 있으니 오기로 들면 모두 하루 해 거리다."

"하오나 선생님. 그들이 여기꺼정 오는데는 큰 난관이 있십니다. 문경은 안보참 왜병이, 원주는 가흥참 왜병이, 청주는 대소원 경병이 길목을 꽉 막고 있질 않십니까?"

"내 생각은 그곳 병력이 지금 모두 성 밑으로 집결해 온 게 아닌가 싶다."

"그러니 제가 나가 확인해 보갔십니다."

"우선은 좀 기다려 보자꾸나."

"답답해 죽갔십니다."

백선이 대장소를 나와 서문 누각 위로 올라갔다. 매운바람이 콧잔

등을 때렸다. 하늘은 어인 일인지 시리도록 푸르고 서북쪽 칼바람은 살이 터지도록 매서운데, 전운의 열기는 시시각각 뜨거워 갔다.

점심때쯤, 갱고개 향교골에서 화염이 일었다. 화염은 향교 바깥채를 태우고 있었는데, 바람을 타고 이내 대성전을 덮치기 시작했다. 향교가 직선으로 빤히 보이는 북문 누각에서 이 참경에 입을 채 다물지 못하고 승우가 곧장 장소에 전령을 보냈다.

"우릴 자극시키기 위해 향교에 불을 지른 게 분명합니다. 성현의 위패가 불타는데 차마 바라보고 있을 수만은 없습니다. 미사인(未死人)을 보내시와 도를 위해 죽게 해주십시오."

승우는 춘영이 죽은 뒤부터 자기를 미사인이라고 부르기 시작했다.

"아직 죽을 때가 아니다. 그리고 지금 나간다고 해서 한 번 붙은 불이 꺼질 리도 없는 거구. 금수만도 못한 놈들의 행악에 어찌 일일이 대응하랴."

대장소에서는 불가 방침을 알려왔다. 승우는 대장소 참모 정수를 불렀다.

"참으로 기가 막힐 노릇입니다. 공맹안증 그리고 자사, 다섯 분 성인의 위패가 불타고 있는 참경을 멍청히 쳐다보고만 있어야 하다니요."

그러나 적은 꼼짝도 않고 그날 해를 넘겼다. 밤이 되자 서북쪽 강바람이 몰아치기 시작했다.

"식사량을 반으로 줄여야겠습니다."

운량소의 다급한 건의였다.

"군사들이 얼어 죽을 지경입니다. 빈 창고를 헐어 불을 때게 해 주십시오."

각 군장들의 요청도 날아들었다.

"이 상태로 며칠이나 견딜 수 있겠느냐?"

"삼일입니다."

인석은 고달팠다. 애초 충주성을 공략한 뒤 팔도 열읍에 격문을 띄우느라 사나흘 지체했던 게 치명적인 실수였다. 인근 성으로 진출하여 상당한 영토를 확보하고, 장기전에 대비하는 계책이 필요했음을 이제야 깨달았다.

"식량이나 땔나무를 깔축없이 여투고 용맹한 군사들을 뽑아 양곡과 땔나무를 징발하러 내보내자."

인석은 중군장에게 그 일을 맡겼다. 중군장은 각 군영에 전령을 보내, 오늘 자정까지 군사를 선발해 보내도록 일렀다. 전군 안승우가 '서찰'을 보내왔다.

― 전군장이 삼가 아룁니다. 양곡과 땔나무를 구하자는 엄명이 지당하고 불가피하나, 그에 못지 않은 과업이 있습니다. 향교에 불탄 공자님을 비롯한 제현들의 위패를 수습하지 않고 방관한다는 것은 육신은 있으되 혼을 버리는 일과 같사오니, 양곡과 땔나무를 구하는 일과 함께 위패를 수습하여 봉안하는 것도 실로 막중할 것입니다. 허락해 주옵소서. ―

서찰을 받아든 이경기는 기분이 언짢았다.

"굶어 죽느냐 사느냐는 판에….."

그러나 승우의 아귀찬 성격을 잘 아는 터라, 새로운 분쟁거리를 만들지 않기 위해 그는,

— 알아서 하시압. —

하고 한 자 써 보냈다.

열여드레 하현달이 떠오른 뒤 성곽이 훤해지자 웬일인지 왜군은 초병만을 남겨두고, 병졸을 후방의 군막으로 불러들였다. 기회는 이때였다. 승우는 이미 뽑아 둔 날래고 힘센 군사 다섯으로 하여금 은행나무 가지가 뒤엉켜 시야가 막힌 동북쪽 성벽에 밧줄을 늘여 내려가기 시작했다. 그들은 인가와 도랑 사이를 재빨리 달음질 쳐 만리산 기슭으로 접어들었다.

그리고 첫닭이 울었을까. 대장소에 아직 불이 꺼지지 않은 걸 확인한 승우가 호위소를 경유하여 청녕헌으로 들어섰다. 섬돌 앞에, 시르죽어 가는 불꽃을 뒤적이며 사로자고 있던 정규가 몸을 일으키고 쳐다봤다.

"제가 좋은 소식을 가져 왔으니 선생님께 아뢰 주십시오. 성현의 위패를 모셔왔습니다. 불길에 그을리긴 했지만 손을 보면 말짱할 겁니다."

"참 모처럼 반가운 소식이오."

'식량과 땔나무는 떨어지는데, 위패는 모셔왔구나. 허긴 위패가 밥을 달라는 건 아니다만….' 보고를 받은 인석이 베개에 기댄 채 중얼거렸다.

다음날 조반 전에, 대장소에서 일과의 시작으로 아침 문안 후 참모 회의가 열릴 즈음 북문 파수대에서 급한 전령이 당도했다.

"가흥 쪽에서 새카맣게 적병이 몰려오고 있습니다."

회의는 중단됐다. 각 군장은 부랴부랴 임소로 돌아가고, 인석마저 삼문 밖 마당으로 나왔다. 금봉산 마루를 먹구렁이처럼 감아 도는 산성을 딛고 마악 아침 햇살이 퍼지는 시각이었다. 밤새 추위에 옹송그리던 군사들의 얼굴이 자줏빛으로 부어오른 채, 해바라기할 틈도 없이 자기 군소로 비칠비칠 뛰어 갔다.

"포를 세우고 탄을 장전하라."

"돌조각을 그러모으고, 방패를 들라."

"군기를 더욱 높이고, 고수는 모두 내동헌 삼문을 주시하라."

연달아 영이 떨어졌다. 새카맣게 몰려온 적병이 북문 앞 개천을 사이에 두고 길게 늘어서기 시작했다. 전군장 안승우의 눈에 불이 흘렀다. 천하에 개돼지만도 못한 놈들이….

"개천을 건너는 즉시 반격이다!"

승우가 명령했다. 그러나 이 명령을 비웃기라도 하듯 왜병과 경병은 후닥닥 개천을 넘어 왔다. 쏴라! 명령과 동시에 총성이 울고, 적병이 땅바닥에 납족납족 엎드리는 게 보였다. 그러나 그 뒤로 또 한 열의 군사들이 나타나더니 성가퀴를 향해 총질을 해대기 시작했다. 사방 문루에서 접전의 북소리가 울었다. 동헌 앞 삼문에는 노란 깃발이 펄럭였다. 싸움이 시작됐다는 뜻이었다. 총성은 곧 서문 쪽으로 옮겨 갔다. 백선이 화살에 불솜을 매달고 일제히 적을 향해 쏘았다. 그러나 불화살은 적 앞까지 어림도 없었다. 대신 적의 총탄이 난무하면서 가퀴가 떨어져 나가기 시작했다.

"어제 하루 느긋하게 쉬더니 오늘은 아주 결판을 낼 모양입니다."

대장소에서 사방의 전황에 초조해 있는 인석에게 정수가 아뢰었다.

"아직은 북문과 서문에서만 전투가 벌어지고 있느냐?"

"그 두 문이 성의 중심 문이기 때문에 적이 그 앞에 가장 많이 집결해 있습니다."

"그럼 우리도 북문에 더 많이 배치해라."

"남문을 지키고 있는 후군 일부를 북문으로 옮기겠습니다."

"북문을 철통같이 막아라."

정수가 영을 받아 나가고, 대장기 옆의 노란색 깃발이 갈색으로 바뀌면서, 사방 고수들의 손길이 빨라졌다. 쿵자쿵자 북소리가 심장 박동처럼 성벽을 때리고, 적병의 탄환에 까막까치가 떨어졌다.

피차의 치열한 접전이 벌어진 지 한식경쯤 지나, 적은 대포를 쏘기 시작했다. 포탄이 공기를 가르며 날아와 문루의 지붕을 뚫고 지나갔다. 의진에서도 포로 응사했다. 성벽 안으로 날아온 포탄이 청녕헌 뜨락에까지 떨어지더니, 급기야는 내아의 부엌 벽을 뚫고 들어 왔다. 취사병들이 손을 놓고 담장 밑에 가 웅크리고 앉았다.

포탄은 문 앞에서만 날아드는 게 아니었다. 만리산 위에서도, 사직산 위에서도 하늘을 갈랐다. 의병이 그 포탄 공세에 잠시 주춤한 사이 적병은 성벽 아래까지 달려와 사다리를 걸었다.

"북문이 위태하다."

인석은 곧 남문 수비장 신지수를 북문으로 보냈다. 승우를 도와 문루를 사수하라는 영이었다. 대신 남문을 독전하기 위해선 대장소 참모 주용규가 나갔다.

점심때가 되어 전투가 다소 소강상태로 접어들었다. 군사들에겐 주먹밥과 소금 몇 알갱이가 돌아갔다. 인석은 밥풀 한 알도 제대로 입에 넣지 못했다. 성이 함락되면, 만사가 끝난다는 것이 실은 두려웠다. 왠지 동문과 남문 앞을 병풍처럼 막아선 거대한 남산줄기가 억장을 눌렀다.

"너무 늦었다."

인석은 혼자 중얼거렸다. '그러나 포기하고 잡힐 순 없다' 스스로 마음을 다스리려고 애썼다.

잠시 뒤 다시 포성은 재개되었다. 인석이 중원관 앞 너른 마당으로 나와 객사 용마루보다 높이 솟은 대장기를 쳐다봤다. 깃발은 나부꼈으나 자신의 마음은 천금처럼 무거웠다.

"빨간 깃발을 달아라."

독전이었다. 사방 고수의 북소리가 성가퀴를 흔들었다. 그 때였다. 어디선가 날아온 불화살이 진창 건물에 화염을 일구었다. 호위소 군사들이 연못의 물을 퍼와 끼얹어 봤으나 불길은 바람을 타고 맹렬히 일어났다.

"불화살을 막아라."

영이 떨어졌으나, 이내 향청, 사창, 기패 관청 건물에서 연기가 솟구쳤다. 그뿐이 아니었다. 대장기가 뚝 꺾이더니, 북문 지붕이 무너져 내렸다. 서문도 남문도 동문도 불길에 싸여 있었다. 여기저기, 피흘리는 군사가 쓰러져 신음하는 게 보였다.

해가 서녘으로 척 기울었다. 식전부터 온종일 포성과 북소리와 군사들의 고함과 비명으로 보낸 하루였다. 저 해가 어서 떨어지기나 하면 또 잠시 쉴 겨를이 생길지는 모른다. 그러나 해가 저물어 깜깜해진다는 건 또 다른 불안이 저냥 숨어 있는 것이나 마찬가지였다. 해가 있을 동안 사생 결단코 싸워 적이 멀찌감치 물러나는 걸 봐야 했다.

"얼마 남지 않았다. 계속 쏴라."

백선의 쩌렁 치렁한 목소리가 인석의 귀에까지 들렸다. 이미 지붕이 다 날아가 버린 서문루 위에서, 마침 석양을 받아 눈부신 햇빛 속을 그는 이리 뛰고 저리 뛰고, 고함치고 총 쏘면서 성난 호랑이처럼 싸우고 있었다. 인석은 정규의 만류에도 불구하고 서문 쪽으로 발길을 옮겼다.

"성엘 들어올 때도 선봉에 서서 공을 세우더니 지금 수성에도 공이 지극하구나."

인석이 백선 가까이에 이르러 경탄조로 말했다.

"원수님, 위험합니다. 어서 대장소로 내려가십시오."

백선이 외쳤다.

"네가 싸우는 모습을 보니 나도 절로 힘이 난다."

"이 선비님 어서 원수님을 뫼십시오. 포탄이 자꾸 날아옵니다."

백선이 이번에는 정규의 어깨를 밀며 외쳤다. 비로소 정규가,

"위험합니다. 성벽을 오르시면 안 됩니다."

하고 인석의 발길을 막았다.

"나도 저 잔악한 왜놈들의 개미떼 같은 모습이나 한 번 봐야겠다."

인석이 주춤주춤 몇 발짝 걸어 허물어지다만 성가퀴를 잡았다. 그 순간이었다. 마침 날아온 포탄이 인석의 발밑 성벽을 강타하고 말았다. 인석이 앞으로 고꾸라지려는 순간 비호같이 몸을 날린 백선이 그의 몸둥이를 감아 잡고 뒤로 굴렀다. 눈 깜짝할 순간의 일이었다. 정규가 황급히 달려와 선생님, 하고 쇳소리를 냈다. 얼굴이 하얘진 인석이 겨우 정규의 부축을 받고 일어나 자기 몸을 덮었던 백선을 내려봤다. 백선의 귓바퀴 밑이 찢어져 주르륵 피가 흘렀다.

"백선아!"

인석이 떨리는 음성으로 불렀다.

"예, 원수님. 원수님 무사하시지요?"

상체를 일으킨 백선이, 경황없는 표정 가운데서도 그렇게 물었다.

"네가 내 생명의 은인이구나."

인석이 백선의 팔을 잡아 일으켰다. 그리고 귓바퀴 밑으로 흐르는 피를 자기 도포자락으로 닦아 주었다.

"괜히 너희들의 짐만 되었구나."

"원수님 어서 가퀴를 벗어나십시오."

"알았다. 너 아니면 난 죽었을 거로구나."

인석이 그윽히 물기 고인 눈으로 백선을 한 번 바라보고는 돌아

섰다.

"엎드리지 말아라. 포탄이 날아오는 곳을 똑바로 보고 몸을 피하라."

백선의 고함이 바람결을 가르며 군사들 속으로 퍼져 들었다.

인석이 겨우 성첩을 내려와, 객사 앞 삼문으로 왔을 때 남문루에서 종사 하나가 허겁지겁 달려와 인석 앞에서 허리를 굽혔다.

"선생님 주참모가 포탄을 맞았습니다."

인석이 놀라 남문 쪽을 내다봤다. 시뻘건 화염이 성밖 용산촌을 불바다로 만들고 있었다.

"죽었다는 말이냐?"

"지금 이리로 뫼셔 오고 있습니다."

"너는 빨리 장재소로 가 구급약을 가져오라."

정규가 장재소로 뛰어 간 잠시 뒤 용규가 뉘인 들것을 들고 병사들이 나타났다. 인석이 다가가 용규의 코에 귀를 댔다. 손목 맥을 잡아 보기도 했다. 그리곤 다시 그의 흑빛으로 변한 눈꺼풀을 까고 들여다보다간 용규야, 하고 크게 불러 보았다. 곁에 섰던 정수가, 용규의 심장에 귀를 대었다가는 침울한 얼굴로 일어나면서,

"선생님 고정하십시오."

하고는 인석을 뫼셔 내아로 들어갔다.

용규의 빈소가 청녕헌에 마련되었다.

"내가 용규를 죽였구나. 내가 그를 남문으로 보냈으니 내가 죽인 게야."

인석의 볼에 눈물이 어렸다.

"내 나이 이제 지명을 넘었는데, 이 사람처럼 한결 같은 심성 가진 이를 아직 더 보지 못했다. 한 때는 나와 함께 요동행에도 들었었건만…. 이제 저승 가서 우리 선사님 뵈옵고, 조선 팔역에 화맥이 이렇게 됐음을 어떻게 알리려나?"

인석이 혼잣말로 넋두리를 했다.

해가 서산을 넘어가고, 산속으로 숨었던 칼바람이 성안 곳곳을 후벼 파기 시작하면서 적의 공세가 멈췄다. 인석의 상심이 뜻밖에 큰 탓에, 정규가 대신 일어나 각 군소에 대장 영을 내렸다.

"사상자를 파악해 보고하라."

"지친 군사를 쉬게 하고, 각 군장이 친히 문루를 지키라."

"날씨가 혹독하게 추우니, 불타다 만 건물을 뜯어 때는 걸 허락한다."

"마방에서는, 늙고 힘없는 말을 잡아 취사소로 옮기라."

영이 속속 이첩됐다.

죽고 다친 사람은 모두 백 명이 넘었다. 부상자 속에는 검쟁이도 포함되었는데, 서쪽 성가퀴를 이리저리 뛰며 초관들에게 백선의 명을 전달하다가 오른 팔꿈치를 파편에 맞았다. 살첨이 뭉툭 떨어져 나갔으나 그래도 팔뚝이 잘리지 않은 것만도 다행으로 치고 피가 마를 때까지 누워 있으란 백선의 명을 받고 침소로 들었다.

적병도 그 이상 인명 손실을 입었을 거라는 보고가 대장소에 들어왔다. 말고기를 삶은 국물을 한 대접씩 들이키고 성 안 이곳저곳에 화톳불이 너울거렸지만 오늘따라 유난히 음산한 밤이었다. 용규의 빈소 앞을 서성이는 조문객들도 말을 잃은 허깨비들처럼 보였다.

더구나 내일 날이 밝으면 다시 적이 공격해 오리란 중압감이 그들을 더욱 비틀거리게 했다.

용규의 시신 앞이었지만, 대장소 참모들은 두수없이 조심스레 이진(移陣)문제를 입에 담았다. 말을 잡은 것이, 전투에 지친 군사들에게 먹이려는 게 아니고 군량이 떨어졌기 때문임을 군사들은 알고 있었다. 더 이상 묘책이 없다는 건 인석 자신도 느끼는 것이었다. 천우신조로, 이강년이든 이범직이든 김사정이든 바람결처럼 달려와 적병의 뒤통수를 공격해 주기를 바라는 것 외엔 아무 대책도 없었다. 그래서 옮겨야 한다. 충주성을 점령한 후, 며칠 안주한 것이 일을 이렇게 비꾸러지게 만들었지만 이미 흘러간 물이었다. 인석이 물었다.

"우리 의진의 목표는 오로지 임금이 계신 서울이었다. 충주를 함락시킨 것도 이곳이 서울의 목젖이라, 내쳐 서울로 가기 위한 방편이었는데 일이 우리 뜻대로 되지만은 않는구나. 그래 어디로 옮기는 게 좋겠느냐?"

"이곳은 동쪽과 남쪽이 험한 산으로, 서쪽과 북쪽이 깊은 강으로 둘러싸인 그야말로 기둥에 매달린 새장과 다름없는 곳입니다. 적이 성을 포위하자, 우린 고립무원이 되어 새장 속에 갇힌 새처럼 되고 말았습니다. 사람이 많은 넓은 평지로 나가 백성들을 격동시켜 적병에게 대항할 수 있는 곳이어야 합니다."

"이천 여주는 들판이기는 하나 왜병이 조밀한 곳이고, 청주라면 어떻겠습니까? 그곳에 소모장으로 가 있는 이범직이 적병의 심한 장애 없이 큰 군사를 모으고 있는 게 그 좋은 증거가 아니겠습니까?"

정수가 말했다.

"청주…?"

인석이 신중하게 되물었다.

"넌 청주엘 가 봤느냐?"

"몇 년 전까지도 살았었습니다. 장뜰부터는 주욱 들판과 야산이 널려 천안 공주까지 이어집니다."

"하지만 그곳으로 나가면 서울과는 더 멀어지는 게 아니냐?"

"지금은 무엇보다 의진의 세력을 넓혀야 할 땝니다. 청주는 들이 넓고, 청주 백성들은 의리가 강한 사람들입니다."

"그렇다면 각 군장들까지 모여서 다시 의논키로 하자. 그 때까진 극비에 붙여야 하느니라."

참모들이 굳게 입을 다물었다.

인석이 빈소를 나와 전사자들의 시신을 옮겨 놓은 동문 옆 활터로 갔다. '이렇게 많은 군사가 사직과 도맥을 위해 갔구나. 영명한 혼령이시여, 부디 평안히 잠드시라!' 인석이 한참이나 그곳을 떠나지 못하고 깊은 묵상에 잠겼다가는 부상자들이 수용된 중군소로 가서는 동문루에 올라가 있는 경기를 불렀다.

"중군장이 부상병을 직접 챙겨서 그들의 원성이 일지 않도록 해라. 그리고 보아하니 군사들의 사기가 떨어지게 되면 탈주자가 많아지는 법이다. 더욱이 성안에는 적의 첩자도 끼어 있을지 모르고….

혼미한 지금 상황에서 어떤 변고가 돌발할지 모르니, 이것도 중군이 책임지고 막도록 해라."

"성밖에 적병이 우굴거리는데 어떻게 탈주를 하겠습니까."

"적에게 투항하면 더 큰일 아니냐. 어디 군적부를 좀 보자꾸나."

인석이 중군소 품재로 되어 있는 군적부를 찾았다. 이경기가 오동 나무 상자 속에 들어 있는 책자를 꺼내왔다. 《을미 의병 군안》이라고 쓴 겉표지를 열자, 영월 주둔 때부터 기록하기 시작한 군사들의 신상 이 일련번호 밑에 조목조목 기록된 속장이 나타났다.

"군적에 오른 자가 모두 몇 명이나 되느냐?"

"일천 여 명입니다."

"지금 성 안에 있는 우리 군사는 몇 명이냐?"

"오백입니다."

"나머지는 행불이 되었거나 탈주, 아니면 사망했다는 말이로구 나?"

"서류상으로는 그렇습니다."

"이건 의진의 일등 품목이니 각별 유념해서 목숨처럼 간수해야 한다."

인석이 군적궤를 되돌려 주며 다짐을 주었다.

다음 날 적병은 역시 총공세를 폈다. 다행히, 날씨가 오줌줄기도 얼어붙게 할 만큼 추운 탓에 공격의 강도가 어제보다는 약했다. 귀마 개를 하고 무명 헝겊으로 손을 감싸도 손가락이 곱는 매서운 추위였다. 콧등이 빨갛게 얼어 감각이 없는데다, 입술이 굳어 말도 제대로 나오지 않는 형편이었다. 서북쪽 남한강 바람을 맞고 섰는 적병에게도 추위는 엄습했다. 성벽에 막혀, 그래도 바람 드세기가 한 풀 죽는 성 안보다, 가흥으로부터 강줄기를 따라 질주해 오는 된바람 앞에 서면 그들에게도 이빨이 딱딱 부딪히는 강추위였다.

뭐니 뭐니 해도 동장군의 위력 앞엔 어느 쪽이고 속수무책이었다. 적병이 공세를 그치고 군막으로 들어가 문을 닫아 버렸다. 성안에서는 남별당과 옛날의 실록각 건물을 뜯어 화톳불 씨를 지켰다.

침소라고는 하나 삼청 냉골에 누워 다달다달 떨면서, 팔꿈머리 상처에 노란 고름이 잡히느라 욱신욱신 쑤시는 중에도, 이상하게 검쟁이는 차미의 목소리가 부지불식 귓바퀴를 흔들고 지나가는 걸 느꼈다. '부모 없는 자식이 어디 있겠소' '나는 그 사람을 따라 죽으려 했으나 그 세상이 하 궁금해 차마 죽지도 못했소' 이상했다. 가족이란 뭘까? 정말 따라죽고 싶을 만큼 질기고도 부드러운 끈이 그들을 묶어 놓는 것일까. 그렇다면 이 세상 누구에게도 묶이지 못한 내 목숨은 그저 한 줄기 바람처럼 허망할 뿐인가.

대장소에선 각 군장과 참모들이 집합한 가운데 본격적으로 이진을 논의했다. 정수의 의견을 좇아 청주로 진출하기로 했다. 이범직에게 귀환을 미루고 그곳에 의진이 진입할 교두보를 확보하라고 사람을 띄었다. 날짜는, 차후 적의 동태를 봐가며 결행하기로 했다.

성 안에 얼어 죽은 군사가 생길 정도로 사흘 동안 혹독하게 추웠던 날씨가 좀 누그러지는 기색이었지만 대신 매운바람이 온종일 융융거렸다. 바람을 피해서인지 적병이 퇴각한다는 보고가 북문파수대에서 들어왔다. 하늘이 돕는 기회는 오늘 밤뿐이었다.

장재소에서는 쓰다 남은 군수 물자를 꾸려 군사들 앞앞이 분담을 시켰다. 북 꽹과리 깃발 방패 목장 활 같은 것은 등짐으로 지고 가마솥 화덕은 들것에 실었다. 취사소에선 보리개떡 한 덩이씩을 병사들에게 지급하고 손을 털었다. 마방에서 말 네 필이 끌려나오고, 군기고에서 이미 군사들에게 분배된 일제 장총을 회수하지 않기로 했으나 탄환이 떨어져 무용지물이라는 불평이 일었다. 대장소에서 나온 문방구는 종사들이 걸머 맸고 중군소는 호위소로 쓰던 예성별관을 뒤져 적에게 넘어가서는 안 될 비품들을 샅샅이 찾아냈다.

해가 지고, 캄캄한 밤그늘이 빠르게 성곽을 덮어 버렸다. 적이 바람을 피해 들어간 사이 깜쪽같이 성을 나가 그들의 허를 찌르고 청주로 옮겨간다는 계획은 착착 진행되었다. 이윽고 밤이 깊어지자 바람을 안고 인석은 출성을 명했다.

선봉대가 앞장서 서문으로 갔다. 서문을 나서면 쏜살같이 달천을 건너 대소원 뒷산길을 택해 청주로 내달릴 판이었다. 그런데, 선봉대가 웬지 서문 홍예 앞에 멈춰서고 말았다. 요즈음 연일 격전을 치른 탓인지 자물쇠가 문드러져 열리지 않는다는 것이었다. 백선이 개머리판으로 깨부수려 했으나 소리만 요란했지 부서지진 않았다.

"북문으로 나가면 될 게 아니냐."

대장소에서 다시 영이 내렸다. 선봉이 자기들이 지휘소로 쓰던 진창을 지나 작은 수로를 건너자 북문이 나타났다. 북문은 속 썩이지 않고 입을 벌렸다. 군사들이 문을 통과하여 조심조심 성곽을 돌아 서문께로 다가갔다.

"이젠 충주성을 버리는구나. 경병이 있는 대소원을 무사히 지나친다면 음성에서 일박하리라."

인석이 정규에게 그렇게 속삭이는 순간이었다. 문득 한 방의 총성이 바람을 타고와 어둠에 갇힌 밤공기를 갈랐다. 오백 보도 안 되는 앞에서였다.

"속았구나!"

인석이 급히 선봉장 김백선을 불렀다.

"적이 매복하고 있다."

"적이 계교를 써서 퇴각하는 척 길을 터준 거 같십니다."

"우리의 극비 이진책이 적에게 넘어갔단 말 아니냐?"

인석은 아찔했다. 적병이 일시에, 어둠에 갇힌 짐꾸러미 든 아군을 공격해 올 것만 같았다.

"후속 총성이 없는 걸로 봐선, 오발 총성이 아닌가도 싶십니다."

"천우신조로다!"

인석은 독단적으로 진로를 바꿨다.

"마수막재를 넘는다. 다시 동문 쪽으로!"

군사들이 돌아서서 연못과 활터를 지나 동문을 벗어났다. 곧 염바다 뜰이 열렸다. 마른바람이 소리쳐 내달리는 캄캄한 하늘에서, 별빛만이 부서져 내리는데 메마른 천수답이 좁장하니 마수막재 어귀로 이어져 있었다. 서툰 초행길이라 발길이 느렸지만, 다행히 적이 추격하는 기미는 보이지 않았다.

마수막재를 치밟아 올랐다. 뒤에 남은 충주성이 새카만 어둠 속에서 몇 점 숨구멍마냥 화톳불을 밝히고 있었다.

이 고개를 넘으면 마지막이라 했다. 단양 청풍에서 압송돼 오는 죄수가 남한강 강바람과 떨어져 숨이 턱에 닿도록 이 고개를 오르면 아스라이 충주관아가 보이고, 그럼 이제 세상 다시 보기는 마지막이라 해서 한숨을 고르고 땀줄기를 쓸어내며 떨어지지 않는 발걸음을 서글프게 옮겼다고 했다.

거대한 좌우 산줄기 사이로 마치 하늘로 오르는 단 하나의 통로인 양 의연히 내돋친 고갯길. 그러나 이 길이 결코 마지막이어서는 안 된다. 마지막은 뒤집어 보면 처음인 것을 믿자.

"내려가자."

어둠 속에서 영이 떨어지고, 선봉대가 짐을 짊어지며 자갈길 발자국 소리가 나기 시작했다.

잿마루 외진 곳에서 연초를 피워 물었던 군사 하나가 선명한 찌지를 붙인 군적궤를 짊어지고 일어서는 것을 보고 중군장 이경기가 가만히 다가가 귓속말로 지껄였다.

"내 말을 명심해라. 너는 숱한 사람을 살리러 이 일을 하는 것이니."

이경기는 군적부를 남겨 둬서는 훗날 무수한 사람이 고통을 받으리란 확신을 가지고 있었다.

"장군님, 그럼 소인은 떠나겠습니다."

"이 장부는 네 목숨과도 바꿔서는 안 된다. 만약 그러다가는 천벌을 받는다."

"예, 바로 불태워 버리겠습니다요."

군적궤를 진 사내는 청처짐하니 대열에서 떨어져 나와 바람결에 흔들리는 오동산 기슭으로 사라졌다. 그리고 삼화부사를 지낸 관리로서, 나라를 구하고자 의연히 의진에 들어왔으나, 화맥만 앞세운 백면서생들이 지휘하는 의병의 운수가 다해 가는 마당에, 자기 깜냥으로는 그 기운을 재건하기가 무망하다고 여긴 이경기도 잠시 뒤 어둠을 헤치고 산기슭 가시덤불 속으로 사라지고 말았다.

8

제천 읍성은 따스했다.

꼭 스무 날만에 되돌아온 제천에는 잠잘 곳과 먹을 것이 있었다.
이곳이 이젠 내 집이요 고향이었다.

이경기의 도주가 준 타격을 빨리 잊자는 뜻에서 장임이 조정됐다.
중군장에 안승우가 임명됐다.

대장소 호위를 비롯해 의진의 중추를 도맡게 된 승우에겐, 창의 초
서울에의 진격이라는 절체절명의 목표를 까맣게 망각해 버린 의진
이, 마치 두덩에 누운 소처럼 팔자 좋게 어영부영 하루를 보내고 있
는 것으로만 보여 그 탯거리가 여간 시쁘둥한 게 아니었다. 기강이
땅에 떨어지니 연일 탈주자가 생기고, 장졸 간의 불신은 물론 장수
간에도 불화가 일어난다고 판단하면서 '너는 매나 독수리가 되라' 던
유중교의 유언을 자꾸 떠올렸다. 그는 의진의 내부 기강을 다잡아야

무어라도 시작할 수 있다는 생각이었다. 놀고 앉아 있는 군사들에게 편대를 지워 관아 밖 먼 산으로 깃발을 나부끼고 풍물을 치며 나가 땔나무를 해오게 했다. 그리고 군진 훈련의 효율을 높이려 왜놈 목에 오백 원의 상금을 걸기도 했다.

들리는 소문에 충주관찰사에 박규희라는 자가 임명됐다고 했다. 그리고 이틀 뒤엔 정영원이 제천군수로 임명됐다며 관아에 나타나서는 허리 굽혀 예를 표하고, 의진에서 거두는 세금을 합법으로 인정하겠다고 말했다. 이에 고무된 유인석은 참모들을 불러놓고 말했다.

"병서에 의하면, 적의 영토 깊숙한 곳에 많은 성읍들이 배후에 있고 돌아오기 어려운 곳을 중지(重地)라 했는데 우리가 목표로 삼는 충주성이 바로 이에 해당되지 않을지? 이곳을 재탈환하기 위해선 용병에 능한 장수가 있어야 하는 것으로되 상산(常山)에 있다는 솔연(率然)처럼 온몸을 다해 달려드는 병사로 기른다면 가능할 것이다. 우리가 지난 번 전투에서 이와같이 하여 성을 확보했으나 중지를 지키는 첫째 요인이라 할 수 있는 병참의 현지 조달에 실패함으로써 눈물로 성을 버리고 나오지 않았더냐? 이 점 각별 유념하여 병사를 조련해야겠다."

그러자 이정규가 호응하여 말했다.

"손자도 말하기를 중지를 치는 싸움은 단기전이어야 한다고 했사온데, 그 때 우리가 보름 이상이나 그곳에 머물러 있었던 게 화근이었습니다. 이제는 충주성을 점거하더라도 하루 이틀 내에 요절을 내야 할 것입니다. 그런가 하면 용병법에 '요새도 공격해서는 안 될 요새가 있다'고도 했으니 병자년 호란 때 청 태종이 압록강을 넘었으나 임경업이 굳게 지킨 백마산성을 우회하여 서울로 직행한 예도 있사오니, 오히려 충주성을 비껴 왜병이 주둔한 가흥참을 쳐 이긴다면 서울로 가는 문이 뜻밖에 쉬 열릴 수도 있습니다."

"좋도다. 문제는 우리의 화력이다. 어디 한번 나가 보자."

인석이 안승우의 중군부대로 향했다. 마침 솜으로 속을 채우는 방패를 만드느라 여념이 없었다.

"송판도 뚫는 총알이 솜덩이를 못 뚫겠느냐?"

"하지만 군사들은 작전에 임하여 지푸라기 하나라도 잡는 심정이 되어, 오로지 총탄만 피할 궁리를 하니, 솜옷으로라도 위안을 삼아 줘야 전투를 할 수 있습니다."

"중군의 뜻이 그렇다면 할 수 없는 일이로되, 솜을 징발 당하는 백성의 괴로움도 살필 것이고, 무엇보다 우리도 신식 총기로 무장할 계책을 마련하는 게 근본이다."

"그건 우리가 노획하는 방법밖에 없습니다."

"어디서?"

"가장 가까운 곳이 가흥참입니다. 그 곳 왜진을 급습하여 병기를 탈취하는 겁니다."

"염두에 두고 기회를 엿보자꾸나."

인석이 고개를 끄덕이며 수긍했다.

승우가 다시 군사들을 이끌고 산 아래로 내려가는 훈련을 벌였다.

아직 땅은 채 녹지 못했지만 개구리가 입을 연 지 며칠 전이다. 나무줄기 사이로 보이는 관아의 기와지붕에도 완연한 봄볕이 내려와 앉았다.

서문 앞 너른 뜰에도 선봉대가 도열하여, 사지(死地) 공격진을 조련하고 있었다. 김백선 휘하의 병졸들이 대개 산포수 출신이라 내닫고 뛰어 오르는데 익숙할 뿐 아니라 발포의 명중률도 높아, 어디든 공격 지점에 들어가 이곳이 내가 죽든 살든 양단간에 결판날 곳이라 믿게만 하면 승산이 있다는 계산이었다. 이것은 다분히 왜병이 주둔하고 있는 가흥참을 염두에 둔 것인데 남한강을 건너 다시 돌아올 수 없다는 신념을 확고히 한다면 날랜 산포수들은 가흥참을 기어이 점령할 것이라고 믿었다. 때문에 대장 백선의 독려와 종사 서석지 김술검쟁이가 선두에 서서 극성으로 뛰고 기고 오르고 부수는 훈련을 반복하는 그들의 옷은 때로 덮였고 손발은 터 갈라졌으나 땀방울 밴 얼굴엔 자신감이 넘쳤다.

차미는 김백선의 의진이 제천으로 야반도주한 것을 곧 알았다. 새 세상에의 꿈이, 이쪽이나 저쪽이나 크나큰 장벽에 부딪쳐 서서히 무너지고 있는 것이리라. 얼마나 세월이 더 흘러야 그 세상이 온단 말인가. 그 세상을 위해 지금 살아 있는 내가 할 수 있는 일이란 도대체 무엇인가. 한없이 나약한 그리고 아낙인 자기 신세가 한스러웠다. 하지만 가만히 앉아 있기에는 가슴이 터지도록 답답했다. 그녀는 의진이 둥지를 틀었다는 제천으로 갔다. 마침 서문뜰에서 군사들의 전투

훈련이 한창 벌어지고 있는데, 그 가운데 김백선의 우뚝 드러나는 얼굴이 보였다. 차미는 백선의 앞으로 다가가 늘켜울며 무릎을 꿇었다.

"장군님, 박복한 이 년의 소박한 소원입니다. 제 남편 신이백의 주검을 찾아 봉분이라도 만들어 주고 싶습니다. 그 시신이 어떻게 됐는지 제발 알려주옵서."

엇흠―, 백선이 짧게 헛기침을 한번 했다. 그리고 이 가련한 제수씨에게 아무것도 해주지 못하는 자신의 처지가 못내 안타까웠다.

"날 여기까지 찾아온 게 참 가상하고도 고맙소. 하지만 제수씨, 신이백의 시신을 어떻게 했는지 나는 전혀 알지를 못하니 나를 냉혹하다고 욕하진 마오."

"그럼 영월에서의 그 일을 알고 있는 사람이라도 한분 만나게 해주옵서."

차미는 간절했다. 백선이 그 간절함을 이기지 못하고 석지를 불러 차미의 말을 들어주도록 했다. 그런데 뜻밖에도 옆에 있는 검쟁이가 신이백을 암매장한 장소를 안다고 나섰다. 아직 팔꾸머리 상처가 다 아물지는 않았으나 걷는 데는 지장이 없어 검쟁이는 앞장서 차미를 이끌고 영월로 향했다.

"아줌씨, 이 난리 통에 남편 시신이라도 수습하려는 마음이 어디서 생기는 건가요?"

제천을 벗어나 주천 강을 건널 즈음 검쟁이가 불쑥 물었다. 차미는 푸석푸석한 얼굴에 퀭한 눈으로 저번에 본 검쟁이의 관심사가 뜻밖이었지만 심중에 골수로 박힌 거라 거리낌 없이 대답했다.

"누구를 흐노는 마음이 어디 인력으로 되는 거겠소. 그건 천지신명에 빌어서 되는 것도 아닌 거 같소."

"그럼요?"

검쟁이가 호기심이 가득하면서도 눈망울 가득 애닯은 빛을 담았다.

"그건 이 강물이 이렇게 흘러가듯 저절로, 막을 수도 없이 생겨나는 것 같아요."

"난 그런 마음이 뭔지 잘 모릅니다. 그런데 충주성에서 문득 아줌씨 말을 듣고부터 내 자신이 너무 허망한 존재라는 게 자꾸 느껴졌습니다."

"부모가 없다더니 그럼 형제자매도 없소? 아니 안식구도 없소?"

차미가 그 와중에도 눈을 반짝이며 관심을 갖고 물어주는 게 검쟁이는 왠지 고맙다는 생각이 들었다.

"저에겐 아무도 없습니다."

검쟁이가 허망한 눈동자를 뱃전 아래 푸른 강물로 내리뜨며 대답했다. 그리고 한참 후에 떨리는 음성으로 말을 던졌다.

"아줌씨에겐 정말로 송구스런 게 있습니다."

"예?"

차미가 영문을 몰라 반문했다.

"난 지금껏 사람들이 왜 가슴을 치며 울고불고 하는지를 모르고 살아온 놈입니다. 그러니 용서하십시오."

"뭘요?"

"…여주에서 가녀린 숨소리가 돌아오는 아줌씨를 제대로 다시 죽이려고 총구를 겨눈 놈이 나란 놈입니다."

"그런 일이 있었군요. 싸움터에선 보통 있는 일 아닌가요? 그런데 왜 지금 잘못을 빌겠다는 건가요?"

"시신이라도 수습하겠다고 나서는 아줌씨를 보니 사람 산목숨이 얼마나 중한 건지를 깨닫게 됐습니다. 그날 김백선 장군님이 총구를 밀쳐버리지 않았다면…, 지금 생각해 보니 제 등골이 다 저려옵니다."

검쟁이의 낯빛이 붉어지는 것을 차미는 확연히 훔쳐볼 수 있었다. 그러면서 저 뚱하면서도 대살져 보이는 총각이 이 살벌한 전장터에서 딴은 무척 외로움을 타고 있구나 생각했다.

"그런데 총각."

차미가 신이백이 죽고 난 뒤 마음속에서 부글거리던 온갖 상념들을 걸러내고 시신을 찾아 나서기까지의 제 심중을 말해 줘야겠다며 입을 열었다.

"이 한 아낙의 보짱이 얼마나 대수롭기야 할까마는 가만히 냉정하게 생각해 보면, '그 세상' '저 세상'도 좋지만 남편과 오순도순 따순 정 나누며 살던 이 세상이 제일 소중하다고 난 생각하게 됐어요. 그래서 이 질긴 목숨 끊지도 못하고 이렇게 살아가고 있지요. 그러면서 이게 결코 비루한 게 아니라고 생각을 돌려먹었어요."

차미는 말끝을 흐리고 말았다. 거룻배가 나루에 닿자 다시 재게 발걸음을 놓았다. 이틀을 굶어도 백 리를 내닫는 검쟁이야 말할 것도 없지만 김태열의 밀서를 돌리기에 이골이 난 차미도 아낙의 걸음 치곤 거리치는 게 없었다. 둘은 한나절을 조금 넘겨 청령포가 내려다보이는 산기슭에 당도했다. 검쟁이가 이백의 암매장 장소를 지목해주고 돌아섰다. 옷을 입은 채 떨어져 나간 머리를 함께 끌어 묻었으니, 그 사이 짐승이 냄새를 맡지 않았다면 그 자리에서 이백은 차미를 기다리고 있을 것이었다.

돌아오는 길에 검쟁이에겐, 밤마다 도망을 치던 군사들의 겁에 질린 눈이 자꾸 떠올랐다. 그 눈이 마냥 비루하고 비겁하게 느껴져 더욱 엄히 다잡지 못하는 대장소를 홀하게 보았었다. 그런데 이제는 도망치던 그들의 눈망울 속에 애처로운 처자 얼굴이 올올이 서려 있었다는 걸 알게 되었다.

가흥참이 공격 목표가 되자 유인석은 안보참의 실패를 반복하지 않도록 돌다리도 두들겨 가는 대책을 세우지 않을 수 없었다. 그는 가흥참에 관해 뭐든 알고 있는 진중 사람들을 불러 모았다. 그 가운데 가장 돋보이는 자가 김규식을 체포해 상금까지 받은 선봉대 소속 이범춘이었다. 그는 가흥참이 있는 마을에서 의병에 들기 전까지 살았던 사람이었다. 유인석은 범춘을 대장소로 불러 범재의 처형에도 불구하고 올곧게 의진을 따라온 그를 칭찬했다. 그리고 가흥참 공격에 관한 의견을 물었다. 범춘은, 가흥참엘 가기 위해선 양근 이남에서는 가장 수심이 깊고 폭이 넓은 목계나루를 건너지 않으면 안 된다는 것과, 총을 들고 있는 적에게 발각되지 않고 도강하는 것이 일차 관문이라면, 적진지를 공격하여 제압하는 것이 이차 관문인데 주둔병이 이백 명 정도 밖에 안 된다고 하나 그들이 신식 군사 교육을 받은 자들이기 때문에 정면 승부는 어렵다는 나름대로 의 정황을 말했다.

"그렇다면 장꾼으로 위장하여 목계나루를 건너가 적의 진지를 기 습하는 방책밖에는 없겠구나."

유인석이 나름대로 방안을 짜면서 가흥참과 가장 가까운 위치에 서 그들의 동태를 수시로 관찰하고 있는 후군장 신지수를 불러들였 다. 그들이 주둔하고 있는 강령목은 가흥참과 불과 사십 리 떨어진 곳이었다.

신지수는 모처럼 대장소에 들었으나 퍽 유쾌한 기색은 아니었다. 그에게 이범춘의 계책을 말하고 의견을 구했더니 그는, 가흥참의 왜 병이 소대별로 주둔지를 벗어나 멀리로는 청주 원주 여주까지 작전 반경으로 삼는 일이 허다하므로, 그곳을 공략하는 것은 주둔병이 최 소인 시기를 택해야 하지만, 그렇더라도 우리 진중에 그야말로 날래 고 억센 정병만을 추려 승부를 걸어야 일말의 승리를 기대할 수 있다 고 아뢰었다. 그러면서 그는 계책을 내놓은 범춘의 생각이 전적으로 옳다고 생각되는 것은 사실이나, 자기가 파악한 첩보에 의하면, 범재 어미가 울며불며 마을 사람들에게 범춘이 사촌 형수인 제 며느리를 욕보이고 의진으로 도망친 놈이라며 이를 갈고 있으니 이 또한 찜찜 한 구석이 없지 않다고 뒤를 달았다.

지수의 말을 조용히 듣고 있던 중군장 안승우가,

"그런 놈의 계책을 어떻게 믿고 따를 수 있겠습니까? 범재처럼 희떠운 놈 아닙니까?"

하며 미간을 찌푸렸다.

"그건 혹 낭설이나 모함일 수도 있으니 예단하는 것은 우리 군진을 위해서 득이 될 게 없지요."

참모 이정규가 응대했으나 승우는 고개를 뻥등그리고 말았다.

유인석 대장의 지휘 아래 가흥참 기습 비책이 착착 진행되고 있을 즈음, 승우가 종사를 시켜 선봉대에 있는 범춘을 불러왔다. 아무리 덮어 두려 해도 승우의 머릿속은 범춘으로 인해 혼란스럽기만 해서 도무지 아무것도 손에 잡히지 않았던 것이다. 화맥이란, 순정한 인간의 본성을 밝혀 하늘처럼 명징하게 하는 것인데, 형수를 범하는 것, 이건 금수나 할 짓이었다. 이렇게 비바람 설한풍 속에서 고초를 감내하는 이유가 무엇인가. 바로 화맥을 보존하기 위한 것 아닌가. 그런데 진중에 이런 짐승 같은 놈이 섞여 있다니, 더욱이 놈의 계책을 따라 적진을 치겠다니, 언어도단이었다. 승우는 단도직입으로 물었다.

"네가 형수를 범한 것이 사실이냐?"

범재가 처형 당하는 것을 목전에서 본 범춘은 선뜻 대답을 못하고 사시나무처럼 온몸을 떨었다.

"네가 그렇게 짐승 같은 과오를 범하고도 왜 의진에 계속 붙어 있었느냐? 여기가 그래도 네 목숨을 부지하기에 안전하다고 믿었느냐?"

범춘이 그 때 끄윽- 울음을 토해냈다.

"저는 형에게 박대 받는 형수가… 오로지 가련하여 그늘렀을 뿐입니다."

하고 더듬거렸다.

"그렇다고 해도 어떻게 형수의 몸에 손을 댈 수가 있느냐? 너는 사람으로서의 본성을 잃은 놈이구나."

승우는 그를 옥에 처넣고 유인석 대장을 찾아가 올곧은 화맥의 깃발을 드높이려면 극형을 줘야 타당하다고 상주했다. 유인석이, 지금 우리 의진이 죽느냐 사느냐 판에 한갓 오해일지도 모를 그것으로 장차 가흥 진격 시 길잡이가 될 사람을 어찌 참할 수 있겠느냐며 더구나 그는 적괴를 체포한 공도 있지 않느냐, 며 고개를 저었다. 승우가 대장소를 물러나와 그날 밤 조용히 혼자 묵상하다가, 범춘을 다시 불러냈다.

"나는 너 같은 짐승놈을 참하여 이 땅에 우리 도맥이 면면함을 드러내 보여야 한다고 생각한다. 그러나 우리 의진이 지금처럼 위급한 경황에서 너를 참할 수 없으나, 그렇다고 너와 함께 한 솥밥을 먹으며 지낼 수도 없는 일이다. 네게 문을 터줄 터이니 죽은 목숨이라 생각하고 곧장 성 밖으로 나가거라. 그래야 내가 비로소 군무를 볼 수 있을 것 같다."

으스스 떨고 있던 범춘이 넙죽 일어나 절을 하더니 호종하는 군사를 따라 성문 밖으로 종종걸음을 쳐 나갔다. 범춘의 뒷모습을 보고 승우는 비로소 아주 명쾌하지는 않으나, 마음속으로부터 밝고 맑은 울림이 작은 방울로 샘솟는 것을 느꼈다. 아, 순정하고도 명징한 도맥이여! 그는 팔을 뻗어 길게 기지개를 폈다.

선봉대 소속인 이범춘을, 아무리 죄가 크다고 해도 중군이 마음대로 처리한 걸 알고 선봉대 지휘소는 몹시 언짢았다. 안승우의 독단과 남용을 탄핵해야 한다고 석지는 강경했으나 그의 죄목이 인륜도덕에 관한 것이고 중군과 맞서 공연히 군사력을 소진한다면 아무 득 될게 없다는 이식의 충고에 따라 모르는 척 넘어가기로 했다.

아무리 다잡아도 자꾸 민심이 떠나간다는 생각은 승우를 더욱 초조하게 만들었다. 제천에서 이럴진대, 원주 단양 청풍은 물론 충주 평창 등지는 어떠하랴. 문제는 백성의 열이 식는 것 못지않게 병사들도 자꾸 군진에 시들해진다는 점이었다. 어떤 자는, 이제 전투는 더 없을 거라고 공공연히 떠들면서 군마나 총포를 개인 기호품처럼 생각하는 경향도 생겼다. 중군의 종사 하나가 마방의 말 한 필을 내와 거둬 먹이는 체하다가 그 놈을 타고 삼문 밖을 질주한 사건이 그 단적인 예였다. 승우는 녀석을 붙들어다가 곤장 삼십 대를 쳤다. 그러나 얼마 안 있어 난데없는 포성이 동헌을 뒤흔드는 사건이 또 일어났다. 조사해 보니 선봉대 산하 포군들이 포성으로 까마귀를 잡는 내기를 하느라고 쐈다는 것이었다. 승우는 그 자들을 잡아 옥에 가두고, 극단적으로는 처형이라도 해 군기를 다잡을 수밖에 없다고 생각하기에 이르렀다. 이런 형편은 그들의 본향 지평에서도 마찬가지였다. 수성장 안종엽이 관군과 왜군의 압박을 견뎌내지 못하고 지하로 숨어버리자 그를 의지해 연명하던 의진 배후가 하루 아침에 비빌 언덕이 없어졌다. 안승우는 급히 지평으로 말과 사람을 보내 온 가족을 제천으로 옮겨왔다.

　안종응이 제천에 이르고 보니 정말 수중에는 쌀 한 됫박 없는 처진데, 승우는 아버지 오는 날 잠깐 삼문 밖에 나와 엎드려 절 한번 하고는 군무에 바쁘다며 사흘이나 코빼기도 보이지 않았다. 그러던 차에 벼 이십 석을 달구지에 싣고 인근 농부 하나가 나타났다. 며칠 전 지평 사는 죽마고우가 제게 쌀값을 치르면서 이걸 갖다드리라고 했습니다, 평소 안 선비님의 고명을 들었던 차에 기쁜 마음으로 달려 왔습니다, 하고는 볏섬을 마당에 풀어 놓았다. 순식간에 좁은 마당이 그들먹하여 고맙기도 하고 감격에 겹기도 하여 눈물이 날 지경이었는데 그 때 마침 승우가 모처럼 집엘 들렀다. 그 아내 온재가 무심하기 짝이 없는 남편을 보자,
　"군진과 우리집이 담장으로 이어져 한 집처럼 가까운데 잠만이라도 집에 와 주무시면…"
하는데,
　"이보소 내자, 지금 나랏님이 국모를 잃고 홀로 쓸쓸히 침전을 지키시는데 신하된 자가 어찌 아내와 동침을 한단 말이요?"
하고 무지르고는, 집에 들어설 때 이상하게 여겼던 마당의 볏섬 연유를 물었다. 그러자 모친이, 방안에 우두커니 앉아 있는 종응을 흠칫거리기만 하고 입을 열지 못하자,
　"어머님, 당장 이걸 운량소에 바치셔야 합니다."

하고 제 모친에게마저 호통을 쳤다.

"네가 객지에서 더구나 전장에서 얼마나 대꼈으면 이렇게 변했겠니."

모친이 눈시울을 붉혔다. 이에 아랑곳하지 않고 승우는,

"그 자가 우리집에 사사로이 줬다는 말을 어머님이 온 제천 백성과 군사들에게 일일이 해명하실 수 있겠습니까?"

하고 그 자리에서 군사들을 불러 등짐으로 져 나르게 했다.

"생각해 보니 그래 네 말이 맞다. 고향 떠나 타향에 구차하게 젖으니 너를 낳아 기른 이 에미 눈에도 곱이 낀 게로구나."

모친이 중얼거렸다.

방안에서 모자의 언성을 잠자코 듣고 있던 안종응은 군사를 일으킬 당시 매사를 여탐하던 아들이었는데 지금 뭔가가 자꾸 굽질린다는, 용천맞은 느낌이 들어, 이제 아들을 돕는 일이란 방 안에 좌정하여 도념이나 묵상하며 진리를 더욱 밝히는 것이라 여기고 담장 하나를 격한 관아에서 유인석이 몇 번 청해도 결코 응하지 않았다.

그런데 백성들과 군사들에게선 중군 안승우의 비리를 담은 괴담이 연일 퍼져나갔다. 심지어 서신이 날아들기도 했다.

민이식도 들은 데가 있어 가만히 있을 수 없었다. 그는 겉과 속이 다른 중군장의 비리를 낱낱이 버르집어야 한다며 대장소 이정규 참모의 선봉대 방문을 요청했다.

안승우에 관한 별의별 소문이 무성한 와중이라, 대장소가 아닌 지

대에서 격의 없이 진상을 들어보는 것도 일리가 있다고 생각한 정규가 이식을 만나러 선봉대로 갔다. 이식은 선봉대 지휘소가 있는 서문 밖 인가에 들어앉아 있었다.

"중군의 비리가 그래 무엇이요?"

"웬만한 사람들이 다 알고 분개하는데, 대장소 주변만 까맣게 모르고 있으니 동헌 담장이 그토록 높은지 알다가도 모를 일이요. 우리 선봉대장 김백선 장군을 잠시라도 만나보고 얘길 해도 늦지 않습니다."

정규는 이식이 점점 야릇한 술수를 쓴다고 의심이 들었지만, 이곳은 엄연한 선봉대 지휘소였다.

"김백선이 어디 있습니까?"

정규가 물었다. 그러자 이식의 안색이 변하면서 되물었다.

"김백선이라니요?"

"뭐가 잘못 됐습니까?"

"아무렴요. 아무리 대장소 참모라고 해도 예하 군장을 남의집 머슴 부르듯 호칭한단 말이요? 내가 알기로는 이참모가 아주 뼈진 데가 있다고 들었소만 실망스럽소."

"그게 정 잘못됐다면 내 허물이요. 김백선장군이라 부르리다."

"나는 꼬박꼬박 장졸의 예로써 모시는데, 이공이야말로 적수포의로, 한낱 양반의 후예란 허울만 내세워 선봉을 그리 허수이 여기니 중군이 이렇듯 방자해진 게 아닙니까? 이공도 병서를 읽었겠지만, 적을 앞에 둔 마당에 오직 계급만 있더라도 승패의 확률은 반반인데,

이 진중엔 반상의 계급이 또 하나 견고하니 어떻게 이길 가망이 있겠습니까?"

"내 말버릇이 그리 되어 튀어나온 실습니다. 이제 그만 혜량하십시오."

정규는 이식의 트집이 분명 까탈이 있을 거란 판단과 함께 그에게 더 이상 책을 잡혀서는 안 되겠다는 생각으로 머릴 숙여 사죄했다. 이식이 비로소 눈을 반쯤 감고, 잠시 노여움을 가라앉히더니 안방으로 다가가 허리를 굽혀 아뢰었다.

"장군님, 대장소에서 이정규 참모가 왔습니다."

"들여보내게."

백선의 목소리가 창호지 밖으로 날아왔다. 순간 정규는 제 귀를 의심했다. 백선이 지금 이식에게 '허게'를 하고 있는 것이다. 세상에, 하늘과 땅이 맷돌질할 변이었다. 정규는 벌렁벌렁 뛰는 가슴을 가까스로 전정시키고, 이식이 열어주는 방문 안으로 들어갔다. 백선은 방 한가운데 앉아서 총구멍에 아주까리 기름을 바르고 있었다.

"어서 오시오. 원수님께선 강령하신가요?"

백선이 제법 유식한 말을 섞어 물었다. 이식이 가르쳤을 것이다.

"그러하네. 선봉도 여전히 기개가 높네그려."

정규의 말이 떨어지자 옆에 서 있는 이식의 날카로운 시선이 날아왔다. 정규가 아차, 하고 말을 바꾸려는데 혀가 헛돌고 목구멍이 막혔다.

"됐세다. 양반들이 난세를 만나 몸뚱이나 고생하면 됐지 셋바닥꺼

정 고생시켜서야 쓰겠십니까?"

백선이 쳐다보지도 않고 지껄였다. 정규는 얼굴이 확 달아올라 어
쩔 줄을 몰라 하다,

"민공이 청을 넣어서 예까지 오게 됐지요."

하고 말춤을 높였다.

"그렇습지요. 우리 선봉 군사들이 이를 갈며 중군과 맞붙어 싸우
자고 성화들이니, 대장소에서 잘 분별해 주셔야 겠십니다."

백선은 그제야 정규를 바라봤다.

"도시 무슨 사단입니까?"

정규가 제법 익숙해진 말투로 물었다. 이식이 이제 됐다는 듯 표정
을 눅여,

"그건 내가 이를 테니, 우선 여기 좀 앉읍시다."

이식은 탁자 옆에 놓인 걸상을 가리켰다. 정규가 착석하자, 이식은
탁자 서랍에 들어 있던 한 통의 편지를 꺼내 정규 앞에 내밀었다.

김백선 장군님 좌하,

저 섬오랑캐와 그 주구들을 치고 임금과 세자의 원한을 풀어드리
기 위해 밤낮 볏짚과 풀단 위에서 고생하시는 장군님의 무운을 빕니
다. 응당 멀리서나마 늘 근심과 걱정을 보태어 장군님이 용전하고 개
선하시기를 축원해야 하는 저희들입니다만, 요즘 이곳에서 하 기가
막힌 일이 벌어지고 있어, 만단을 제쳐놓고 글월을 올리지 않을 수
없음이 안타까울 뿐입니다. 한 열흘 전에 제천으로부터 지평수성장

에게 느닷없이 장령이 하나 떨어졌습니다. 내용인즉 장군님 휘하에 있는 군졸들의 소작 전답을 떼어 안승우 휘하 군졸들에게 돌려주라는 것이었습니다. 그 까닭도 설명함이 없이 이 영을 즉각 실행할 것을 독촉하였으니 수성장의 지시를 받은 지주들이, 이건 안승우가 대장소의 신임이 큰 걸 기화로 제 군졸들의 사기를 배가시키기 위한 술책이라고 생각하면서도 안승우의 문책이 무서워 이를 시행하고 있으니, 땅을 떼인 이곳 가족들은 장차 입에 풀칠할 길이 막막하여 의병을 원망하는 마음이 하늘에 닿아 있고….

편지를 읽어 내려가는 정규의 눈이 휘둥그레 졌다. 이게 사실이라면 승우를 체포하여 문책할 수밖에 없다는 판단이 서자, 의진에 내전이 발발하는 환상과 피비린내가 끼쳐들었다.

"어떻습니까?"

이식이 당찬 음성으로 물었다.

"이게 사실이라면….'"

정규는 말끝을 채우지 못했다. 잠시 숨을 돌렸다가,

"그 장령을 가지고 간 전령이 누구라고 합니까?"

하고 물었다.

"중군장의 종사 조백연이라는 놈이올시다."

"조…?"

정규가 그의 이름을 되뇌고,

"사실이 확인될 때까지 기다려야 하오. 섣불리 경동했다가는 큰일이 나요."

하고는 자리를 떴다.

정규의 보고를 받은 인석이 즉각 조백연을 잡아오라고 명했다. 그
러나 그는 지금 지평에 가 있었다. 지평수성장에게 급히 사람을 보내
어 그를 붙들어 오라고 지시했다.

그리고 다음날이었다. 강령목에 나가 있는 후군장이 보낸 서찰이
대장소로 날아들었다. '우리 후군은 시방 산비탈에서 바위를 의지하
고 풀더미를 이불 삼아 적을 막아내고 있건만, 중군장은 관아에서 따
순 방에 이불 덮고 자면서 그것도 모자라 군수품을 절취하여 제 집으
로 빼돌린단 말입니까? 오늘 저녁 안승우를 베러 들어가겠으니 허락
하심을 앙망합니다' 라는 내용이었다.

안승우는,

"발단의 씨가 우리 집에서 시작된 건 사실이니, 그 책임을 갚을 길
은 오직 내가 의병을 위해 죽는 길 뿐입니다. 혹 이 참모가 기록으로
뭐를 남기고 있다면 내 속을 거울같이 적어주기 바라오." 하고 비틀
비틀 어둠 속으로 사라지더니 오랜 만에 사가로 들어갔다. 남편의 무
거운 표정에 놀란 아내 온재가 숨을 죽이고 승우의 기색만을 살피는
데 승우가 말했다.

"내 집에 있는 적군을 소탕하러 왔네."

"적군이라니요?"

"이 집에 적군 한 무리가 숨어 있어서 의병이 두 동강이 나게 생겼
네 그려."

"우리 집엔 아무도 오질 않았습니다."

"자네 가슴 속에 들어 있는 적병 말일세."

"예?"

"오늘은 또 누가 우리 집에 와서 쌀말이나 던져주고 갔나?"

"오늘은 없었습니다."

"그럼 어제는 있었단 말이로세."

"예, 그제 어떤 종사의 어머니가 수수쌀 한 바가질 가지고 왔었습니다."

"어디 있나?"

"양식이 떨어진 지 사흘이나 됐으니 그걸 어쩌겠습니까? 조당수를 쒀 먹었습니다."

"먹어?"

승우의 눈이 순간 매섭게 빛났다.

"왜 이러시오? 무섭습니다."

아내가 한 발 뒤로 물러서며 안색이 하얘졌다.

"남의 손이 묻은 건 지푸라기 하나라도 받지 말라고 신신당부하지 않았소?"

"하도 배가 고프니 그럼 어쩌겠습니까? 나야 맹물만 먹고도 참으라면 참지요. 허나 연로한 부모님마저 굶기란 말씀이요? 해도 너무 하십니다."

아내가 울먹였다.

"그렇지만 그 때문에 의병이 쓰러지면 만고에 역적이 된단 걸 왜 모르시나? 자네 오라버니 맹영재 군수가 왜 대동계원한테 총격을 받고 죽었는지 잘 알잖소?"

하는데 방문이 열리면서 승우의 모친이 들어왔다.

"그래 네 얘기가 맞다. 굶어 죽는 한이 있더라도 이젠 안 받으마. 이 앤 잘못이 없다. 내가 받았으니까."

승우가 모친 쪽으로 얼굴을 돌려 잠시 바라보기만 하다가 이윽고 입을 열었다.

"불초한 자식놈을 용서하십시오. 허지만 대사를 위해 소사를 희생시키는 건 만고 경륜의 진립니다. 또 그런 걸 받으시면 어머니 앞에서 어머니 손목 대신 제 이 손목을 잘라 버리겠습니다."

"그래. 무슨 얘긴지 안다. 허지만 차마 에미 앞에서 그 무슨 망발이냐? 네가 얼음처럼 차가운 건 알았지만 정말 소름이 끼치는구나. 내자식이라도 이런데 남이야 어떻겠느냐."

모친이 손등으로 눈가의 물기를 훔치며 나갔다.

한참 그 자리에 얼어붙어 있던 승우는 의관을 정제하고 붓을 꺼내,

— 죽지 못한 인생이 육신의 정을 끊으니,
죽은 뒤의 기운이 화맥의 밝음을 잇는구나.
노모와 어진 아내는 벽을 보고 우는데,
얼음같이 찬 나는 성현 앞에서 목메네.

하고 찢어지는 가슴을 휘갈겨 쓰고는, 허정허정 방을 나왔다.

선봉대가 사지 기습 훈련에 여념이 없는 늦은 저녁나절 서석지의 눈에 웬 낯설지 않은 아낙이 띄었다. 서문 뜰 어귀 두둑하니 솟은 밭두렁을 채 다 올라서지도 못하고 엉거주춤 서서 자꾸 군사들 내닫는 쪽으로 고개를 빼곤 하는 아낙이었다. 그녀의 옆에는 떠꺼머리를 한 머슴애도 그 모양으로 서 있었다. 잠시 쉬는 틈에 그들에게 자세한 눈길을 준 석지는 깜짝 놀라 벌떡 일어나고 말았다. 놀랍게도 그 아낙은 장군님의 부인이었던 것이다. 석지가 지휘봉으로 쓰는 말총채를 든 채 뜰 어귀로 달려 나갔다. 다가오는 군사가 서석지임을 알고 비로소 장군의 부인, 연이는 연득없이 군막을 찾아오지 않을 수 없었던 사정에 어줍은 웃음을 그렸다.

"여기까지 하루 이틀 걸이도 넘는데 어찌 이렇게 오셨습니까? 무슨 일이라도 났습니까?"

석지는 지평 쪽이 무탈하지 않다는 소식을 듣던 터라 겁부터 났다.

"아닙니다. 우리 바깥양반을 좀 만나러 왔습니다. 불원천리 혼자 오기가 저어해서 이 앨 데리고 왔습니다."

백선의 둘째 아들 동학이었다. 동학이 처음 보는 군사 훈련 장면에 어리둥절한 표정을 지우지 못하고 석지에게 고갤 숙여 인사를 했다.

"동학이까지 데려오신 걸 보니 필시 무슨 사단이 난 거군요? 소작 부쳐 먹는 것 때문에 말이 많다던데."

석지가 불안을 떨치지 못하고 다시 물었다.

"실은, 지금 저쪽이, 다들 불안에 떠느라고 일손을 놓고 있는데, 안선비 댁마저 야밤에 홀연 제천으로 떠난 뒤엔 언제 관군이 들이닥칠지 몰라 문고리를 풀어 놓지 못하는 나날을 지내고 있습니다. 우리 바깥양반한테 우리도 종시 어떻게 해야 할지 여쭙기도 하고, 또 그간 어디 상한데 없이 잘 계시나 궁금하기도 해서 이렇게 봉두남발하고 찾아왔습니다."

"그럼 연로한 어머니와 다른 아들들은 모두 무탈합니까?"

"우선은 제가 시집오기 전에 살았던 산막으로 숨어들었습니다. 그곳이 워낙 외지고 메숲진 곳이라 거길 큰애한테 맡겨 놓고 이 아일 데리고 왔지요."

"지금 지평이 그렇게 위급하군요. 알았습니다. 곧 장군님께 아뢰겠습니다. 우선 저기 보이는 차일 속에 들어가 좀 쉬십시오."

"아낙이 어찌 볼썽사납게 군막엘 들겠습니까? 어풀 바깥양반이나 좀 뵙고 싶습니다."

"제가 한달음에 다녀오겠습니다."

석지가 서문 뜰 밖에 있는 지휘소로 부리나케 가서는 김백선을 찾았다.

"장군님, 지금 부인께서 와 계십니다."

"우리 안식구가?"

"동학이도 동행하고 있습니다."

"무슨 일로?"

백선이 뭔가 불길한 예감이 떠올라 무겁게 물었다.

"지금 지평은 낮에도 문고리를 잠그지 않고는 불안할 만큼 어수선해서 오신 모양입니다. 이리로 뫼셔 올까요?"

"지금 이 지휘소 앞에 이르러 있단 말이냐?"

"아닙니다. 서문 뜰 어귀에 계신데 군막 차일에 잠시 들라고 해도 듣지 않으셨습니다."

"그래 지평 사정이 어떤지 제대로 듣기는 했느냐?"

비로소 백선이 노모와 처자에 관심을 주자, 백선처에게 들은 얘기를 낱낱이 전해 주었다.

"그럼 됐구나. 나는 털끝 하나 상한 데 없이 잘 지내고 있으니 아무 걱정 말라고 전해 주거라. 지평이 위급하여 산막으로 거처를 옮겼다니 그도 잘한 일이고, 큰아이가 그곳에 함께 있다니 할머니를 비롯한 가족들을 능히 지켜줄 테니 염려 없구나. 그러면 더 늦기 전에 어서 돌아가라고 이르거라."

"예? 여기까지 발이 부르트도록 오셨는데 얼굴도 한번 상봉 않는다는 말씀입니까?"

석지가 어리둥절하여 물었다.

"엄연한 군막을 어찌 여염 아낙이 드나들 수 있겠는가? 더욱이 장수직임의 안사람이 들락거려서야 군대의 영이 서겠느냐?"

하고 백선이 돌아섰다. 옆에 서서 둘의 대화를 챙겨 듣던 민이식이 황망한 표정을 감추지 못하고 백선 면전으로 걸음을 옮겨 말했다.

"장군님, 작은 일에 얽매여 군진을 흩을 수 없다는 내심은 이해하오나, 고향에서 배를 곯으며 여기까지 온 부인과 자식을 만나는 것은 결코 작은 일이라 할 수 없습니다. 불러 들이셔서 밥이라도 한 끼 잡숫고 보내시면 군사들도 다 내 일처럼 느꺼워할 것입니다."

"충언은 고맙지만 사사로운 것으로 군진을 더럽히기는 싫으오."

백선이 다부지게 말했다. 이식이 다시 뒤를 이었다.

"안승우 장군은 아예 온 가족을 데려와서 살고 있지 않습니까? 하나도 허물이 되지 않습니다."

"그건 안장군의 판단이요. 안장군 가솔들은 산막처럼 숨어들어갈 곳도 없었던 게지요. 나는 산막이 있고, 아들이 셋이나 있는데 설사 산짐승이 갈랜다 한들 뭐가 두렵겠소. 서 초관, 어서 그 사람과 동학이를 돌려보내게."

백선이 지휘소 안 문으로 들어가더니 문짝이 소리 없이 닫히는 게 보였다. 엉거주춤하니 그 자리에 서 있던 석지가 어기적어기적 지휘소를 나서서는, 까치발을 뜨면 두 눈에 들어올 서문뜰 어귀 밭두렁을 쳐다보았다. 차마 부인 앞으로 가서 발걸음을 돌리라는 말을 전할 수 없을 것만 같았다. 그러나 거역할 수 없는 상관의 명령이었다.

"알겠습니다. 몸 성하시다니 천만다행입니다. 그런데 서 처사님, 의진에서는 화맥을 모르는 사람을 가차 없이 목도 친다고 들었습니다. 우리 바깥양반이 글을 못 읽어 그런 걸 알지 못할 텐데 자나 깨나 그것이 제 큰 걱정거립니다. 제발 몸보신 잘 합시라고 말씀해 주십시오. 그리고 행인한테 물어보니 여기서 충주 청룡촌이 한 나절 거리라고 하던데 거기 제 제밑동생이 오래 전에 시집가 살고 있습니다. 어차피 먼 길 온 김에 동생이나 한번 만나보고 가게 바깥양반한테 허락받아 주십시오."

연이가 망설이는 얼굴로 청했다. 석지는 다시 가슴이 콱 막혔다.

하지만 무슨 수를 써서 에둘러 말할 수도 없는 형편 아닌가. 석지는 입술을 욱 물었다가 겨우 털어놓았다.

"부인께서 동생을 만나시고자 하는 정을 어찌 제가 모르겠습니까만, 참으로 말씀드리기가 송구한 일이 있습니다."

"왜요? 그것도 허락이 안 되나요?"

"그런 게 아니고 장군님의 처제 도아라는 여인은 죽고 없습니다."

"예?"

연이가 놀라 벌린 입을 다물지 못했다.

"왜 죽었나요? 의진하고 관련이 있는 건가요?"

"자세한 건 저도 모릅니다."

석지는 얼버무리고 말았다.

"그럼 제 바깥양반은 자세히 알고 있나요? 도아가 그렇게 일찍 갈 줄은 정녕 몰랐습니다. 열두 살에 시집 와 이십 년이 됐으니 아직은 그렇게 쉬이 갈 나이는 아닌데, 필시 무슨 곡절이 있군요. 이번에 만나면 죽기 전에 다시 언제 또 보랴 싶어 벼르고 별렀는데 이미 가고 없다니 야속하기만 합니다."

하며 다리가 헛놀아 비틀하는 연이를 그 아들 동학이 얼른 부축했다. 석지는 더 이상 그곳에 서 있기가 난감하여 목례를 하고 돌아섰다.

잠시 뒤 정신을 수습한 연이가 눈물을 닦고 돌아서서는 땅이 꺼져라 한숨을 뱉어놓고 몽학이를 앞세워 더듬더듬 한길을 따라 걸어 나갔다.

그들이 서문뜰을 벗어나 하소천 징검다리를 건너고, 넉고개를 넘

어 가뭇없이 사라지는 모습을 지휘소 안채 쪽마루에서 백선이 우두
커니 내다보고 있었다.

　조백연은 오리무중이었다. 다만 그는, 본진에서 지평수성장에게
전달되는 통상적인 전낭 속에 그런 괴서가 어떻게 들어 있게 됐는지
땅띔도 못할 뿐이라는 제 입장을 밝히고 이 일로 앰하게 벌을 받을
게 두려워 숨지 않을 수 없다고 수성장에게 알려왔다는 것이었다. 그
렇다고 괴서 사건을 방치할 순 없었다. 유인석은 군장들을 불러 모으
고, 대장소에서 그런 장령을 내릴 이유가 없으며 누군가 군장들을 이
간질하려고 이르집는 것이니 서로 오해를 풀기 바란다고 주문했다.
　그러나 이 사단은 그렇게 좋은 말로 끝날 일이 결코 아니었다. 중
군장 안승우와 선봉장 김백선 사이에는 피차 풀지 못할 옭매듭이 어
느 결엔가 겹겹이 옭혀 있었다. 선제적으로 나온 것은 승우였다. 그
는 지평수성장 안종엽에게 급히 사람을 보내어 조백연과 그 괴서를
제천 본진으로 보내라고 명했다. 다음 날 심부름에서 돌아온 중군 종
사는 조백연을 결국 체포할 수 없었다며 괴서만 안승우에게 바쳤다.
승우는 제 방 깊은 곳에 놓여 있던 낡은 궤짝을 꺼내 전부터 간수해
오던 문서쪼가리들을 하나하나 꺼내 눈을 크게 뜨고 노려보기 시작
했다. 이윽고 궤짝 한 귀퉁이에서 구깃구깃한 서찰 아니 격문이 한
장 나왔다. 평창에서 민용호에게 보낸, 민의식이 초안을 잡은 바로
그 문서였다. 승우는 지평에서 입수한 괴서와 이 격문의 필적을 감정
하기 위해 눈을 부릅떴다. 그리고 곧 확신에 찬 얼굴로 대장소 이정

규 참모를 불러왔다. 승우는 정규에게 두 문서를 내보이며,

"이 문서의 필체를 보면 이번 사단을 누가 일으킨 건지 확연히 드러납니다."

했다.

유심히 두 문서를 들여다보던 정규도 안색이 차츰 굳어지면서, 선봉대에서 아니 민이식이 왜 이렇게 큰일을 저질렀는지 모르겠다며 얼굴이 어두워 졌다. 승우는 곧 정규를 이끌고 유인석 앞으로 나아갔다. 그리고,

"선생님, 민이식과 김백선을 벌 주셔야만 우리 의진이 안정을 찾을 수 있습니다."

하고 강기 어린 목소리로 아뢰었다.

"참으로 해괴하구나. 이것을 민이식 독단으로 획책했다면 모르되 김백선도 연루됐다면 백선이 맨망하기 짝이 없는 놈이로구나."

인석의 눈가에 실망의 빛이 역력했다. 정규가 인석의 마음을 헤아려 한 마디 아뢰었다.

"제 생각에는 민이식이라는 자가 심히 궤란쩍은 데가 있습니다. 그가 군이 선봉대로 전출하기를 원했던 이유와도 관련될 듯 싶습니다. 그를 붙잡아 문초하면 진상이 다 밝혀질 것입니다."

"알았다. 더 곪기 전에 바로 처치할 일이다."

인석의 말이 끝나기 무섭게 안승우는 선봉대로 사람을 보내 민이식을 체포해 왔다.

"네가 글을 읽은 양반으로서 어찌 상하 통서가 분명한 전장에서

장수들을 이간질하느냐?"

승우가 호통을 쳤다.

민이식은 갑자기 체포된 영문을 모를 뿐 아니라 승우의 호통도 도시 감을 잡을 수가 없었다. 그러자 멀거니 앉아 자기를 의아하게 바라보는 이식에게 승우가 다시 뇌까렸다.

"네가 지평으로 가는 괴문서를 작성하지 않았단 말이냐?"

그제서야 이 사단이 괴서 때문임을 안 이식은 하도 어이가 없어 헛웃음을 한번 날리고 승우에게 말했다.

"내가 썼다고 어떻게 단정을 하십니까?"

"뭣이? 이 가증스런 자를 봤나? 이 필적을 봐도 거짓말을 나불대겠다는 것이냐?"

승우가 두 장의 문서를 이식 앞으로 내던졌다. 이식이 그것을 주워 무릎에 올려놓고 세세히 뜯어보고는, 누구의 장난인지 통 모르겠습니다, 하고 단호하게 내뱉었다. 그러자 승우가 더욱 경멸스런 웃음을 띠고 이식을 노려보더니 대장소로 향했다. 얼마 후 대장소에서는 이식이 도주의 우려가 있다며 일단 감옥에 처넣으라는 명이 떨어졌다.

이식이 구금되자 영문을 몰라 사색이 된 서석지가 진상을 캐기 위해 동분서주하는 틈에 백선이 유인석 앞에 가 무릎을 꿇었다.

"간악한 민이식이 선봉 밑에 가서 얼쩡거린 이유가 만천하에 드러났다."

인석이 노기띤 눈으로 일갈했다.

"대장님, 저와 중군이 관련된 일이라 저 역시 매우 난감하던 차였는데 이런 일이 벌어지고 나니 몸둘바를 모르겠십니다. 다 제 불찰이오니 저를 벌주시고, 민이식 종사를 풀어 주시옵세서."

"선봉에게 묻겠다. 진정코 너는 모르는 일이었더냐?"

"대장님이 저를 믿으시는 것만큼 저도 대장님을 보필하기 위해, 비록 우둔한 몸이지만 지성을 다하고 있십니다."

"내가 다시 한 번 널 믿겠다."

"하오면 저를 벌주시기 전에 제가 민이식을 면회라도 한번 하게 허락해 주옵소서."

"알겠다. 하지만 이정규와 함께 가거라."

"고맙십니다."

백선이 일어나 읍하고 감옥으로 향했다. 이정규가 느적느적 백선의 뒤를 따르며 민이식에게 모욕 당한 것이 창피하여 심기가 불편했으나 워낙 중대한 모함 사건인 만큼 양단간에 한 쪽은 기가 뚝 꺾일 사안인데, 이제 민이식이 범인인 게 다 드러난 마당에 김백선 너야말로 끈 떨어진 갓 신세가 아니냐 싶어 대장소 참모로서 물었다.

"선봉, 민이식을 만나 뭘 하고자 하는가?"

"사람이 하나 죽게 생겼는데 그 속심이 어떤가는 알아 봐야 하지 않겠십니까?"

"그러다가 백선이 자네도 옭혀들기 십상이네. 각별 몸조심하는 게 좋을 걸세."

"내 종사가 저지른 죄라면 마땅히 나도 벌을 받아야 헙지요."

"뭐? 자네 점점 이상한 소릴 하네그려. 내 귀엔 자네가 연루됐다고 자백하는 말로 들리네."

"원래 나란 놈은 거짓말은 안 해 보고 살았소."

백선이 내뱉고 입을 다물었다. 백선의 그 품을 보고 정규는 문득, 마름쇠도 삼킬 놈 백선이 얼핏 데생각하여 모종의 뒤집기를 획책하는 게 아니냐는 생각으로 불현듯 머리털이 쭈뼛 서는 걸 느꼈다. 그래서 백선과 이식의 면회를 배석하고 어풀 대장소로 복귀할 생각에 바빴다.

감옥 안의 이식은 의외로 태연히 앉아 마치 글이라도 읽는 사람처럼 흥얼흥얼 콧노래를 부르고 있었다. 정규가 도대체 딱도 하다는 얼굴로 조심스레 이식을 훔쳐보고 있는데 백선이 다가가 말을 걸었다.

"민공, 이 무슨 고생이요?"

그제서야 김백선이 면회 온 걸 알고 벌떡 일어나 두 손을 모으고 예를 표하며,

"장군님 오셨습니까? 군무에 바쁘실 텐데 어이 이 하찮은 일에 마음을 다 쓰십니까? 감개가 무량합니다."

했다. 그리고 뒤에 서 있는 이정규를 발견하고는,

"유대장께서는 나에게 어떤 벌을 내린다고 하셨소?"

하고 물었다. 정규가 정색을 하면서,

"민공, 아니 민이식 종사. 정신 좀 차리게. 이 일이 어찌 하루 저녁 구금으로 끝날 일이겠는가?"

"그럼 목이라도 베겠다는 건가요?"

"그건 내 모르네만 하여튼 의진이 발칵 뒤집히고 선생님이 격노하

신 사건을 자넨 너무 경히 보네그려."

정규가 핀잔을 주었다.

"이왕 목이 달아날 참에 울고불고 용서를 구하면 뭘 하겠소? 그러나…!"

갑자기 이식의 음성에 결이 서더니 정규의 얼굴을 뚫을 듯 강하게 노려봤다.

"아니 왜 이러나? 왜 나한테 악감정을 두나?"

정규가 한 발 물러서며 말을 사렸다. 그러자 백선이 나섰다.

"민공 무슨 말을 하던지 나한테 어디 털어놔 보게."

"장군님 저는 결코 범인이 아니올시다. 하오니 진범을 꼭 잡아야겠습니다."

이식이 다부지게 뇌까렸다.

"민공, 그럼 누가 범인이란 말인가?"

"장군님, 아니 참모나리, 지금 나한테 붓과 종이를 한 장 가져다주십시오."

"그건 왜?"

정규가 희한한 수작을 다 부리는구나 싶어 의아한 눈으로 물었다.

"그걸 가져다주면 내가 범인이 아니란 게 만천하에 밝혀질 겁니다."

"점점 모를 소릴…?"

정규가 이식의 요구가 가당치도 않은, 무슨 계략이 숨겨진 게 분명타는 뜻으로 중얼거렸다.

"그럼 장군님께서, 종사를 하나 불러 그걸 가져다주십시오. 안승우가 내 필체로 괴문서 필체를 감정했다고 하니 제 필체를 유대장께 보여드리고 싶은 것입니다."

"그게 그래서 어떻게 됐다는 게야?"

백선이 의아해 하면서 옥졸을 시켜 선봉지휘소에 있는 붓과 종이를 가져오게 했다. 그걸 받아든 이식이 '선비는 가히 넓고 굳셀지니 임무는 무겁고 길은 멀다'고 논어에 나오는 문자를 일필휘지로 써 내리고는 이정규의 손에 들려주면서, 다시 감정해 줄 것을 능글맞을 정도로 정중히 채근했다. 정규가 머리를 갸우뚱거리며 사라진 뒤 이식이 백선에게 자초지종을 말했다.

"중군이 제 필적이라고 믿고 있는 것은 평창에서 민용호에게 보낸 격문 초안이 분명합니다. 그런데 그 안에는 중군이 모르는 게 하나 있습니다. 그 때 중군은, 나중에 사료로 쓸 요량으로 초안 두 벌을 작성하라고 저한테 일렀는데, 군막 뒷방에서 초안을 잡을 때 제 옆에는 신이백이 있었습니다. 그런데 제가 초안을 잡기 위해 너무 오래 뜸을 들인다고 생각했는지, 아니면 그날 무슨 연유인가 시간에 쫓겨 무척 조급했는지, 신이백이 제가 쓰는 초안을 옆에서 따라 베꼈습니다. 이 사실을 모르는 중군이 제가 쓴 초안은 민용호에게 보내고 이백이 베낀 초안을 지금껏 간직하고 있었던 겁니다."

"무어?"

백선이 놀라 입을 다물지 못했다.

"그렇지 않고서야, 하늘 아래 맹세컨대 제가 그 괴문서를 쓴 적이 결코 없거늘 어찌 중군이 그걸 제 필적이라고 감정했겠습니까?"

"그럼 중군이 그 짓을 벌이고 음험하게 뒤집어 씌운단 말이냐?"

"그건 단정할 수 없습니다. 장군님 우리는 남을 의심하고, 증오하고, 벌주려고 의진에 나온 게 아니잖습니까?"

"그건 민공의 말이 맞다. 남을 증오해서야 또다른 증오를 가져올뿐 아무것도 이룰 수 없지."

백선이 머리가 환하게 열리면서 이식의 손을 어루만지고 감옥을 나왔다.

민이식이 대장소로 불려나간 건 그 날 초경이었다. 그 자리엔 얼굴이 붉으락푸르락한 안승우도 나와 있었다.

"전말을 듣고 보니 민이식의 짓이 아니구나. 그렇다고 죽은 신이백이 썼을 리도 없고, 누군가 너를 음해하기 위해 필적을 모사한 것이다만, 중군이 그렇게 간사스럽진 않다고 나는 믿는다. 그렇다면 우리가 모르는 누군가가 의진을 괴롭히려고 이런 못된 짓을 저질렀는데, 범인을 찾을 수 없으니 그저 뒤숭숭하구나. 오늘 일은 없던 것으로 하고 처소로 돌아가 편히 쉬거라."

인석이 승우와 이식을 번갈아 보며 말하고는 책상 위에 있는 서책으로 눈을 가져갔다.

이식이 선봉지휘소로 돌아오자 서석지는, 멋대로 경거망동한 안승우에게 책임을 물어야 한다고 한 동안 목성을 높였지만, 백선과 이식이 말리는 바람에 조용해 졌다. 대신 백선은 모처럼만에 초관과 종사들을 불러 모았다. 서문 앞 드넓은 논이 흘러가다가 하소천

을 만나 벼랑을 이루며 꺾여 내려간 군막에, 초관 다섯과 종사 넷이
모여들었다.

"대장소에서 아주 당황하는 눈치라네."

"이게 다 중군장이 가운데서 이물스럽게 일을 꼬이게 만들기 때문
입죠."

이식이 거들자, 석지가 분연히 일어나 말했다.

"지평에 있는 우리 식솔들이 소작논을 떼이는가 하면 중군이 보낸
자객들이 들이닥칠까 전전긍긍한다는데 이렇게 앉아서 당해야만 합
니까? 이 난리판에 그래 양반 쌍놈이 그렇게도 소중한 겝니까?"

"나도 도통 일이 손에 잡히질 않습니다. 안승우는 빤히 나를 알고
있을 터인데 군진에서 혹 마주쳐도 눈길 한번 주는 일 없이 차가운
사람입니다. 그는 무슨 일이든 저지를 수 있는 잡니다. 이참에 어떻
게든 우리가 살아갈 방도를 마련해야 합니다."

김술이였다. 검쟁이가 고개를 끄덕여 김술의 말에 찬동의 뜻을 나
타냈다. 백선이 다시 말했다.

"그래도 후군장이 내 입장을 많이 생각해 주지. 그 사람 하나가 진
짜 인물이여."

"강령목을 철통같이 지켜 가흥참 왜병의 공격을 차단하고 있다잖
아요."

"그럼 중군은 뭐하는 거야? 관아에 죽치고 앉아 음큼한 생각만 만
들어 내는 건가"

석지가 다시 투덜거렸다. 그러자 이식이 문자를 아는 사람답게 차

근차근 말했다.

"지금 의진은 진퇴양난에 처해 있습니다. 왜 그런고 하면 단발령을 폐지했기 때문입니다. 머리터럭을 지키기 위해 앞 뒤 볼거 없이 우— 달려들었던 백성이 이젠 목숨 걸고 싸울 이유가 없어졌습니다. 국모의 원수를 갚는 게, 제 머리털을 짤라 내는 거처럼 화급하겠습니까? 그러니 의병에 돈을 대고 물자를 대던 사람들이 뒷짐을 짚고 서서 볼 뿐이요, 의병에 투신해서 총창 들고 싸우던 사람들은 하나 둘 꽁무니를 빼고, 지금 여기 남은 사람은 고향에 돌아가 봤자 관군한테 붙잡히면 모가지가 성치 못할 사람들뿐입니다. 게다가 제천군수 정영원은 웃음을 띠고 살살 다가와 의병을 인정하는 체하는가 하면 대소원 경병소에는 장기렴이라는 경군대장이 와 호시탐탐 의병을 쳐부술 기회만 야수니 설상가상 아닙니까? 이렇게 사세가 꼬여가니 중군장 안승우가 별 희한한 계책을 다 동원하는 것 같습니다. 그런데 그 계책이 자기들만 모면할 흑심이 아니길 바랄 뿐입니다."

이식이 여기까지 얘길하고 백선을 포함하여 제 말을 정신없이 듣는 주위 사람을 주욱 훑어보고 말을 이었다.

"그러니 의병이 지금 이 마당에 어떻게 해야 하겠습니까? 각기 해산하여 낯선 곳에 가 땅이나 파먹어야겠습니까? 아니면 서울까지 쳐들어가 임금을 뵙고 교지를 받자워야겠습니까?"

"무슨 교지?"

검쟁이가 정말 궁금한 표정이 되어 물었다.

"의로운 병사들의 창의를 인정하고, 우리의 큰 뜻이 나라 살릴 계

353

책임을 받아들인다는 교지 말일세."

"그러니까 우리 앞날을 잘 도모해 봅시다."

석지가 자못 심각하게 말했다. 그리고 석지는 선봉 호위소로 자리를 옮겨 김술과 검쟁이를 앉혀 놓고 이윽고 때가 이르렀다며 심각한 표정으로 말했다.

"양반이 하나둘 장군님께 무릎을 꿇기 시작했지? 단발령이 폐지되니까 의병에 든 양반들이 할 일이 없어졌지? 승우가 노골적으로 장군님을 적대시하기 시작했지? 그럼 곧 승우 편과 한 판 붙을 거고, 싸우면 이길 거구, 그럼 이 군사를 장군님이 차지하실거구…"

"그럼 어떻게 되나요?"

검쟁이가 다시 물었다.

"양반들을 솎아내고 우리 군대를 만들어 임금님을 지켜드리러 가야지. 우리 상민들도 어엿한 백성이라고 말여."

"임금님이 과연 그렇게 하실까??"

김술이 물었다.

"물론이지. 상것들은 제 이끗만 다투는 권모술수를 모르니까. 말 없이 충직하게 임금을 떠받히는 흙이요 초목이요 숲이니까."

"그런데 그 초목들도 말하고 울고 웃고 하지요."

뜬금없이 검쟁이가 끼어들자 일동의 시선이 그에게 쏠렸다.

"네가 그런 말을 다하다니?"

이식은 놀라움과 함께 문득 가슴이 벅차오는 걸 느꼈다. 꼭 산에 사는 짐승처럼, 사람 사는 세상에서는 섣부른 총각이었다. 팔초한 얼굴에 남에게 대서는 것 외엔 할 일이 없는 아이인 줄 알았다. 그런데 일동의 놀라워하는 얼굴을 은근히 훑어보던 검쟁이가 김술에게 물었다.

"어르신, 쇠징이가 보고 싶지 않으십니까?"

김술이 다시 검쟁이를 가만히 바라보다가 대답했다.

"보고 싶고말고."

"아 저도 어디 있는지는 몰라도 아버지가 보고 싶습니다."

검쟁이 말이 떨어지자 모두는 뭉클한 가슴으로 숙연해지고 말았다.

"그래 우리 좋은 세상 만나면 네 아버지를 찾아보자꾸나. 너는 백 리를 뛰어도 지치질 않으니 찾기가 더 용이할 걸."

이식이 나서서 좌중을 어루만지며 말했다. 그 틈새를 기다렸다가 본연의 얼굴로 돌아온 석지는 주위를 둘러보며 목소리를 낮췄다.

"오늘 내가 한 말들 명심해. 여차하면 우린 목숨 걸고 장군님을 따라야 돼. 알겠지?"

석지가 다시 다짐을 주자, 모두들 초롱거리는 눈빛으로 고개를 끄덕였다.

석지는 그 길로 중군 초관 엄팔용을 불러내어 다시 그의 다짐을 확인했다. 이번에, 선봉이 나가든 중군이 나가든 나가는 장수를 따라 출진하겠다고 그는 석지에게 여러 번 다짐을 보였었다. 그리고 석지는 팔용을 앞세워 저자거리 난전을 찾아가 바늘과 실, 송곳과 노끈, 가위와 찬칼을 있는 대로 몽땅 사 싸들고 왔다.

9

가흥참이 비었다는 첩보가 목계나루에 잠입한 엄팔용으로부터 날
아들었다. 군장회의가 열렸다.

"사실 가흥참을 비운다는 건 의외올시다. 적병이 가흥참을 비우고
어디로 이동했다면, 우리를 유인하기 위한 계략이거나, 전혀 무시하
는 처사올시다. 퍽 신중해야 할 일입니다. 지난번에 주둔지를 비운
실수로 충주성을 잃었던 그들 아닙니까?"

후군장 신지수였다.

가흥과는 반대편인 청풍나루에 나가 있는 전군장이 끼어들었다.

"청풍나루 너머에 요즘 조짐이 수상합니다. 적병의 움직임이 빨
라지고 무리가 커졌다는 증거가 곳곳에서 발견됩니다. 혹 가흥참 적
병이 후군의 방비를 뚫지 못하고 청풍나루 쪽으로 집결한 건 아닐지
요? 만약 적병의 계략이라면 우리가 섣불리 나갔다가 크게 당할 우

려가 있습니다."

전군장은 신중론을 폈다. 그 얘기가 끝나기 무섭게 백선이 받아
쳤다.

"그런 걱정을 앞세워서 언제 적을 섬멸하고 우리 뜻을 이루갔시
오? 가흥참이 비었으면 가흥참을 공격해서, 남한강 요충지를 점거
하고 군사를 모아 강줄기를 따라 북상하면 서울에 이르는 거 아니갔
소? 우리가 지난번 충주성을 차지했을 때도 가흥참을 그냥 두고 갔
기 때문에 실패하지 않았나 말요. 그리고 지금은 또한 가흥참을 꺾지
못하니 한 치도 앞으로 못나가는 형편 아니요."

승우가 잠잠히 듣고 있다가 인석을 쳐다보았다. 이윽고 인석이 입
을 열었다.

"그럼 누가 나가 싸우겠느냐?"

기다렸다는 듯 백선이 나섰다.

"그야 물론 선봉인 제가 나가얍죠."

장수들이 선봉을 쳐다보고는 다시 승우와 인석에게 번갈아 시선
을 주었다.

"네 용맹성을 익히 안다만, 이번 작전은 실로 우리의 골수를 거는
것이라…."

인석이 내심 걱정을 떨쳐버리지 못하고 말끝을 흐리자 승우가,

"제가 나가겠습니다."

했다.

"중군은 본진을 지켜야 하느니."

인석이 핀잔을 주듯 내뱉고는 눈을 감았다.

잠시 침묵이 흘렀다. 그러나 그 침묵을 깨고 백선이 불쑥 지껄였다.

"뭘 그리 망설이십니까? 선봉이 못나갈 곳이라면 누가 나갈 수 있겠십니까?"

그러자 승우가 백선을 향해 눈을 흘겼으나 백선은 그걸 보지 못하고 나름대로 고갯짓을 하여 지수에게 응원을 청했다.

그러나 지수는 이윽히 생각하다가 말했다.

"제 생각으로도 선봉을 보내는 게 합당할 것 같습니다. 그간 선봉은 서문뜰을 근거로 부단히 진법을 닦았고, 그 군사들이 모두 포수 출신들이라 날래고 용감합니다."

인석이 고개를 끄덕이며 지수를 바라보고는 결심을 굳힌 듯 말했다.

"아무래도 선봉이 적격이겠구나. 중군과 후군이 힘써 도와주면 필히 승리를 거두리라. 내일 출진 채비를 갖추고 모레는 나가도록 해라."

"원수님, 제게 그 일을 맡겨주시니 실로 감개가 무량합니다."

백선이 벌떡 일어나 대장에게 허리를 꺾어 예를 보이고 자리에 앉았다.

군장 회의가 끝났다. 전군과 후군이 말을 타고 임지로 떠났다. 선봉 김백선도 지휘소로 돌아와 참모와 종사들을 불러놓고 가흥으로의 출진 명령을 하달했다. 석지가 기다리고 있었다는 듯 외쳤다.

"이제야 용이 때를 만난 것입니다. 모루니 동동산의 예언을 이루실 그 때 말입니다."

김술과 검쟁이도 가슴이 벅차 왔다.

— 난세에 이곳에서 한 장군이 태어날지니, 그가 세상을 평정하리로다. —

민이식도 백선의 됨됨이를 반추해 보건대, 지금 의진을 걸머메고 가는 진실한 위인은 바로 그뿐이라고 생각했다.

그런데 그 시각 대장소에 종사들을 모두 물리치게 하고 승우가 인석을 긴히 뵙겠다며 들어섰다. 인석이 의아해 하는 눈으로 승우의 좌정을 기다렸다.

"선생님, 제가 감히 여쭈올 말씀을 혹 미혹한 것이라 일축하진 마옵소서. 가흥참 공격은….."

"그건 군장들이 이미 결정한 일 아니냐?"

"하오나 백선을 내보내는 건 불가하옵니다."

"왜? 그럼 네가 가겠다는 거냐?"

"차라리 절 보내 주십시오."

"중군이 나를 버리고 적진 속으로 간다면 중군 자리를 누가 대신케 하랴?"

"하오나 백선을 보내선 아주 위험합니다."

"왜?"

인석의 눈이 커졌다.

"놈의 맘속엔 또 하나의 적이 들어있습니다. 그게 바로 우리 반열입니다."

"뭣으로 그걸 단정한단 말이냐?"

"제가 눈여겨 보건대, 녀석 주위엔 양반들한테 비분강개하는 졸개들이 여럿 붙어 있습니다. 놈들의 추썩거림도 만만치 않을 뿐 아니라, 녀석이 소싯적부터 상놈으로 태어남을 한스러워 한 적이 많았고, 더구나…."

"더구나?"

"녀석의 고향엔 '동동산 전설'이란 게 있는데, 그걸 기화로 자고자 대하여 마음속에 황당한 걸 품고 있습니다."

"동동산 전설이라…?"

"동동산 기슭에 장수가 나타나 놈의 세상을 만든다는 풍숩니다. 제가 어렸을 적에도 풍문으로 들은 바가 있는데 마침 녀석의 기골이 크고 완력이 드센 걸 기화로 저를 그 현신으로 보는 탯거리가 완연합니다. 맹영재 군수도 이를 부정하지 못하고 백선을 경외한다 할까, 놈을 저토록 방자하게 만들어 놓고 말았습니다."

"허면 백선이 완연 두 마음을 먹고 있단 말이냐?"

"그러하옵니다. 요즘처럼 우리 진영이 간고한 틈을 타 녀석이 사단을 일으킨다면 우리는 꼼짝없이 당하게 됩니다."

"그렇듯 위험한 놈이란 말이냐?"

인석이 다시 다짐을 받듯 물었다.

"선생님 제 소견을 버리지 마옵소서."

"허면 백선이란 놈을 어떻게 다스려야 할까?"

"문제는 선봉대에 있는 민이식 같은 양반이 백선을 붙좇는다는 사실입니다. 이식 또한 매우 위험한 인물입니다."

"그렇다면 백선도 그리 녹녹한 인물은 아니란 말이구나. 양반들이 그 휘하를 자처하니 말이다."

"민이식은 애초에 전군 소속 참모였으나 충주성으로 나아갈 때 선봉에 서서 공격하고 싶다고 여러 번 조르는 바람에 허락했는데, 이후 복귀하지 않고 은연중 선봉 참모 역할을 도맡고 있습니다. 고무된 녀석이 불원간 이 대장소를 위협할지도 모른다는 낌새가 여기저기 감지되고 있습니다."

"그럼 민의식에게 복귀 명령을 내리고 다른 아장을 하나 배치하는 게 어떤가?"

"제가 중군 소속 고기표라는 자를 점찍어 놨습니다. 고 아장을 선봉으로 보내되 민이식에게 갑자기 복귀령을 내리면 백선이 동요할지 모르니 우선은 그대로 놔두는 게 상책일 듯싶습니다. 또한 백선은 필시 군사를 더 달라고 요구할텐데 그에게 과도한 군사를 주었다간 되려 대장소가 궤멸될 우려가 있습니다. 결코 허락해서는 안 될 것입니다. 문제는 녀석이 이번 가흥 전투에 나가 이기면 더욱 오만해 져서 대장소를 위협할 것인데 그것을 어떻게 다스리느냐 하는 것이 골치 아픈 과젭니다. 물론 군법을 시행하면 되겠사오나 무식한 녀석이 군법조차 팽개쳐 버린다면, 정말이지 화맥을 떨치기 위해 일어난 우리가 되레 일개 천민에게 화를 입게 될 터이니 생각만 해도 모골이 송연하여 날을 밝히곤 합니다."

"알겠다. 네 말을 들어보니 요즘 눈이 때꾼하도록 심기가 불편했던 네 충정이 가상하구나. 그럼 가흥 공격을 취소하자꾸나."

"선생님, 그것도 이미 늦었습니다. 녀석이 가만있지 않을 것이 당연합니다. 충주성 전투 이후 녀석은 관군에게 져 본 일이 없다고 큰소리치고 있는데 그 기회를 대장소에서 뺏었다고 흥분하며 사단을 벌일 놈입니다."

"그러면?"

"녀석을 싸움터에 보내긴 해야 합니다."

"그리고?"

"져도 괜찮고, 혹 이기더라도 선생님께선 무시하셔야 합니다. 그게 화맥을 지키는 유일한 길입니다. 저는 한 때 녀석을 달래어 낙향시킬까도 했었습니다. 허나 제 그런 뜻을 순순히 받아 줄 놈이 아니란 걸 알고 저는 고뇌했었습니다. 제 말을 허투루 듣지 마시옵소서. 저는 화맥에 이 구차한 몸 하나 바치기로 작정한 미사인 올습니다. 제가 이 한 몸의 영달을 위해 이런 진언을 여쭙는 게 아님을 혜량하옵소서."

"안다, 네 충정은. 너 만한 의인도 없다."

"만약 화맥에 누가 된다면 지체 없이 백선도 버려야 할 것입니다."

승우는 가슴 속에 꼭꼭 묻었던 이 비밀스런 말씀을 죄 사뢰고 나니 비로소 머리가 맑아지는 것을 느꼈다. 화맥이 새로이 눈부셔 보였고, 자기가 지금 가고 있는 길이 한없이 깨끗해 보였다.

아침부터 잔뜩 구름이 끼어 있었다.

가흥창 공격으로 꼽은 날을 앞두고 사흘이나 연속 비가 쏟아지는 바람에 야외 훈련을 중단하고 각개 병사들이 개인 무기를 손질하는 시간으로 보내야 했는데 어제 비로소 하늘이 벗겨지고 서문뜰을 관통하는 하천에 붉덩물이 삐자 출진을 결심할 수 있었다. 그런데 아침에 보니 다시 두터운 구름이었다. 그렇다고 다시 연기하는 것도 볼썽사납기만 했다. 은근히 출진을 꺼려하는 대장소의 의중을 백선도 이미 꿰뚫고 있었던 것이다.

백선이 대장소로 가 인석을 뵙고 출진 보고를 하고는 껑충 말에 뛰어올랐다. 그 순간 한 줄기 회오리바람이 동헌 뜰을 세차게 할퀴고 지나갔다. 정규와 정수가 인석을 모시고 부랴부랴 동헌 안으로 들어갔다.

"어째 날씨가 이리 험상궂더냐?"

인석이 미간을 찌푸렸다.

"선생님 출진을 연기시킬까요?"

정수가 조심스레 물었다.

"백선이 듣겠느냐?"

정수는 입을 다물었다.

백선은 서문루에 올라 군사들을 도열시켰다. 참모 종사 초관들이 앞에 서고 총을 든 군사들이 중간에, 포대를 끄는 군사들이 뒤에 섰다. 백선이 군사들을 향해 외쳤다.

"가흥창이 비었다. 그곳이 우릴 부르고 있다. 선봉대의 기백을 높이 세워 나가 싸우자!"

군사들이 팔을 흔들어 환호했다.

가자! 백선의 명령이 떨어지자, 종사 석지가 앞장 서 나아가기 시작했다. 그 뒤에 초관 김술, 검쟁이의 얼굴이 보였다. 말을 탄 백선과 이식, 그리고 어제 대장소로부터 급히 파견돼 온 아장 고기표가 그 뒤를 따르고 있었다. 대열이 서문 앞을 막 빠져 나갈 즈음 하늘 한 복판이 쪼개지면서 느닷없이 번개와 천둥이 일었다. 군사들이 걱정스런 표정으로 하늘을 올려봤다. 빗방울이 후두둑 떨어지기 시작했다.

석지가 초관 김술에게 속삭였다.

"하늘님도 이 출진의 거룩함을 온 세상에 알리시고 있네. 보게나, 오늘 이 장도가 훗날 어떻게 기록될지."

"허지만, 가흥참을 공격하러 가는데 원수님이나 중군장이 얼굴도 안 내보이는 건 섭섭합니다."

"자고로 크고 성스러운 일은 고난으로 시작되는 걸세."

비가 제법 흩뿌리기 시작했다.

비옷이 있는 군사들이 짐꾸러미를 뒤져 그걸 끄집어내 걸쳤다. 백선은 물론, 참모 종사 초관들이 비옷을 다 걸쳤을 무렵 백선이 군진 앞으로 나가면서 비옷 입은 군사들의 수효를 손수 헤아려 보았다. 열에 둘 꼴도 안 되었다. 비를 맞으면서 진군한다는 건 군사들의 사기와 직접 관련이 되었다. 차라리 귀성하여 비긋기를 기다리는 게 어떠냐고 종사 하나가 건의했다. 그러나 백선은 입었던 비옷을 벗어 터벅터벅 말꽁무니를 따르는 군사에게 던져 주며,

"네가 입어라."

했다. 이를 본 이식이 비옷을 벗어 아래 군사들에게 주었다.

"비옷이 없는 군사는 도롱이를 만들어 입혀라."

백선이 명령하자, 잠시 군진의 대오가 흩어지면서 짚을 몇 뭇씩 가져와 도롱이나 접사리를 엮었다.

비를 맞으면서 행군은 계속되었다. 주포를 지나 연무에 잠긴 박달재를 넘으니 원서가 나왔고 비도 멎었다.

"여기가 오늘 밤 유진할 곳입니다. 비는 맞았지만 장졸들이 모두 씩씩하게 행군해 왔습니다."

"가흥까지는 여기서 한 나절 발품이지?"

"그렇습니다."

"군사들을 이곳에 유숙시킨다. 백성들에겐 폐가 안 되게 해야겠으나, 추워 떠는 자들은 양해를 구하고 방에 들어가 몸을 덥히게 하라."

군사들이 발을 멈추고 민가에 들었다. 방을 잡지 못한 사람들은 불을 피우고 헛간이나 추녀 밑에 들어 젖은 옷과 신을 말렸다. 이 와중에 석지는 이틀을 굶어도 백 리를 뛰는 검쟁이를 은밀히 불러 목계나루로 보냈다.

아직 일몰이 되기에는 먼 시각이었다. 비록 짙은 구름 속이지만 해는 남아 있었다. 석지는 출진 전부터 차근차근 준비해 온 계획을 바야흐로 시행할 순간이 왔음을 김백선에게 아뢰었다.

산포수를 포함한 선봉대 사백 군사가 종사 서석지의 명에 의해 유둔처, 원서 마을 뒤 야산으로 집합했다. 잠시 뒤 김백선이 민이식과 고기표를 좌우에 대동하고 보무도 당당하게 군진 앞으로 걸어 나와 임시로 통나무를 얽어 만든 단 위에 올라섰다. 서석지가 우렁찬 목소리로 '김백선 장군 만세!'를 외치자 사백 군사가 일시에 손에 든 무기를 치켜들며 만세를 연창했다. 백선이 목을 가다듬고 외쳤다.

"우린 이제 적의 코앞에 이르렀습니다. 내일, 우리는 싸워 이겨야 합니다. 우리는 이길 수 있습니다. 우리는 오로지 우리를 위해 싸울 뿐 누구의 간섭도 지시도 없는 싸움에 들어섰습니다. 보십시오. 그 허세와 명분에 날을 새고, 상것들을 얕보는 양반들은 여기 없습니다. 우리는 다 같은 의병이요 임금의 백성일 뿐입니다. 하늘도 우릴 도우실 거고 임금도 우릴 갸륵히 여길 것입니다. 모두 한마음으로 내일 빛나는 승리를 쟁취합시다!"

평민대장다운 그의 일갈에 군사들은 자못 숙연해 지더니 다시 하늘 높이 함성으로 응답했다. 백선의 좌우에 있는 두 양반 중 고기표가 미처 예상하지 못했다는 표정으로 얼굴색이 잠시 변했으나 민이식은 마냥 여유로워 보였다.

뒤를 이어 서석지가 단상으로 올라섰다.

"여러분 각자에게 지금 바늘과 실을 분배할 겁니다. 여러분 놀라지 마십시오. 우리는 그간 피땀 흘려 진법 훈련을 해왔습니다. 그래서 우리가 입고 있는 바지저고리가 전장에서 얼마나 방해물이 되는지, 그것 때문에 얼마나 값없이 적에게 살상 당하고 패했는지 잘 느꼈습니다. 해서 이제 오늘 우리는 바지저고리의 통을 줄여 팔다리를 거치적거리는 폐단을 없애려고 합니다. 그래야 제대로 싸울 수 있습니다. 본진에서는 이게 무슨 해괴한 꼬락서니냐고 나무라겠지만, 우린 이제 본진을 떠나와 우리만의 전투를 앞두고 있질 않습니까? 선봉대 군사여러분, 우린 고쳐야 이깁니다. 아시겠습니까? 그러나 정히 싫은 장졸은, 결코 책망하려는 게 아니니 앞으로 나오기 바랍니다."

서석지는 진지하고도 설득력 있는 눈빛으로 열의를 다하여 호소했다. 너무 급작한 변화라 몇몇 군사가 잠시 고개를 갸우뚱했으나 앞으로 나오는 자는 없었다.

"이 패랭이는 어떻게 합니까?"

오히려 진중에서 한 군사가 물었다.

"그것도 다 준비했습니다. 옷통을 줄였는데 갓이나 패랭이가 무슨 소용이겠습니까? 여기 송곳과 노끈, 가위와 찬칼이 있습니다. 갓이나 패랭이는 벗어 던지고 짚세기와 발싸개는 노끈으로 단단히 묶어 내닫고 엎드릴 때 편리하게 해야 합니다."

군사들은 전투에 임하는 적병의 모습을 익히 봐왔던 터라 너나없이 그 비품들을 지급받아 옷소매와 바지 가랑이를 바늘로 찍어 달고, 갓과 패랭이를 집어 던지고, 상툿고는 노끈을 가늘게 풀어 동여매는 한편 짚세기날이 터진 것을 잇대어 엮었다.

그 날 저녁 소를 잡아 군사들에게 먹였는데 그 소는 엄팔용과 손이 닿아 있는 이범춘이, 김규식을 잡은 상금을 보내온 것이었다. 이범춘은, 중군장 안승우의 결벽증으로 목이 달아날 위급경에서 간신히 살아난 후, 그 소문의 억울함을 동네사람들에게 누누이 설명할 길도 없어서 가흥 제 집으로 돌아갈 일이 캄캄하기만 한데, 이것을 본 팔용이 뒤따라 나와 자기 사가로 데려갔던 것이다. 팔용과 어울리면서 범춘은 왜 의병이 되어 싸워야 하는지를 절절이 깨닫게 되었다. 더욱이 선봉대에서 자기를 무척 아까워하면서 중군장 안승우를 탄핵하려 한다는 얘기를 듣고는 김백선 장군을 더욱 우러르게 되었고, 결전의 이 순간 그는 이미 목계나루에 숨어들어 내일 새벽 선봉대가 도착하기를 기다리고 있었다.

군사들이 배불리 먹고 잠이 든 다음 민이식과 서석지가 그림자처럼 선봉장 침소를 찾아들었다. 옆방에서 자고 있는 고기표를 경계하며 서석지가 귓속말로 아뢰었다.

"방금 검쟁이가 도착했습니다."

"이범춘과 엄팔용이 무사히 암약하고 있겠지?"

"이범춘과 엄팔용이 장군님께 안부를 여쭈어 달라고 했다고 합니다."

"내 장차 그들에게 어떻게 보답을 해야 할꼬?"

"장군님 하늘이 다 알아서 해 주실 것입니다."

"알았다. 어서 말해 봐라."

"우선 이범춘은 그들의 기동력을 꺾기 위해 내일 새벽 마방에 잠입하여 그 안의 말 열 필을 모조리 혼동시킬 것입니다."

"어떻게?"

"고삐를 철사로 묶거나, 사정이 급박하면 먹이에 비상을 타겠다고 합니다. 일단 말이 없으면 그들도 강기슭을 따라 도보로 움직일 수밖에 없습니다. 그리고 엄팔용은 후군 신지수장군의 지원 아래 지금쯤 부산으로 가는 전선과 병참으로 들어오는 전선을 모조리 절단했을 것으로 보입니다. 그들의 전선 경계가 아주 엄하지만, 후군장은 이미 여러 번 달천 쪽으로 나가 전선을 끊었던 적이 있기 때문에 과히 어려운 일이 아닙니다. 전례로 보아 전선이 끊어지면 그들은 미쳐 날뛰며 군사를 풀어 범인 색출에 혈안이 되는가 하면 그걸 보수하려고 즉각 매달리게 됩니다. 아마 전선이 지금 끊어졌다면 그것 때문에도 많은 병력이 전선 주변에 투입됐을 것으로 예상됩니다. 그리고 그들은 병참기지 주변을 빙 둘러 참호를 파 놓았는데, 우리 별동대가 미리 잠입하여 참호를 점령하는 것이 중요합니다. 하므로 저와 검쟁이는 별동대 이십 명을 이끌고 새벽이 오기 전에 목계나루를 건너기로 했습니다."

"별동대 선별은 다 해놨겠지?"

"저녁을 먹고 바로 재웠기 때문에 지금 깨워도 문제가 없습니다."

"도강할 배는 충분히 마련됐는가?"

"이범춘이 입이 무거운 의로운 지인들에게 뱃삯을 충분히 지불하여 너벅배 열두 척을 묶어 놨습니다. 목계나루로는 두 척이, 나머지 주력 열 척은 적의 시야를 벗어나기 위해 여우섬을 우회할 것입니다."

"범춘과 팔용이 참으로 보배로구나. 그럼 우리는 축시에 일어나 날이 밝기 전에 출발해야겠구나."

"요즘 봄철이라 여명이 일찍 터오니 이 점 유의하셔야 합니다. 하지만 우리가 미리 암약한 것이 다 뜻대로 된 뒤라면 크게 문제될 게 없습니다. 군사들에게도 이 점을 주지시켜야 두려움을 벗어내고 자신감을 가질 것입니다."

"알았다. 여하튼 본진이 강을 건너는 게 중요한데, 작은 화기는 짐보따리에 숨겨 장사꾼처럼 위장해 배를 탈 것이며, 큰 화기는 민 종사 지휘 아래 강기슭에 숨겨 놓고 기다리게 해야 한다. 각 초관한테 빈틈없이 일러뒀겠지? 자, 그럼 별동대가 먼저 출발해라. 이제 천지신명께 맡겨보자꾸나."

백선이 서석지의 손을 꽉 움켜잡았다.

다음 날 미명에 이윽고 청룡촌에 이르렀다. 백선은 휘하 부대원을 나누어 한 대는 목계나루와 여우섬을 건너게 하고, 다른 한 대는 청룡촌 앞 복탄 기슭에 엎드리게 하고는 스스로 배에 올랐다.

요즘 며칠째 비가 퍼부운 뒤라 강변까지 그들먹하게 메운, 육중하면서도 거칠게 내닫는 강물 위를 열두 척의 배가 이백 명의 흰옷 입은 병사를 태우고 상하류 한 마장을 상거하여 조용히 앞으로 나아갔다. 멀리 동녘에서 미명이 터오는 새벽이었다.

강을 거의 건너와서 백선은 군사들의 전의를 일깨우는 동시 짐보따리 속의 무기를 꺼내도록 명령했다. 이제 배가 선착장에 닿으면 왜참으로 쳐들어가 원수놈들의 목을 베고 수많은 신식 무기를 차지하는 것만 남아 있었다. 그런데, 배가 마악 목계나루 건너 선착장에 도착하려는 순간 왜참 쪽에서 난데없는 총성이 일더니, 강기슭에 매복해 있는 의병 쪽에서 혼란이 일었다.

"발각됐구나. 하지만 겁 먹지 마라. 어풀 배를 대라."

백선이 외쳤다. 두 척이 동시에 배를 대고 병사들이 선착장 위로 올라섰다. 왜참의 총부리가 선착장으로 겨누어 지더니 총알이 날아오기 시작했다. 병사들이 놀랐지만 김백선의 위엄 있는 얼굴을 보는 순간 그리고 서문 뜰에서 혹독하게 단련 받은 전술대로 각자 날렵하게 은폐물 뒤로 몸을 숨기고는 적의 총알을 비켜 나갔다.

그러는 사이 기지 숙소에서 잠자던 왜병들이 군복도 채 갖춰 입지 못한 채 뛰쳐나와 참호를 찾아들었다. 순간 참호 속에 몸을 감추고 있던 별동대원들이 다가오는 족족 왜병의 가슴에 창을 꽂았다. 잠시 뒤 놀란 적의 포대에서 포탄이 날아오기 시작했다. 포는 강 건너 청룡촌까지 날아갔는지 민가에 화염이 일기 시작했다. 강기슭의 의병 쪽에서도 기다렸다는 듯 포신을 세우고 포탄을 날리기 시작했다. 그 시각 한 마장 위 여우섬을 돌아 도착한 주력대가 왜참의 뒤켠으로 돌진하기 시작했다.

"됐다! 지금이다!"

김백선이 돌격 명령을 내렸다. 병사들은 적의 총탄을 유연히 피해 각개 약진으로 한 발 한 발 왜참을 향해 전진했다.

불의의 습격을 당했지만 왜병의 대응도 결코 만만치는 않았다. 그들은 신식 훈련을 받은 정예 군사들이었다. 그들은 참호를 포기하고 군기고로 숨어들어 앞뒤 적을 향해 조준 사격을 시작했다.

어느 덧 동살이 훤히 잡히고, 조준사격을 뚫고 왜참에 근접한 의병들의 형체가 여실히 드러나게 되면서 여기저기 총탄을 맞고 쓰러진 우리 군사와 왜병이 눈에 띌 즈음이었다. 참호 속에서 갑자기 총성한 방이 울더니 별동대가 용수철처럼 참호를 박차고 나와 왜참의 담장을 넘기 시작했다.

"별동대가 담장을 넘고 있다!"

백선이 소리치자 병사들이 일제히 담장을 향해 달려 나갔다. 동시에 강기슭에서 날아온 포탄이 적의 망루를 날려 버렸다. 그리고 잠시 뒤 총성과 포성이 점차 잦아들기 시작했다.

김백선이 이윽고 병참기지 문 앞에 이르렀다. 서석지와 이범춘이 내복 차림의 적군 하나를 결박 지워 끌어내 오고 있었다.

"장군님, 이곳 왜참의 장굡니다. 도망을 안 가고 대항하는 놈을 묶어 왔습니다."

서석지 엄팔용 이범춘이 왜장교를 이끌고 나타났다.

"이 자의 직책이 뭐라더냐?"

"이 기지 대장 요시다라는 놈으로 계급은 중윕니다."

범춘이 통역을 했다.

"왜 도망치지 않고 끝까지 대항했느냐?"

"자리를 지키는 게 자기의 본분이고, 임금을 지키는 거랍니다."

"그 임금이 조선 임금이냐, 섬오랑캐 임금이냐?"

"둘 다랍니다."

"고얀지고, 오랑캐놈이 어찌 우리 임금을 지킨단 말이냐? 세상에 이런 망발이 어디 있느냐?"

백선이 미간을 찌푸리고 돌아서다 말고 놈을 무너진 망루 기둥에 묶으라고 명했다. 그리고 계속 화염이 번지는 청룡촌을 바라보며,

"네 놈들은 조선 백성들의 목숨쯤이야 벌레만도 못하게 여기겠지?"

하고 요시다를 노려봤다. 문득 그 눈씨에서 살기를 느낀 요시다가 고개를 돌려 버렸다.

백선이 요시다 옆에 서 있는 범춘을 보고 물었다.

"청룡촌이 불바다가 됐구나. 이젠 네가 들어가서 저 불을 꺼도 누가 뭐라 할 자가 없겠지?"

"장군님, 제 신상을 걱정해 주시는 도량에 그저 감읍할 따름입니다. 하지만 저도 서울까지 가겠습니다."

"고맙구나. 오늘 우리 승전은 너와 엄 초관이 해낸 것이나 마찬가지다. 정말 장하구나."

"제 목숨이 부지하는 한 장군님을 따르겠습니다."

범춘이 목멘 소리로 대답했다.

강 너머 기슭에 있던 포대가 도착하자 왜참 연병장에 군사들이 도열했다. 승전 소식을 전하기 위해 고기표를 서둘러 본진으로 보냈다.

"적 사살 사십, 시신은 한곳에 모아 두었습니다. 하오나 아군 피해도 있습니다. 열둘이 전사했습니다."

대장에게 전과를 보고하는 석지의 눈에 알 수 없는 물기가 배어났다. 백선이, 그들이 누구누구냐고 물었지만, 민이식이 나서서 지금 그런 세세한 걸 물어볼 정황이 아니라며 백선을 막사로 모셔갔다. 이

식이 말했다.

"지금 우리는 타들어오는 기름방망이를 잡은 것이나 다름없습니다. 패주한 왜군이 어찌 그냥 보고만 있겠습니까? 무기고에서 무기를 수거하여 얼른 곧장 서울로 진격하여야 합니다. 듣건대 서울 백성들은 우리를 한낱 시골에 치우쳐 있는 불온한 패거리로만 알고, 어서 평정되기를 바라고 있다고 합니다. 이건 서울 사람들이 우리의 실상을 전혀 몰라서 하는 말입니다. 만약 그들이 우리의 진의를 알게 된다면 수많은 의로운 사람들이 일거에 들고 일어나 호응할 것입니다. 조선 주변에 청나라 군대와 아라사 군대가 있으니 왜놈들도 감히 주저하지 않을 수 없을 것입니다.

"암튼 첨부터 우리의 갈 길은 서울이었다. 저 배를 몰고 쉴 새 없이 달려가면 밤낮 하룻길이라고 들었다."

"게다가 지금은 때 아닌 큰비로 강물이 팽팽하게 불어나, 유속이 훨씬 빨라졌습니다. 그게 다 하늘의 도우심이었습니다, 장군님."

이식이 감격에 겨운 목소리로 뒤를 달았다.

백선이 잠시 그의 목성을 음미하고 나서 석지를 불러 들였다.

"우린 서울로 진격한다. 가서, 우리가 의로운 백성으로 사직을 지켰다는 임금의 교지를 받잡는다. 그런데 다만…, 오늘 하루만 기다려보자꾸나. 제천 본진도 오매불망 서울 진격을 염원하지 않았느냐?"

"장군님, 그들은 합류하지 않을 겁니다."

의식과 석지가 동시에 말했다.

"나도 안다. 그들이 만약 온다면 나를 잡아 옥에 넣을지도 모르지. 갓을 벗어던지고 도포를 훼손했으니…. 더구나 우린 우리 스스로를 상것들의 군대라고 공언했으니…. 하지만 하루만 기다려 주자꾸나. 그게 그들이 목숨 걸고 창의한 충심을 그나마 지켜주는 것일 테니까.”

백선이 입술을 깨물었다.

왜병참에 있던 총포와 탄약을 접수하고 신식 무기들의 사용법을 익히는 동시에 서울로 올라갈 배를 끌어대는 한편 왜참 주위를 빈틈없이 경계하느라 눈코 뜰 새 없이 바빴던 하루해가 실풋 서녘으로 기울었다.

“장군님 그런데 저기 묶여 있는 놈을 어떻게 처리할까요?”

석지였다.

“놈들이 우리를 무수히 짓밟고 죽였지만 서울까지 데려가자. 서울 가서는 제 나라 임금한테나 충성 잘 하라고 배에 실어 보내자꾸나.”

백선이 대답했다. 곁에서 듣고 있던 민이식이 느꺼운 음성으로 말했다.

“장군님, 아주 은혜로운 말씀이십니다. 우리가 이렇게 목숨 걸고 일어난 건 누구를 증오하여 원한을 갚고자 해서가 아니라, 오로지 우리를 희생하여 대의를 이루려는 게 아니었습니까. 저는 첨부터 장군님이 덕의 화신이란 믿음이 있었고 그래서 모든 걸 내던지고 따랐습니다.”

“원 별말씀을 다 하는구면. 원래부터 상것이란 누구를 증오할 만한 힘도 없이 태어난 사람일세. 혹 내가 싸우다가 죽는다면 난 꼭 양반으로 태어나고 싶으이. 그래야 내가 스스로 반상을 허물 수 있을 테니까, 자네처럼."

백선이 온화하면서 서글픈 웃음을 그렸다.

그런데 실풋하니 넘어간 오후 햇살을 받아 금조각처럼 반짝이는 강물 위로 한 무리의 군사들이 배를 저어 다가오는 게 보였다. 신지수가 이끄는 후군 부대였다. 그들이 당도하자 군진의 전의가 가일층 고조된 틈을 타 서석지가 더 이상 숨길 수 없다고 판단하고는 김백선을 뵙고 말했다.

"장군님, 승전의 기쁨이 하늘에 닿아 있는 중에 입을 떼기가 송구하오나, 끝까지 비밀로 둘 수도 없어 아뢰지 않을 수 없습니다."

"뭔데 그렇게 마음을 쓰나?"

"실은…."

"어서 말해 보게."

"실은…, 김술과 검쟁이가 전사했습니다."

"뭐라고?"

백선이 놀라 벌떡 일어섰다. 그리고, 죽었다고? 하면서 목젖 속 깊은 소리를 긁어냈다.

"장군님 면목이 없습니다."

"아, 그렇게…. 이틀을 굶어도 백리를 뛰는 검쟁이가, 종질 싫어 산포수로 나섰던 김술이…. 반상 없는 세상 만들고 싶어, 서울 가 임금 뵙자던 그들이 그렇게 가고 말았구나."

백선은 부서지다 만 창틀 밖으로 천천히 시선을 돌렸다. 그리고 도

무지 한참이나 말이 없더니,

　"어풀 이 난리를 끝내고, 섬오랑캐 놈들 다 내보내고, 논밭 매고 아들딸 키우며 오순도순 살고 싶구나."

하고 중얼거렸다. 백선의 볼로 두 줄기 눈물이 주르륵 흘러 내렸다. 처음 보는 그의 눈물이었다.

<끝>

생각정거장

매경출판의 비경제경영 브랜드 생각정거장은 세상의 수많은 생각들이 함께 머무는
공간입니다. 그리고 저자와 독자, 낯선 둘의 생각이 만나 신비로운 여행을 시작하는
곳입니다. 그 여정의 충실한 길잡이가 되어드리겠습니다.

을(乙)의 노래

초판 1쇄 2015년 7월 30일

지은이 전영학
펴낸이 전호림 **편집총괄** 고원상 **담당PD** 이영인 **펴낸곳** 매경출판㈜
등 록 2003년 4월 24일(No. 2 – 3759)
주 소 우)100 – 728 서울특별시 중구 퇴계로 190 (필동 1가) 매경미디어센터 9층
홈페이지 www.mkbook.co.kr
전 화 02)2000 – 2610(기획편집) 02)2000 – 2636(마케팅) 02)2000 – 2606(구입 문의)
팩 스 02)2000 – 2609 **이메일** publish@mk.co.kr
인쇄 · 제본 ㈜M – print 031)8071 – 0961

ISBN 979 – 11 – 5542 – 326 – 4(03810)
값 14,000원

※ 이 책은 충북문화재단의 후원으로 발간되었음을 알려드립니다.